Larissa Schira

Die Farbe von Schneeflocken

Larissa Schira

DIE Farbe VON Schneeflocken

one

Originalausgabe

Dieses Buch wurde vermittelt von der Literaturagentur erzähl:perspektive, München (www.erzaehlperspektive.de).

Copyright ©2023
Bastei Lübbe AG, Schanzenstraße 6 – 20, 51063 Köln

Textredaktion: Annika Grave
Umschlaggestaltung: SO YEAH DESIGN, Gaimersheim
Umschlagmotiv: © shutterstock.com (Here / Alexey Kljatov / CHRISTIANTO / Pasko Maksim / tomertu)
Satz: 3w+p GmbH, Rimpar
Gesetzt aus der Adobe Caslon Pro
Druck und Einband: GGP Media GmbH, Pößneck

Printed in Germany
ISBN 978-3-8466-0188-4

5 4 3

Sie finden uns im Internet unter one-verlag.de
Bitte beachten Sie auch luebbe.de

1. Letti

34 Tage bis Weihnachten

»Übermorgen um sechzehn Uhr bei mir – und bring Grillanzünder mit. Oder Benzin. Irgendwas, das gut brennt.«

Ich konnte das Schweigen am anderen Ende der Leitung nicht deuten. Entweder war Nina gerade vor Schreck beim Radfahren das Handy aus der Hand gefallen, oder sie überlegte, mich einweisen zu lassen.

Ihr anschließendes Fluchen und das atemlose Keuchen ließen mich eher auf die erste Variante schließen. Ganz sicher aber fragte sie sich gerade, warum sie es jemals für eine gute Idee gehalten hatte, meine beste Freundin zu werden.

»Mein Gott, Letti. Bitte sag mir, du hast nur Lust auf Wintergrillen und nicht vor, das ganze Haus abzufackeln.«

Ein Lächeln huschte über meine Lippen. »Traust du mir wirklich zu, mein Zuhause anzuzünden?«

Als ich auf der hölzernen Brücke die Pegnitz überquerte, verlangsamten sich meine Schritte.

»Hm. Eigentlich nicht. Das Verbotenste, das du jemals

gemacht hast, war, dich zwanzig Minuten vor dem Öffnen in die Schulbibliothek zu schleichen. Nach den letzten Wochen bin ich mir da allerdings nicht mehr so sicher.«

Ich rollte mit den Augen. Wenn sie das so sagte, klang es, als wäre ich der langweiligste Mensch der Welt. Aber das würde sich nun ändern. Endlich konnte ich tun und lassen, was ich wollte. Und das würde ich auch.

Auf der Mitte der Brücke blieb ich stehen und lehnte mich ans Geländer. Der Winter hatte kein Blatt mehr an den Bäumen gelassen. Trotzdem beruhigte mich der Ausblick auf den Fluss, der unermüdlich an den romantischen Fachwerkhäusern vorbeiströmte.

»Also, kommst du oder nicht?«, fragte ich Nina. Bevor sie einen Rückzieher machen konnte, fügte ich noch schnell hinzu:»Und nein, das Haus wird nicht abgefackelt. Versprochen.«

Sie seufzte. »Na gut. Aber ich werde ganz sicher nichts Brennbares mitbringen.«

Dann würde ich eben selbst etwas auftreiben – das konnte ja nicht so schwer sein. »Hauptsache, du kommst. Bis später.«

Ihre Verabschiedung drang nur noch als gedämpftes Murmeln an mein Ohr, bevor ich auflegte.

Mein Blick schweifte zum anderen Ende der Brücke. Zwischen den kahlen Bäumen blitzte bereits die Fassade der Nürnberger Kinderklinik hervor. Während die Kinder von innen einen wunderbaren Ausblick auf Wiese und Fluss hatten, war der Anblick von außen eher trostlos. Da halfen auch die gelben und blauen Farbakzente nicht, die neben den Fenstern angebracht waren.

Ein Blick auf mein Handy verriet mir, dass ich mal

wieder viel zu früh dran war. Trotzdem stieß ich mich vom Geländer ab und folgte dem leicht ansteigenden Weg zur Klinik hinauf. Frau Möller hatte nie etwas dagegen, wenn ich früher anfing. Im Gegenteil. Da ich nur als Freiwillige arbeitete und sie mir keine Überstunden bezahlen musste, freute sie sich immer, wenn ich länger blieb, um die Kinder zu unterhalten.

Der Geruch von Desinfektionsmittel und aufgewärmtem Braten stieg mir in die Nase, während ich mich auf den Weg zum Stationszimmer von Frau Möller machte. Die meisten Menschen verbanden diesen speziellen Krankenhausgeruch mit Angst, Schmerzen und schrecklichen Erinnerungen. Doch für mich war es der Duft von Freiheit. Die Freiheit, endlich das tun zu können, was ich liebte. Für mich bedeutete das, den Kindern genug schöne Erinnerungen aus dem Krankenhaus mitzugeben, damit sie später nicht ebenfalls vor dem Geruch davonliefen, sondern mit einem Lächeln auf diese harte Zeit zurückblicken konnten.

Schon von Weitem sah ich Frau Möller durch die offene Tür hinter ihrem Bildschirm sitzen. Mit einer Hand hielt sie das Telefon, die andere hatte sie angespannt auf ihre Schläfe gepresst. Zögernd blieb ich vor dem Stationszimmer stehen. Normalerweise meldete ich mich zunächst an und besprach die Aufgaben für den Tag mit ihr, bevor ich zu den Kindern ging. Die tiefen Sorgenfalten auf ihrer Stirn verrieten mir aber, dass ich sie besser nicht stören sollte.

Zum Glück sah sie in diesem Moment kurz auf und winkte mir zu. Ein kleines Lächeln zuckte über ihre Lippen, das jedoch sofort wieder verschwand. Die grauen Locken hüpften auf und ab, als sie energisch den Kopf schüttelte. »Nein, Frau Lindner, damit tun Sie Ihrem Sohn keinen Gefallen. Sie dürfen ihm keine Schokolade mehr mitbringen. Er ...« Sie machte eine Pause und stöhnte auf. »Ja, natürlich. Uns tut es auch leid, wenn er immer wieder danach fragt und dann weint. Aber da müssen wir alle konsequent sein, es ist doch nur zu seinem Besten. Wenn Sie ihm weiterhin Süßes geben, ohne uns zu informieren, können wir seine Diabetes-Medikation nicht richtig einstellen.«

In Bens Zimmer nach versteckter Schokolade suchen, notierte ich in Gedanken einen Punkt auf der heutigen To-do-Liste. Ich schenkte Frau Möller ein aufmunterndes Lächeln und deutete den Flur hinunter. Sie gab mir mit einem Daumen nach oben ihr Okay und widmete sich wieder voll und ganz Bens Mutter am Telefon.

Bevor ich mich um die geheimen Süßigkeitenvorräte kümmerte, zog es mich allerdings zu einem anderen Zimmer.

Während man sich mit den gelb und blau bemalten Wänden auf der Station Mühe gegeben hatte, um den Flur weniger steril und trist aussehen zu lassen, sahen die Türen alle gleich aus.

An dieser Tür prangte jedoch die kunterbunte Zeichnung eines Einhorn-Drachens. Mila hatte darauf bestanden. Sie war davon überzeugt, er würde von dort aus auf sie aufpassen und Monster in die Flucht schlagen. Zum Glück hatte Frau Möller immer ein offenes Ohr für die Wünsche der Kinder. Sie hatte nichts dagegen gehabt, dass wir ihn gemeinsam dort festklebten.

»Herein«, antwortete eine zarte Stimme auf mein Klopfen.

Vorsichtig steckte ich den Kopf durch den Türspalt, um sicherzugehen, dass ich nicht bei einer Visite störte. Doch das Einzige, was mir entgegendröhnte, war der Klang des Fernsehers. Mila saß alleine auf ihrem Bett, hatte das eingegipste Bein auf ein Kissen gelegt und winkte mich aufgeregt zu sich.

»Letti! Da bist du ja endlich!«

Von ihrem Strahlen angesteckt, zog ich schnell die Tür hinter mir zu und setzte mich zu ihr auf die Bettkante. Zu meiner Überraschung schaltete sie sofort den Fernseher aus und rutschte näher zu mir.

Automatisch scannte ich ihr Aussehen. Ihr blondes Haar war heute akkurat zu zwei Zöpfen geflochten, und ihre Wangen hatten einen rosigen Ton. Keine Spur von der Blässe, die mich vor ihrer OP jedes Mal hatte erschauern lassen, wenn ich ihr Zimmer betrat.

»Du bist ja schon wieder topfit. Und deine Zöpfe sind auch sehr hübsch. War deine Mama heute Morgen da und hat sie dir geflochten?«

Mila schien gar nicht zu bemerken, dass ich mit ihr redete. Skeptisch kniff sie die Augen zusammen. »Du siehst irgendwie komisch aus.«

Ich lachte auf. Natürlich wusste ich sofort, was sie meinte. Was für ein wunderbares Kompliment. So direkt konnte es nur ein Kind ausdrücken.

»Gut beobachtet. Fällt dir auch auf, was anders ist?«

Sie sah mich aufmerksam mit ihren großen, braunen Augen an, als könnte sie die Antwort aus meinen Gedanken lesen, wenn sie mich nur lange genug anstarrte. Dann klappte ihr Mund auf.

»O nein! Deine Haare! Die sind weg!« Ihr entsetzter Gesichtsausdruck ließ mich schmunzeln.

Ich schaute an mir hinunter. Der Anblick war immer noch seltsam. Ich konnte meine hellbraunen Haarspitzen nur noch mit Mühe auf Schulterhöhe erahnen. Mein Oberkörper sah ohne die langen Strähnen, die ihn umspielten, ungewohnt leer aus.

»Gut erkannt. Aber weg sind sie ja zum Glück nicht. Nur kürzer.« Ich zögerte, entschloss mich aber doch, sie zu fragen. Von Mila würde ich im Gegensatz zu meinen Freundinnen wenigstens eine ehrliche Antwort bekommen. »Wie gefällt dir meine neue Frisur?«

Sie beugte sich nach vorne und streckte die Hände nach meinen Haaren aus. Mein Blick schnellte sofort zum Tropf mit dem Schmerzmittel und dem Zugang in ihrer Hand. Sie durfte auf keinen Fall damit zwischen verknoteten Strähnen hängen bleiben. Doch das bunte Klebepflaster saß noch gut, und ich wollte ihr den Spaß nicht verderben.

Mila vergrub prüfend die Finger in meinen Haaren. Ich konnte mir ein Lachen nicht verkneifen.

»Die sind schön kuschelig.« Sie rutschte wieder von mir weg und schien zu überlegen. »Aber du schaust jetzt nicht mehr aus wie eine Prinzessin.«

Ihre Reaktion beruhigte mich. »Genau. Ich wollte auch nicht mehr aussehen wie eine Prinzessin. Sondern einfach nur wie Letti.«

Die Antwort schien ihr zu gefallen. Sie nickte bestimmt. »Ja, wie Letti. Also total cool!«

»Danke«, gab ich lachend zurück und deutete auf den Bücherstapel neben ihrem Nachttisch. »Und, bereit für das nächste Abenteuer vom kleinen Fuchs? Ich hab heute viel Zeit mitgebracht und bin schon ganz gespannt, wie es weitergeht.«

Das war nicht einmal geflunkert. Unsere gemeinsamen Lesestunden waren immer das Highlight meiner Schicht. Die Bücher, die ihre Mama aussuchte, waren witzig, tiefgründig und wunderschön illustriert. Außerdem war Mila einfach etwas Besonderes. Ich liebte es, wie gebannt sie beim Vorlesen lauschte und danach noch stundenlang über die Geschichten philosophieren wollte. Vielleicht erinnerte sie mich auch ein wenig an mich selbst, als ich sechs Jahre alt gewesen war.

»Nein, kein Fuchs heute. Mama hat ein neues Buch mitgebracht. Das müssen wir unbedingt lesen. Schau mal! Toll, oder?« Mila streckte sich zum Nachttisch und zog ein riesiges Buch hinter dem Stapel hervor. Dann drückte sie es mir in die Hand und schaute mich erwartungsvoll an.

Mein Magen zog sich schon beim Anblick des Covers zusammen. Zuckerstangen, Geschenke und zwei Elche vor einem geschmückten Baum. *Eddie Elch und der Zauber von Weihnachten.* Mein Lächeln verrutschte.

Ich schloss für einen Moment die Augen, um meinen Gesichtsausdruck wieder unter Kontrolle zu bekommen. Mila durfte nicht sehen, wie viel Abneigung dieses Buch in mir auslöste. Ich wollte ihr den Spaß daran nicht verderben. Aber vorlesen würde ich es auf keinen Fall.

Schnell öffnete ich die Augen wieder. Dann gab ich ihr das Buch zurück, bevor ich es noch versehentlich in die

Ecke knallte, und bemühte mich um einen sanften Tonfall.

»Es ist erst November. Weihnachtsbücher sind was für die Adventszeit. Außerdem haben wir unser Fuchsbuch ja noch gar nicht zu Ende gelesen.« Die Ausreden sprudelten nur so aus mir heraus. »Und bestimmt will es deine Mama dir selbst vorlesen.« Ich streichelte über Milas gesundes Bein. Hoffentlich hatte ich nicht übertrieben, und sie war nicht zu enttäuscht.

Zu meiner Überraschung kniff sie jedoch die Lippen zusammen. Ein trotziger Ausdruck trat in ihr Gesicht. »Mama hat gesagt, ich soll es mit dir lesen. Und in zehn Tagen darf ich das erste Türchen vom Adventskalender aufmachen. Es ist also schon Weihnachten.« Sie schob das Buch zurück in meine Richtung. »Vorlesen. Bitte.«

Unentschlossen starrte ich auf den Einband. Ich konnte das unruhige Flattern in meinem Bauch nicht ignorieren. Alles in mir sträubte sich bei der Vorstellung, eine lustige Weihnachtsgeschichte zu lesen. Aber ich wusste genauso gut, wie lächerlich ich mich gerade benahm. Wegen eines dämlichen Kinderbuchs. Immerhin war *ich* hier die Erwachsene. Diejenige, die ihre Gefühle im Griff haben sollte. Und wenn Mila es unbedingt lesen wollte, musste ich mein Unwohlsein eben für ein paar Minuten ignorieren.

Seufzend hob ich es vom Bett und schlug die erste Seite auf. Mila klatschte aufgeregt in die Hände. Ihre Freude ließ das flaue Gefühl in meinem Magen sofort abklingen. Wie hätte ich ihr diesen Wunsch ausschlagen können?

Ich rutschte zu ihr ans Kopfende. Sie lehnte den Kopf an meine Schulter und kuschelte sich an meinen Arm.

Schon die Illustrationen auf der ersten Seite trieften vor

Kitsch und Klischees und ließen mich erschaudern. Trotzdem begann ich mit einer lustigen Elchstimme zu lesen.

Als Mila mich nach einer geschlagenen Stunde endlich gehen ließ, machte ich mich auf den Weg zu Bens Zimmer. Das Quietschen von Gummisohlen am anderen Ende des Flurs ließ mich jedoch aufhorchen. Frau Möller bog um die Ecke, hob eilig die Hand und passte mich ab.

»Kommst du kurz mit mir ins Büro? Es gibt einiges für die nächsten Wochen zu besprechen.«

Ob sie wieder unterbesetzt waren? Das würde gerade noch fehlen. Meistens bat mich Frau Möller dann, ein paar Tage zu Hause zu bleiben. Als minderjährige Freiwillige war ich auf die Betreuung einer volljährigen Arbeitskraft angewiesen. Zumindest auf dem Papier. In der Praxis lief sowieso alles anders als in der Theorie.

Obwohl es nicht zu meinen Aufgaben zählte, hatte ich schon Bettwäsche gewechselt, Pflaster aufgeklebt oder die Pfleger und Pflegerinnen beim Verteilen der Medikamente begleitet. Wenn zu wenige von ihnen im Dienst waren, störte ich aber mehr, als dass ich helfen konnte. Immerhin war ich keine ausgebildete medizinische Fachkraft.

Ich folgte Frau Möller ins Stationszimmer und ließ mich auf einem der knarrenden Stühle ihr gegenüber nieder.

»Was gibt's?«

Sie schob den Bildschirm zur Seite und faltete die Hände auf dem Tisch. »Zuerst wollte ich mich nochmal für deine Hilfe bedanken. Ich bin froh, dass du so mutig warst, dich hier zu bewerben. Die Kinder lieben dich. Sie fragen die ganze Zeit nach dir. Wir hatten leider nie genug Zeit, uns so intensiv mit ihnen zu beschäftigen, wie du es tust.« Mit ihren schmalen Lippen formte sie ein Lächeln, das direkt in mein Herz floss.

Ich öffnete den Mund, stockte aber. Was sollte ich darauf nur antworten? Sie wusste genau, dass sie mich damit in Verlegenheit brachte. »Dafür bin ich ja da«, erwiderte ich nur und zuckte mit den Schultern.

Zu meiner Erleichterung ging sie nicht weiter darauf ein, sondern öffnete eine Schublade zu ihrer Rechten und zog einen Schlüssel daraus hervor.

»Und weil das alles in den letzten Wochen so gut geklappt hat, würde ich dir gerne eine weitere Aufgabe anvertrauen.«

Ich rutschte auf meinem Stuhl weiter nach vorne. Die Beschriftung auf dem roten Anhänger konnte ich allerdings nicht entziffern. Eine neue Aufgabe? Wozu gehörte der Schlüssel?

»Die Weihnachtszeit steht vor der Tür. Die schönste Zeit des Jahres. Vor allem für die Kinder.«

Ihre Worte hinterließen ein Stechen in meiner Brust. Meine Neugierde verflog ebenso schnell, wie sie gekommen war. Da konnte sie ihren blöden Schlüssel auch behalten. Ich lehnte mich zurück und verschränkte die Arme vor der Brust.

Glaubte sie den Quatsch wirklich, den sie da erzählte?

»Nicht für jedes Kind.« Die Worte kamen härter über meine Lippen als beabsichtigt.

Frau Möller runzelte die Stirn. »Nein, nicht für jedes Kind. Vor allem nicht für die Kinder, die die Adventszeit und die Feiertage im Krankenhaus verbringen müssen. Aber deshalb bist du ja hier.«

Sie zählte auf mich. Und die Kinder auch.

Ich schaffte es nicht, ihr in die Augen zu sehen, während sie redete. Stattdessen starrte ich auf ihre Hände, die unermüdlich mit dem Schlüssel spielten. »Du wirkst nicht begeistert. Trotzdem fände ich es schön, wenn du dich um ein bisschen weihnachtliche Stimmung auf der Station kümmern würdest. Das ist in den letzten Jahren viel zu kurz gekommen. Wir hatten dafür keine Zeit. Aber jetzt bist du ja da. Ich finde es wichtig für unsere kleinen Patienten.«

Sie legte den Schlüssel auf dem Tisch ab und schob ihn zu mir. »Damit kommst du in unsere kleine Rumpelkammer am Ende des Flurs. Dort lagern viele Kisten mit Weihnachtsdekoration.«

Ich wollte etwas erwidern, doch Frau Möller ließ mich nicht zu Wort kommen. »Du hast freie Hand. Benutz ruhig alles, was du findest. Und wenn du Hilfe brauchst, hätte ich noch ein paar Ideen für kleine Überraschungen parat. Denkst du, du kriegst das hin?«

»Ich weiß nicht«, murmelte ich. »Ist das wirklich nötig? Ich bin … nicht gerade ein Fan von Weihnachten. Tut mir leid. Mir fallen aber hunderte Möglichkeiten ein, die Kinder ein bisschen glücklicher zu machen, die nichts mit Weihnachten zu tun haben. Kann ich mir da nicht etwas anderes überlegen?«

Frau Möller sah mich über den Rand ihrer Brille hinweg verständnisvoll an. Sofort beruhigte sich mein nervöser Herzschlag. Mein Gefühl hatte mich nicht getäuscht. Mit Ehrlichkeit konnte ich bei ihr nichts falsch machen.

»Hm.« Sie hob den Schlüssel wieder vom Tisch und ließ ihn durch die Finger gleiten. »Das ist schade. Ich weiß, dass du tolle Ideen hast. Aber es ist nun mal Advent. Das entgeht den Kindern ja nicht. Viele von ihnen freuen sich schon jetzt auf ihre Geschenke, haben einen Adventskalender hier oder hören Weihnachtsmusik. Dabei sollen sie sich wohlfühlen und nicht die ganze Zeit darüber nachdenken, ob sie an Heiligabend zu Hause ihre Geschenke auspacken dürfen. Sie sollen spüren, dass Weihnachten hier trotz allem genauso schön sein kann wie daheim.« Sie seufzte. »Oder eben schöner.«

Mit jedem ihrer Worte sank ich ein Stück tiefer in den Stuhl. In meinem Kopf brach ein Sturm los. Vor meinen Augen tauchte Mila auf, die mir voller Stolz und Vorfreude ihr Weihnachtsbuch zeigte. Und verdammt, ich wollte der Freude der Kinder auf keinen Fall im Weg stehen. Vielleicht könnte ich mich dazu überwinden, wie gerade zum Vorlesen. So schwer konnte das nicht sein.

Trotzdem fühlte sich mein Herz mit einem Mal an, als hätte jemand Bleiketten darumgelegt. Warum musste ausgerechnet *ich* das machen? Es würde schon schlimm genug werden, jeden zweiten Tag in einem Weihnachtswunderland zu arbeiten und dabei so tun zu müssen, als würde ich mich über die Stimmung freuen. Das Krankenhaus war in den letzten Wochen zu einem Rückzugsort, meinem zweiten Zuhause geworden. Nirgendwo konnte ich so sehr ich selbst sein wie hier. Würde ich mich auf der Station überhaupt noch wohlfühlen? Aber mir blieb nichts anderes übrig. Die Kinder gingen vor. Ich wollte nicht diejenige sein, die ihnen den Spaß an Weihnachten verdarb.

»Na gut. Ein bisschen Weihnachtsstimmung sollte ich schon hinbekommen.« Die Worte kamen mir nur schwerfällig über die Lippen. Aber ich war froh, sie ausgesprochen zu haben. Ich musste meine Abneigung überwinden, wenn es die Kinder glücklich machte. Hier ging es nicht um mich.

Frau Möllers Züge hellten sich auf. »Oh, na, das ist doch toll. Du wirst sehen, die Kleinen werden es lieben.«

Sie drückte mir den Schlüssel in die Hand. »Hier, du kannst ihn erstmal behalten. Aber geh sorgsam damit um. Der Zweitschlüssel ist schon seit ein paar Jahren verschwunden. Wir können nicht schon wieder ein Schloss austauschen lassen, sonst muss ich wieder eines dieser Gespräche mit dem Chef führen.«

Ich verkniff mir ein Schmunzeln.

Obwohl sie sich bemühte, ihre Zerstreutheit vor ihren Kollegen und Vorgesetzten zu verbergen, gelang es ihr nur selten. Aber ihre chaotische Art war genau das, was wir alle an ihr liebten. Nur den Chef brachte sie damit regelmäßig zur Verzweiflung. Doch selbst er konnte ihr nie lange böse sein.

»Und ich versuche, dich mit den Weihnachtsplänen zu unterstützen, wo es geht. Leider kann ich dir nur nicht alles abnehmen. Du weißt, wir brauchen jede Hand in der Pflege. Aber ich werde sehen, was sich machen lässt und … oh.«

Sie zückte ihren schweren Silberkugelschreiber und kritzelte etwas auf einen der unzähligen Notizzettel, die auf dem Schreibtisch verstreut waren.

Hin- und hergerissen von ihrer Reaktion richtete ich mich im Stuhl auf. Musste sie wegen mir nun etwas umplanen? Das konnte ich kaum mit meinem Gewissen vereinbaren. Andererseits hatte ich ja zugestimmt. Wenn sie nun trotzdem etwas umwerfen wollte, war das nicht meine Schuld.

»Danke. Das weiß ich zu schätzen. Ich werde gleich morgen anfangen zu dekorieren und wie immer helfen, wo ich kann.«

Frau Möller blickte kaum von ihrem Zettel auf. »Ist gut.« Hatte sie mir überhaupt zugehört?

Ich nutzte die Gelegenheit, um aufzustehen. Es war besser, sie erstmal alles ordnen zu lassen. Und ich hätte etwas Zeit, um mich selbst mit meiner neuen Aufgabe anzufreunden. »Dann werde ich mal Bens Zimmer durchforsten.«

»Mach das«, murmelte sie und begann, hektisch in ihrem Zettelhaufen zu wühlen.

Was suchte sie? Was war ihr plötzlich so Wichtiges eingefallen? Oder war sie doch ein bisschen genervt, weil ich ihre Begeisterung für die Weihnachtszeit nicht teilte?

Leise schlich ich zur Tür, um sie nicht zu stören. Als ich sie hinter mir zuzog, lockerte sich langsam die bleierne Schwere in meiner Brust.

Ich verhielt mich lächerlich. Es war alles in Ordnung. Und es würde auch so bleiben, ein bisschen Weihnachtsdeko hin oder her.

Hoffentlich.

2. Matteo

33 Tage bis Weihnachten

Mit einem ohrenbetäubenden Quietschen öffneten sich die Aufzugtüren. Ich machte einen Schritt hinaus in den Flur. Der Gestank, der mir entgegenschlug, machte es jedoch schwer, nicht gleich wieder zurückzustolpern und abzuhauen. Zigarettenqualm, der sich über die Jahre in die Wände gefressen hatte, vermischte sich mit abgestandenem Bier. Kein Wunder. Der Alte von nebenan hatte mal wieder das Altglas der letzten Wochen im Flur deponiert, statt die Flaschen zu entsorgen.

Ich zog mir die Kapuze meines Hoodies tiefer ins Gesicht. Sie schirmte den Geruch zwar etwas ab, konnte mich jedoch nicht vor all den Erinnerungen schützen, die in diesem Moment über mich hereinbrachen. Ich musste den Besuch so schnell wie möglich hinter mich bringen.

Unentschlossen tastete ich nach dem Schlüsselbund in meiner Tasche. Ob ich aufsperren oder es nochmal mit Klopfen probieren sollte? Dass mir unten schon niemand geöffnet hatte, war kein gutes Zeichen. Wahrscheinlich war heute wieder einer der schlechteren Tage. Doch ich hatte Mikes alte Karre nirgendwo entdeckt. Das bedeutete zumindest, dass Mama alleine war und ich ihm nicht über den Weg laufen würde. Was hatte ich also zu verlieren? Während ich den Schlüssel ins Schloss schob, entschied ich mich aber, doch noch zu klopfen. »Ich bin's, Mama. Ich komm rein, okay?«

Zu meiner Erleichterung empfing mich im Inneren ein angenehmerer Geruch. Dennoch zog sich mein Magen schmerzlich zusammen.

Ich schlüpfte schnell durch die Tür und schloss sie hinter mir, bevor der abgestandene Rauch aus dem Flur hineinziehen konnte. Mein Blick huschte über die Schuhe, die kreuz und quer vor der Garderobe verstreut lagen. Aber es waren keine Männerschuhe dabei.

Dann hielt ich inne und lauschte. Nichts. Nur das Rattern des uralten Kühlschranks durchschnitt die Stille.

»Mama? Bist du zu Hause?«, rief ich in Richtung Wohnzimmer.

»Matteo?«

Ich atmete auf. Sie war hier. Alleine. So würde ich wenigstens kurz mit ihr reden können. Unachtsam warf ich meinen Rucksack auf den Schuhhaufen.

Als ich das Wohnzimmer betrat, war ich mir plötzlich jedoch nicht mehr so sicher, ob das eine gute Idee war. Ich hatte recht gehabt. Heute war wirklich einer der schlechten Tage.

Die Vorhänge waren zugezogen. Tassen, Gläser und Teller stapelten sich auf dem Couchtisch. *Mist.* Meine Finger verkrampften sich um den Schlüssel in meiner Hand.

Mama richtete sich eilig auf dem Sofa auf. Krümel fielen von ihrem ausgeblichenen Pulli. »Was machst du denn hier? Du sollst doch anrufen, bevor du vorbeikommst.« Sie fuhr sich mit den Fingern durchs Haar. Ich kannte diesen Anblick nur zu gut. Sie hatte es bestimmt zwei oder drei Tage lang nicht gekämmt.

Woher sollte ich nun schon wieder die Kraft nehmen, das alles in Ordnung zu bringen?

Schnell wandte ich mich ab, lief zum Fenster und zog die Vorhänge auf. »Hab ich doch versucht. Die letzten zwei *Wochen.* Jedes Mal hängt Mike hier rum, oder es passt dir gerade nicht. Da bleibt mir doch nichts anderes übrig, als einfach ungefragt aufzukreuzen.«

Mama kniff die Augen zusammen und blinzelte gegen das Sonnenlicht an. Mein Herz zog sich zusammen. Wie lange sie wohl schon in der Dunkelheit gesessen hatte?

»Es geht eben nicht anders. Du weißt doch, es ist ... es ist nicht ... ich will doch nur ...« Sie verstummte.

»Ja, ich weiß«, erwiderte ich und lief zur Couch zurück. »Aber so kann es trotzdem nicht weitergehen. Deswegen bin ich auch hier. Ich wollte dir was erzählen.« Ich ließ mich neben sie in die durchgesessenen Polster sinken.

»Was denn?« Ihre Stimme war kaum mehr als ein Flüstern.

Ich schloss für ein paar Sekunden die Augen und holte tief Luft.

Einerseits wollte ich sie damit nicht belasten. Doch andererseits musste sie es erfahren. Wir mussten endlich darüber reden. »Hast du den Brief vom Gericht gelesen?«

Ihr Blick huschte panisch zur Seite. Ich folgte ihm und entdeckte den Stapel mit Briefen, die sie achtlos auf den

21

Tisch geworfen und offensichtlich nie geöffnet hatte. Ich stöhnte auf und rieb mir die Stirn, hinter der es leise zu pochen begann. Warum fragte ich überhaupt?

»Mein Gott, es interessiert dich einfach einen Scheiß, was mit mir passiert, oder?« Ich hatte mir vorgenommen, ihr keine Vorwürfe zu machen. Aber ich konnte nicht anders. Obwohl ich damit gerechnet hatte, riss mir die Enttäuschung ein Loch in die Brust. Welcher Mutter war ihr Sohn schon so egal, dass sie nicht mal einen offiziellen Brief über ein gerichtliches Urteil öffnete?

»Schatz, bitte, sei nicht böse. Es interessiert mich natürlich. Ich hatte nur nicht die Kraft ...« Sie rutschte näher zu mir. Plötzlich spürte ich ihren Arm um meine Schultern. Doch ihre Berührung fühlte sich an wie ein Stromschlag. Ich sprang auf.

»Die haben mich zu vierzig Sozialstunden verdonnert. Eigentlich müsstest du was unterschreiben. Den Empfang bestätigen und so. Aber ich hab ihnen schon erzählt, wie das bei uns läuft. Ist also wahrscheinlich nicht nötig. Ich dachte nur, du solltest es wissen.«

Sie schlug die Hand vor den Mund und sah zu Boden.

Mit jeder Sekunde, die ich sie anstarrte und auf eine Antwort wartete, rauschte es lauter in meinen Ohren. Verdammt, ich hätte nicht herkommen sollen. Selbst ohne Mike war es hier nicht auszuhalten. Und eigentlich wusste ich das auch. Warum trieb es mich trotzdem immer wieder zurück in dieses Drecksloch?

»Es ist wahrscheinlich besser, du gehst jetzt«, brachte sie mit schwankender Stimme hervor. »Mike wird bald nach Hause kommen. Es wäre mir lieber, wenn er nicht mitbekommt, dass du hier warst.« Sie sah zu mir auf. In ihren blauen Augen lag ein verdächtiger Schimmer. Das Rauschen nahm meinen ganzen Kopf ein.

»Wie wäre es, wenn du dich einfach mal durchsetzt und *ihn* wegschickst statt mich?« Ich winkte ab. Es hatte sowieso keinen Sinn. Ich würde mit ein paar kläglichen Gesprächsversuchen niemals weiterkommen. Das hatte ich schon zu oft versucht. »Ich weiß, ich weiß, das ist völlig unmöglich. Mach dir wegen mir nur keine Umstände.«

»Es tut mir alles so leid, Schatz. Wirklich.«

Schnaubend drehte ich mich um. Ihre Entschuldigungen konnte sie sich sparen. Sie waren nichts als leere Worte ohne Bedeutung.

»Ich hol noch ein paar Sachen aus meinem Zimmer. Dann bin ich wieder weg, keine Sorge.«

Sie wollte noch etwas erwidern, doch ich eilte zum Raum gegenüber und schlug die Tür hinter mir zu. Ich lehnte mich mit dem Rücken dagegen und nahm mir einen Moment Zeit, um durchzuatmen. Der Anblick meines Zimmers ließ mich jedoch nicht zur Ruhe kommen.

Alles sah noch genauso aus wie vor ein paar Monaten, als ich es verlassen hatte – bis auf den Schrott, der sich auf meinem Bett türmte. Fremde Shirts, eine Sammlung billiger Männerparfüms, die aus einer Sporttasche quollen, Kartons …

Was dachte sich dieser aufgeblasene Idiot eigentlich? Auch wenn er es geschafft hatte, mich für ein paar Monate in die Flucht zu schlagen, konnte er doch nicht einfach alles an sich reißen. Das war immer noch *mein* Zimmer. *Mein* Bett. Und *meine* Mutter.

In meiner Wut fegte ich mit einer schnellen Handbewegung den ersten Karton vom Bett. Er fiel rumpelnd zu

Boden. Mein Herz wurde mit jedem Gegenstand, den ich vom Bett stieß, leichter. Papier segelte hinunter, Parfümdeckel rollten durchs Zimmer – und es war mir völlig egal, ob dabei etwas kaputtging.

Zufrieden betrachtete ich mein Werk. Zu gerne würde ich Mikes blöde Fratze sehen, wenn er später merkte, was ich angerichtet hatte. Aber dafür extra hierzubleiben und zu warten, bis ich ihm in die Arme lief, war keine gute Idee. Die Vorstellung musste reichen.

Ich riss den Kleiderschrank auf. Wahllos griff ich nach ein paar Pullis und Mützen. Eigentlich hatte ich noch vorgehabt, ein bisschen Kram aus meiner Weihnachtskiste rauszusuchen und mitzunehmen. Aber mir war die Lust vergangen, mich auch nur eine Sekunde länger als nötig in dieser Wohnung aufzuhalten.

Ich stapfte zurück in den Flur, stopfte meine Ausbeute in den Rucksack und warf ihn mir über die Schulter. Mit einem Mal waren meine Füße jedoch zu schwer, um sie auch nur einen Zentimeter anzuheben.

Verdammt. Ich wollte gehen. Und ich wollte vor allem nicht schon wieder nachgeben. Aber ich konnte auch nicht einfach wortlos verschwinden.

»Ich bin dann mal weg. Und … ruf mich an, wenn du was brauchst. Zumindest, solange Mike nicht da ist.«

Auf eine Antwort wartete ich jedoch nicht. Sobald ich die Worte ausgesprochen hatte, gehorchten mir meine Füße wieder, und ich flüchtete aus der Wohnung.

Am Aufzug lief ich vorbei. Das Letzte, was ich nun noch gebrauchen konnte, war eine Begegnung mit Mike. Also nahm ich das Treppenhaus. Die Stufen flogen unter meinen Füßen vorbei. Mit jedem Stockwerk geriet ich mehr außer Puste. Aber das war gut so. Mit jedem Atemzug wandelte sich ein Hauch meiner Wut in neue, positivere Energie.

Zwölf Treppenabsätze. Dann umhüllte mich die frostige Frische des nahenden Winters und brachte mich zurück ins Hier und Jetzt.

Ich machte mich auf den Weg zur U-Bahn. Um auf andere Gedanken zu kommen, kramte ich die Kopfhörer aus der Hosentasche und schloss sie an mein Handy an.

Let It Snow.

War es dafür im November noch zu früh? Ach, egal. Wenn es meine Stimmung hob, war es genau das Richtige.

Ich drückte auf Play. Michael Bublés Stimme verfehlte ihre Wirkung nicht. Sofort lockerten sich meine angespannten Kiefermuskeln, und meine Atmung beruhigte sich endlich. Die weihnachtlichen Klänge drangen direkt in mein Herz ein. Verstohlen warf ich einen Blick über die Schulter und spähte die Straße entlang. Außer ein paar Kindern am Spielplatz hinter dem benachbarten Hochhaus war niemand zu sehen. Also ließ ich mich beim Refrain dazu hinreißen, leise mitzuträllern. Obwohl eine graue Wolkenschicht die Sonne verdeckte, schien sich alles um mich herum aufzuhellen. Als wäre die Straße wirklich von einer dichten Schneeschicht bedeckt.

Mitten im Song stoppte die Musik allerdings plötzlich. Mist, war das Datenvolumen schon wieder verbraucht? Ein Blick auf das Display ließ mich jedoch erstarren. Ich wurde angerufen – von Jörg.

Mein Finger nahm mit einem Mal die Konsistenz eines Gummispielzeugs an. Ich brauchte drei Versuche, um fest genug über den grünen Hörer zu wischen.

»Hey, gibt es endlich was Neues?«, brachte ich atemlos hervor. Wow, sogar in meinen Ohren klang das ganz schön verzweifelt.

Statt einer Antwort schallte Jörgs tiefes Lachen durchs Telefon.

»Sag schon, was ist los?« Seine fröhliche Reaktion beruhigte mich und ließ meine Neugierde wachsen.

»Wie kommst du darauf, dass etwas los ist? Vielleicht wollte ich mich ja nur erkundigen, wie es bei dir so läuft. Das gehört auch zu meinen Aufgaben.«

»Alles bestens. Ich war heute sogar in der Schule. Hab dann jemanden besucht und bin jetzt gerade auf dem Weg nach Hause. Also schieß los.« Ich betete, dass er nicht weiter nachhakte. Denn ich wollte ihn nicht anlügen.

Ich wusste, wie er zu den Besuchen bei meiner Mutter stand. Wenn es nach ihm ging, sollten wir uns erstmal nur an neutralen Orten treffen. Im Café. Bei einem Spaziergang. Aber das hatte fast noch nie geklappt. Sie konnte nicht. Und ich musste ab und zu bei ihr vorbeischauen, um sicherzugehen, dass es ihr gut ging.

»Klasse. Deine Lehrerin hat in ihrer letzten Mail auch nur Positives berichtet. Du gibst dir wirklich Mühe, hm?«

»Na klar. Ich will den ganzen Mist möglichst schnell und unkompliziert über die Bühne bringen.«

»Und deswegen will ich dir auch dabei helfen. Fleiß wird bekanntlich belohnt. Also habe ich mich noch ein bisschen für dich eingesetzt und tolle Neuigkeiten.«

Ich drückte mir die Kopfhörer fester in die Ohren, um bloß kein Wort zu verpassen. Tolle Neuigkeiten?

Mit Jörg hatte ich unglaubliches Glück gehabt. Er war der beste Betreuer, den ich mir vorstellen konnte. Er machte nicht einfach nur seinen Job. Er nahm sich Zeit, hatte immer ein offenes Ohr und blickte hinter die Fassade, statt mich und die anderen Jugendlichen als missratene Straftäter abzustempeln, die sowieso keine Zukunft hatten. Ganz im Gegenteil: Er glaubte an mich und setzte sich für mich ein. Keine Moralpredigten und Vorwürfe, nur grenzenlose Unterstützung. Und vielleicht sogar ein bisschen Freundschaft.

Ich konnte also gar nicht anders, als mir Mühe zu geben. Denn ihn zu enttäuschen war keine Option.

»Die Kinderklinik hat sich noch mal gemeldet. Sie haben es sich anders überlegt. Vielleicht geben sie dir doch eine Chance.«

Mein Herz begann zu flattern.

»Vielleicht? Was heißt vielleicht?«, stieß ich hervor.

»Sie haben sich noch nicht endgültig entschieden. Dafür würden sie dich gerne zu einem Gespräch und einem Kennenlernen einladen. Ich hab ihnen gesagt, dass das nicht nötig ist und nochmal ein gutes Wort für dich eingelegt. Aber da kommst du wohl nicht drum rum, wenn du die Stelle willst.«

»Ja, natürlich will ich! Kann ich gleich hinfahren? Oder wann soll ich dort sein?«

Jörg lachte erneut. »Immer langsam. Ich schicke dir die Durchwahl zu der Stationsleitung. Dort kannst du anrufen und einen Termin vereinbaren. Aber wenn du das tust ... zeig dich doch bitte etwas geduldiger und ruhiger, okay?«

Ich schnaubte. Als wüsste ich nicht, wie man sich benimmt. Da müsste er mich inzwischen doch besser kennen. »Natürlich. Und danke! Du weißt gar nicht, wie viel mir das bedeutet.«

»Das freut mich. Und ich hoffe, du weißt andersherum genauso, dass ich das nicht für jeden tun würde. Wenn da etwas schiefläuft, bin ich derjenige, der den Kopf hinhalten muss. Also zeig, was du kannst. Versau es nicht.«

»Niemals. Her mit der Nummer. Ich muss da sofort anrufen. Zuverlässigkeit und Pünktlichkeit gehören ja bekanntlich auch zum guten Ton.«

Er seufzte. »Also schön. Gib mir Bescheid, wie es gelaufen ist. Bis bald.«

Ich hämmerte auf das Auflegen-Symbol. Erst nach dem Piepton fiel mir auf, dass ich in meiner Aufregung vergessen hatte, mich zu verabschieden. Aber Jörg würde es mir nicht übelnehmen.

Das hier war so verdammt wichtig. Ich hatte die Chance, die Sozialstunden so umzusetzen, wie ich es mir gewünscht hatte. Die Arbeit in der Kinderklinik abzuleisten war immerhin meine Idee gewesen. Bei der Aussicht, wie die anderen Müll vom Straßenrand zu sammeln oder in einer Suppenküche Kartoffeln zu schnippeln, erschauderte ich. Das war zwar auch eine sinnvolle Arbeit, die anderen Menschen half, doch leider nichts für mich – ich brauchte Abwechslung. Etwas, bei dem ich im besten Falle nicht nur etwas bewirkte, sondern auch noch Spaß hatte.

Kaum hatte ich aufgelegt, schickte mir Jörg auch schon die Nummer seiner Kontaktperson.

Ich ließ Michael Bublé weiter in mein Ohr singen und hüpfte mit federnden Schritten die Stufen zur U-Bahn hinunter. Vielleicht würde heute doch noch ein guter Tag werden.

3. Letti

30 Tage bis Weihnachten

Als ich die Station betrat, rechnete ich mit allem. Damit, dass Frau Möller bereits Weihnachtsmänner und Rentiere aufstellte oder mir eine rote Mütze über den Kopf ziehen und mich zum Singen von Weihnachtsliedern zwingen würde. Aber nicht damit, was mich stattdessen erwartete: dass alles ruhig und unberührt vor mir lag und ich bei dem Gedanken an meine heutigen Aufgaben nicht einmal schlechte Laune bekam.

Ich hatte mir vorgenommen, gleich das Schlimmste zu erledigen. So hatte ich es hinter mir, konnte mich schon einmal an den Anblick der Weihnachtsdeko gewöhnen und schneller wieder zu den Aufgaben übergehen, die mir wirklich Spaß machten.

Auf dem Weg zum Stationszimmer riss mich jedoch ein lautes Rumpeln aus den Gedanken. Hoffentlich war keines der Kinder beim Rumturnen aus dem Bett gefallen oder hatte einen Tropf umgestoßen. Alarmiert riss ich den Kopf herum. Doch eigentlich war das Geräusch zu nah gewesen, um aus einem der Patientenzimmer zu kommen. Vielleicht aus dem Raum mit den Putzutensilien?

Es rumpelte erneut. Dann bemerkte ich zu meiner Linken eine Tür, die einen Spalt breit offen stand.

Ungläubig starrte ich auf das Schild. Die Zimmernummer, die darauf geschrieben war, ließ mich stutzen.

Wie konnte das sein? Ich warf meine Tasche zu Boden, zerrte den Reißverschluss auf und wühlte darin herum. Bis ich endlich den Schlüssel ertastete, den Frau Möller mir anvertraut hatte. Ich verglich die Nummer vom Anhänger mit der auf dem Schild. 302. Meine Erinnerung hatte mich nicht getäuscht. Es war die gleiche.

Mein Herz stolperte und verpasste mir einen kleinen Stoß gegen die Rippen.

Was war hier los? Sie hatten wohl kaum wegen eines Vormittags, an dem ich mit dem Schlüssel nicht hier gewesen war, die Kammer aufgebrochen.

So leise wie möglich schlich ich auf das Zimmer zu.

Ich beschloss, erstmal zu beobachten, was dort vor sich ging, bevor ich mich in etwas einmischte, das mich nichts anging – oder einen Einbrecher aufschreckte.

O Gott. Das würden doch nicht irgendwelche Junkies sein, die Medikamente stehlen wollten?

Mit trommelndem Herzen lugte ich durch den Spalt. Die Ursache für den Lärm erkannte ich sofort. Ein Karton lag seitlich auf dem Boden, und Weihnachtsdeko verteilte sich über den ganzen Raum. Der Übeltäter hatte mir jedoch den Rücken zugekehrt. Und trug keine Arbeitsbekleidung. Kein weißes Shirt, keinen Kittel. Dafür einen dunkelblauen Hoodie, dessen Kapuze er über den Kopf gezogen hatte. Seine Statur ließ mich allerdings auf einen Mann schließen. Eindeutig.

Als er sich zur Seite drehte, zog ich schnell den Kopf zurück. Hatte er mich bemerkt? Plötzlich kam mir sogar das Atmen zu laut vor. Ich legte die Hand vor die Nase, um meine eigenen Geräusche zu dämpfen.

Und jetzt? Da stand eindeutig ein fremder Mann, der nicht hier arbeitete, in der Kammer. Er musste noch dazu die Tür aufgebrochen haben, falls Frau Möller sich neulich nicht geirrt hatte und es doch noch einen Zweitschlüssel gab.

Hilfesuchend blickte ich den Flur hinunter. Ausgerechnet jetzt war von dem sonst so hektischen Treiben nichts zu sehen. Niemand, den ich zu mir winken konnte. Ganz toll. Ich musste mir also selbst etwas ausdenken. Dass dieser Fremde am Ende noch zur Gefahr für die Kinder wurde, konnte ich auf keinen Fall zulassen.

Ich wagte erneut einen vorsichtigen Blick hinein. Der Kerl kniete vor der Kiste und sammelte die herausgefallenen Tannenzapfen und LED-Kerzen ein. Als er zu Boden sah, erhaschte ich trotz der Kapuze einen Blick auf sein Gesicht.

Er war jung. Höchstens zwei oder drei Jahre älter als ich. Und er sah überhaupt nicht aus wie ein Junkie. Vielleicht war das der Grund, warum mein Herzschlag plötzlich in einen anderen Takt wechselte und ruhiger wurde.

Abgesehen davon: Wer war schon so blöd und suchte in der Abstellkammer nach Medikamenten? Oder brach in einem Krankenhaus ein, um Weihnachtsdeko zu klauen?

Bestimmt gab es eine Erklärung dafür. Es sollte kein

Problem sein, einfach reinzugehen und ihn darauf anzusprechen. Oder?

Ich nahm all meinen Mut zusammen und schob die Tür weiter auf. Der Fremde bemerkte es nicht. Er stand gerade mit dem Rücken zu mir vor einem der Regale und schien etwas zu suchen. Nein, gefährlich war er definitiv nicht. Dazu wirkte er zu ruhig. Vorsichtig hob er einen länglichen Gegenstand vom obersten Brett.

Ich räusperte mich. Doch er drehte sich immer noch nicht um. Stattdessen begann er, laut vor sich hin zu pfeifen. Sofort erkannte ich die Melodie von *Last Christmas*. Stirnrunzelnd blieb ich hinter ihm stehen.

»Hallo?« Zögerlich trat ich noch einen letzten Schritt nach vorne und tippte ihm auf die Schulter.

Das Pfeifen brach ab, und ein Ruck ging durch seinen Körper. Er fuhr herum. Zu schnell für mich, um zu reagieren. Im nächsten Moment donnerte der Gegenstand in seiner Hand gegen meine Wange. Ein dumpfer Schmerz schoss mir vom Wangenknochen bis in die Nasenwurzel.

»Ahhh, spinnst du?!« Entgeistert blickte ich zu ihm auf. Er starrte mit offenem Mund zurück.

Bitte, lass nichts gebrochen sein!

Ich hob die Hand und tastete vorsichtig die pochende Stelle ab. Die Berührung ließ den Schmerz noch stärker aufflammen, doch es fühlte sich zum Glück alles an wie immer. *Puh.* Ich musste in den nächsten Tagen also höchstens einen blauen Fleck überschminken. Einen zertrümmerten Wangenknochen rekonstruieren zu lassen, wäre sicher komplizierter geworden.

Der Kerl blickte auf die überdimensionierte hölzerne Zuckerstange, die er immer noch in der Hand hielt.

»Verdammt, das wollte ich nicht! Tut mir leid!« Er warf sie unachtsam zur Seite. »Aber warum schleichst du dich auch so an?«

Endlich besaß er die Höflichkeit, sich die Kapuze abzustreifen. Seine dunklen Haare luden sich dabei elektrisch auf und standen in alle Richtungen von seinem Kopf ab. Trotz des Pochens in meiner Wange musste ich grinsen.

Sofort kam mir Mila in den Sinn. Wir hatten erst letzte Woche mit Luftballons gespielt. Über den Kopf reiben und dann an die Decke kleben – damit hätte ich sie stundenlang beschäftigen können. Sie hatte jedes Mal wieder über unsere abstehenden Haare und die bunten Ballons an der Decke gekichert.

Mit den kurzen Haaren des Typen sah es noch viel witziger aus. Mila hätte sich bestimmt krummgelacht.

Er schien meinen Blick zu bemerken und fuhr sich mit beiden Händen über den Kopf. Mit Erfolg. Seine Frisur war immer noch wild, doch hatte nun eher etwas Ungezähmtes an sich.

Gleichzeitig stachen mir die roten Kabel ins Auge, die unter seinem Pulli hervorkamen – und an den Stöpseln in seinen Ohren endeten. Kopfhörer. *Last Christmas.* Deswegen hatte er mich also nicht kommen hören. Endlich nahm er sie heraus und ließ sie achtlos am Kragen herunterbaumeln.

»Anschleichen? Wenn du dir weiter mit diesem Song die Gehirnzellen abtöten willst, dreh ihn wenigstens leiser. Dann hörst du nämlich auch, wenn jemand mit dir redet und musst ihm nicht zur Begrüßung eine verpassen.«

Unsere Blicke trafen sich. Ich konnte das Schimmern in seinen blauen Augen nicht deuten. Tat es ihm leid? Oder war ich mit meiner Antwort zu weit gegangen? Immerhin hatte ich nach wie vor nicht die geringste Ahnung, wer er war und was er hier zu suchen hatte.

Doch irgendetwas an ihm verriet mir, dass ich keine Angst vor ihm haben musste.

Statt mir meine Worte übelzunehmen, zuckten seine Mundwinkel jedoch nach oben. »Du musst Letitia sein.«

Irritiert runzelte ich die Stirn. Woher wusste er das? Arbeitete er doch hier? War ich ihm nur noch nie über den Weg gelaufen? Das wäre verdammt peinlich. Inzwischen war es mir aber egal, ob ich mich blamierte. Schlimmer konnte diese Begegnung sowieso nicht mehr werden.

»Äh, ja … Letti. Einfach nur Letti. Aber wieso … und was machst du hier überhaupt? Wer zur Hölle bist du?«

Er lachte. An seinen Nasenflügeln bildeten sich dabei kleine Grübchen. Faszinierend. Erst, als er antwortete, fiel mir auf, dass ich sie einen Moment zu lange angestarrt hatte. Ertappt wandte ich mich ab und versuchte die Hitze zurückzudrängen, die mir ins Gesicht schoss.

»Ganz einfach. Du hältst *Last Christmas* für gehirnschädigend. Frau Möller hat mich schon vorgewarnt, dass du nicht gerade ein Weihnachtsfan bist.« Sein Zwinkern machte es mir endgültig unmöglich, nicht den gleichen Rotton anzunehmen wie die Zuckerstange, mit der er mir eine verpasst hatte.

Er streckte mir die Hand entgegen. »Matteo. Dein neuer Kollege. Und übrigens auch leidenschaftlicher Verfechter von *Last Christmas*, dem größten weihnachtlichen Meisterwerk, das jemals geschaffen wurde.«

Wow. Also hatte ich mit meiner ursprünglichen Vermutung gar nicht so falschgelegen. Ihm war wirklich nicht zu helfen.

Eigentlich wäre seine Vorliebe für Weihnachten Grund genug gewesen, ihm nicht die Hand zu schütteln. Trotzdem ergriff ich sie aus einem Impuls heraus. Ein Schnauben konnte ich mir jedoch nicht verkneifen.

»Das heißt, du bist hier, um dich um diesen Weihnachtskram zu kümmern?«

Obwohl es sicher anstrengend werden würde, mit einem Weihnachtsfanatiker auf der gleichen Station zu arbeiten, glomm ein Funken Hoffnung in mir auf. Vielleicht hatte Frau Möller vor, ihm diese Aufgabe zu überlassen. Dann würde ich mich in Ruhe mit den Kindern auf ihren Zimmern beschäftigen können, während er den Aufenthaltsraum unter Kunstschnee begrub und mit Wham! beschallte.

»Jap. Ich helfe bis Ende Dezember hier aus. Für Weihnachtsstimmung und strahlende Kinderaugen.«

»Na, das kann ja was werden«, entfuhr es mir. Toll. Warum konnte ich nicht ein einziges Mal nachdenken, bevor ich den Mund aufriss? Schnell fügte ich hinzu: »Aber danke, dass du dich drum kümmerst. Dann muss ich nicht so tun, als hätte ich Spaß dabei.«

Er vergrub die Hände in der Bauchtasche seines Hoodies. Sein linker Mundwinkel zuckte nach oben. »Wie es aussieht, sind es nicht nur die Kinder, die ein bisschen Weihnachtsstimmung gebrauchen können.«

Hatte ich einen so frustrierten Eindruck hinterlassen? Bevor ich etwas erwidern konnte, kniff er jedoch die Augen zusammen, trat einen Schritt näher und beugte sich zu mir.

Was hatte er nun vor? Seine plötzliche Nähe umschloss meine Gedanken mit Watte und machte es mir schwer, einen von ihnen zu greifen.

Sein warmer Atem streifte meine Wange. Der Duft von Lebkuchen umhüllte mich. Obwohl meine Muskeln gerade zum Zerreißen angespannt waren, musste ich schmunzeln. Dieser Typ war wirklich eine Nummer für sich. Natürlich roch er nach Lebkuchen. Wonach auch sonst? Es würde mich nicht einmal wundern, wenn er morgen mit grau gefärbten Haaren, Weihnachtsmannbart und rotem Mantel hier auftauchen würde.

»Oh. Deine Wange sieht irgendwie nicht so gut aus. Wird ganz schön dick.« Er trat wieder einen Schritt zurück, und die Watte in meinem Kopf flog davon. »Ich besorg dir was zum Kühlen, okay?«

Ich runzelte die Stirn. Ja, das war eine gute Idee. Meine linke Gesichtshälfte pochte inzwischen unaufhörlich. Eine so aufmerksame Geste hätte ich ihm gar nicht zugetraut.

Er drückte sich an mir vorbei und schlängelte sich zwischen den gestapelten Kartons hindurch. Im Türrahmen machte er jedoch abrupt Halt.

Sein hilfloser Gesichtsausdruck verriet mir sofort, wo das Problem lag.

»Lass mich raten … du bist erst seit heute hier und hast keine Ahnung, wo du Kühlpacks findest?«

Er zuckte mit den Schultern und nickte.

Trotz steigender Schmerzen musste ich grinsen. »Komm mit, ich zeig's dir.« Ich folgte ihm in den Flur. »Aber … trotzdem danke. Und sorry. Ich wollte dich nicht erschrecken.«

Er winkte ab. »Kein Ding. Und nichts zu danken. Ich

kann dich ja nicht zuerst fast niederschlagen und dann tatenlos zusehen, wie du zu Quasimodo mutierst.«

O Gott. Hoffentlich übertrieb er nur. Ich wollte nicht, dass er mich für immer als das Mädchen mit dem zugeschwollenen Gesicht in Erinnerung behielt.

»Solange ich nicht noch plötzlich den dazu passenden Buckel bekomme ... keine Sorge, das ist bis morgen wieder ...«

»Ach, sieh an!« Frau Möllers begeisterter Ausruf übertönte den Rest meines Satzes.

Sie eilte aus ihrem Büro und blieb mit den Händen in den Hüften vor uns stehen. »Ihr habt euch also schon kennengelernt. Wie schön!« Ihr Lächeln bröckelte jedoch, als ihr Blick von Matteo zu mir wanderte. »Ojemine, was ist dir denn passiert, Letitia? Soll ich einen Arzt holen?« Mist. War es wirklich so geschwollen?

»Alles in Ordnung. Sieht schlimmer aus, als es ist«, versuchte ich sie zu beruhigen.

»Ich hoffe nur, das ist dir draußen passiert? Sonst müssen wir dich untersuchen lassen und einen Arbeitsunfallbericht ausfüllen ... das ist immer so viel bürokratischer Aufwand, und ... o Gott, wo habe ich die Vordrucke nur abgelegt?«

Ich tauschte einen schnellen Blick mit Matteo. Er presste die Lippen aufeinander und hob kaum merklich die Schultern. Sehr gut. Wenigstens in diesem Punkt waren wir einer Meinung.

»Nein, keine Sorge, das war ... vor der Schule. Ich wollte Matteo nur etwas rumführen und mir dabei noch ein Kühlpack mitnehmen.«

Frau Möller atmete auf. »Ja, Schätzchen, das solltest du

auf jeden Fall. Komm doch schon mal in mein Büro und ruh dich ein paar Minuten aus. Ich wollte sowieso die weitere Planung mit euch beiden durchgehen.« Sie tätschelte mir den Arm und wandte sich dann Matteo zu. »Sei doch so gut, geh zu Jessica ins Stationszimmer dort drüben. Sie kann dir etwas zum Kühlen geben.«

Ohne etwas zu erwidern, machte er sich auf den Weg. Ich folgte Frau Möller ins Büro und ließ mich von ihr über den heutigen Zustand der Kinder informieren. Sie war noch nicht einmal bei den Neuzugängen angekommen, als Matteo schon wieder zu uns stieß.

Er zog die Tür hinter sich zu und setzte sich auf den Stuhl zu meiner Rechten. In der Hand hielt er ein Kühlpack, doch er zögerte, es mir zu geben.

»Irgendwie ist das gar nicht richtig kalt, sorry. Diese Jessica hat nur gelacht, als ich es ihr gesagt habe, also keine Ahnung, vielleicht gehört das so?«

Frau Möller prustete los. Ich biss mir auf die Zunge. Ich wollte ihn wirklich nicht in Verlegenheit bringen. Doch ihr Lachen war so ansteckend, dass ich mich nicht lange zurückhalten konnte.

Irritiert sah Matteo zwischen uns hin und her. »Okay, was ist daran so witzig?«

Statt einer Erklärung nahm ich ihm das Kühlpack aus der Hand. Dann holte ich aus und schlug es mit aller Kraft gegen die Tischkante.

Er zuckte beim Knall des Aufpralls zusammen und sah mich an, als hätte ich nicht mehr alle Tassen im Schrank.

Sofort kroch mir Kälte über die Handfläche. Sie half, mein Lachen wieder unter Kontrolle zu bekommen.

Ich hielt ihm das nun kühle Gelkissen entgegen, und er strich misstrauisch über die Oberfläche.

»Krass.« Er räusperte sich und rieb sich verlegen den Nacken. »Ich kenn nur diese Taschenwärmer. Wusste nicht, dass das mit Kühlkompressen auch funktioniert.«

»Mach dir nichts draus. Da hast du doch gleich an deinem ersten Tag etwas dazugelernt«, sagte Frau Möller und wischte sich eine Träne aus dem Augenwinkel. »So, jetzt aber zum Wesentlichen.«

Ich fing währenddessen an, meine Wange zu kühlen. Das Pulsieren ließ sofort nach und wurde von einem wohltuenden Prickeln auf meiner Haut abgelöst.

»Nachdem ihr dieses Jahr zu zweit seid, habe ich mich entschieden, eine alte Weihnachtstradition wieder aufleben zu lassen.«

Sie zog ein Foto unter ihrer Tastatur hervor und schob es zu uns herüber. Matteo beugte sich nach vorne und betrachtete es genauer. Mir genügte schon ein kurzer Blick. Darauf war ein riesiger, kitschig geschmückter Weihnachtsbaum zu sehen.

»Karten statt Kugeln?«, fragte er und zeigte auf die Äste.

»Ganz genau. Das ist unser Wunschbaum.« Sie strahlte uns an, als hätte sie uns gerade den ewigen Weltfrieden verkündet. »Er hat immer für so viel Glück und Festlichkeit auf der Station gesorgt. Jedes Kind bekommt eine Karte und schreibt oder malt darauf seinen größten Weihnachtswunsch. Dann hängt es die Karte an den Baum.« Mit jedem Wort schien sie in ihrem Stuhl zu wachsen. Ich dagegen hatte schon genug gehört, um zu wissen, dass ich damit nichts anfangen konnte.

»Eure Aufgabe ist es, die Karten zu lesen und ihre Wünsche an Weihnachten wahr werden zu lassen.«

Der missglückte Weihnachtsmannklon neben mir nickte eifrig. Ich hatte nichts anderes erwartet. Damit dürfte er voll in seinem Element sein.

»Seid kreativ. Setzt alles um, was möglich ist. Kauft Spielzeug und Kuscheltiere. Alles, was ihr benötigt, um ihre Wünsche zu erfüllen. Dafür bekommt ihr natürlich auch ein Budget von uns zur Verfügung gestellt.«

Sie rollte mit dem Bürostuhl zur Seite, steckte einen Schlüssel in die Geldkassette neben den Ablagefächern und nahm ein Bündel aus blauen, roten und orangefarbenen Scheinen heraus.

»Es ist nicht viel. Natürlich können wir niemandem eine Konsole oder ein Pony kaufen. Aber das ist auch nicht nötig. Für einen hübschen Baum und ein Geschenk für alle Kinder sollte es reichen. Und mit etwas Einfallsreichtum könnt ihr jeden Wunsch erfüllen.«

Schnell zählte sie die Scheine durch und schob sie dann in meine Richtung. Es war also beschlossene Sache, dass wir gemeinsam daran arbeiten mussten. Ich drückte das Kühlpack fester gegen meine Wange und versuchte, an nichts weiter als die glücklichen Kinder an Weihnachten zu denken. Vielleicht würde die Kälte nicht nur das Pulsieren lindern, sondern auch meine dunkle Gedankenspirale stoppen.

Zögerlich nahm ich das Geld an mich. Kaum zu fassen, dass sie mir so sehr vertraute, mir nicht nur einen Schlüssel, sondern auch noch ein ganzes Geldbündel auszuhändigen.

Also musste ich ihr Vertrauen erwidern. Wenn sie so

begeistert von diesem Wunschbaum war, hatte das seine Gründe, und ich sollte mich darauf einlassen. Es würde bestimmt tolle Stimmung auf die Station bringen und Freude in die Kinderherzen zaubern. Und darum ging es schließlich.

Matteo bedankte sich überschwänglich und diskutierte mit Frau Möller direkt über unnötige Details. Meine Gedanken schweiften hingegen zu Mila, und ich beobachtete den Sekundenzeiger an der Uhr hinter dem Schreibtisch.

Obwohl mich gleich wieder Eddie Elch erwarten würde, konnte ich es kaum abwarten, zu ihr zu kommen. Sie würde mir wieder die Leichtigkeit zurückbringen, die die vielen Weihnachtsdiskussionen vertrieben hatten.

Als wir schließlich das Büro verließen, machte ich mich sofort auf den Weg zu Mila.

Doch Matteo heftete sich an meine Fersen. »Bist du Samstagnachmittag hier? Und hast du zufällig einen Schlitten?«

Ich blieb stehen und drehte mich zu ihm um. Nichts ließ darauf schließen, dass er einen Scherz gemacht hatte.

Was zum Teufel meinte er damit? Er wollte sich garantiert keinen Schlitten von mir leihen. Bevor ich nachdenken konnte, plapperte mein Mund allerdings schon fröhlich drauflos.

»Wenn das eine Einladung zu einem Date sein soll, ist die nicht besonders gut. Habe ich auf dich den Eindruck gemacht, als würde ich gerne Schlitten fahren? Außerdem liegt nicht mal Schnee.«

Ich bereute die Worte im selben Moment, in dem ich sie ausgesprochen hatte. Denn Matteos Grinsen konnte nur bedeuten, dass ich seine Frage völlig falsch interpretiert hatte. Aus dem Augenwinkel spähte ich zu Milas Zimmer hinüber. Wie viele Schritte ich wohl brauchen würde, um rüberzusprinten und mich die nächsten Wochen darin einzusperren, damit ich ihm nie wieder in die Augen sehen musste?

»Ich weiß, man sagt über mein Geschlecht, wir wären unaufmerksam … aber dass du ein Schlittendate hassen würdest, hab selbst ich mitbekommen.«

Ich wünschte, ich hätte das Kühlpack nicht im Büro liegen lassen. Dann hätte ich wenigstens eine Ausrede gehabt, warum ich schon wieder rot anlief. Blieb nur zu hoffen, dass es auf meiner demolierten Wange nicht weiter auffiel.

»Am Wochenende soll es schneien. Ich wollte den Baum drauf transportieren. Mal schnell eine Tanne unter den Arm klemmen und damit durch die Stadt marschieren, stelle ich mir verdammt anstrengend vor.«

»Äh … ach so«, stammelte ich. Ausgerechnet jetzt fiel mir kein blöder Spruch mehr ein, um die Situation aufzulockern.

Als ich aufsah, lag ein amüsiertes Funkeln in seinen blauen Augen. Wenigstens schien er es mir nicht übelzunehmen.

»Also, hast du einen? Oder willst du mir das nicht verraten?«

»Doch, doch. Wenn wirklich Schnee liegt, bringe ich ihn mit.«

»Super. Und falls du danach doch noch auf ein Date bestehst, können wir das ja gerne dranhängen.«

Da war es wieder. Dieses Zwinkern. Für einige Schläge spürte ich mein Herz in meinem Magen. Ohne meine

Antwort abzuwarten, steckte er sich die Kopfhörer zurück in die Ohren und zog sich die Kapuze über den Kopf.

Dann verschwand er in Richtung Materialraum und ließ mich alleine mit meinem Gedankenchaos und dem letzten Hauch seines Lebkuchendufts zurück.

4. Letti

29 Tage bis Weihnachten

Nina hockte vor ihrem Fahrrad und kettete es am Garten-
zaun fest. Weder die Länge der Strecke noch die Kälte
hatten sie davon abgehalten, einen ihrer geliebten Pünkt-
chenröcke anzuziehen. Schon von Weitem erkannte ich jedoch ihren besorgten Gesichtsausdruck. Und dass sie
wirklich nichts mitgebracht hatte.

Ob es richtig gewesen war, sie einzuladen? Wenn sie
jetzt schon so schaute, würde sie gleich erst recht die Mo-
ralkeule auspacken. Sie meinte es ja nur gut. Aber ein bisschen Unterstützung und aufmunternde Worte wären mir
lieber gewesen. Eigentlich war das der Grund gewesen,
warum ich sie dabeihaben wollte.

»Das Haus steht ja wirklich noch«, stellte Nina fest,
während sie übers Gartentor kletterte.

»Und es wird auch stehen bleiben. Hab ich doch versprochen. Ich bin nicht plötzlich völlig durchgeknallt. Das
Einzige, was brennen soll ...« Ich bedeutete ihr, mir zu
folgen. Gemeinsam gingen wir an den beiden Apfelbäu-

men vorbei zur Gartenhütte. »... sind die hier.« Ich bückte mich und ertastete hinter der Rückwand der Hütte das kalte Leder. Dann zog ich meine Schlittschuhe hervor und hob sie triumphierend in die Luft.

Nina sah mich an, als hätte ich gerade verkündet, statt der Gartenhütte das ganze Haus anzünden zu wollen. »Ist das dein Ernst? Ich weiß ja, dass du im Moment mit ihnen auf Kriegsfuß stehst, aber ... das kannst du doch nicht machen. Du wirst es bereuen. Ganz sicher.«

Ich wollte mich von ihren Worten nicht verunsichern lassen. Die Entscheidung hatte mich bereits viele schlaflose Nächte gekostet, und ich war mir immer noch nicht sicher, ob ich die richtige Wahl getroffen hatte. Aber es war nötig, um mit meiner Vergangenheit abzuschließen. Wichtig, um ein Zeichen zu setzen. Nur so würde ich ein neues Leben in Freiheit beginnen können.

Der Anblick des makellosen, glänzenden Weiß dieser Schuhe erinnerte mich jeden Tag daran, wie wenig ich in diese Welt gepasst hatte. Obwohl alle um mich herum mein Leben lang versucht hatten, mich hineinzuquetschen. In meinem Hals stieg eine Welle brodelnder Hitze auf.

»Ganz sicher nicht. Bitte, hilf mir, sie loszuwerden. Ich ertrage es nicht mehr, jeden Tag über sie zu stolpern. Das wird mein persönlicher Schlussstrich. Ich brauche etwas, das mir wirklich bewusst macht, dass es vorbei ist. Nicht etwas, das mich jeden Tag daran erinnert.« Das Atmen wurde mit jedem Satz schwerer.

Nina kam ein paar Schritte näher und hörte einfach nur zu. Ohne Ermahnung oder Vorwürfe.

Vielleicht wurde ihr doch langsam klar, was in mir vorging? »Irgendwie habe ich immer noch nicht kapiert, dass ich nie wieder zum Training gehen muss. Es ist schon fast vier Monate her, dass ich sie zum letzten Mal getragen habe. Und trotzdem fühlt es sich so an, als würde man mir nur eine kleine Pause gönnen. Als müsste ich morgen wieder in die Eishalle und für die nächste Show trainieren, bis mir die Füße bluten. Ich will, dass das endlich aufhört.«

Nina nahm mir die Schlittschuhe aus der Hand und strich die glänzenden Kufen entlang. »Ich verstehe ... aber denkst du, die brennen überhaupt? Wollen wir sie nicht lieber wegwerfen? Vergraben oder so?«

»Ich weiß nicht, ob sie wirklich Feuer fangen ... probieren will ich es trotzdem.« Die Vorstellung, wie die Flammen sich durch das weiße Leder fraßen und es nach und nach schwarz färbten, ließ meine Finger freudig kribbeln. Ich hatte es mir in den letzten Tagen so oft ausgemalt. Es sollte ein Freudenfeuer werden, keine bloße Zerstörung.

Wenn Nina nur wüsste, wie viel Mut und Überwindung es gekostet hatte, den Entschluss zu fassen, aus meiner Fantasie Wirklichkeit werden zu lassen. Ich würde jetzt keinen Rückzieher machen. »Ich seh mal im Schuppen nach, ob dort noch das Grillzubehör vom Sommer lagert.«

Ich öffnete das Schloss der Gartenhütte, stemmte die schwere Tür auf und quetschte mich hinein. Wie viele Spinnen und Mäuse ich damit in ihrer Winterruhe störte, wollte ich mir gar nicht so genau ausmalen.

Ich schaltete die Taschenlampe an meinem Handy ein und machte mich daran, die eingestaubten Regale zu durchforsten. Schnell stieß ich auf das Grillzubehör, das in der Nähe des Eingangs lagerte. Grillhandschuhe, Kohle, eine Drahtbürste – und eine schwarze Flasche mit Flammensymbol auf dem Etikett. *Bingo.*

Meine Freude verflog jedoch sofort wieder, als ich sie aus dem Regal hob. Sie fühlte sich verdächtig leicht an. Und gab kein Geräusch von sich, als ich sie schüttelte.

»Verdammt!«

Warum hatten Mama und Papa sie denn nicht ausgetauscht, wenn sie leer war? Mein Blick schweifte zur Kohle. Die Schlittschuhe in den Grill zu werfen und mit Hilfe der Kohle verbrennen zu lassen, wäre auch eine Option. Doch ich würde es nie schaffen, alles wieder sauber zu machen und in der Hütte zu verstauen, bis meine Eltern nach Hause kamen. Außerdem wäre es weniger stilvoll. So konnte ich mir mein befreiendes Verbrennungsritual wohl abschminken.

Genervt pfefferte ich die Flasche zurück ins Regal und stapfte zurück zu Nina nach draußen.

»Nichts gefunden?«

Ich schüttelte den Kopf.

Ihre Schultern sanken nach unten, und sie atmete auf. Sie wusste genau, dass es ohne den Grillanzünder unmöglich war, meinen Plan in die Tat umzusetzen.

Je länger sie mit den Schlittschuhen vor mir stand, desto mehr brannten sich ihre Einwände in mein Gewissen. Wahrscheinlich hatte sie mal wieder recht. Meine Wut würde ich anders in den Griff bekommen müssen. So cool die Vorstellung auch war: Ein Feuer im Garten war keine gute Idee. Ich hatte mal wieder übertrieben. Vielleicht hätte ich es nicht einmal übers Herz gebracht, sie wirklich anzuzünden und dabei zuzusehen, wie das weiße Leder unter den züngelnden Flammen verkohlte.

»Na gut. Dann eben kein Feuer. Aber loswerden will ich sie trotzdem.«

Ich schnappte mir die Schuhe und steuerte kurzentschlossen das Gartentor an.

»Wo willst du hin?«

»Zum Altkleidercontainer. In den Müll werfen kann ich sie nicht, das würde Mama merken. Außerdem hat so vielleicht wenigstens jemand anderes Freude daran.«

»Sie wird so oder so sauer sein, wenn sie es rausfindet. Und das wird sie früher oder später.«

Nina war kurz davor, mir doch noch ein schlechtes Gewissen einzureden. Warum war sie nur so gut erzogen? Doch wäre sie das nicht, hätten wir uns vermutlich nie angefreundet. In diesem Punkt waren wir uns ähnlicher, als mir lieb war. Allerdings hatte es immer gutgetan, mich bei ihr auszukotzen und gemeinsam über die Spießigkeit und die Erwartungen unserer Eltern zu schimpfen. Ich konnte nur hoffen, dass sie mitzog, wenn ich mich nun aus dieser Diktatur befreite.

»Das ist mir egal. Bis sie es merkt, wird es zu spät sein. Meine Eltern arbeiten bis neunzehn Uhr, die kriegen nichts mit. Danach kann sie so viel rumkeifen wie sie will, aber sie kann sie nicht wieder rausholen und demonstrativ vor mein Bett stellen, wie die letzten Male, als ich sie wegwerfen wollte.«

»Na gut. Bringen wir's hinter uns.«

Wir näherten uns dem Container am Ende der Straße. Mit jedem Schritt wurden meine Füße schwerer. Ich schien all meine Energie im Garten zurückgelassen zu haben. Warum fühlte es sich dieses Mal so anders an als bei den letzten Versuchen, sie in die Mülltonne zu werfen?

Wir blieben vor dem grünen Container stehen. Nina klappte den Einwurf herunter. Und plötzlich verstand ich, was anders war. Es war eine endgültige Entscheidung. Wenn ich es mir heute Nacht anders überlegte, konnte ich nicht einfach wieder nach draußen gehen und sie reinholen. Sobald wir die Klappe schlossen, würden sie für immer verschwunden sein. Aber das war es doch, was ich mir schon so lange gewünscht hatte. Oder etwa doch nicht?

Nina schien mein Zögern zu bemerken. »Willst du noch ein paar letzte Worte sagen oder so?«

»Wie bei einer Trauerfeier?« Ich lachte auf. »Nein, diese Höllenschuhe haben keine trauernden Worte verdient.«

»Worauf wartest du dann? Rein damit.« Nina legte die Hand auf meine Schulter und nickte aufmunternd in Richtung der Klappe.

Langsam hob ich die Schuhe an und legte sie auf das kalte Metall. Meine Finger wollten sich jedoch noch nicht lösen. Ich ließ den Blick ein letztes Mal über meine Schlittschuhe wandern.

Das makellose, weiße Leder, das alle Fehler, Stürze und Tränen mit seinem Strahlen verhöhnt hatte. Die Bänder, die meine Füße so festgeschnürt hatten, dass mir die Zehen bis in die Knochen geschmerzt hatten.

Und die Strasssteine, die in Bögen zu meinen Initialen angeordnet waren und selbst im tristen Grau der geschlossenen Wolkendecke funkelten. *L. A.*

Plötzlich tauchte mein erster Pokal vor meinen Augen auf, der ebenso hell gefunkelt hatte. Seine goldene Oberfläche, über die ich so oft voller Stolz gestreichelt hatte, bis der Glanz verblasst war.

Ein eisiger Windstoß fegte über die Straße hinweg und wirbelte mir die kurzen Haarsträhnen um die Nase. Doch ich konnte nur daran denken, wie ich als kleines Mädchen beim Training immer heimlich meinen Zopf gelöst hatte, um bei den Pirouetten den Wind in den Haaren zu spüren. Ich schloss für einen Moment die Augen und atmete tief durch. Das war nicht der richtige Moment, um emotional zu werden. Ich musste mich ein für alle Mal von diesen blöden Dingern befreien. Mein Kopf spielte mir einen Streich. In den letzten Wochen hatte ich mir immer nur gewünscht, sie loszuwerden, und sie kein einziges Mal an meinen Füßen vermisst. Warum sollte es also plötzlich wieder dazu kommen?

»Letti ...«

Ich brachte Nina mit einer Handbewegung zum Schweigen. »Schhh, gleich. Ich brauche nur noch einen kleinen Moment.«

»Nein, Letti, du solltest wirklich ...«

»*Letitia Leonora Arabella Achenbach!*«

Ich zuckte so heftig zusammen, dass ich die Klappe aus Reflex beinahe zuschlug. Die Kufen kratzten auf dem Metall und verursachten ein ohrenbetäubendes Quietschen.

Mein Blick huschte zu Nina, die den Kopf eingezogen hatte und panisch zu mir sah. Meine Lippen formten einen tonlosen Fluch.

Mit dem Takt meines polternden Herzens im Ohr drehte ich mich um.

Meine Mutter hatte die Hände in die Hüften gestemmt. Unter ihrem Mantel blitzte noch das elegante

Kostüm hervor, das in fünffacher Ausführung in ihrem Kleiderschrank hing. Sie musste gerade erst nach Hause gekommen sein. Viel zu früh. Ausgerechnet heute.

»Was um alles in der Welt soll das werden? Ich glaube, ich sehe nicht richtig!« Zu meiner Überraschung schwang in ihrer Stimme nicht nur Wut mit. Da war noch ein zitternder Unterton, den ich nicht deuten konnte.

»Musst du mich jedes Mal an diesen lächerlichen Namen erinnern?«, zischte ich. »Falls es dich tröstet: Der ist sowieso schon Strafe genug bis an den Rest meines Lebens. Du brauchst also gar nicht so böse zu schauen.«

Sie schnaubte, verschränkte die Arme vor der Brust und sah an mir vorbei. »Ich denke, es wäre besser, wenn du nach Hause gehst, Nina.«

Ich warf einen Blick über die Schulter. Nina ließ sich das nicht zweimal sagen. Sie drehte sich um und stolperte die Straße hinunter. Erst als sie schon fast außer Hörweite war, drehte sie sich nochmal um. »Tut mir wirklich leid, Frau Achenbach!«, rief sie aus sicherem Abstand.

Ich konnte ihr die schnelle Flucht nicht übelnehmen. Am liebsten hätte ich genauso reagiert. Doch ich hatte im Gegensatz zu Nina keinen Ort, an den ich mich hätte flüchten können. Zumindest nicht lange genug. Früher oder später würde ich Mamas Schimpftirade über mich ergehen lassen müssen.

Ich straffte die Schultern und wollte mich an ihr vorbeidrängen. Doch sie hielt mich am Arm fest und stellte sich mir in den Weg. Ich bemühte mich, ruhig zu atmen und nicht auszurasten. Dabei war ich mir nicht einmal sicher, was mich mehr aufregte: die Aussicht auf einen Streit, der sich über Tage ziehen würde, oder die Erkenntnis, dass es mein eigener Leichtsinn war, der mich in diese Situation gebracht hatte. Warum waren wir nicht zu einem Container am anderen Ende der Stadt gegangen?

»Was soll das, Letitia? Was hast du dir dabei nur gedacht?«

»Gegenfrage: Was denkst *du* dir denn dabei, wenn du sie jedes Mal wieder aus dem Müll holst und zurück in mein Zimmer stellst?« Meine Stimme bebte. Merkte sie nicht, dass sie an alldem schuld war?

»Dass du irgendwann hoffentlich zur Vernunft kommst. Wir haben vom Moment deiner Geburt an die besten Voraussetzungen geschaffen, um dir etwas Großes zu ermöglichen. Du hast dir das Eislaufen ausgesucht. Und wir haben dich immer dabei unterstützt, haben dich zu jedem Training, jedem Auftritt, jedem Wettbewerb gefahren, dir immer die neuesten Kostüme besorgt, die du dir in den Kopf gesetzt hast.« Sie zitterte und zog den Mantel fester um sich. »Du hast so großes Potential. Das merkst du doch bei jedem Turnier. Ist das jetzt also der Dank für all unsere Mühen? Reicht es nicht schon, dass du deine Karriere aus Sturheit einfach hinwirfst? Jetzt willst du auch noch deine teuren Schlittschuhe einfach wegwerfen? Ich dachte, diese trotzige Phase hättest du vor fünf Jahren überwunden.«

Ihre Worte fachten das Feuer in mir immer weiter an. Ich ballte die Hände zu Fäusten.

Mama ging kopfschüttelnd an mir vorbei und hob die Schlittschuhe aus der Klappe. Dann drückte sie sie an sich, als hätte sie Angst, ich würde sie ihr gleich wieder entreißen.

»Das ist keine Trotzphase. Aber du hast recht. Ich bin nicht mehr elf Jahre alt. Das scheinst du trotzdem irgendwie verpasst zu haben. Dann wüsstest du nämlich, wie lange es her ist, dass ich Spaß an diesem Mist hatte. Ich soll dankbar dafür sein, dass ihr mich in diese Schuhe und Kostüme gezwungen habt? Dass ihr mich ins Auto gezogen und zu diesen furchtbaren Shows geschleppt habt? Das war euer Traum. Nicht meiner. Hast du dabei auch nur eine Sekunde mal an mich gedacht?«

Sie schüttelte energisch den Kopf. Ihr entsetzter Ausdruck machte mich wahnsinnig. Wenn hier jemand einen Grund dazu hatte, wütend und enttäuscht zu sein, dann wohl ich.

»Ob ich dabei an dich gedacht habe?« Ihre Nasenflügel bebten, als sie scharf Luft einsog. »Ich denke Tag und Nacht an nichts anderes.«

Ich stieß ein bitteres Lachen aus. »Das merkt man. Zumindest redest du dir das ein. Aber das, woran du denkst, bin nicht ich. Sondern nur deine verdrehte Fantasieversion von mir. Die Version, die du gerne hättest. Die, die in ihrem blöden, pinken Kostümchen zu Olympia fährt und nichts lieber macht als um sechs Uhr morgens zum Trainieren und Lernen aufzustehen.« Mit jedem Wort entglitt mir meine Selbstbeherrschung ein bisschen mehr. Meine Stimme war inzwischen so laut, dass uns vermutlich die ganze Nachbarschaft hören konnte. Das störte mich jedoch nicht. Im Gegenteil. Denn ich wusste, wie sehr Mama darauf bedacht war, das Bild unserer perfekten Familie aufrechtzuerhalten. »Aber ich versteh dich. Ist alles einfacher als zuzuhören, was ich möchte und was nicht. Besser gar nicht erst fragen. Sonst könnte ich noch die falsche Antwort geben.«

In Mamas Augen lagen so viele Emotionen, dass ich es

nicht mehr ertrug, sie anzusehen. Die Schlinge um meine Brust wurde enger und enger. Ich schnappte nach Luft, doch mit jedem Atemzug wurde es nur schlimmer.

Sie merkte nicht mal, was sie mir zumutete. Nichts genügte, um gegen sie anzukommen. Wie sollte ich ihr überhaupt je klarmachen, was ich wollte? Sie hatte es ja nicht mal verstanden, als sie meine Schlittschuhe im Container gesehen hatte.

Ich drehte mich um.

»Letitia, lauf jetzt bloß nicht weg!«

Doch ich hörte nicht mehr zu und rannte los. Vorbei an den viel zu teuren Autos, die in Reih und Glied am Straßenrand parkten. Durch unseren viel zu großen Garten, in dem jeder Grashalm die gleiche Länge hatte, und das viel zu sterile Wohnzimmer. Ich rannte, bis ich endlich mein Zimmer erreichte. Dann knallte ich die Tür hinter mir zu und drehte den Schlüssel im Schloss.

Doch ich konnte noch nicht durchatmen. Die Schlinge um meine Brust schien sich immer weiter zuzuziehen. Ich stolperte zum Schreibtisch und ließ mich in den Bürostuhl sinken. Aus der untersten Schublade zog ich die lila Mappe hervor. Dann faltete ich die Tabelle auf, die ich in mühevoller Detailarbeit gezeichnet hatte. Es waren noch viel zu viele Kästchen frei. Aber sie würden sich füllen. Jeden Tag ein bisschen mehr.

Ich griff nach dem roten Buntstift, malte den 24. November aus und betrachtete anschließend mein Werk.
109 Tage geschafft.
Nur noch 482 bis zur Freiheit.

5. Matteo

Zufrieden drückte ich das letzte Stück der Lichterkette in den Saugnapfhalter, dann knipste ich sie an und betrachtete mein Werk. Die Kinder würden es lieben. Das Fenster blinkte in allen Farben des Regenbogens und bildete den perfekten Kontrast zur weißen Welt auf der anderen Seite.

Der Wetterbericht hatte nicht zu viel versprochen. Der erste Schnee des Jahres bestand nicht nur aus ein paar einsamen Flocken, die sofort schmolzen, sobald sie den Boden berührten, sondern hatte die Stadt in einen glitzernden weißen Schleier gehüllt.

Ich lehnte mich an den Fensterrahmen und ließ den Blick über das Ufer der Pegnitz schweifen. Überall entdeckte ich abgefahrene Muster und Schattierungen. Schnee, der von einem Ast gerutscht war und am Boden kleine Skulpturen bildete. Flocken, die sich am Fensterbrett sammelten, die Farben der Lichterkette einfingen und dadurch wie Kristalle funkelten.

Ich sog jedes Detail in mir auf. Man konnte nie wissen,

wodurch man später inspiriert wurde. Doch bei diesem Anblick war ich mir sicher, dass er sich in eines meiner Werke einschleichen würde.

»Das nennst du also weihnachtliche Deko?«

Eine helle, mir entfernt bekannte Stimme riss mich aus meinen Gedanken. Ich wandte mich vom Fenster ab und brauchte einen Moment, um die vermummte Gestalt zu erkennen, die in der Tür zum Aufenthaltsraum lehnte. Doch die dunklen Augen und die geschwungenen Brauen, die unter dem Rand der Oversized-Mütze hervorblitzten, waren unverwechselbar. Genauso wie der feine blaue Fleck, der auf ihrem Wangenknochen schimmerte.

Ich ließ meinen Blick über die Lichterketten, Fensterbilder und den Schlitten samt Weihnachtsmann und Plüschrentieren zu meinen Füßen wandern. Für mich sah es perfekt aus. Das Zeug, das ich in der Kammer gefunden hatte, war viel cooler als erwartet. Wer auch immer die Unmengen an Deko besorgt hatte, musste ein richtiger Weihnachtsfanatiker gewesen sein. Was hatte Letti nur für ein Problem?

»Klar. Was ist schon weihnachtlicher als Lichter und Weihnachtsmänner?«

»Zum Beispiel etwas, das mir nicht in den Augen wehtut, weil es so bunt und aggressiv blinkt. Vielleicht ein paar Strohsterne oder so. Nicht dieser … Kitsch. Ich hoffe, wir bekommen im Dezember keine Kinder mit Epilepsie rein.« Sie schüttelte den Kopf.

Mist. Das hatte ich tatsächlich nicht bedacht. Aber ich würde sie schon noch von meinen Dekorationskünsten überzeugen. Es kam gar nicht in Frage, meine Arbeit der letzten drei Stunden durch lahme Strohbasteleien zu ersetzen.

»Na ja, ist vielleicht ein bisschen … amerikanisch. Aber ich mag's. Außerdem sind wir hier in 'nem Aufenthaltsraum für Kinder. Und Kinder lieben es doch bunt.«

Ich griff zur Lichterkette und drückte demonstrativ auf den Schalter, um den Modus zu wechseln. Sofort hörte sie auf zu blinken.

»Besser so?«

Letti zuckte mit den Schultern. »Da kann ich nicht mal widersprechen. Bunter Kitsch gefällt den Kindern wirklich. Pass nur auf, dass sie dir diese Glubschviecher nicht klauen.« Sie deutete auf die Plüschrentiere. Ein kleines Lächeln huschte ihr über die Lippen. *Erwischt.* In der Grinch-Rolle, die sie sich ausgesucht hatte, war sie nicht besonders überzeugend. Trotzdem fragte ich mich, was sie überhaupt damit bezwecken wollte. Wer hasste schon Weihnachten? Warum hatte sie so ein großes Problem damit?

Ich musterte sie genauer, konnte jedoch nichts aus ihrer Miene herauslesen. Dafür stach mir umso mehr ihr Outfit ins Auge.

»Wo willst du überhaupt hin? Zum Snowboarden? Oder hast du vor, den Baum am Nordpol zu fällen? Ich bin echt nicht gut in Geo – aber sogar ich hab mitbekommen, dass es da nicht besonders viele Tannen gibt.«

Sie blickte an sich hinunter. Ich folgte ihrem Blick und musste mir ein Schmunzeln verkneifen. Ihre blaue Skihose und die dazugehörige Jacke wirkten zwei Nummern zu groß. Die Füße steckten in so massiven Stiefeln, dass sie damit wahrscheinlich problemlos den Mount Everest hätte besteigen können. Als wäre das noch nicht genug, trug sie Wollhandschuhe und einen Schal, den sie in drei Lagen um den Kragen ihrer Jacke gewickelt hatte.

Irgendwie sah sie süß aus. Kaum ein Zentimeter ihrer Haut war frei geblieben. Genug jedoch, um mit den Augen zu rollen und mich skeptisch anzufunkeln.

»Mir wird eben schnell kalt. Lieber sehe ich aus wie ein Michelin-Männchen als zu frieren und mich zu erkälten. Ich bin keine von denen, die sich bei Schneestürmen in High Heels und millimeterdünne Nylonstrumpfhosen schmeißt. Tut mir leid, dich enttäuschen zu müssen.«

»Du hättest mich eher enttäuscht, wenn du wirklich in High Heels gekommen wärst. Die sind verdammt unpraktisch, um im Schnee umherzustapfen und Weihnachtsbäume zu kaufen.«

»Ich muss echt mitkommen? Schaffst du das nicht alleine? Es sind zurzeit so viele Kinder hier, die sich freuen, wenn jemand mit ihnen spielt ...« Zu meiner Überraschung klang sie nicht einmal genervt. In ihren Worten schwang eine solche Fürsorge mit, dass ich schon fast ein schlechtes Gewissen bekam, sie so lange von den Kindern fernzuhalten.

»Sorry. Ich wär schon vor zwei Stunden los. Aber Frau Möller hat gesagt, ich soll dich mitnehmen. Du hast außerdem das Geld. Und den Schlitten, hoffe ich?«

Warum war ich überhaupt so wild darauf, sie zu überreden? Alleine würde ich sicher viel schneller sein.

Vielleicht weil der Schlagabtausch mit ihr mehr Spaß machte, als ich zugeben wollte. Außerdem war ich mir sicher, ihre Weihnachtsmuffelei bekämpfen zu können. Sie wirkte eigentlich nicht verbittert. Eher, als bräuchte sie etwas Nachhilfe im Genießen. Da wäre ein Christbaumkauf im Schnee doch ein guter Anfang. Genau das richtige Maß an Weihnachtlichkeit, ohne sie zu überfordern.

Sie gab sich geschlagen und nickte. »Steht vorne. Aber die meisten Straßen sind geräumt. Also sollten wir ihn vielleicht lieber hier lassen, sonst müssen wir auf dem Rückweg noch beides mit uns rumtragen.«

Sofort hellte sich meine Stimmung weiter auf.

»Kein Problem, hab ich vorhin schon gecheckt. Wir müssen am Fluss entlang. Da ist alles schön zugeschneit.«

»Dann lass uns gleich losgehen. Ich fang langsam an zu schwitzen, und ich hab keine Lust, mich auszuziehen, nur um mich gleich wieder in meine vier Schichten reinzuquälen. Das kostet bestimmt zehn Minuten.«

Schweigend liefen wir nebeneinander die Pegnitz entlang. Weil Letti den Arm in ihrem Outfit kaum bewegen konnte, hatte ich ihr den Schlitten abgenommen und zog ihn hinter mir her. Es hatte für einen Moment aufgehört zu schneien. Trotzdem blies der Wind feine Flocken von den Ästen der kahlen Bäume auf uns herab. In meinem Kopf begann die Melodie von *Walking in a Winter Wonderland* zu spielen. Der perfekte Song für einen Schneespaziergang. Wäre es nicht verdammt unhöflich gewesen, hätte ich sofort meine Kopfhörer rausgeholt und ihn auf Dauerschleife laufen lassen.

Ich hätte Letti sogar den linken Stöpsel angeboten.

Doch ich war mir sicher, dass ich nur eine schnippische Antwort darauf erhalten würde. Am ersten Tag musste ich es ja nicht gleich übertreiben und sie endgültig abschrecken. Also biss ich mir auf die Zunge, um nicht versehentlich loszupfeifen oder zu singen.

Doch ich musste mich nicht lange zusammenreißen. Letti räusperte sich und vertrieb damit die Melodie aus meinem Kopf. »Wie kommt es eigentlich, dass du so plötzlich in der Klinik aushilfst? Kennst du Frau Möller?«

Meine Finger verkrampften, und ich umklammerte das Seil des Schlittens so fest, dass es mir in die Haut schnitt. Mist. Ich hatte gehofft, sie würde nicht danach fragen. Ich wollte sie nicht anlügen, aber ich konnte es ihr unmöglich erzählen. Was würde sie sonst von mir denken? Es hatte schon gereicht, dass ich ihr letztes Mal eins mit der Zuckerstange übergebraten hatte. Sie würde die ganze Situation falsch verstehen.

Und dann hätte sie erst recht einen Grund, mich zu hassen. Eigentlich konnte mir das egal sein. Doch aus meinem Unterbewusstsein kroch ein Einwand empor, den ich nicht ganz zu deuten wusste.

Abgesehen davon wäre es wirklich unangenehm, nicht nur einen Monat lang mit einem Weihnachtsmuffel, sondern auch mit einem Mädchen zu arbeiten, das mich hasste. Oder sogar Angst vor mir hatte. Ich hatte das Leuchten in Lettis Augen gesehen, wenn sie von den Kindern sprach. Das wollte ich ihr nicht nehmen. Nicht dafür verantwortlich sein, dass sie sich in der Klinik unwohl fühlte.

Angespannt starrte ich auf meine Schuhe, die tiefe Spuren im Schnee hinterließen. Das Knirschen machte mich nur noch nervöser.

Mein Kopf arbeitete auf Hochtouren. Ausspucken wollte er aber nichts.

»Warum sollte ich sie kennen?«, wich ich ihrer Frage stattdessen aus.

»Es ging so schnell. Ich hab erst neulich mit ihr über die Weihnachtszeit geredet und war wohl nicht so begeistert, wie sie gehofft hat. Wahrscheinlich ist ihr sofort die Idee gekommen, jemanden dazuzuholen. Und ich bin davon ausgegangen, dass sie dabei an dich gedacht hat. Dass du gerne bei Weihnachtsanlässen hilfst, ist ja offensichtlich.«

Sie zog ihre Handschuhe zurecht und schaute fragend zu mir hinüber. Ihr Blick ließ mein Herz stolpern. Seine Intensität drang bis in mein Innerstes vor.

Sobald auch nur mein Augenlid falsch zuckte, würde sie merken, dass ich ihr nicht die ganze Wahrheit erzählte.

»Wir hatten … vor einiger Zeit schon mal Kontakt. Über ein paar Ecken. Ich wollte … eine Stelle, so ähnlich wie deine. Unbezahlt und so. Aber es hat sich leider nichts ergeben.« Meine Stimme klang mit einem Mal viel zu hoch. Ich räusperte mich. »Vor ein paar Tagen hat es sich Frau Möller aber anders überlegt. Sie hat sich an mich erinnert und mir die Chance gegeben, ein paar Wochen auszuhelfen.«

Letti nickte und wandte den Blick wieder ab. Sie schien mir zu glauben. Warum sollte sie auch nicht? Ich hatte mit keinem Wort gelogen. Höchstens ein paar Details ausgelassen.

Ich nahm das Seil des Schlittens in die andere Hand und lockerte meine angespannten Finger. *Alles cool. Kein Grund, so durchzudrehen.* Sie wollte nur nett sein und ein bisschen mit mir quatschen. Und jetzt, wo das Thema abgehakt war, wollte ich auch nicht, dass unser Gespräch schon wieder endete.

»Wie bist du dazu gekommen? Machst du das echt einfach freiwillig?«

Sie lachte. Obwohl der Schal die Hälfte ihres Mundes verdeckte, stieg ein kleines weißes Wölkchen vor ihrem Gesicht auf. »Ist das so schwer zu glauben? Du machst das doch auch freiwillig, oder?«

Warum hatte ich nicht die Schnauze gehalten? Am liebsten wäre ich sofort in die Klinik zurückgelaufen und hätte mir für meine idiotische Frage selbst einen Schlag mit der Zuckerstange verpasst.

Doch ich hatte Glück. Sie wartete nicht auf meine Antwort, sondern begann zu erzählen. »Ich will nach dem Abi Soziale Arbeit studieren. Das war schon immer mein Ding. Und bis es endlich so weit ist, kann ich mir nichts Schöneres vorstellen, als traurigen und erkrankten Kindern zu helfen. Außerdem brauch ich nur ein paar Minuten von der Schule bis zur Klinik. Die Idee hatte ich schon vor zwei Jahren. Aber ich war zu jung – und meine Eltern hätten es nie erlaubt.«

Ihr Lächeln wirkte auf einmal gezwungen.

»Deine Eltern hatten was dagegen, dass du in deiner Freizeit anderen Leuten hilfst? Was läuft bei denen denn falsch?«

»Klingt echt bescheuert, oder? Aber sie haben sich wohl etwas … *Besseres* für mich vorgestellt. Sie haben immer gesagt, ich hätte keine Zeit dafür. Wenn es nach ihnen geht, soll ich in ihre Fußstapfen treten und Anwältin werden. Oder Richterin oder Ärztin. Oder …« Nun war sie es, die zu Boden starrte. Ich hatte nicht damit gerechnet, dass das Thema sie ebenfalls belastete. Sie öffnete den Mund, um weiterzureden, schloss ihn jedoch sofort wieder. Dann schüttelte sie den Kopf. »Jedenfalls hab ich aufgehört, mich von ihnen rumschubsen zu lassen. Ich bin einfach in die Klinik gegangen, hab Frau Möller kennengelernt und gefragt, ob ich aushelfen darf. Und wie du siehst, hat es geklappt.« Ihr Lächeln kehrte zurück. Ich ertappte mich dabei, wie sich meine Mundwinkel ebenfalls nach oben bewegten.

»Finde ich cool. Wirklich. Ich kenn nicht viele Mädels in unserem Alter, die so genau wissen, was sie wollen. Und dafür auch noch kämpfen.«

»Danke«, murmelte sie. Dann zog sie den Schal bis unter ihre Nasenspitze. Hatte ich sie etwa in Verlegenheit gebracht?

Falls es so war, verflog diese jedoch ebenso schnell wieder, wie sie gekommen war. Spätestens als wir den Schlitten die Steintreppe hinauf zur Straße tragen mussten, fand Letti ihre Schlagfertigkeit wieder und zweifelte daran, ob wir den Baum später heil hinunterbringen würden. Eine bessere Lösung fanden wir trotzdem nicht.

Schließlich erreichten wir den kleinen Verkaufsstand am Rande der Stadtmauer. Zwischen den unzähligen Bäumen, die gegen den Gitterzaun gelehnt waren, blieb kaum ein Zentimeter mehr frei. Genug Auswahl hatten wir also definitiv.

Der Verkäufer saß in einem provisorischen Holzhüttchen und nickte uns zu, als wir auf einen der engen Durchgänge zusteuerten.

63

»Wir kommen zurecht«, rief ich ihm entgegen, bevor er anfangen konnte, uns zu bequatschen.

Zielsicher steuerte ich die großen Nordmanntannen an. Das dunkle, saftige Grün und die kräftigen Äste waren perfekt, um Farbe in die Klinik zu bringen und die riesigen Kugeln zu tragen.

Letti folgte mir jedoch nur zögerlich. »Ist das dein Ernst?«

Ich ließ mich nicht verunsichern und begann, die Bäume zu checken. »Klar. Was dachtest du denn, was wir machen? Einen Plastikbaum aus dem Ein-Euro-Shop holen?«

»Gott, nein. Plastikbäume sind ein Verbrechen.« Sie erschauderte. »Aber die hier? Ich dachte eher an sowas wie die da drüben.«

Letti stapfte ans andere Ende des Standes. Dann beugte sie sich nach unten und griff nach dem kleinsten Baum, den sie finden konnte. Mit nur einer Hand hob sie ihn in die Höhe. Er war buschig und schön gewachsen – reichte allerdings nur von ihrer Nasenspitze bis zur Hüfte.

»Und den stellen wir dann in eine Vase? Das ist nicht witzig. Komm lieber rüber und hilf mir, einen richtigen Baum auszusuchen.« Ich winkte sie zu mir.

Letti rührte sich jedoch nicht vom Fleck. Sie ließ nur langsam den Baum sinken und zog einen Schmollmund, der mich fast weich werden ließ.

»Der ist doch perfekt. Was willst du mit diesen gigantischen Dingern? Erstens müssen wir ihn zurücktransportieren, zweitens kostet der ein Vermögen und drittens …«

»Ihr seid euch nicht einig, hm? Kann ich helfen?«

Der buckelige Verkäufer trat neben Letti zwischen den

Bäumen hervor. Erschrocken wich sie einen Schritt zurück.

Hatte ich ihm nicht deutlich genug zu verstehen gegeben, dass ich alleine suchen wollte?

»Nein«, riefen Letti und ich wie aus einem Mund. Verblüfft hob ich die Brauen. Was für ein Timing.

»Ich meine … danke, aber wir müssen das erst ausdiskutieren. Später«, fügte sie hinzu und schenkte dem Verkäufer ein versöhnliches Lächeln.

Er sah zwischen uns hin und her. Plötzlich brach er in lautes Gelächter aus, das seine Lunge zum Rasseln brachte. Ein grauenvolles Husten schüttelte ihn. Eindeutig zu viele Kippen. Was er so verdammt lustig fand, war mir jedoch ein Rätsel. Letti verzog das Gesicht und brachte sich in Sicherheitsabstand, um nicht versehentlich angespuckt zu werden.

Schließlich schüttelte er schmunzelnd den Kopf. »Ach, junge Liebe … ihr findet mich vorne, wenn ihr doch Hilfe braucht.«

Ich tauschte einen Blick mit Letti. Ihr stand dieselbe Verwirrung ins Gesicht geschrieben wie mir.

Junge Liebe? Die Vorstellung, dass er uns für ein Paar hielt, war völlig absurd. Immerhin waren wir kurz davor, uns wegen eines Christbaums die Köpfe einzuschlagen, statt händchenhaltend durch die Gänge zu schlendern.

Immer noch hustend schlich der Verkäufer wieder davon. Letti beobachtete jeden seiner Schritte voller Skepsis, warf dann eilig das kleine Bäumchen zurück und flüchtete zu mir in die entgegengesetzte Richtung. Zumindest so schnell, wie ihr Outfit das zuließ. Ihr Watscheln erinnerte eher an einen süßen, kleinen Pinguin.

Schon wieder ertappte ich mich dabei, wie ich dümmlich vor mich hin grinste. Was war heute nur los mit mir?

»Der Typ ist gruselig. Nimm von mir aus deinen Monsterbaum. Hauptsache, wir kommen schnell von hier weg.«

»Immer mit der Ruhe. So schnell geht das nicht. Ich hab mir noch nicht mal einen angesehen.«

»Was gibt es denn da anzusehen? Das sind alles Tannen. Der einzige Unterschied ist, wie hoch sie sind.«

»Und wie die Spitze gewachsen ist, ob die Äste gleichmäßig verteilt sind, wie gerade oder krumm der Stamm ist, ob er schon nadelt …«

Sie rollte mit den Augen. »Wow. Ich wusste nicht, dass man Christbaumkauf studieren kann. Musst du echt so eine Wissenschaft draus machen?« Seufzend verschränkte sie die Arme vor der Brust und lehnte sich gegen den Zaun. »Ich kann dich sowieso nicht davon abhalten, oder?«

»Keine Chance!«, rief ich lachend. Zum Glück erwiderte sie meinen Blick mit einem amüsierten Glänzen in den Augen. Ihre zuckenden Wangen verrieten mir, dass sie sich ebenfalls beherrschen musste, ernst zu bleiben.

Ich betrachtete die Bäume, die ohne Netz in der vorderen Reihe standen. Doch schon der erste Blick genügte, um zu verstehen, warum sie bisher niemand gekauft hatte. Die meisten davon hatten nicht einmal eine richtige Spitze, sondern einen Kranz aus vier oder fünf kahlen Ästen am Ende, auf die man garantiert keinen Stern stecken konnte.

Entschieden räumte ich sie zur Seite und hievte ein paar verpackte Exemplare aus der zweiten Reihe, die besonders frisch aussahen. Dann zog ich mein Messer aus der hinteren Hosentasche hervor und befreite es aus seiner Lederhülle.

Lettis atemloses Keuchen ließ mich in der Bewegung innehalten. Ich warf einen Blick über die Schulter. Sie starrte mit großen Augen auf das Messer in meiner Hand. Ihre geröteten Wangen verloren mit einem Mal an Farbe.

»Du trägst so ein riesiges Messer einfach in der Hosentasche mit dir rum?« Sie rang um Worte.

Oh. Ich hatte keine Sekunde darüber nachgedacht, dass sie das komisch finden könnte. Klar, es war viel größer als ein einfaches Taschenmesser. Aber wie hätte ich mit so einer Nagelfeile auch Netze durchschneiden sollen? Verunsichert wiegte ich den dunklen Griff in meiner Hand hin und her.

»Ist das nicht sogar verboten?«

Das war es, worüber sie sich Sorgen machte? In meinem Kopf setzte sich langsam ein verschwommenes Bild zusammen. Hatte sie nicht erzählt, ihre Eltern waren Anwälte? Wahrscheinlich kam sie aus gutem Hause und hatte eine krasse Erziehung genossen. Erst recht, was Gesetze und Vorschriften anging. Kein Wunder, dass ihr so ein Messer Angst einjagte.

Allerdings hatte sie bisher gar nicht den Eindruck gemacht, als wäre sie eines dieser Mädchen, die sich nicht einmal dann trauten, einer Lehrerin zu widersprechen, wenn sie zu Unrecht zum Nachsitzen verdonnert wurden. Ganz im Gegenteil. Sie verkündete ständig ihre Meinung, egal, ob man sie danach gefragt hatte oder nicht. Egal ob sie damit aneckte oder Ärger bekam. Sie würde es also verkraften, dass ich Vorschriften nicht blind folgte, oder?

»Kann sein ... na und? Ich hab ja nicht vor, jemanden

damit abzustechen. Geht also niemanden etwas an, dass ich ein Messer dabeihabe.« Ich machte mich daran, das erste Netz aufzuschlitzen und den Baum aus seiner Fessel zu befreien. Ich schüttelte die Äste nach unten, bis sie ihre volle Pracht offenbarten. Sah schon mal nicht schlecht aus.

»Ich meinte nicht nur das Messer. Du kannst doch nicht hier rumrennen und jede Verpackung aufschneiden. Reißt du im Supermarkt auch erstmal alle Müslipackungen auf und probierst 'ne Handvoll?«

Ich lehnte den Baum an den Zaun und trat einen Schritt zurück. Ohne mich von ihr aus der Ruhe bringen zu lassen, kniff ich ein Auge zusammen und betrachtete ihn von allen Seiten. Nein, den konnte ich gleich wieder zurückstellen. Leichter Linksknick in der oberen Hälfte.

»Wir sind hier aber nicht im Supermarkt. Ich will sehen, was ich kaufe. Das machen andere Leute auch. Was denkst du denn, warum hier zwischendrin überall unverpackte Bäume rumstehen? Und wozu die Netzmaschine da vorne ist?« Ich deutete auf die Netztrommel neben dem Verkaufshäuschen.

Sie runzelte die Stirn und sah mich so verwirrt an, dass ich stockte. »Sag bloß, du hast noch nie einen Weihnachtsbaum gekauft?«

Sie trat verunsichert von einem Fuß auf den anderen und legte den Kopf schief. Dabei rutschte ihr die Mütze tiefer in die Stirn. Sofort überkam mich der Impuls, die Hand auszustrecken und sie sanft wieder zurückzustreichen. *Wo kam das denn auf einmal her?* Das wäre total unangebracht.

Stattdessen umklammerte ich das Messer in meiner Hand noch fester und suchte nach dem nächsten Baum.

»Warum sollte ich? Meine Eltern haben den immer besorgt. Und wenn es nach mir ginge, hätten wir nicht mal einen.« Sie zog die Mütze wieder zurecht und straffte die Schultern. »Ich hab sowieso noch nie verstanden, was romantisch daran ist, sich eine abgeschnittene Tanne ins Wohnzimmer zu stellen und ihr beim Sterben zuzusehen. Ich mag Bäume lieber, wenn sie lebendig im Wald stehen und wachsen.«

Ich hielt beim Aufschlitzen des Netzes inne. Irgendwie hatte sie recht.

»Der Gedanke ist echt nicht so schön. Sollen wir uns lieber nach einem von denen umsehen, die man nach Weihnachten wieder einpflanzen kann? Ich befürchte nur, die sind verdammt teuer …«

Zu meiner Überraschung trat sie an meine Seite und begann ebenfalls, die Bäume zu begutachten. »Nee, passt schon. Ich pflanze nach Weihnachten einfach einen anderen in unseren Garten. Dann bin ich quitt mit der Natur.«

Sie hatte also nicht nur ein großes Herz für Kinder, sondern auch einen Sinn für die Umwelt. Beeindruckt nickte ich ihr zu. »Das ist 'ne super Idee.«

Gleichzeitig fühlte ich mich, als würde ich um zehn Zentimeter schrumpfen. Ich war ein stumpfsinniger Idiot. Ohne sie hätte ich mir darüber nie Gedanken gemacht.

»Der hier wirds.« Letti hielt mir einen Baum zum Aufschneiden hin.

Sobald ich das Netz gelöst hatte, kümmerte ich mich jedoch schon mal um den Nächsten. Bei der Qualität der anderen war ich mir sicher, dass es nicht so einfach werden würde. Und ich würde mich nicht mit einem krummen, nadelnden Exemplar zufriedengeben. Er musste immerhin ein paar Wochen durchhalten und von unzähligen Besuchern und kleinen Patienten bewundert werden. Eine Aufgabe für einen ganz besonderen Baum.

»Schau mal.« Letti stupste mir mit ihrem ausgepolsterten Ellbogen in die Seite, während sie mit dem halben Körper in den Ästen steckte und versuchte, den Baum aufrecht zu halten. »Der sieht doch echt gut aus, oder?« In ihrer Stimme schwang Stolz mit.

Ich trat ein paar Schritte zurück, betrachtete ihn von allen Seiten und wies Letti an, ihn zu drehen. Sie hatte recht. Das *war* der perfekte Baum. Gerade gewachsen, buschig, gesunde Nadeln in satten Farben. Und eine einzelne Spitze, die förmlich nach einem Engel oder Stern schrie.

»Anfängerglück. Bild dir bloß nichts drauf ein«, murmelte ich. »Außerdem müssen wir das Wichtigste erst noch checken.« Ich bedeutete ihr, den Baum wieder anzulehnen. Dann griff ich zum Metermaß in meiner Jackentasche.

Letti schüttelte ungläubig den Kopf. »Jetzt mal im Ernst – wieso bist du so gut vorbereitet? Ich hätte gar nicht an dieses ganze Zeug gedacht. Haben deine Eltern dich früher etwa jedes Mal mitgeschleppt?«

Mein Herz sackte in meinen Bauch. Ich presste die Lippen aufeinander. Ich wollte eigentlich nicht über meine Eltern reden. Erst recht nicht mit ihr. Mit ihrer perfekten Anwaltsfamilie würde sie es sicher nicht verstehen. Mich für den Sohn von Versagern halten. Aber vielleicht war das sogar besser so. Ihr Mitleid wäre noch weniger auszuhalten.

Ich sog die kalte Luft tief in meine Lungen und gab mir einen Ruck. »Ich wünschte, es wäre so gewesen. Aber nein. Wenn ich einen Baum wollte, musste ich ihn mir selbst besorgen. Mein Vater ist abgehauen, als ich fünf war. Zurück nach Rumänien. Und von da an war alles etwas … schwierig.«

Das letzte Wort blieb mir fast im Hals stecken.

Schnell widmete ich mich wieder dem Baum, klappte das Metermaß auseinander und checkte seine Höhe.

»Oh. Das … wusste ich nicht«, erwiderte Letti. Doch statt purem Mitleid lag in ihrer Stimme eine solche Wärme, dass mein Herz sofort wieder an den richtigen Fleck zurückrutschte. »Aber wie man sieht, hast du echt viel daraus gelernt. Das ist doch cool. Du wirkst irgendwie viel selbstständiger und erwachsener als die Jungs in meiner Stufe. Die schaffen es ja nicht mal, sich ein Brot oder Geld fürs Mittagessen mitzunehmen, wenn Mami es ihnen nicht in die Tasche steckt.«

Dankbar für ihren Scherz stieg ich in ihr Lachen mit ein. Ja, soziale Arbeit schien wirklich genau das Richtige für Letti zu sein. Sie wusste, wie sie in schwierigen Momenten wieder Licht ins Dunkel brachte.

Auch die Maße des Baums stimmten – genau *so* hatte ich ihn mir vorgestellt. Wir suchten den Verkäufer, und ich handelte den Preis noch um zehn Euro nach unten. Gut verpackt in ein neues Netz platzierten wir ihn nur kurze Zeit später auf dem Schlitten. Er stand auf beiden Seiten viel zu weit über, war viel zu schwer und noch dazu so blöd zu lenken, dass ich auf dem Rückweg jeden von Lettis Vorschlägen ausschlug, ihn auch ein Stück zu ziehen.

Kurzfristig verfluchte ich mich dafür, so einen riesigen

Baum hatte haben zu wollen. Sie hatte recht gehabt. Eine Nummer kleiner hätte wohl nicht geschadet.

Die Treppe stellte sich als wahres Hindernis heraus, das wir jedoch überwanden, indem wir auf beiden Seiten anpackten und all unsere Kräfte mobilisierten. Immerhin waren die Stufen gut gestreut. Trotz der Herausforderung, ihn nicht fallen zu lassen und alle Stufen mit den Füßen zu ertasten, konnten wir dabei aber nicht aufhören zu lachen.

Auch der restliche Rückweg verging wie im Flug. Doch als wir den Baum schließlich im großzügigen Bereich vor dem Stationszimmer abstellten, spürte ich die Erschöpfung bleiern in den Gliedern. Den Baum so weit zu ziehen und dann auch noch in der Klinik die Treppe hochzuschleppen war anstrengender gewesen, als ich vermutet hatte.

Letti schien ebenso platt zu sein wie ich. Ihre Wangen glühten vor Anstrengung und Kälte. Schnaufend lehnte sie sich gegen die Wand, zerrte sich die Mütze vom Kopf und die Handschuhe von den Händen. »Das war aber genug für heute, oder?«

»Definitiv. Meine Finger zittern so krass. Wenn ich jetzt noch versuchen würde, ihn aufzustellen und zu schmücken, würde das nur schiefgehen.«

Zum Beweis hob ich die Hand. Sie streckte ebenfalls ihre Rechte in die Höhe, die nicht weniger bebte als meine.

»Ausnahmsweise bin ich deiner Meinung.« Nun befreite sie sich auch von ihrem Schal und der Jacke. Darunter kam eine weitere, dicke Strickjacke zum Vorschein.

»Was schaust du denn so? Ich sagte ja – vier Schichten.«

72

Sie wuschelte sich durch die schulterlange Mähne und stieß sich von der Wand ab. »Wenn du mich nicht mehr brauchst, werde ich meine letzte Stunde noch für die Kids nutzen.«

»Ich bin fertig für heute. Ich werd mich nur noch nach Hause und in die Dusche schleppen.«

Sie nickte und lächelte schon wieder dieses warme Lächeln, das den Raum noch zusätzlich aufzuheizen schien.

»Dann sehen wir uns Montagnachmittag. Und wehe, du kreuzt nicht auf. Ich hab keine Ahnung von Christbaumständern.«

In meiner Brust schien ein kleiner Silvesterkracher zu explodieren. Sie hielt mich nicht nur für handwerklich begabt – sie hatte mich gerade auch wirklich darum gebeten, ihr zu helfen und Zeit mit ihr zu verbringen. Vielleicht hatte ich also doch noch eine Chance, ihr Weihnachten näherzubringen. Solange sie mir vertraute, war das alles viel einfacher. Und mittlerweile war ich mir sicher, dass wir beide verdammt viel Spaß dabei haben würden.

6. Letti

25 Tage bis Weihnachten

Mila klammerte sich an ihre Gehstütze, während wir uns auf den Weg zum Aufenthaltsraum machten. Die Physiotherapeutin hatte uns gebeten, jeden Tag eine kleine Runde zu drehen. Allerdings fragte ich mich bei ihren unsicheren Schritten, ob es nicht vernünftiger gewesen wäre, gleich wieder umzudrehen, sie zurück ins Bett zu zwingen und ihre kleinen Ausflüge auf dem Flur lieber den Pflegerinnen und Pflegern zu überlassen, die wussten, was sie taten. Aber sobald ich Mila vom Christbaum erzählt hatte, konnte sie nichts mehr in ihrem Zimmer halten. Auch wenn sie nicht beim Schmücken helfen konnte, wollte sie mir und den anderen unbedingt dabei zusehen.

Ich führte sie zum Tisch, auf dem stets Buntstifte und Papier für die Kinder lagen. Dann half ich ihr auf den gepolsterten Stuhl, lagerte ihr Bein hoch und legte ihr eine Wolldecke um die Schultern. Sie durfte auf keinen Fall frieren und auskühlen.

Skeptisch blickte sie in Richtung des Baumes. Matteo

74

stellte gerade den letzten Karton mit Kugeln daneben ab und winkte uns zu. Mila verzog ihre Lippen zu einer schmalen Linie, dann zog sie mich am Arm zu sich hinunter.

»Wer ist der Mann?«, flüsterte sie mir ins Ohr.

Schmunzelnd flüsterte ich zurück. »Das ist Matteo. Er arbeitet jetzt hier und hilft uns heute, den Baum zu schmücken. Und …« Ich machte eine bedeutungsvolle Pause. »Ich hab gehört, er liebt die Weihnachtszeit genauso sehr wie du. Er hat ganz viele tolle Sachen mit in die Klinik gebracht. Weißt du, was das bedeutet?«

Milas Augen wurden groß. Ihr Mund klappte auf. »Kennt er das Christkind? Oder den Weihnachtsmann? War er schon mal am Nordpol?«

Am liebsten hätte ich laut losgelacht. Darauf hatte ich definitiv nicht hinausgewollt. Aber sie war plötzlich so aufgeregt, dass ich ihre Fantasie auf keinen Fall zerstören wollte.

»Das hat er mir bisher noch nicht verraten. Aber dir vielleicht? Warum findest du es nicht heraus?«

Sie nickte eifrig und winkte Matteo zurück, der sie anstrahlte und zu uns schlenderte.

»Hallo, Mila«, begrüßte er sie und setzte sich auf die Tischkante. Mila starrte ehrfürchtig zu ihm auf. Dann zerrte sie wieder an meinem Arm, um mir noch etwas zuzuflüstern.

»Er kennt meinen Namen! Eigentlich sieht er gar nicht so aus … aber vielleicht ist er sogar selbst der Weihnachtsmann?«

Ich spähte zu Matteo, der ihr viel zu lautes Flüstern natürlich gehört hatte. Er grinste, ließ sich abgesehen davon jedoch nichts anmerken. Hoffentlich spielte er mit.

»Hat Letti dir denn schon erzählt, dass unser Christbaum kein normaler Baum ist?«

Mila rutschte aufgeregt auf ihrem Stuhl hin und her. »Nein. Was ist es denn für ein Baum?«

Er beugte sich zu ihr. Seine Stimme nahm einen verschwörerischen Ton an. »Es ist ein magischer Baum. Direkt vom Nordpol eingeflogen. Ein Wunschbaum. Er lässt an Weihnachten für jedes brave Kind einen Wunsch wahr werden.«

»Wow! Funktioniert das wirklich? Kann ich mir dann auch was wünschen?« Mila zupfte so fest an der Spitze ihres geflochtenen Zopfs, dass ich lieber ihre Hand nahm, bevor sie sich noch sämtliche Haare ausriss.

»Natürlich kannst du dir was wünschen. Ich habe gehört, du warst sehr brav hier in der Klinik.« Kaum merklich zwinkerte Matteo mir zu. Er war wirklich sofort darauf angesprungen. Eine bessere Ablenkung hätte ich mir für Mila gar nicht wünschen können.

»Ja, ich bin immer brav! Stimmt's, Letti?«

Ich nickte und drückte sanft ihre Hand.

»Dann musst du nur deinen größten Wunsch auf eine dieser Weihnachtskarten malen. Oder schreiben. Kannst du schon schreiben?«

»Ein bisschen«, erwiderte Mila.

»Sehr gut. Und wenn dein Wunsch dann auf der Karte steht, hängen wir sie zusammen an den Baum. An Weihnachten entfaltet er seine ganze Magie – und der Wunsch erfüllt sich.«

»Manchmal erfüllt sich ein Wunsch sogar schon vor-

her«, unterbrach ich ihn. Wir hatten uns noch nicht darüber unterhalten, wie wir die Geschenkübergabe organisie-
ren wollten.

Mir war allerdings bereits aufgefallen, dass Frau Möllers Plan einen kleinen Haken hatte. Denn die Kinder
wurden laufend entlassen oder kamen neu dazu. Vielleicht
würden wir manchen von ihnen schon vor Weihnachten
ihr Geschenk geben dürfen, wenn sie nach Hause gingen –
so sicher auch Mila.

»Genau«, stimmte Matteo mir zu, obwohl er bestimmt
keine Ahnung hatte, worauf ich hinauswollte. »Also
schnapp dir doch gleich eine Karte und leg los. Aber wähl
deinen Wunsch weise. Der Baum wird nur einen einzigen
erfüllen.«

Er nahm eine der Karten vom Stapel und reichte sie
Mila.

»Danke!« Sie platzierte sie vor sich und starrte auf die
leere Seite.

Bevor ich noch etwas hinzufügen konnte, tauchte Jessy
mit Anton, Sophie und Yemaya auf. Die Kinder stürmten
so energiegeladen in den Raum, dass ich beinahe vergaß,
dass wir in einem Krankenhaus und sie die Patienten waren.

»Die drei sind auf jeden Fall fit genug«, meinte auch
Jessy und machte schon wieder auf dem Absatz kehrt.
»Viel Spaß – und gute Nerven!«

Die würden wir wirklich gebrauchen können. Noch
während ich ihnen Matteo vorstellte, stürzte Sophie sich
auf die Kugeln und riss sie aus der Verpackung. Ich kam
kaum hinterher, die drei im Zaum zu halten und die emp-
findliche Dekoration vor dem Herunterfallen zu bewahren.

Als ihre anfängliche Aufregung überwunden war und wir damit begannen, die Kugeln an den Baum zu hängen anstatt über die Ohren oder in die Haare, lief jedoch alles wie am Schnürchen. Matteo stellte die Leiter bereit, um die obere Hälfte des Baumes zu schmücken.

Er stieg allerdings nicht hoch, sondern holte eine kleine Bluetooth-Box aus seinem Rucksack.

»O nein, du wirst jetzt nicht …«

»Zu spät!«

Er tippte demonstrativ mit dem Zeigefinger auf das Display seines Handys.

Im nächsten Moment schallten übertrieben fröhliche Gitarrenakkorde, begleitet von furchtbaren Synthesizerklängen, durchs Zimmer. Dann setzten eine Männerstimme und ein Kinderchor ein.

Anton und Mila jubelten.

Ich presste mir die Hände auf die Ohren.

»Ahhh! Rolf Zuckowski? Ist das dein Ernst?!«

»Dass du *Last Christmas* nicht magst, hast du mir neulich schon deutlich zu verstehen gegeben. Ich wollte dir einen Gefallen tun, indem ich andere Weihnachtsmusik aussuche. Also warum beschwerst du dich?«

Ich funkelte ihn mit zusammengezogenen Brauen an. Nachdem Anton und Mila jedoch schon aus vollem Halse mitsangen, konnte ich ihm schlecht die Box entreißen und sie aus dem Fenster werfen.

»Du hast Glück, dass es ihnen gefällt.«

Matteo lachte und trat einen Schritt näher. Mein Atem wurde mit einem Mal flacher. »Ehrlich gesagt finde ich die Musik auch furchtbar. Aber wie du siehst, lieben die Kleinen diese Lieder. Und einen Christbaum dekorieren ganz ohne Weihnachtsmusik?« Er schüttelte energisch den Kopf und hob entschuldigend die Hände.

Immerhin. Ich hatte einen Moment lang schon befürchtet, er würde das wirklich gerne hören.

Ich gab mich geschlagen und versuchte lieber, mich von dem furchtbaren Gedudel abzulenken. Während Sophie und Yemaya Kugeln, Zapfen und Anhänger aussuchten, die wir gemeinsam an den unteren Ästen befestigten, reichte Anton die Lichterkette an Matteo weiter, der auf der Leiter stand und sich um die obere Hälfte kümmerte.

Die Mädchen erzählten mir ununterbrochen von den Weihnachtstraditionen, die sie zu Hause jedes Jahr pflegten, und versuchten, sich gegenseitig mit ihren Geschichten zu übertrumpfen. Obwohl mich vor allem Yemayas Erzählungen über ihr Weihnachtsfest nach nigerianischer Tradition interessierten, schweiften meine Gedanken immer wieder ab.

Matteos definierte Arme, die unter den hochgekrempelten Ärmeln hervorblitzten und immer wieder über mir auftauchten, lenkten mich mehr ab, als ich zugeben wollte. Ich konnte kaum glauben, dass er nur ein Jahr älter war als ich.

Er schien nicht nur so viel selbstständiger und reifer als die Jungs, die ich bisher kennengelernt hatte, sondern sah auch viel erwachsener aus. Er bewegte sich im Einklang mit seinem Körper – seinem muskulösen, durchtrainierten Körper. Das konnte ich sogar unter den dicken Hoodies erkennen. Bestimmt trieb er Kraftsport.

Auch sein Verhalten ließ mich anzweifeln, ob ich mich nicht verhört und er nicht doch siebenundzwanzig statt siebzehn gesagt hatte. Lediglich seine kindliche Liebe zu

Weihnachten passte zu dem Bild, das ich von jemandem in unserem Alter hatte. Der Grund, den ich hinter seiner erwachsenen Seite vermutete, ließ mein Herz jedoch schwer werden.

Die wenigen Worte, die er über seine Kindheit verloren hatte, hatten sich in mein Gedächtnis eingebrannt. Wie schwierig musste es für einen Fünfjährigen sein, vom eigenen Vater verlassen zu werden? Hatte er das Gefühl gehabt, selbst die Verantwortung tragen zu müssen? Das würde erklären, warum er so verdammt erwachsen wirkte. Weil er früh gelernt hatte, Aufgaben zu übernehmen, die man als Kind kaum stemmen konnte.

»Letti? Bist du eingeschlafen? Oder bist du so in die Musik vertieft, dass du mich deswegen überhörst?«

Ich blinzelte zu Matteo hinauf. »Hm?«

»Ich hab dich jetzt dreimal gefragt, ob du mir die Spitze geben kannst.«

»Oh. Klar.« Peinlich berührt wandte ich mich ab und beeilte mich, den goldenen Stern aus der Schachtel zu befreien.

Als ich mich wieder umdrehte, fiel mir auf, wie viel wir schon geschafft hatten. Die Kinder hatten ganze Arbeit geleistet. Die Äste bogen sich unter der Last der Kugeln, die in allen Farben leuchteten. Dazwischen prangten kleine Anhänger und Figuren. Schneemänner, Zuckerstangen, Glöckchen. Kitschiger ging es kaum.

Wenn es nach meinem Geschmack ginge, hätten wir den Baum komplett mit den bordeauxfarbenen Kugeln geschmückt und den restlichen Schnickschnack in den Kisten gelassen. Doch mir musste es nicht gefallen. Hauptsache, die Kinder hatten ihre Freude daran.

Anton hatte es sich zur Aufgabe gemacht, die Leiter festzuhalten. Eigentlich konnte sie nicht umfallen, doch er machte dabei ein so wichtiges Gesicht, als hätte er die bedeutungsvollste Rolle von allen. Ich wollte ihn nicht wegscheuchen, also beugte ich mich vorsichtig an ihm vorbei und reichte Matteo den Stern für die Spitze.

Im selben Moment, in dem sich seine Finger um das kühle Glas schlossen, brach die Musik ab. Ein ohrenbetäubender Klingelton schallte aus der Box. Ich zuckte zusammen. Matteo hielt den Stern jedoch fest. So fest, dass seine Fingerknöchel weiß hervortraten. Mit zusammengekniffenen Brauen starrte er zu seinem Handy und schnaubte. Huch? Was war denn jetzt los?

»Ist doch nicht schlimm. Soll ich es dir holen?«, fragte ich vorsichtig.

»Nein!«, rief er eine Spur zu laut.

Anspannung kroch mir den Nacken hinauf. Der Klingelton verstummte, und die Musik setzte wieder ein.

Er räusperte sich und nahm den Stern in die andere Hand. »Sorry. Das nervt einfach so krass.«

»Schon o.k.«, sagte ich.

Wahrscheinlich hatte er es wirklich nicht böse gemeint. Trotzdem irritierte mich sein abrupter Stimmungswechsel. Glücklicherweise schien es die Kinder aber nicht zu interessieren. Während Anton sich in die Diskussion der Mädels über die richtige Lamettafarbe eingeklinkt hatte, war Mila ins Bemalen ihrer Karte versunken.

Matteo setzte nun den Stern auf die Spitze. Vorsichtig schob er die Öffnung über den obersten Ast und wackelte daran, um sicherzugehen, dass er hielt.

Erneut zerschnitt der Klingelton die Melodie. Bevor

ich etwas einwerfen konnte, veränderte sich Matteos Gesichtsausdruck. Blanke Wut stand ihm ins Gesicht geschrieben. Ich erschauderte.

Plötzlich verpasste er dem Baum einen Stoß. Der Stern wackelte – und fiel. Mein Atem setzte aus. Reflexartig sprang ich zur Seite, um ihn aufzufangen. Zu spät. Er landete mit einem Krachen auf dem Boden und zersplitterte in tausend Einzelteile.

»Verfluchte Scheiße!«, rief Matteo in einer Lautstärke, mit der man ihn garantiert bis ans Ende des Flurs gehört hatte.

Was war nur in ihn gefahren?

Anton ließ die Leiter los und wich ein Stück zurück. Wie auch Mila und Yemaya starrte er mit großen Augen zu Matteo hinauf. Entsetzen und Verwirrung stand ihm ins Gesicht geschrieben. Sophie dagegen begann, über die Schimpfworte zu kichern und interessiert die Scherben zu betrachten.

Hektisch wedelte ich mit den Armen und öffnete den Mund. Ich musste sie dringend ablenken. Die Situation entspannen. Doch in meinem Kopf tauchten nicht die passenden Worte auf.

Matteo sprang von der Leiter. Zwei große Schritte. Dann riss er das Handy von der Bluetooth-Box und schaltete es auf stumm. Seine Schultern sackten nach unten.

»Tut mir echt leid«, murmelte er, ohne sich zu uns umzudrehen, dann flüchtete er mit seinem Smartphone in der Hand nach draußen. Perplex sah ich ihm hinterher. Was war denn jetzt passiert? Wie konnte er so leicht die Kontrolle verlieren?

Es dauerte einen Moment, bis ich mich aus meiner Starre löste.

»Hey, wie wäre es, wenn wir selbst ein Weihnachtslied singen? Worauf habt ihr Lust?« Meine Stimme bebte. Hoffentlich bemerkten die Kinder das nicht.

Sophie rettete mich. Sie bombardierte mich mit fünf Vorschlägen auf einmal, was auch die anderen Kinder ablenkte, die sofort mit ihr über das passende Lied stritten. Schließlich einigten wir uns auf *Schneeflöckchen, Weißröckchen.* Ich kannte nur die erste Strophe. Und ich hasste Singen. Aber nichts hätte mir in diesem Moment gleichgültiger sein können. Alle mussten sich wieder beruhigen. Vor allem ich. Mit einem verkrampften Lächeln auf den Lippen kämpfte ich gegen die Enge in meiner Brust.

Vor wenigen Minuten hatte ich noch das Gefühl gehabt, Matteo ein bisschen besser kennenzulernen. Doch was ich eben gesehen hatte, war ein komplett anderer Matteo gewesen. Warum war er so grundlos ausgerastet? Waren es die Anrufe gewesen, die ihn so wütend gemacht hatten? Was wohl dahintersteckte?

Egal was der Grund war, nichts entschuldigte ein solches Verhalten in Anwesenheit der Kinder. Ich hoffte trotzdem, dass es ihm gutging.

Zu meiner Schande musste ich mir eingestehen, dass ich nicht nur schockiert war, sondern auch verdammt neugierig. Es passte nun mal so wenig zu dem Matteo, der mir Eis geholt, Mila so charmant in seinen Bann gezogen hatte und dauerhaft Weihnachtslieder vor sich hinpfiff.

Zwanzig Minuten später kam Jessy zurück, die Anton zu einer Untersuchung und Sophie und Yemaya für die Visite abholte.

Als die drei gut gelaunt davonwuselten, wandte ich mich Mila zu. Sie hielt einen Stift in der Hand, hatte jedoch aufgehört zu malen und blickte angestrengt auf ihre Zeichnung hinunter. So nachdenklich wirkte sie auf dem großen Stuhl erst recht verloren.

Es wurde höchste Zeit, dass sie ebenfalls zurück ins Bett kam. Sie war jedoch so in ihre Karte vertieft, dass sie es gar nicht bemerkte, als ich neben ihr in die Hocke ging.

»Und, ist deine Wunschkarte schon fertig? Wir können sie gleich aufhängen, wenn du willst.«

Sie riss den Kopf herum und legte die Hände auf die Karte.

»Nicht gucken! Ich bin noch nicht fertig.«

Ich hob abwehrend die Hände. »Würde ich nie tun. Ich hab nichts gesehen, alles gut.«

Sie spähte nachdenklich zwischen ihren Fingern hindurch.

»Müssen wir sie heute aufhängen?«

»Nein, natürlich nicht. Das hat Zeit. Aber keine Sorge, sie muss nicht perfekt werden.«

»Gut. Ich weiß nämlich noch gar nicht so genau, ob das der richtige Wunsch ist.«

Typisch Mila. So klein und schon so nachdenklich. Ich streckte die Hand aus und streichelte ihr sanft über die Schulter. »Das macht nichts. Lass dir Zeit. Du kannst die Karte mit auf dein Zimmer nehmen und jederzeit weitermalen. Oder eine neue anfangen, wenn dir etwas Besseres einfällt.«

Sie nickte, drückte sich die Karte fest an die Brust und machte sich daran, aufzustehen. Ich stützte sie, damit sie nicht herunterfiel. Der Rückweg fiel ihr deutlich schwerer als der Hinweg. Es war keine gute Idee gewesen, sie mitzunehmen. Doch so hatte sie wenigstens ein paar abwechslungsreiche Minuten in ihrem Krankenhausalltag gehabt. Ihr Strahlen, als Matteo ihr von dem Wunschbaum erzählt hatte, war unbezahlbar gewesen.

Ich ließ meinen Blick durch den Flur schweifen. Zwei Mütter, die sich vor einem der Zimmer unterhielten. Frau Möller, die mit einem Pfleger im Schlepptau zu ihrem Büro lief. Aber kein Matteo. Seltsam. Wohin war er verschwunden?

Als ich Mila zurück in ihr Bett verfrachtet, ihr ein Hörspiel eingeschaltet und sie bis zum Hals zugedeckt hatte, kehrte ich zum Aufenthaltsraum zurück. Die leeren Kartons, die Scherben und der übrig gebliebene Baumschmuck lagen im ganzen Zimmer verstreut. Wo gerade noch die fröhlichen Kinderstimmen alles aufgelockert hatten, lag nun gespenstische Stille in der Luft. Sie passte nicht zu dem Chaos, das sich vor mir auftürmte.

Schnell kehrte ich die Scherben zusammen, als könnte ich damit die Erinnerung an Matteos Ausraster fortwischen. Dann stapelte ich einige der Kisten und holte den Schlüssel für den Materialraum aus der Tasche. Solange ich mich beschäftigte, musste ich nicht über diesen Nachmittag und sein seltsames Ende grübeln. Oder darüber, wie ich Matteo nun gegenübertreten sollte.

Als ich, fünf Kartons auf den Armen balancierend, am Abstellraum ankam, reichte es aus, die Klinke mit dem Ellbogen hinunterzudrücken. Sie war nicht abgeschlossen.

Ich stieß sie auf und war nicht einmal überrascht, Matteo am Ende der schmalen Kammer am Boden sitzen zu sehen. Natürlich war er nicht einfach ohne seine Sachen abgehauen.

Er sah unter dem Rand seiner Kapuze zu mir auf. Sein Gesicht war so ausdruckslos, dass ich verunsichert im Türrahmen stehen blieb. Ich hatte nicht den Hauch einer Ahnung, was ihm durch den Kopf gehen könnte. Ob er noch wütend war ... was ich zu ihm sagen sollte. Dass er sich hierher zurückgezogen hatte, war das einzig Offensichtliche.

»Ich wusste nicht, dass du hier bist ... ich wollte dich nicht stören. Soll ich lieber gehen? Willst du noch ein bisschen allein sein?«

Eigentlich müsste ich wütend auf ihn sein. Abstand nehmen. Sonst fiel es mir doch auch leicht, ihm meine Meinung zu sagen und nicht so viel darauf zu geben, was er dachte. Warum ausgerechnet jetzt nicht?

Ich hätte gute Gründe gehabt, ihn zusammenzustauchen. Er hatte den Kindern einen riesigen Schreck eingejagt, unkontrolliert geschrien und ein Verhalten vorgelebt, das sie zutiefst verunsichert haben musste. Stattdessen redete ich mit ihm wie mit Yemaya, wenn ich sie nach einer Spritze beruhigen wollte.

Ich konnte die Kartons nicht länger halten und stellte sie zurück an ihren Platz im unteren Regalbrett. Matteo beobachtete jede meiner Bewegungen.

Schließlich seufzte er leise. »Nein.«

Ich richtete mich auf und strich mir den Pulli glatt. »Okay ...?«

Die Situation war mir verdammt unangenehm. Mein

Magen sah das wohl genauso und grummelte so laut, dass Matteo es kaum überhört haben konnte. Warum hatte ich überhaupt gefragt? Warum stand ich hier rum, anstatt die nächsten Kisten zu holen?

Er hatte die Beine angezogen und die Hände locker über die Knie gelegt. Während er zu sprechen begann, knibbelte er an seinen Fingernägeln. »Es tut mir echt leid. Ich wollte nicht rumschreien. Weder vor den Kids noch vor dir. Wirklich nicht.« Er sah nicht zu mir auf, betrachtete nur seine Fingernägel.

Ich hatte nicht die geringste Ahnung, was ich darauf erwidern sollte. Es war geschehen, und er konnte es nicht rückgängig machen. Ich hatte diese Seite von ihm gesehen und würde sie nicht mehr vergessen. Aber seine Entschuldigung klang so aufrichtig, dass ich es nicht übers Herz brachte, ihm das zu sagen.

»Weißt du, ich war gerade so richtig gut drauf. Und dann ging das mit den Anrufen schon wieder los. Ich wollte mir das nicht versauen lassen. Aber irgendwie ist genau das Gegenteil passiert.« Seine Augen schienen sich zu verdunkeln und das Blau einer kalten Winternacht anzunehmen.

Neugierde machte sich in mir breit. Es ging mich nichts an, von welchen Anrufen er redete. Wenn sie solche Reaktionen in ihm hervorriefen, war das etwas, in das ich mich nicht einmischen sollte. Ich kannte ihn nicht. Wir waren nicht einmal oberflächlich befreundet. Aber vielleicht war es genau deswegen unmöglich, die Frage zurückzuhalten, die in mir brannte.

»Welche Anrufe denn?«, fragte ich leise und machte

mich darauf gefasst, gleich wieder Wut in seinen Augen aufblitzen zu sehen.

Doch sie blieben dunkel und glanzlos. Er presste nur die Lippen zusammen, ließ die Arme sinken und schaute zu mir hoch. »Von meiner Mutter.«

Seine Antwort überraschte mich. Niemand verstand besser als ich, dass ein Gespräch mit den Eltern nervenaufreibend sein konnte. Aber deswegen gleich so an die Decke zu gehen?

»Es ist … sehr schwierig zwischen uns. Normalerweise ruft sie nicht an. Und wenn doch, dann bedeutet es nie etwas Gutes. Ich gehe eigentlich nicht ran. Meistens will ich es gar nicht hören.«

Plötzlich kam ich mir unendlich dumm vor. Ich verstand immer noch kein Wort. Dabei lag so viel Kummer in seiner Stimme, dass ich es unbedingt wollte. Ich traute mich jedoch nicht, weiter nachzufragen.

Matteo rappelte sich auf, klopfte sich den Staub von seiner dunklen Jeans und machte zwei Schritte auf mich zu.

»Du musst mich jetzt für völlig bescheuert halten. Aber das bin ich nicht. Sowas passiert mir normalerweise nicht. Es ist nur so verdammt schwierig zurzeit.« Er sah mir direkt in die Augen. Kein Blinzeln. Nur das dunkle Blau, durchzogen von Schmerz.

Mein Herz fiel für zwei Schläge aus dem Takt.

»Es wird nicht wieder vorkommen. Ich versprechs dir. Ich will nicht, dass die Kinder Angst vor mir haben. Oder du mich für ein Arschloch hältst.« Ein bitteres Lächeln huschte über sein Gesicht. »Das bin ich vielleicht. Du darfst mich auch weiterhin hassen. Wegen dem ganzen Weihnachtskram. Aber nicht deswegen.«

Seine Ehrlichkeit löste ein unerwartetes Kribbeln in meiner Brust aus. Ich hätte nie damit gerechnet, dass er seinen Fehler so schnell zugeben und mir so offen von seinen Problemen erzählen würde. Die Kapuze, die er in jeder nur möglichen Situation tief ins Gesicht gezogen hatte, sprach eine andere Sprache.

Sein Versprechen und das Vertrauen, das er mir entgegenbrachte, machten es mir unmöglich, ihm weiter böse zu sein.

Er meinte es ernst. Und jeder hatte eine zweite Chance verdient, oder?

»Ich hasse dich nicht. Weder wegen deines Weihnachtswahns noch wegen dieses Ausrasters. Ist ja nichts passiert. Ich bin nur ein bisschen erschrocken, vor allem wegen der Kinder. Aber das Versprechen nehme ich trotzdem gerne.«

Langsam kehrte der Glanz in seine Augen zurück. Seltsamerweise wurde das Kribbeln in meiner Brust damit aber nur noch stärker, statt nachzulassen.

Er lächelte. Da waren sie wieder – diese Grübchen an den Nasenflügeln.

»Und ich werde mich daran halten. Keine Ausraster mehr. Versprochen.«

Er machte eine Geste in Richtung Tür.

»Ich geh dann mal rüber und räum auf, okay? Das ist das Mindeste, was ich tun kann. Mach ruhig Feierabend oder spiel noch mit den Kids.«

Ich nickte. Mich jetzt noch mit dem Einpacken der

restlichen Weihnachtsdeko zu beschäftigen war das Letzte, was ich gerade gebrauchen konnte.

»Danke. Ich hoffe, dir geht es bald besser und du kannst das mit deiner Mama klären.«

Als ich mich abwandte, um die Tür zu öffnen, legte er mir jedoch eine Hand auf die Schulter. Wärme breitete sich von seiner Handfläche bis in meine Zehenspitzen aus.

»Ach, und Letti?«

Ich hielt den Türgriff umklammert, warf aber einen Blick über die Schulter. Was wollte er denn jetzt noch?

»Was denn?«, gab ich zurück.

»Kannst du mir noch einen Gefallen tun und Frau Möller nichts davon erzählen? Wenn sie mitbekommt, wie ich geflucht habe …«

Unwillkürlich drückte ich den Türgriff nach unten, obwohl die Tür schon längst offen stand. Daher wehte also der Wind. Hatte er sich nur deswegen entschuldigt? Weil er Angst hatte, sonst rauszufliegen? Und ich sollte nun darüber entscheiden, ob ich ihm die langersehnte Stelle vermasselte oder schwieg und die Dinge ihren Lauf nehmen ließ.

Wie hinterhältig!

Woher sollte ich wissen, ob er sich an sein Versprechen hielt oder sich den Kindern gegenüber dauerhaft als schlechter Umgang herausstellte? Sie waren hier, weil das Schicksal es sowieso schon nicht gut mit ihnen gemeint hatte. Da konnte ich es nicht mit meinem Gewissen vereinbaren, sie aus Nachlässigkeit noch anderen schlechten Einflüssen auszusetzen.

Doch die Wärme seiner Hand, die selbst durch den Stoff meines dicken Pullis hindurchkroch, drängte mich in eine andere Richtung. Er hatte sich aufrichtig entschuldigt. Und ich wollte ihm glauben.

Frau Möller den Vorfall zu verschweigen wäre außerdem nicht ganz uneigennützig. Wenn Matteo rausflog, würde ich mich wieder alleine um den ganzen Weihnachtskram kümmern müssen. Und ich hatte nicht nur absolut keine Lust darauf, die letzten Tage hatten mir auch bewiesen, wie wenig Ahnung ich von diesem ganzen Zeug hatte. Ich brauchte ihn.

»Wenn es sein muss. Aber ich bin nicht doof. Glaub bloß nicht, dass du dir jetzt alles erlauben kannst. Nochmal so eine Nummer, und ich werde persönlich dafür sorgen, dass sie dich rauswirft. Die Kinder brauchen hier Ruhe zum Erholen. Keine Flüche und aggressive Schwingungen.«

»Mach dir keine Sorgen. Ich bin auch hier, weil ich den Kindern eine schöne Zeit bereiten will. Nicht, um rumzuschreien. Wird nicht wieder vorkommen.«

Er lächelte mir nochmal aufmunternd zu, bevor er sich an mir vorbeidrängte und zum Aufenthaltsraum zurückkehrte. Und ich konnte nur hoffen, dass ich mich nicht in ihm täuschte.

7. Letti

24 Tage bis Weihnachten

Am nächsten Tag war Matteo nichts mehr von dem Vorfall anzumerken. Ich war mir nicht sicher, ob er wirklich so übertrieben gut gelaunt war oder ob es seine Strategie war, um alles in Vergessenheit geraten zu lassen. Nachdem ich eine Nacht darüber geschlafen hatte, erschien mir seine Reaktion zwar immer noch unangemessen, aber nicht mehr ganz so tragisch wie nach dem ersten Schock.

Er hatte offensichtlich seine Gründe gehabt, und ich wusste nur zu gut, welche Gefühle ein Streit mit der eigenen Mutter hervorrufen konnte. Wenigstens war er ehrlich gewesen und hatte sich entschuldigt. Mehr konnte ich nicht verlangen.

Matteos fröhliches Pfeifen hallte durch den Flur. Ich entdeckte ihn vor einer der Zimmertüren, an der er gerade einen kleinen Kranz anbrachte. Während ich noch überlegte, ob ich hingehen und Hallo sagen oder lieber erstmal zu einem der Kinder verschwinden sollte, nahm er mir die Entscheidung schon ab. Er winkte mit den zwei Fingern, die er gerade frei hatte, und schenkte mir ein einnehmendes Lächeln. Ich konnte nicht anders, als es zu erwidern. Dann legte er die restlichen Kränze, die er sich um den Arm gehängt hatte, auf dem Boden ab und zog sogar die Kapuze vom Kopf.

»Hey. Ich dachte schon, ich hätte dich verschreckt und du kommst gar nicht mehr.«

»Die Frage ist eher, was du hier schon machst.« Ich war direkt aus der Schule gekommen, und ein Blick auf die Uhr meines Handys verriet mir, dass es erst kurz nach eins war. »13:21 Uhr. Hast du gar keine Verpflichtungen? Ausbildung? Schule?«

Sein linker Mundwinkel rutschte nach unten. Er rieb sich den Nacken und wich plötzlich meinem Blick aus. *Erwischt.*

»Ich hab hier so viel zu tun. Das ist viel sinnvoller als stundenlang in einem stickigen Klassenzimmer zu sitzen und mir Gelaber über irgendwelche Kurvendiskussionen anzuhören, die ich nie in meinem Leben brauchen werde. Reinste Zeitverschwendung. Den Mist kann ich mir auch ein paar Tage vor den Prüfungen zu Hause durchlesen.«

Ich runzelte die Stirn. Obwohl er selbstsicher nickte und abwinkte, legte sich ein zartroter Schimmer auf seine Wangen. War es ihm etwa unangenehm, dass ich ihn beim Schwänzen ertappt hatte? Aber ich konnte ihn beruhigen. Dafür würde ich ihn definitiv nicht verurteilen. Ich war nicht die Streberin, für die er mich offensichtlich hielt. Im Gegenteil.

»Würde ich manchmal auch gerne so machen. Wenn ich dann nicht von meinen Eltern gelyncht werden würde. Ich spar mir lieber den Stress.«

Meine Worte entlockten ihm nicht einmal ein schwaches Lächeln. Stattdessen betrachtete er ausdruckslos den Kranz, den er gerade aufgehängt hatte.

Sofort bereute ich meinen Kommentar. *Toll gemacht, Letti.* Dass er auf das Thema Eltern nicht gut zu sprechen war, hätte inzwischen wahrscheinlich jedes Kind erkannt. Nur ich riss mal wieder den Mund auf, ohne nachzudenken.

»Ach. Die Schule versucht nicht mal mehr, meine Mutter zu erreichen, wenn ich fehle. Die geht sowieso nicht ran. Interessiert sie nicht.« Die Stärke in seiner Stimme geriet ins Wanken.

Ich nickte knapp und starrte ebenfalls auf den Kranz. Antworten konnte ich nicht. Dazu verstand ich viel zu wenig, was in ihm vorging. Doch je mehr er über sich preisgab, desto stärker brannte sich die Neugier in mir ein. Ich wollte es verstehen. Denn er schien aus einer völlig anderen Welt zu kommen als ich.

Während ich mir nichts Schöneres vorstellen konnte als eine Mutter, die es mir selbst überließ, ob ich in die Schule ging oder nicht, stimmte es ihn traurig. Dabei wirkte er gar nicht wie jemand, der sich gerne Vorschriften machen ließ.

Dann ging ein Ruck durch seinen Körper. Er rieb die Hände aneinander, drehte sich zu mir um und hatte plötzlich sein selbstbewusstes Strahlen wiedergefunden.

»Jedenfalls warte ich schon eine Stunde auf dich. Wollte dir unbedingt was zeigen. Komm mit.«

»Hat es mit Weihnachten zu tun? Dann verzichte ich.«

»Hat es. Aber du wirst dich trotzdem freuen.«

Ich folgte ihm in den Aufenthaltsraum. Er deutete mit einer großzügigen Geste auf den Baum. Die Lichterketten zwischen den Kugeln brannten sogar jetzt, wo Sonnen-strahlen durchs Fenster fielen. Obwohl ich von der über-triebenen Beleuchtung geblendet wurde, wusste ich sofort, was er meinte.

»Die ersten beiden Wünsche sind da. Einer für jeden von uns. Such dir einen aus«, sagte Matteo und schob mich sanft zu den beiden roten Karten, die vor uns an den Ästen hingen.

Vor ihm wollte ich es nicht zugeben, doch der Anblick der Wunschkarten ließ meine Fingerspitzen voll Vorfreude kribbeln. Weihnachten hin oder her – die Idee war süß, und ich konnte es kaum erwarten, das Glück der Kinder mitzuerleben, wenn sie ihren Wunsch erfüllt bekamen.

Ich entschied mich für die Karte, die weiter oben hing. Während die untere eine abgeknickte, zerknitterte Ecke hatte, erstrahlte diese in makellosem Glanz.

Behutsam befreite ich das Bändchen von den Tannen-nadeln. Ich drehte sie um, kam jedoch nicht dazu, die Zeichnung zu betrachten.

Blitzschnell drückte Matteo die Hand auf die Rückseite meiner Karte. »Gleichzeitig umdrehen natürlich.«

»Wird das jetzt ein Wettbewerb? Wer das coolere Ge-schenk besorgen darf?«

»Aber hallo!« Er bemühte sich um einen todernsten Gesichtsausdruck. Sein angestrengter Versuch führte je-doch nur dazu, dass seine Nasenspitze zuckte.

Ich konnte mich nicht länger zurückhalten und prustete los. Er stimmte in mein Lachen mit ein, gab meine Karte aber nicht frei. Mit der anderen Hand angelte er sich sein zerknicktes Exemplar.

Ich riss meine Karte unter seinem Griff hervor.

Die Zeichnung war wirklich liebevoll gestaltet. Die bunten Linien ließen mich auf ein dunkles Tier schließen, das am Strand entlangspazierte. Ohne die Bildunterschrift hätte ich jedoch eher auf einen Braunbären getippt. *Hunt* stand dort in großen Druckbuchstaben geschrieben.

Na toll. Wir hätten ein paar mehr Regeln festlegen müssen. Nur kleine Wünsche. Keine Haustiere, Reisen nach Disneyland oder den Weltfrieden. Mein Kopf begann jedoch sofort zu arbeiten. Mir würde schon eine Lösung einfallen.

Neugierig spähte ich zu Matteo hinüber. Auf seiner Karte erkannte ich noch weniger als auf meiner. Außerdem war sie, abgesehen von dem Namen, den offensichtlich eine der Pflegekräfte daruntergeschrieben hatte, nicht einmal beschriftet.

Er hielt die Karte näher vors Gesicht und kniff die Augen zusammen. »Ben hätte gerne … ein Zwetschgenmännchen im Fußballtrikot? Würde ich zumindest behaupten.«

Ich trat vor und betrachtete die Zeichnung genauer. Sie sah wirklich aus wie die kleinen traditionellen Nürnberger Trockenobst-Figuren, die es auf dem Christkindlesmarkt zu kaufen gab. »Könnte aber auch er selbst im Trikot sein. Oder irgendein Fußballer. Oder …«

Matteo brachte mich mit einer Geste zum Schweigen und hängte die Karte wieder zurück, bevor ich ihn mit noch mehr Vermutungen bombardieren konnte.

»Pssst. Ich will es gar nicht so genau wissen. Zwetschgenmännchen liegen voll in unserem Budget. Ein Originaltrikot oder Fußballtickets können wir ihm sowieso nicht kaufen. Und er wird sich bestimmt genauso über einen kleinen Fußballer freuen.«

»Ich werde auch auf ein Kuscheltier ausweichen müssen. Echte Hunde kommen bei den Eltern sicher nicht so gut an.«

Er lachte, wurde jedoch gleich wieder ernst.

»Hast du heute Abend schon was vor?«

Ich war gerade dabei, meine Karte ebenfalls an ihren Platz zurückzuhängen, doch seine Frage ließ mich in der Bewegung erstarren. Über den Ast hinweg musterte ich seine Gesichtszüge. Doch er lachte nicht. Stattdessen wühlte er unruhig in der Bauchtasche seines Hoodies. Was sollte das werden? Ein Date?

Mein Herz verwechselte seine Frage mit einer Einladung zu einem plötzlichen Marathon und sprintete los. Hatte er das gerade wirklich gefragt, oder hatte ich mich verhört?

»Äh ...« Toll. Eine intelligentere Antwort hätte mir auch nicht mehr einfallen können. Allerdings hatte ich keine Ahnung, was ich antworten sollte. Was, wenn es doch nur ein Scherz war und er sich gleich über mich lustig machte? Oder wenn ich schon wieder viel zu viel hineininterpretierte? Doch wenn ich nein sagte, würde er es erst recht falsch verstehen.

Mein dämliches Gestotter hatte jedoch ausgereicht, um ihm meine Verunsicherung zu offenbaren.

»Ich meine ... wir müssen die Geschenke ja nicht alleine kaufen. Zu zweit ist es bestimmt lustiger. Und dann kannst du dich am Ende nicht über meine Auswahl beschweren.« Er zuckte mit den Schultern, doch sein ange-

97

spanntes Lächeln wirkte alles andere als gleichgültig. »Also, was sagst du?«

Bevor ich auch nur eine Sekunde darüber nachdenken konnte, ob das eine gute Idee war, antwortete mein Herz für mich. »Ja … sehr gerne sogar.« *Sehr gerne?* Hatte ich das gerade wirklich laut ausgesprochen?

Die Anspannung wich aus seinem Lächeln und machte Platz für ein Strahlen, das den Raum noch mehr erhellte als die Weihnachtsbeleuchtung.

»Super. Dann um neunzehn Uhr am Schönen Brunnen?«

Augenblicklich flaute das Flattern meines Herzens ab. »Am Schönen Brunnen? Du willst auf den Weihnachtsmarkt?«

»Klar. Oder hast du noch eine andere Idee, wo wir auf die Schnelle ein Zwetschgenmännchen auftreiben könnten?«

Ich seufzte. »Es gibt bestimmt noch eine Möglichkeit, bei der wir uns nicht durch niesende Touristenmassen, Rauchwolken aus verbranntem Frittenfett und Schlangen torkelnder Glühweinsäufer quälen müssen.«

»Es ist mitten unter der Woche. Komm schon. Du wirst es überleben.«

Ob er das absichtlich machte? Wäre mir nur nicht über die Lippen gerutscht, wie gerne ich den Abend mit ihm verbringen würde. Er wusste, dass ich nicht nein sagen würde. Und weil ich zwischen einem Weihnachtsmarktbesuch mit ihm und einem unangenehmen Abendessen mit meinen Eltern entscheiden musste, blieb mir wirklich nichts anderes übrig, als nachzugeben. »Wenn's sein muss.«

Er straffte triumphierend die Schultern. Sein Grinsen wurde noch breiter. »Du wirst es nicht bereuen.«

8. Letti

24 Tage bis Weihnachten

Ich war erst seit wenigen Minuten auf dem Hauptmarkt, und schon verfluchte ich mich für meine Überpünktlichkeit und die Wahl meines Outfits. Allerdings hatte ich es nicht länger zu Hause ausgehalten. Die bohrenden Fragen meiner Eltern hatten mich ebenso nach draußen getrieben, wie die Aufregung über meine Verabredung mit Matteo. Wahrscheinlich interpretierte ich viel zu viel hinein, und er wollte sich nur mit mir treffen, weil ich das Geld für die Geschenke verwaltete. Trotzdem hatte ich es nicht geschafft, mich zu meinem üblichen Zwiebel-Look durchzuringen.

Normalerweise war mir völlig egal, was andere über mich und mein Outfit dachten. Hauptsache, ich erfror nicht und fühlte mich wohl.

Doch als ich mir vorhin die dicke Daunenjacke über den Rollkragenpullover gestreift und mich anschließend im Spiegel betrachtet hatte, hatte es sich seltsam angefühlt. Nicht kuschelig warm. Der Anblick hatte mich eher an den eines Kleinkinds erinnert, das von seiner übervorsichtigen Mama in ein paar Schichten zu viel eingepackt worden war. Nina, die per Videocall dazugeschaltet war, hatte argumentiert, dass noch nie jemand so zu einer Verabredung erschienen war und das wohl nicht mein Ernst sein konnte.

Wenn Matteo auch nur annähernd so etwas wie ein Date gemeint hatte, konnte ich unmöglich so dort auftauchen.

Also hatte ich den Rollkragen gegen einen V-Ausschnitt, die Skihose gegen eine Wollstrumpfhose und die Daunenjacke gegen einen grauen Mantel getauscht.

Trotz der Häuser, die den Hauptmarkt einsäumten und den Platz so vor Wind schützten, kroch die Kälte durch den dünnen Stoff und ließ mich frösteln. So würde ich im Winter garantiert nie wieder rausgehen. Ich sprang von einem Bein auf das andere, um in Bewegung zu bleiben, und warf einen Blick auf mein Handy. Fünf nach sieben. In der Klinik war Matteo bisher auch immer pünktlich gewesen. Er wollte mich doch nicht sitzen lassen?

Unruhig schaute ich mich nach ihm um. Aber alles, was ich sah, war eine Reisegruppe, die einem Guide mit rotem Schirm zwischen die Buden folgte und mir die Sicht versperrte.

Weitere Touristen drängten sich an mir vorbei, um Fotos vor dem Schönen Brunnen zu schießen, und bedachten mich mit vorwurfsvollen Blicken, als ich keine Anstalten machte, aus dem Weg zu gehen. *Viel zu viele Menschen.*

»Was machst du denn auf der Touri-Seite?«

Ich fuhr herum. Matteo bahnte sich seinen Weg um den Brunnen und schüttelte grinsend den Kopf. Sofort stachen mir seine dunklen Haare ins Auge. Ausnahmsweise waren sie nicht von einer Kapuze bedeckt – und standen auch nicht in alle Richtungen von seinem Kopf ab. Er hatte sie tatsächlich zurechtgemacht. Etwa meinetwegen?

»Ich hätte dich hier drüben fast nicht gefunden.« Er blieb vor mir stehen und durchbrach mit seiner Körperwärme den kalten Luftzug. Leider. Denn mit einem Mal breitete sich unkontrollierte Hitze in meinem Gesicht aus.

Was sollte ich jetzt machen? Ihn umarmen? War das nicht zu aufdringlich? Ihm die Hand schütteln? Unverfänglich oder zu verklemmt? Verdammt, wie machten andere Menschen das nur?

Die Sekunden vergingen, während ich ihn mit halb geöffnetem Mund anstarrte und auf eine Eingebung hoffte. Oder darauf, dass er die Initiative ergriff. Doch nichts passierte. Sein Blick huschte zu meinen Beinen. Die Hitze ließ meinen Kopf unter der Mütze beinahe explodieren.

Bevor er noch dachte, ich wolle einen Karpfen imitieren, räusperte ich mich und ergriff endlich das Wort.

»Gibt es eine richtige und eine falsche Seite? Das ist doch der klassische Treffpunkt. Am Ring.«

»Genau. Aber nicht am Touri-Ring. Sondern am richtigen.«

Unglaublich. Wir hatten noch keine zwei Sätze miteinander gewechselt, und er schaffte es schon wieder, mich mit den Augen rollen zu lassen. Warum sprang ich überhaupt jedes Mal so auf seine Sticheleien an? Und wenn ich ehrlich zu mir war, genoss ich sie sogar ein bisschen. Denn sie zauberten kleine Flammen in meine Brust, die ich bei dieser Kälte gut gebrauchen konnte.

»Das macht doch keinen Unterschied. Den hier erkennt man wenigstens.« Ich deutete auf den goldenen Ring hinter mir, der in den schwarzen Ornamenten des Brunnens befestigt war und im Licht der Laternen funkelte. »Den anderen muss man erst suchen.«

»Du weißt doch, was man sagt. Siehst du diese Frau da?«

Ich folgte seinem Blick. Eine junge Brünette trat die Stufen hinauf, reckte sich nach dem goldenen Ring und drehte ihn.

»Sie dreht am falschen Ring. Egal, was sie sich gerade gewünscht hat – es wird nie in Erfüllung gehen.« Er legte mir die Hand auf den Rücken und schob mich sanft in die entgegengesetzte Richtung um den Brunnen herum.

»Genau wie die Wünsche der Kinder, wenn wir hier weiter Wurzeln schlagen. Das ist doch alles Quatsch. Ich bin nicht abergläubig.«

Natürlich wusste ich sofort, auf welche Geschichte er anspielte. Wie alle Nürnberger Kinder hatte auch ich sie unzählige Male erzählt bekommen und war jedes Mal begeistert am Gitter hinaufgeklettert. Denn wer den schwarzen Glücksring fand und drehte, konnte sich dabei etwas wünschen. Wenn man den Wunsch geheim hielt, würde er irgendwann in Erfüllung gehen. Leider hatte ich in meinem Leben wohl schon zu oft am goldenen Ring gedreht, der für die Touristen angebracht worden war und der Legende nach Pech statt Glück bescherte. Zumindest hatte sich bisher nie einer meiner Wünsche erfüllt.

»Ich auch nicht. Aber wenn wir selbst so viele Wünsche erfüllen, haben wir uns auch einen verdient. Und ich weiß aus sicherer Quelle, dass es funktioniert. Mindestens so zuverlässig wie unser Wunschbaum.« Er hörte auf, mich

zu schieben, und blieb vor dem Gitter des Brunnens stehen. Obwohl der Trubel des Christkindlesmarkts auch
hier noch zu spüren war und die Einkäufer an uns vorbei-
strömten, bildeten sich auf dieser Seite wenigstens keine
Menschentrauben um den Brunnen herum. Matteo nickte
mir auffordernd zu.

»Auch wenn ich dir nicht verrate, was ich mir gewünscht habe? Das werden wir ja sehen.«

»Ganz sicher. Die Legenden lügen nicht. Du musst nur
am richtigen Ring drehen.«

Den Spaß wollte ich mir nicht entgehen lassen. Vielleicht war ja wirklich was dran. Und wenn nicht, hatte ich
zumindest die Möglichkeit, ihm später unter die Nase zu
reiben, dass es nicht geklappt hatte.

Ich wandte mich dem Brunnen zu, stieg die Stufen
nach oben und suchte das Gitter nach dem schwarzen
Wunschring ab. Obwohl ich schon so oft an ihm gedreht
hatte, entdeckte ich ihn erst nach einigen Augenblicken.
Im Gegensatz zu dem goldenen Ring hob er sich nicht von
den Ornamenten ab, sondern schien mit ihnen verschmolzen zu sein.

Ich streckte mich, bis meine Fingerspitzen auf das kalte
Metall stießen, doch dann zögerte ich. Was sollte ich mir
überhaupt wünschen? Unter all den Dingen, die in letzter
Zeit in meinem Leben schiefgelaufen waren, gab es so vieles, bei dem ich die Hilfe des Schicksals gebrauchen konnte. Gleichzeitig wollte ich mein Glück aber nicht heraus-
fordern. Ein kleiner Wunsch würde vielleicht in Erfüllung
gehen. Meine Eltern würden dagegen wohl kaum auf magische Weise von heute auf morgen all ihre Überzeugun-

gen über Bord werfen und mich einfach unkommentiert mein Leben leben lassen.

Ich blickte zu Matteo hinunter. Es war nicht zu übersehen, wie sehr er sich freute, mich überzeugt zu haben. Und plötzlich musste ich nicht länger überlegen.

Der Ring quietschte, als ich an ihm drehte.

»Halt! Nur eine Runde. Außer du hast dir zehn Babys gewünscht. Ab drei Umdrehungen gibt's unendliche Fruchtbarkeit und einen reichen Kindersegen.«

Er deutete hinter mich. Und schien nicht zu scherzen. Ein goldener Storch mit einem Baby im Schnabel schaute mir vom Brunnen aus entgegen. Warum kannte Matteo sich so gut mit diesen Mythen aus?

»Gott, nein. Mir reichen erstmal unsere besonderen Exemplare in der Klinik.«

Ich sprang die Stufen hinunter, griff nach Matteos Arm und bedeutete ihm, dass er an der Reihe war. »Jetzt bist du dran.«

Er leistete keinen Widerstand und brauchte im Gegensatz zu mir keine drei Sekunden, um den Ring zu drehen. Seine Entschlossenheit ließ mich die Stirn runzeln. Auf meinen Lippen brannte die Frage nach seinem Wunsch. Doch er würde sie mir sowieso nicht beantworten.

Sein verschmitztes Grinsen machte es mir noch schwerer, den Wunsch nicht aus ihm herauszuquetschen. Er schien genau zu merken, wie neugierig ich war. Doch die Genugtuung wollte ich ihm nicht gönnen. Blieb nur zu hoffen, dass sich Matteos Wunsch bald erfüllen würde und er ihn mir dann verriet.

»Hast du Hunger?«, fragte er, als wir kurze Zeit später die ersten Stände ansteuerten.

Mein Magen schrie ihm die Antwort sofort entgegen. Doch die Stimmen der Marktbesucher und die Trompetenklänge, die von der Bühne vor der Frauenkirche zu uns hinüberwehten, übertönten sein Grummeln zum Glück. Obwohl ich mir nicht sicher gewesen war, was Matteo vorhatte, hatte ich in weiser Voraussicht aufs Abendessen verzichtet.

Trotzdem war ich mir nicht sicher, worauf das hier hinauslief. War es ein Date, oder hatte er einfach nur selbst Hunger? Oder war es reine Höflichkeit?

Verstohlen spähte ich zu ihm hinüber. Seine blauen Augen funkelten mir bereits entgegen. Ich zuckte zusammen und biss mir ertappt auf die Unterlippe.

»Äh … ein bisschen«, brachte ich hervor und gab mir dabei größte Mühe, mir nicht anmerken zu lassen, wie sehr mein Puls gerade in die Höhe geschossen war.

»Cool. Ich bin nämlich am Verhungern«, sagte er und rieb sich mit der Hand über den Bauch. »Worauf hast du Lust? Lass mich raten – alles, nur kein Bratwurstbrötchen?«

Wir drängten uns an einer Gruppe lachender Frauen vorbei, die sich vor einem Schmuckstand versammelt hatte.

»Nur weil ich Weihnachten nicht mag, heißt das nicht automatisch, dass ich auch Bratwurstbrötchen hasse.« Ich atmete einmal tief durch und lachte dann. »Aber im Moment wäre mir wirklich mehr nach gebratenen Champignons oder Schaschlik.«

»Da bin ich dabei. In der dritten Reihe gibt es einen tollen Stand. Die haben alles Mögliche und definitiv das beste Schaschlik, das ich jemals gegessen habe.«

Es überraschte mich nicht einmal mehr, dass er auch auf dem Christkindlesmarkt jeden Winkel zu kennen schien.

Schon von Weitem wehte mir der Duft der Gewürze entgegen und ließ meinen Magen erneut rebellieren.

Matteo führte uns bis zu einer großen Grillbude an einem Durchgang zwischen zwei Gängen. An allen drei Seiten hatten sich Schlangen gebildet. Als wir uns in einer davon einreihten, zog ich meinen Geldbeutel hervor und versuchte, einen Blick auf das Schild zu erhaschen.

Plötzlich spürte ich jedoch seine Hand auf meiner. Irritiert schaute ich nach unten. In meinem Bauch flatterten Schmetterlinge los. Während meine Hand wohl die Temperatur eines Eiszapfens haben musste, wirkte seine wie eine Wärmflasche auf meiner Haut. Wie gut, dass ich keine Handschuhe trug. Am liebsten hätte ich ihm meine andere auch noch entgegengestreckt, um noch mehr seiner Wärme in mir aufzunehmen. Es erinnerte mich sofort an das Gefühl, als er mir gestern in der Kammer die Hand auf die Schulter gelegt hatte. Wie machte er das nur? Was war es, das seinen Berührungen so viel Energie verlieh?

»Lass mal stecken. Ich würde dich gerne einladen.«

Damit war es offiziell, oder? Wir waren nicht nur zwei Kollegen, die zusammen Besorgungen auf dem Weihnachtsmarkt machten.

O Gott. Das war ein richtiges Date.

Die Erkenntnis ließ meine Knie weich werden. Ich hatte noch nie ein richtiges Date gehabt. Und einen Freund erst recht nicht. Sämtliches Wissen, das ich über Verabredungen gesammelt hatte, stammte aus Disneyfilmen oder kitschigen Liebesromanen. Wie lief sowas im echten Leben ab? Sollte ich ihn wirklich zahlen lassen? Oder widersprach das meinen Prinzipien? Hatte ich überhaupt Prinzipien? Und wenn ich nein sagte, würde er denken, dass ich ihm eine Abfuhr erteilte?

»Das ist wirklich nicht nötig, aber … danke.« Ich steckte den Geldbeutel zurück in die Tasche.

»Klar doch, Ehrensache«, antwortete er grinsend.

Die Schlange vor uns bewegte sich. Ich traute mich kaum, aufzurücken. Meine Knie könnten jede Sekunde unter der Last meines Körpers nachgeben. Ich würde einfach umknicken und mich gnadenlos blamieren.

Ich nahm einen tiefen Atemzug. Cool bleiben. Kein Grund, durchzudrehen. Matteo schien mich so zu mögen, wie ich war. Sonst hätte er mich nicht eingeladen. Also musste ich mich nicht verstellen. Ich blickte an mir hinunter. Wahrscheinlich hätte ich mich nicht mal in diese dämliche Strumpfhose zwängen müssen. Was hatte ich mir dabei nur gedacht?

Trotzdem wuchs der Druck in meinem Kopf mit jedem Atemzug. Ich suchte verzweifelt nach einem witzigen Spruch, einer intelligenten oder tiefgründigen Frage. Warum fiel es mir auf einmal so schwer, mit ihm zu reden?

Matteo dagegen schien die Stille zwischen uns nicht zu stören. Er lächelte mir zu, ohne ein Wort zu verlieren. Als würden wir uns seit Ewigkeiten kennen. Als wäre es das Normalste der Welt, dass wir dicht aneinandergedrängt vor einer Grillbude warteten und uns anschwiegen.

Plötzlich kam mir eine Idee, die mich nicht nur von dem Druck befreien würde, etwas sagen zu müssen, sondern mir auch noch das schlechte Gewissen nehmen würde, dass er für mich bezahlte.

»Bin gleich wieder da. Nimm mir eine Portion mit, falls du schneller bist.«

Er runzelte die Stirn. Doch bevor er auf die Idee kommen konnte, mich aufzuhalten oder nachzufragen, flüchtete ich aus der Schlange und hielt Ausschau nach dem nächsten Glühweinstand. Sofort ließ der Druck hinter meinen Schläfen nach. Diesen Moment zum Durchatmen konnte ich dringend gebrauchen.

Fünf Minuten später balancierte ich zwei Tassen Kinderpunsch zum Stand zurück. Ich musste nicht lange suchen, bis ich Matteo entdeckte. Er hatte einen Stehplatz am Rand der Bude ergattert, mehrere dampfende Schälchen standen vor ihm auf der Holzplatte.

Ich quetschte mich zu ihm durch und schob ihm eine der Tassen zu.

Er hob sie vorsichtig an und schnupperte an der roten Flüssigkeit. »Kinderpunsch?«

»Ja. Passt besser zum Essen und ist schön süß«, erwiderte ich. Meine Stimme klang selbstbewusst, doch sein fragender Tonfall verunsicherte mich sofort wieder. Mochte er keinen Kinderpunsch?

Matteo schlürfte lautstark einen Schluck ab und gab ein genüssliches Brummen von sich. »Gut so. Hast du schon mal richtigen Glühwein probiert?«

Auf das Risiko hin, von ihm für eine Langweilerin gehalten zu werden, blieb ich bei der Wahrheit und schüttelte den Kopf. »Nur Bier und normalen Wein. Beides furchtbar.«

»Du hast definitiv nichts verpasst. Ich hab keine Ahnung, wie die Leute sich das literweise reinkippen können. Es schmeckt grauenvoll.« Er schüttelte sich, verzog das

Gesicht und brachte mich damit zum Lachen. »Sobald man aus Versehen reinpustet, brennt einem der Alkohol in den Augen. Und beim Trinken ätzt er dann die Speiseröhre weg. Es ist einfach nur schmerzhaft, bitter und überteuert. Nee, da bleib ich lieber beim guten alten Kinderpunsch.«

Er streckte mir seine Tasse entgegen. Ich hob meine ebenfalls hoch und stieß mit ihm an. Durch seine Worte wurde er mir noch sympathischer. Wer brauchte schon Alkohol, wenn er nicht mal schmeckte?

Ich genoss einen großen Schluck vom süßen, fruchtigen Punsch. Als ich die Tasse wieder abstellte, fiel mir jedoch auf, wie viel Essen sich vor uns türmte. Eine Schale mit gebratenen Champignons, zwei Portionen Schaschlik, zwei Schälchen mit Pommes, zwei Brötchen und ein vegetarischer Spieß.

»Gehört das alles uns? Hast du drei Tage nichts gegessen?«

Er zuckte mit den Schultern. »Du hast nicht gesagt, was du willst. Und ob du Pommes oder Brot dazu willst. Also habe ich einfach ein bisschen mehr genommen. Jetzt hast du freie Auswahl.«

Ich schüttelte lachend den Kopf. Das musste ein Vermögen gekostet haben und war eindeutig mehr, als wir essen konnten. Doch dass er sich so viele Gedanken um mich machte, ließ mein Herz in meiner Brust tanzen.

Ich entschied mich für die Champignons und ein bisschen Schaschlik mit Pommes. Die Röstaromen an den Champignons und die feinen Gewürze des Schaschliks brachten mich ins Schwärmen. Ich genoss jeden Bissen, während Matteo ausgelassen von einem Meter-Wurst-

Wettessen mit einem Kumpel auf dem letztjährigen Christkindlesmarkt erzählte. Dabei schaufelte er das Essen nur so in sich hinein und vernichtete neben seiner eigenen Pommesportion noch beide Brötchen, die Reste meiner Champignons und die Hälfte des vegetarischen Spießes. Umso bildlicher konnte ich mir nun vorstellen, wie er es geschafft hatte, eineinhalb Meter Wurst in zehn Minuten zu vertilgen. Vor Lachen flogen mir fast meine Pommes aus dem Mund. Er ließ mich die Hektik und den Kitsch um uns herum vollkommen vergessen. Vielleicht waren Weihnachtsmarktbesuche doch gar nicht so übel – wenn man so gutes Essen genießen konnte und den richtigen Menschen dafür an seiner Seite hatte.

Als wir fertig gegessen hatten und Matteo die Soße von seinem Kinn entfernt hatte, machten wir uns auf die Suche nach Zwetschgenmännchen und Hunden.

Wenn nicht gerade an einer Ecke Essen oder Getränke verkauft wurden, waren die Gänge zum Glück leer genug, um nebeneinander zu laufen. So blieb der übliche Fluchtreflex aus, der mich normalerweise überkam, sobald ich den Christkindlesmarkt betrat. Während wir zwischen den Holzbuden mit den rot-weiß gestreiften Dächern über das Kopfsteinpflaster schlenderten, warf Matteo mir einen prüfenden Blick zu.

»Du läufst ja gar nicht schreiend weg. Und die Augen hast du auch noch nicht verdreht.«

»Ist ja auch nicht so, als hätte ich eine Weihnachtsphobie. Alles in Ordnung«, sagte ich. »Muss ja nicht jeder so ein Weihnachtsfanatiker sein wie du.« Diesmal war ich diejenige, die zwinkerte.

»Aber wenn es so wäre und jeder im Geist von Weihnachten leben würde, wäre der Winter noch viel bunter, besinnlicher und wärmer.« Er wurde langsamer und spähte neugierig an mir vorbei.

Ich folgte seinem Blick und entdeckte in der Auslage wahre Kunstwerke – allesamt aus Schokolade. Schraubenschlüssel und Hammer, Hufeisen und Nägel: Alles sah täuschend echt und überhaupt nicht essbar aus, wie das Schild behauptete.

»Warum?«, fragte Matteo hinter mir.

Ich drehte mich um und hob fragend die Brauen. Hatte ich vor lauter Starren den ersten Teil seiner Frage überhört? »Warum was?«

»Na, warum magst du Weihnachten nicht?«

Die Temperatur schien mit einem Mal in die Minusgrade zu sinken. Ein eisiger Schauer rann mir den Rücken hinunter, und ich zog den Reißverschluss meines Mantels höher. Vielleicht hätte ich doch einen Glühwein trinken sollen. Dann würde es mir nun sicher leichter fallen, zu antworten.

Würde er es verstehen? Oder würde er mich danach erst recht verurteilen? Das könnte ich nicht ertragen. Außerdem war mir gar nicht danach, darüber zu reden. Je tiefer ich die Erinnerungen in mir vergrub, desto mehr schrumpfte ihre allumfassende Schwärze zu einem kleinen Schatten in meinem Bewusstsein. Doch wenn ich sie hervorholte, konnte ich nicht länger kontrollieren, was sie mit meinem Kopf anstellten. Wenn ich mich jetzt darauf einließ, würden sie mich erneut in Dunkelheit hüllen? Oder war ich inzwischen stärker geworden?

Vielleicht schaffte ich es, sie nur kurz zu beleuchten. Sie nicht vollständig aus der Tiefe hervorzuziehen. Das würde sicher reichen, um es Matteo zu erklären. Denn ihm eine andere Geschichte aufzutischen, kam nicht in Frage. Einerseits fiel mir keine ein, die auch nur annähernd erklären würde, warum mich nicht einmal die freudestrahlende Mila von dem angeblichen Zauber der Weihnachtszeit überzeugen konnte.

Anderseits war es auch kein Geheimnis. Ich war ihm nicht nur langsam eine Erklärung schuldig, sondern auch wirklich gespannt, wie er darauf reagierte. Nach seinem Ausraster gestern und dem Messer in seiner Tasche war ich mir nicht mehr sicher, wer der echte Matteo und was nur Fassade war.

Aber gleich würde ich es herausfinden. Auch auf das Risiko hin, von ihm belächelt zu werden und im Gegenzug wieder tagelang mit meinen Dämonen zu kämpfen. Gleich würde ich wissen, ob meine Erinnerungen gut bei ihm aufgehoben waren.

»Als ich klein war, hab ich Weihnachten geliebt. Wie vermutlich jedes Kind. Meine Eltern haben sich immer voll ins Zeug gelegt.« Dieser Teil meiner Erinnerungen brachte so wohlige Gefühle mit sich, dass ich schmunzeln musste. »Mama hat mir jedes Jahr den tollsten Adventskalender gebastelt, den man sich als kleines Mädchen nur wünschen kann. Wir hatten Lichterketten in jedem Zimmer, haben zusammen Plätzchen gebacken und Weihnachtsfilme geschaut.«

»Das klingt nach einem perfekten Fest in einer perfekten Familie.« Er lächelte, wandte sich aber sofort ab, und wir setzten unseren Weg zwischen den Ständen fort.

Die Wehmut, die in seiner Stimme mitschwang, hatte ihn jedoch bereits verraten. Mist. Diesen Teil hätte ich lieber weglassen sollen. Nach der Geschichte über die Vergangenheit mit seinem Vater hätte ich mir denken können, dass es etwas in ihm auslöste, Erinnerungen über eine doch sehr glückliche Familie zu hören.

»Es war auch perfekt. Bis ich mit dem Eiskunstlaufen angefangen habe.«

»Eiskunstlauf?« Das amüsierte Funkeln in seinen Augen ließ mich erstarren. Er fand es lächerlich. Schon bevor ich zu Ende erzählt hatte, machte er sich über mich lustig.

»Hey, so war das nicht gemeint«, erwiderte er lachend, als er meinen entsetzten Gesichtsausdruck bemerkte. »Ich hätte einfach nie erwartet, dass du mal Eiskunstlauf gemacht hast. Es ist nur … wenn ich an Eiskunstlauf denke, denke ich an kleine, aufgebrezelte Tussis mit langen Zöpfen und schneeweißen Tutus.« Sein Blick wanderte an mir hinunter. Doch ich erkannte darin weder Spott noch Abneigung. Sondern nur eine Wärme, die mich sofort wieder beruhigte. »Das hätte ich zu gerne gesehen. Ich wette, du warst die Coolste von allen. Wie lange hast du das gemacht?«

Bedeutete das, er fand es sogar gut, dass ich nicht so zierlich und aufgebrezelt war? Sofort setzte sich mein Herz wieder zusammen.

»Ja, das hättest du sehen müssen. Du hättest mich nicht wiedererkannt. Ich war zwar nie klein, aber definitiv eines dieser Mädchen mit langen Zöpfen und Glitzerröckchen. Bis vor vier Monaten.«

Falten legten sich auf seine Stirn. »Du hast bis vor vier Monaten in diesen Kostümchen Pirouetten auf dem Eis gedreht?«

Ich nickte.

Seine Verwirrung schien jedoch nur noch zu wachsen. »Wow. Das hätte ich echt nicht erwartet. Was ist passiert?«

Seufzend betrachtete ich die Rillen im Kopfsteinpflaster. Darin hatte sich der schmelzende Schnee gesammelt, der die warmen Lichter des Weihnachtsmarktes reflektierte.

»Ich bin zwar regelmäßig dort gewesen ... aber dass ich zuletzt sowas wie Freude dabei empfunden habe, ist Jahre her. Ich hasse diese Outfits. Die anderen Mädels. Die Schlittschuhe. Als ich klein war, hab ich es geliebt. Meine Eltern konnten es aber leider nicht dabei belassen, mir ein Hobby zu gönnen, das mir einfach nur Spaß macht.« Ich schüttelte schnaubend den Kopf und krallte mich am Innenfutter meiner Manteltaschen fest. »Sie haben sofort einen Wettbewerb daraus gemacht. Ich sollte mehr trainieren, besser werden als die anderen Mädchen. Und als ich das geschafft hatte, haben sie mich auf immer größere Turniere geschickt, mich ohne zu fragen bei Shows angemeldet.«

Ich richtete den Blick starr geradeaus. Doch selbst das friedliche Treiben des Christkindlesmarkts konnte mich nicht von meiner aufsteigenden Wut ablenken.

»Mama war irgendwann überzeugt, ich müsste es bis zu Olympia schaffen und dort antreten, sobald ich sechzehn bin. Dafür hat sie mich jeden Morgen um halb fünf aus dem Bett getrieben und noch vor der Schule zur Eishalle gefahren. Nachmittags, sobald der Unterricht vorbei war, musste ich zur zweiten Trainingseinheit.«

Matteo wurde immer langsamer. Das Entsetzen stand ihm ins Gesicht geschrieben. »Du hast jeden verdammten

Tag zweimal trainiert, über mehrere Stunden? Und das, obwohl du es nicht mal wolltest?«

Aus seinem Mund klang es noch absurder, als ich es bisher wahrgenommen hatte. Das trug nicht gerade dazu bei, meine Wut zu lindern. Im Gegenteil. Das Blut schoss so schnell durch meine Adern, dass ich es trotz des Stimmengewirrs in meinen Ohren rauschen hörte.

»Ich bereue es, dass ich so lange mitgemacht habe. Aber was blieb mir schon anderes übrig?« Ein bitteres Lachen entfuhr mir. »Jedenfalls war es immer besonders schlimm, wenn es auf den Winter zuging. Mehr Wettkämpfe standen an. Und vor allem die Shows rund um Weihnachten. Die Leute lieben diesen dämlichen Nussknacker. In der Adventszeit musste ich oft jeden zweiten Tag irgendwo auftreten. Und das bedeutete, dass ich keine freie Minute mehr hatte. Wenn ich nicht aufgetreten bin, gab es Proben und Trainings. Ich erinnere mich an zwei Jahre, in denen ich Weihnachten fast komplett in der Eishalle verbracht habe, weil ich an den Feiertagen mehrere Auftritte täglich hatte.« Ich sah zu Matteo hinüber. »Wenn ich also mal wieder über die Weihnachtsdeko, die Musik oder diese aufgesetzt-besinnliche Stimmung schimpfe, dann liegt es vermutlich daran, dass es mich an früher erinnert. An die übertriebenen, kitschigen Shows. Daran, wie ich alleine in der geschmückten Umkleide gesessen und vor Erschöpfung und Frust geweint habe. Dabei hab ich mich nur gefragt, wann ich wohl endlich nach Hause gehen darf. Ich wollte nur wie die anderen Kinder Weihnachten genießen. Das war einfach der schlimmste Monat im ganzen Jahr.«

Mit aller Kraft versuchte ich, die alten Emotionen zurückzudrängen und die Erinnerungen wieder in die Tiefen meines Unterbewusstseins zu verbannen. Der Abend war bisher so schön gewesen, und ich ließ ihn mir sicherlich nicht durch eine einfache Frage zerstören.

Ich presste die Lippen aufeinander und wartete auf seine Reaktion. Doch er schwieg.

»Sorry, ich wollte dich damit nicht so lange volllabern«, murmelte ich.

»Das hast du nicht. Ich wollte es ja wissen. Aber ich weiß irgendwie gar nicht, was ich dazu sagen soll.«

Ich zuckte mit den Schultern. »Ist schon okay. Du musst nichts sagen. Jetzt weißt du auf jeden Fall, warum mich dieser ganze Weihnachtskram kaltlässt.«

»Nein, es ist nicht okay. Ich dachte, ich hätte beschissene Weihnachtsfeste erlebt. Was du da sagst, klingt aber noch viel schlimmer. Ich musste mich vielleicht selbst um alles kümmern, vom Baum über das Weihnachtsessen, aber ich hatte wenigstens meine Mum. Die hat sich drüber gefreut, und wir hatten an den Feiertagen immer eine tolle Zeit.« Er lächelte nur schwach. So glücklich, wie er es darstellte, schienen die Erinnerungen wohl doch nicht zu sein. »Ehrlich gesagt hab ich nicht erwartet, dass mehr hinter deiner Einstellung zu Weihnachten steckt als Trotz oder Abneigung gegenüber Traditionen. Aber das … das tut mir wirklich leid. Das klingt echt nach einer furchtbaren Zeit.«

»Schon gut«, murmelte ich. »Kann man ja nicht mehr ändern. Meine Eltern haben mir nicht nur Weihnachten versaut, sondern mir auch meine Leidenschaft fürs Eislaufen zerstört. Ich bin jedenfalls froh, dass ich da raus bin und nie wieder irgendwo auftreten muss.«

116

»Wer sagt denn, dass man das nicht mehr ändern kann? Warum bist du dir da so sicher?«

Ich zögerte. Darüber hatte ich bisher nie nachgedacht. Könnte ich es schaffen, meine Gefühle gegenüber Weihnachten oder dem Eislaufen wieder ins Positive zu wandeln?

Aber wozu? Selbst wenn ich versuchte, meine Vergangenheit außen vor zu lassen, konnte ich der Adventszeit nichts abgewinnen. Aufgesetzte Freundlichkeiten, gespielter Familienfrieden und innere Leere, umhüllt mit Glitzer und Kunstschnee, um alles gefälliger aussehen zu lassen.

Außerdem sollten meine Eltern ruhig jedes Jahr wieder zu spüren bekommen, was sie angerichtet hatten. Vielleicht würden sie es eines Tages einsehen und alles bereuen.

Matteo legte mir die Hand auf den Rücken und lenkte mich zur Seite.

Als er neben der Bühne vor dem Stand mit dem Christbaumschmuck stehen blieb, war ich dankbar für die Ablenkung. Eine Antwort konnte warten.

Die Band auf der Bühne stimmte *Jingle Bells* an und übertönte damit das fröhliche Plappern der Weihnachtsmarktbesucher.

Von den Kugeln in der Auslage ging ein Zauber aus, der sofort meine Aufmerksamkeit fesselte. Sie waren nach Farben sortiert und strahlten in allen Nuancen des Regenbogens um die Wette. Selbst die Oberflächen der matten Kugeln funkelten wie tausend kleine Eiskristalle. Noch dazu waren einige von ihnen mit Schneeflocken, Schlitten oder ganzen Winterlandschaften handbemalt. Ich konnte mich an dem Anblick kaum sattsehen.

Matteo dagegen steuerte zielsicher die linke Seite des Standes an und beugte sich über die Christbaumspitzen. Sofort ahnte ich, was er vorhatte.

»Suchst du was Bestimmtes?«, fragte ich dennoch und beobachtete gespannt, wie er sich streckte, um etwas aus der Auslage zu nehmen.

Er hob eine längliche Box hoch und wiegte sie prüfend in der Hand. Dann drehte er die durchsichtige Seite zu mir. Ein goldener Stern für die Spitze.

»Ich war ein Idiot, den schönen Baumschmuck in der Klinik zu zerstören. Das Mindeste, was ich tun kann, ist, ihn zu ersetzen.«

In mir breitete sich wohlige Wärme aus. Was für eine schöne Geste. Er schien seinen Ausraster wirklich zu bereuen. Es war eindeutig die richtige Entscheidung gewesen, ihm zu vertrauen und Frau Möller nichts davon zu erzählen.

Die Beschichtung des Sterns glitzerte unter dem Licht des Stands, und er wirkte viel hochwertiger als der, den Matteo hinuntergeworfen hatte. »Ist der nicht teuer?«

Mein Blick huschte zum kleinen Preisschild, das seitlich auf dem Karton klebte, doch Matteo drehte es schnell von mir weg. »Nee. Außerdem würde ich mir blöd vorkommen, ihn durch billigen Discounterschrott zu ersetzen.«

Ich zog das Geldbündel aus der Tasche, das Frau Möller uns gegeben hatte. »Wie viel brauchst du?«

Er machte eine wegwerfende Handbewegung und lächelte.

»Lass das mal meine Sorge sein. Den zahl ich natürlich selbst.«

Ich staunte erneut über seinen Anstand, während er der Verkäuferin im Stand die Schachtel reichte und seinen Geldbeutel zückte. Aber er half schließlich auch freiwillig in einer Kinderklinik aus. Warum hatte ich überhaupt etwas anderes erwartet?

Er verstaute den Stern in seiner großen Jackentasche.

»Jetzt aber ab zu den Zwetschgenmännchen. Sonst müssen wir morgen nochmal herkommen, um die Besorgungen zu machen«, sagte ich.

Unsere Blicke trafen sich. Ich hielt der Intensität, mit der er mich ansah, kaum stand – doch ich wollte auch nicht wegsehen. Das Licht nicht verlieren, das aus seinen strahlenden Augen direkt in meine Seele zu fließen schien.

»Und wäre es so schlimm, wenn wir diesen Abend wiederholen müssten?«, fragte er.

Mein Herz schlug einen Purzelbaum in meiner Brust. Ich nahm all meinen Mut zusammen, um den Gedanken auszusprechen, der mir sofort durch den Kopf schoss.

»Nein. Ganz im Gegenteil.«

9. Matteo

23 1/2 Tage bis Weihnachten

Geduckt schlich ich die letzten Meter der Anhöhe hinauf. Mein Herz pochte so laut, dass es in meinen Ohren den Lärm der Autobahn übertönte. Hinter einem Busch, der trotz der winterlichen Kälte noch ein paar verwelkte Blätter trug, machte ich Halt und zog mir den Rucksack vom Rücken. Dann ging ich in die Hocke. Erstmal die Lage checken.

Von meiner erhöhten Position aus hätte ich den perfekten Überblick gehabt – wäre das Mondlicht nicht die einzige Lichtquelle gewesen, die mir zur Verfügung stand.

Trotzdem ließ ich den Blick über meine Umgebung schweifen. Bäume und Büsche. Ein Stück weiter entfernt die Gärten altmodischer Bungalows, eine Straße und der Fußgängerweg, der zur Autobahnbrücke führte. Nirgendwo war ein Mensch zu sehen. Der perfekte Spot.

Ich aktivierte die Taschenlampe meines Handys und leuchtete in den Rucksack. Die bunten Deckel der Spraydosen ließen meine Mundwinkel sofort nach oben zucken.

Instinktiv zog ich ein Hellblau und Dunkelgrün hervor, ebenso wie die Stirnlampe. Eilig zog ich mir das Band unter meiner Kapuze über den Kopf. Es war viel zu eng und drückte mir unangenehm gegen die Schläfen. Wahrscheinlich sah ich damit auch völlig bescheuert aus. Aber das war mir egal. Solange alles glatt lief, würde mich niemand zu Gesicht bekommen.

Die Spraydosen stopfte ich in die Bauchtasche meines Hoodies, den Rucksack ließ ich im Gebüsch zurück. Mit rasendem Herzen überwand ich die letzten Meter bis zur Lärmschutzwand. Prüfend strich ich über die raue Oberfläche. Nicht perfekt, aber es würde gehen. Egal, was ich gleich darauf verewigen würde: Alles wäre besser als das triste Grau des Betons.

Ich warf noch einen letzten Blick über die Schulter. Alles ruhig.

Also schnappte ich mir die hellblaue Dose und schüttelte sie, bis mir die Hand schmerzte. Der Deckel ploppte, als ich ihn abzog und mein Fat Cap auf der Spitze platzierte. Ein, zwei Spritzer hinter meinen Rücken. Dann war ich startklar.

Ich schloss die Augen und nahm die kühle Nachtluft mit einem tiefen Atemzug in meine Lunge auf. Vergeblich wartete ich darauf, dass ein Bild vor mir aufblitzte. Doch was schließlich die Schwärze verdrängte, waren strahlende Farben.

Langsam hob ich die Hand und öffnete die Augen.

Farbe schoss in einem zischenden Strahl aus der Dose, und Adrenalin floss durch meine Adern.

Ich folgte meinem Instinkt und zauberte mit schnellen Bewegungen den Hintergrund für mein Bild. Der Geruch der Farbe stieg mir in die Nase und ließ mein Grinsen noch breiter werden. Ich sollte wieder viel öfter sprayen. Obwohl mir der Stress, entdeckt zu werden, die ganze Zeit über im Nacken saß, gab es nichts, das diesem Gefühl gleichkam. Außer vielleicht …

Plötzlich formten sich die Farben in meinem Kopf zu einer verschwommenen Szene. Zu einem Gefühl. Einem Moment. Ich hielt in der Bewegung inne. Was war das denn jetzt? Verwirrt von dem Bild ließ ich die Dose sinken.

Der Abend mit Letti hatte mich die letzten beiden Stunden nicht losgelassen. Immer wieder hallte ihr helles Lachen in meinem Kopf wider. Ich sah sie mit einem Strahlen die Christbaumkugeln bestaunen und erinnerte mich an den zerbrechlichen Ausdruck in ihrem Gesicht, als sie über ihre Eiskunstlauf-Vergangenheit gesprochen hatte.

Doch dass mich das alles sogar beim Sprayen verfolgte, war ungewöhnlich. Normalerweise war das der Moment, in dem ich alles loslassen konnte. Nur noch meinen Gefühlen und Instinkten folgte. Und genau das würde ich auch tun. Scheißegal, welche Streiche mir mein Kopf zu spielen versuchte.

Ich konzentrierte mich auf nichts als die Dose in meiner Hand und die Linien, die das Grau langsam bunt färbten. Meine Finger kribbelten mit jeder neuen Kontur mehr. Meine Hand folgte dem Takt meines Herzens und flog von oben nach unten, von links nach rechts. Doch was ich auf die Mauer sprayte, war noch nicht genug. Es war zu einfach. Zu trist. Ich brauchte alle Farben.

Ich eilte zu meinem Rucksack, riss ihn aus dem Gebüsch und nahm ihn mit zu meinem Kunstwerk. Dann drehte ich ihn um und schüttelte die Dosen neben mir ins welke braune Gras. Das Scheppern erinnerte mich daran, mich umzudrehen und meine Umgebung im Auge zu behalten. Aber der Spot war sicher. Außer dem Rauschen der Autos auf der anderen Seite der Mauer war nichts zu hören. Nach wie vor konnte ich weder in Richtung der Bungalows noch auf der Straße eine Bewegung ausmachen. Also ließ ich mich nicht länger ablenken.

Im Minutentakt wechselte ich von Blau zu Weiß, von Braun zu Grün. Der künstliche Geruch der Farbe und die Illusion, die sich aus mir hervordrängte, vernebelten mir den Kopf und ließen keine anderen Eindrücke mehr zu mir durch. Ich ließ alles los. Nichts war in diesem Moment mehr wichtig. Außer dem Sprühgeräusch meiner Dose und den Farben, die sich langsam an der Wand zu einem Bild zusammensetzten.

Als die weiße Dose den letzten Rest ihrer Farbe ausgespuckt hatte, warf ich sie atemlos zu Boden. In meiner rechten Hand pochte ein stechender Schmerz. Ich versuchte, ihn herauszuschütteln, und trat dabei einen Schritt zurück.

Stirnrunzelnd betrachtete ich, was ich gerade auf der Mauer verewigt hatte. Es fehlte hier und da noch ein bisschen Weiß und Blau. Aber das machte es nicht weniger krass.

Das Kribbeln in meinem Bauch wurde stärker, als mein Blick auf die Mitte des Graffitis stieß.

Hellblaue Eiszapfen zierten einen dunklen Fensterrahmen. Das Glas war beschlagen und mit funkelnden Eiskristallen besetzt. Dennoch schimmerten die Umrisse eines bunt geschmückten Weihnachtsbaums hindurch. Ebenso wie Schemen eines Gesichts. Geschwungene Brauen. Volle, rosa Lippen. Und hellbraune Strähnen, die unter einer viel zu großen Mütze hervorquollen.

Eine Stunde später schlich ich auf Zehenspitzen den Hausflur entlang. Bei meiner Mutter zu Hause war es immer egal gewesen, wenn ich nachts mit den klappernden Dosen im Rucksack durchs Haus gerannt war. Wahrscheinlich hätte es nicht einmal jemanden gewundert, wenn ich dabei noch laut herumgegrölt hätte. Hier dagegen hatte mir Simon schon in den ersten Tagen einen ordentlichen Anpfiff verpasst, als ich nach zwanzig Uhr zu laut die Treppen hochgestürmt war. Die Nachbarn würden mit den Ohren an ihren Türen hängen und lauschen, hatte er gesagt.

Weil ich es mir nicht erlauben konnte, rauszufliegen, zog ich so leise wie möglich meinen Schlüssel aus der Hosentasche und drehte ihn in Zeitlupe im Schloss.

Die Tür sprang auf, und ich schlüpfte beinahe lautlos hinein.

Aus dem Wohnzimmer drang Gekicher in den Flur. Ich warf einen Blick auf mein Handy. Kurz nach Mitternacht. Seltsam. Normalerweise lag Simon um diese Zeit längst im Bett, statt Besuch zu empfangen. Verunsichert blieb ich einen Moment im Flur stehen. Ich wollte ihn nicht stören. Andererseits wohnte ich mittlerweile schon ein paar Monate hier. Er wusste genau, dass ich früher oder später hier aufkreuzen würde. Und ich konnte schlecht sein Schlafzimmer in Beschlag nehmen.

Das Wohnzimmer war wegen der Größe der Wohnung gezwungenermaßen mein Reich, auch wenn ich versuchte, mich so wenig wie möglich auszubreiten. Die Küche war nicht mehr als eine Nische zwischen Bad und Schlafzimmer, in der man quasi nur mit eingezogenem Bauch stehen konnte. Also blieben mir nur zwei Optionen: wieder raus und mich ins dunkle Treppenhaus setzen, bis sein Besuch endlich verschwand … oder ihnen Gesellschaft zu leisten.

Das Gekicher wurde lauter. War das Nicole? Zögerlich streifte ich mir die Schuhe ab, nahm meinen Rucksack von den Schultern und näherte mich der Wohnzimmertür. Sie war nicht komplett geschlossen, und ein schmaler Lichtstreifen fiel in den Flur. Also würde ich hoffentlich nicht allzu sehr stören.

Ich klopfte vorsichtshalber, während ich das Zimmer betrat. Das Kichern verstummte und wurde von einem erstaunten Keuchen abgelöst. Noch bevor ich begriff, was das zu bedeuten hatte, war es zu spät. Ich Idiot blieb wie angewurzelt stehen, obwohl ich mich besser hätte umdrehen sollen. Überrascht starrte ich zur Couch hinüber.

Simon lag in den Polstern und hatte die Hände über dem Kopf ausgestreckt, während Nicole auf ihm saß und sich über ihn beugte. Ganz normal bei den beiden und ihren ständigen Neckereien … wäre Simons Oberkörper nicht nackt gewesen und Nicoles Bluse bis zum Bauchnabel aufgeknöpft.

Hitze schoss mir in die Wangen. Was hatte ich mir nur dabei gedacht, einfach hereinzuspazieren?

»Oh. Sorry«, brachte ich hervor, während Nicole mich mit großen Augen anstarrte. Viel zu spät kapierte ich, dass ich vielleicht besser wieder abhauen sollte.

Ich drehte mich um und eilte zurück ins Treppenhaus, um den beiden ihre wohlverdiente Privatsphäre zu geben. Auf halbem Weg nach unten fraß sich jedoch die Kälte der Fliesen durch meine Socken, und mir fiel auf, dass ich vergessen hatte, meine Schuhe anzuziehen. So konnte ich unmöglich nach draußen gehen. Also setzte ich mich auf den Treppenabsatz im ersten Stock und starrte durch die hohen Fenster hinaus in die Dunkelheit, die nur von einer einsamen Straßenlaterne erhellt wurde.

Gott, war das peinlich. Ich hatte ihnen eindeutig den Abend versaut. Dabei war Nicole im Moment sowieso nicht so gut auf mich zu sprechen. Sie hatte schon mehrmals durchsickern lassen, dass sie mich für einen Schnorrer hielt. Und ich konnte es ihr nicht verübeln. Ich klaute ihr den Freund und die Möglichkeit, ungestört Zeit zu zweit mit ihm verbringen zu können. Seit Monaten besetzte ich das Wohnzimmer und die Couch, ohne dafür auch nur einen Cent Miete zu bezahlen.

Ich schluckte. Eigentlich war ich wirklich nichts anderes als eine lästige Zecke an Simons Bein. Da half es auch nicht, dass ich regelmäßig einkaufen ging und den Kühlschrank auf meine Kosten mit seinen liebsten Snacks füllte. Dadurch konnte ich mir kein Recht erkaufen, hier zu sein. Ihm die Wohnung wegzunehmen.

Das Licht im Treppenhaus ging an. Ich überlegte, aufzustehen und die Biege zu machen, doch meine Beine waren viel zu schwer.

Hinter mir hallten Schritte im Flur. Dann stürmte Nicole an mir vorbei die Treppe hinunter. Bevor sie um die Ecke bog, drehte sie sich nochmal um und warf mir einen giftigen Blick zu. Ich starrte ausdruckslos zurück. Für einen Kommentar reichte meine Kraft heute nicht mehr. Außerdem drückte sie damit sowieso nur das aus, was mir seit Wochen durch den Kopf ging: dass ich nicht hierhergehörte und mein Leben endlich auf die Reihe kriegen musste.

Die Haustür fiel rumpelnd ins Schloss. Doch es gab keinen Grund, mich zu bewegen. Diese Wohnung war nie mein Zuhause gewesen.

Ein Schatten tauchte vor mir auf. »Willst du nicht reinkommen?«, fragte Simon hinter mir. Seltsamerweise klang er überhaupt nicht angepisst.

Ich zuckte mit den Schultern. »Nein, eigentlich nicht. Das ist deine Wohnung. Und ich will deine Beziehung nicht kaputt machen. Aber was bleibt mir anderes übrig?«

Simon seufzte und klopfte mir auf die Schulter. »Alter, das ist alles halb so wild. Ich bin doch selbst schuld, wenn ich mich nicht ins Schlafzimmer verziehe. Ist ja nichts Neues, dass du hier wohnst. Und jetzt stell dich nicht so an und komm rein.«

Ich drehte den Kopf und blickte zu ihm auf. »Ich wohne nicht hier. Ich geh dir nur auf die Nerven, indem ich deine Couch besetze.«

Simon rollte mit den Augen. »Und wessen Idee war das?« Er streckte mir die Hand entgegen. »Lass uns das drinnen ausdiskutieren. Die Nachbarn geht das nichts an.«

Widerwillig ergriff ich sie und ließ mich von ihm nach oben ziehen.

Als ich mich neben ihn aufs Sofa warf, überkam mich

jedoch sofort wieder der Impuls, nach draußen zu flüchten. Eigentlich sollte er hier nun mit Nicole in den Armen liegen. Und ich hatte es ihm versaut.

Simon schien meine Gedanken gelesen zu haben. »Mach dir keine Sorgen wegen Nicole. Die kriegt sich schon wieder ein.«

»Aber sie hat recht. Sie sollte hier mit dir wohnen, nicht ich. Ich hab lang genug hier rumgehangen. Wird Zeit, dass ich mir was Neues suche.«

Er lachte laut auf und griff nach der Bierflasche, die auf dem Couchtisch stand. »Verdammt, nein. Auf keinen Fall. Wir würden uns die Köpfe einschlagen, wenn sie hier wohnen würde. Da bist du mir eindeutig lieber. Ist viel chilliger. Und wo würdest du überhaupt hinwollen?«

Zu mehr als einem müden Lächeln konnte ich mich nicht durchringen. »Keinen Plan. Wahrscheinlich wird es Zeit, mir einen Job zu suchen. Ich könnte den ganzen Mist mit der Schule hinschmeißen und endlich anfangen, mein eigenes Geld zu verdienen. Dann könnte ich mir auch 'ne eigene Bude leisten. Oder zumindest ein Zimmer.«

Mit einem unergründlichen Blick sah Simon mich an und nahm einen Schluck aus der Bierflasche. Schließlich schüttelte er langsam den Kopf. »Nee, Mann. Ich weiß, Schule kann echt nerven. Aber du musst das durchziehen. Überleg mal, wie viele Möglichkeiten du mit dem Abi in der Tasche hättest. Du bist schon so nah dran. Das letzte Jahr packst du auch noch. Danach kannst du richtig durchstarten und dir eine gute Ausbildung mit fettem Einstiegsgehalt suchen. Aber als Schulabbrecher? Was willst du dann machen?«

Am liebsten hätte ich mit einem bissigen Spruch geantwortet. Doch seine Worte ließen meinen Brustkorb erzittern, als ich tief durchatmete. Er hatte recht.

Bis vor ein paar Monaten war ich überzeugt gewesen, das mit dem Abi zu schaffen. Weil ein Abschluss so verdammt wichtig war. Um nicht in demselben, versifften Hochhaus zu landen wie Mama. Um glücklich zu sein mit dem, womit ich den größten Teil meines Tages verbringen würde. Um nicht jeden Cent umdrehen zu müssen und am Ende des Monats fünf Tage lang nur blanke Nudeln zu essen. Und vielleicht irgendwann meiner zukünftigen Familie mehr bieten zu können als Sorgen, Streit und Tränen.

»Vielleicht reicht auch ein Nebenjob am Nachmittag, um mir ein WG-Zimmer zu finanzieren«, murmelte ich und begann zu rechnen.

»Und woher willst du die Zeit nehmen? Du musst noch ein paar Sozialstunden abarbeiten, schon vergessen?«

Ich stöhnte auf. Das könnte wirklich eng werden. Bei der Erwähnung der Sozialstunden tauchte jedoch auch Letti in meinem Kopf auf. Wie gut, dass sie nicht wusste, was hier ablief. Sie hätte sich nie auf ein Date mit mir eingelassen. Nicht nur wegen der Sozialstunden. In ihrer Welt existierten sicher keine Geldsorgen. Wahrscheinlich hatte sie das gleiche Glück wie Simon und würde zu ihrem achtzehnten Geburtstag eine Wohnung und einen Haufen Kohle von ihren Eltern hinterhergeworfen bekommen. Was sollte sie also mit einem Typen wollen, der nur von Tag zu Tag existierte und sein eigenes Leben nicht im Griff hatte?

»Mir wird schon was einfallen. So geht es auf jeden Fall nicht mehr weiter.«

Simon fuhr sich durch sein blondes Haar und musterte nachdenklich die Flasche in seiner Hand. »Ich finde es ja cool, dass du dich nicht darauf ausruhst. Aber du kannst hierbleiben, solange du willst. Ernsthaft. Du bist hier immer willkommen. Und wenn es noch ein Jahr dauert, bis du mit der Schule fertig bist. Scheiß drauf.« Er leerte sein Bier, schob die Flasche zurück auf den Tisch und ließ sich tief in die Polster sinken. »Du kannst unmöglich zurück zu deiner Mum und diesem Arschloch. Also warum wehrst du dich so dagegen?«

Ich spürte meinen Widerstand bröckeln. Nicht, weil ich es in Ordnung fand, seine Freundschaft auszunutzen oder ihm glaubte. Vielmehr, weil ich keine Alternative fand, egal, wie lange ich darüber nachdachte.

»Na gut«, gab ich zurück. »Aber nur so lange, bis ich einen Nebenjob habe. Und wenn du hier Zeit mit Nicole verbringen willst, hau ich ab.«

»Abgemacht. Das klingt vernünftig.« Simon streckte die Faust aus, und ich schlug mit meiner dagegen.

Mit einem ausgiebigen Gähnen stand er auf und streckte sich. »Ich geh pennen. Ist schon verdammt spät. Solltest du übrigens auch. Morgen ist Schule.«

»Mal sehen. Ich glaube nicht, dass ich morgen dafür in Stimmung bin.«

»Ich glaube schon. Du kannst nicht schon wieder schwänzen. Ich werd dich morgen um sieben rausscheuchen, darauf kannst du dich verlassen.«

Obwohl mich der Gedanke, in sechs Stunden schon wieder aufzustehen und mich dann ewig in ein stickiges

Klassenzimmer zu quetschen, erschaudern ließ, musste ich grinsen. Simon war echt gut darin, den großen Bruder zu ersetzen, den ich niemals gehabt hatte. Was würde ich nur ohne ihn machen?

Ich befolgte seinen Rat. Wir putzten unsere Zähne und attackierten uns gegenseitig mit Zahnpasta, bis Simon schließlich in sein Zimmer verschwand. Kurz darauf kramte ich meine Bettdecke hervor und machte es mir auf der Couch damit gemütlich.

Das Mondlicht fiel in Streifen durch die Lücken zwischen den dicken Vorhängen und tauchte den Raum in einen blassen Schimmer. Und während ich die Schatten beobachtete, in denen ich Tiere und Formen entdeckte, konnte ich an nichts anderes denken als an den gemeinsamen Abend mit Letti. Was sie sich am Schönen Brunnen wohl gewünscht hatte?

Was auch immer es gewesen war, würde sich hoffentlich erfüllen. Es schien ihr wirklich wichtig gewesen zu sein. Das glückliche Funkeln in ihren braunen Augen, als sie vom Brunnen zu mir heruntergesehen hatte, verfolgte mich bis in meine Träume.

10. Letti

22 Tage bis Weihnachten

Die Türen des Busses öffneten sich zischend. Ich trat seufzend die Stufe hinunter und musste meine Beine zwingen, mich auch noch die Straße entlangzuschleppen. Der eisige Wind wehte feine Regentropfen in mein Gesicht, die sich auf meinen Wangen anfühlten wie Nadelstiche. Ausnahmsweise wünschte ich mir den Schnee vom Wochenende zurück.

Die Flocken ließen sich deutlich leichter abschütteln als der Regen, der bis in die Tiefen meiner Glieder vordrang und mich auskühlte. Außerdem sah Schnee hübscher aus als die matschigen Pfützen, die ich im schwachen Licht der Straßenlaternen beinahe übersah.

Wann war es so dunkel geworden? Es kam mir vor, als hätten erst gestern die Sommerferien geendet. Doch wenn ich wie jetzt nach einem langen Schultag nach Hause fuhr, schien die Stadt bereits zu schlafen. Ich kam mir vor, als würde ich mitten in der Nacht durch die Straßen wandern. Dabei war es erst kurz nach fünf. Aber heute störte mich das nicht. Die Gedanken an das Date mit Matteo am vorigen Abend hatten mich den ganzen Tag über in einen wohligen Schleier gehüllt. Ich war förmlich durch die Schule geschwebt.

Das Sprinten und Auspowern in der Sportstunde hatte ebenso gutgetan. Auch wenn ich es mir nicht eingestehen wollte: In den letzten Wochen hatte ich bemerkt, wie sehr mir die tägliche Bewegung fehlte. Vielleicht sollte ich mir einen anderen Sport suchen, der mir Spaß machte. Nur ... welcher sollte das sein? Alles, was mir einfiel, erschien mir langweilig und bedeutungslos. Ich würde nie Spaß daran finden, ziellos durch den Park zu joggen oder in einem Schwimmbecken wie ein Goldfisch die immergleichen Bahnen zu ziehen.

Seufzend durchquerte ich unseren kleinen Vorgarten und trottete die drei Stufen bis zur Haustür hinauf. Am liebsten wäre ich noch eine Weile unter dem Vordach stehen geblieben, statt hineinzugehen. Drinnen hielt ich es kaum mehr aus. Jeden Abend die gleichen Vorwürfe und Diskussionen. Doch ich gab mir einen Ruck, betrat das Haus – und blieb stehen, um zu schnuppern.

Der Duft von Mamas Sonntagsbraten hing im Flur. Wie konnte das sein? Es war Donnerstag. Ich erinnerte mich nicht, wann Mama zuletzt unter der Woche groß gekocht hatte. Dafür hatte sie normalerweise überhaupt keine Zeit.

Skeptisch stellte ich meine Tasche auf der kleinen Bank neben der Garderobe ab und streifte mir die Jacke von den Schultern. Stimmen drangen durch die geschlossene Tür zum Wohn- und Essbereich. Wir hatten also Besuch? Warum hatte Mama das nicht erwähnt?

Meine Neugierde drängte mich direkt ins Esszimmer. Ich öffnete nach einem kurzen Klopfen die Tür und steckte den Kopf hinein. Sofort kroch mir eine Welle brodelnder Hitze den Nacken hinauf. Diese miesen Verräter!

Gegenüber von Mama und Papa saß Frau Pfahler. Frau Pfahler, der ich ebenso deutlich wie meinen Eltern klargemacht hatte, dass ich nie wieder in ihr bescheuertes Training kommen würde. Dass ich mich nie, nie wieder in diese Schuhe zwängen würde. Und sie nie wiedersehen wollte. Eigentlich hatte ich gedacht, ich hätte es deutlich genug ausgedrückt und sie hätte es verstanden. Gab es auf dieser Welt denn überhaupt noch jemanden, der mich ernst nahm? Was wollte sie hier?

»Letitia, komm doch rein! Wie du siehst, haben wir Besuch.« In Mamas Lächeln lag eine Drohung. Alles in mir sträubte sich dagegen, das Zimmer zu betreten. Eigentlich gab es nichts mehr zu diskutieren. Doch wenn es sein musste, würde ich ihnen auch ein weiteres Mal klarmachen, was ich vom Eislaufen hielt. Außerdem hatte ich keine Lust, dass Mama ihre Warnungen der letzten Tage wahrmachte und mir mein Handy wegnahm.

Ich atmete tief durch und trat mit festen Schritten hinein, dann setzte ich mich neben Frau Pfahler an den Esstisch. Mama sah mich auffordernd an, lehnte sich aber zurück. Sicher wollte sie, dass ich Frau Pfahler höflich begrüßte. Aber das konnte sie knicken. Ich hatte sie nicht eingeladen, und mich kostete es schon all meine Kraft, niemanden anzuschreien.

»Und was wird das hier?«, fragte ich stattdessen.

Mama tauschte einen Blick mit Papa. Offensichtlich

hatten sie wirklich erwartet, dass ich die brave Tochter spielte und mich an einer Runde Smalltalk beteiligte.

»Wir haben Frau Pfahler zum Abendessen eingeladen, damit ihr nochmal die Gelegenheit habt, euch auszusprechen und ...«, begann Mama, doch ich musste kein Wort mehr hören, um zu wissen, was hier lief.

»Das haben wir schon. Es gibt nichts mehr, was ich noch zu sagen hätte.«

»Ich würde aber gerne nochmal mit dir reden, Letitia.« Frau Pfahlers betont gütiges Lächeln fachte meine Wut weiter an. »Weißt du, die Trainingsstunden sind ohne dich einfach nicht mehr das Gleiche. Die Mädels vermissen dich und den frischen Wind, den du immer in die Gruppeneinheiten gebracht hast. Und unsere Einzelstunden haben mir auch immer so viel Freude bereitet. Ich weiß, dass es nicht immer einfach mit uns beiden war ... aber dieses Talent!« Sie legte mir die Hand auf den Arm. Ihre Berührung brannte sich schmerzhaft in meine Haut. Ich zog den Arm sofort zurück. »Mein Gott, ich war so stolz, wie du dich in den letzten Monaten entwickelt hast. In all den Jahren hatte ich noch nie eine Schülerin wie dich. Komm doch zur Vernunft, Letitia! Wenn du nicht bald wieder zurück aufs Eis kommst, verpassen wir die Qualifikation für die Europameisterschaft. Dieses verlorene Jahr können wir nie wieder aufholen.«

Wie von selbst ballten sich meine Hände zu Fäusten. »Das Jahr wäre nur dann verloren, wenn ich mir wieder Schlittschuhe unter die Füße schnallen und mich noch länger dazu zwingen lassen würde, euren dämlichen Träumen hinterherzurennen.« Ich sah Frau Pfahler direkt in die nun vor Erstaunen geweiteten Augen. »Wenn Sie unbe-

135

dingt zur EM fahren wollen, ziehen Sie sich doch selbst ein albernes Kostümchen an und hüpfen herum, bis Ihnen die Kniescheiben rausspringen. Aber halten Sie mich da raus.«

Ihr Mund klappte auf, doch es kam nichts heraus.

»Letitia!«, knurrte Papa.

Mama dagegen sprang auf und lachte nervös. »Vielleicht sollten wir zuerst essen und dann …«

Ich schob ebenfalls meinen Stuhl zurück. »Nein, das können wir uns sparen. Ich werde nicht mehr aufs Eis steigen. Nie wieder. Und niemand von euch kann mich dazu zwingen.«

Mein Herz raste wie nach einem Auftritt und jagte ein nervöses Kribbeln durch meinen Körper. Ich konnte keine Sekunde länger hierbleiben. Ich wollte weg. Weg von diesen Verrätern, die immer noch so taten, als würden sie nur das Beste für mich wollen. Warum sollte ich ihnen zuhören, wenn sie meine Worte eiskalt ignorierten?

Papa wollte nach meinem Arm greifen und mich festhalten, doch ich war schneller und wich ihm aus. Mit zwei großen Schritten erreichte ich die Tür und stürmte zurück in den Flur.

Im Vorbeilaufen griff ich nach meiner Jacke und meiner Tasche. Hinter mir quietschte ein Stuhl auf dem Laminat. Mir blieb keine Zeit, mich anzuziehen. Ich riss die Haustür auf, knallte sie hinter mir wieder zu und sprang die Stufen mit einem Satz hinunter. Erst als ich bis ans andere Ende der Straße gerannt war, verlangsamte ich mein Tempo und streifte mir die Jacke über. An den Schultern drang die Nässe der Regentropfen jedoch bereits durch meinen Pulli hindurch und ließ mich frösteln.

Ich drehte mich um und blickte die Straße hinunter. Diese Gegend, dieses Haus – es fühlte sich nicht mehr an wie ein sicherer Ort. Mama und Papa hatten unser Haus in eine Art Kriegszone verwandelt, in der ich keine Möglichkeit mehr hatte, mich vor ihren ständigen Angriffen zu schützen. Nicht mal in meinem Zimmer, denn Mama hatte in den letzten Tagen oft genug bewiesen, dass sie nicht davor zurückscheute, durch die geschlossene Tür auf mich einzureden, bis ich die Geduld verlor. Und hier stand ich nun. Was jetzt? Diesmal konnte ich nicht zurück. Sie hatten definitiv eine Grenze überschritten. Frau Pfahler einzuladen, um mir ein schlechtes Gewissen einzureden, ging zu weit.

Ich zog mein Handy aus der Tasche. Es war zu spät, um noch in die Klinik zu fahren. Die Kinder bekamen gerade ihr Abendessen, und danach war keine Zeit mehr für Besuch und Spiele. Die Bettzeiten mussten konsequent eingehalten werden. Wahrscheinlich würden mich die Pfleger sofort rauswerfen, wenn ich um diese Uhrzeit dort aufkreuzte.

Also blieb nur eine Möglichkeit. Ich schirmte mein Handy mit einer Hand vor dem Regen ab und drückte kurzentschlossen auf den grünen Hörer neben Ninas Namen.

Es klingelte sechs Mal. Dann legte ich wieder auf. Mist! Warum ging sie nicht ran? Ich überlegte fieberhaft, ob sie heute etwas über ihre Abendpläne erzählt hatte, doch mir fiel nichts ein. Nebenbei scrollte ich durch meine Kontakte. Notfalls konnte ich es auch bei Isabelle oder Aki aus meiner Stufe versuchen. Aber dann wäre ich ihnen eine Erklärung schuldig. Darauf konnte ich nur zu gut verzichten. Langsam machte ich mich auf den Weg zurück zur Bushaltestelle und schrieb Nina währenddessen eine Nachricht. Sie musste einfach zu Hause sein.

11. Letti

21 Tage bis Weihnachten

Trotz der Weihnachtsdeko, die mir mittlerweile von jeder Tür und jedem Fensterbrett aus entgegenfunkelte, lag ein Lächeln auf meinen Lippen, als ich am nächsten Tag die Station betrat. Denn egal, wie viel Kitsch mich heute erwartete: Alles war besser, als nach Hause gehen zu müssen. Außerdem konnte ich es kaum erwarten, endlich Milas Karte entgegenzunehmen und mit ihr gemeinsam aufzuhängen. So viel Zeit, wie sie sich mit dem Gestalten ihres Wunsches ließ, musste es wirklich etwas Besonderes werden, und ich hatte mir fest vorgenommen, ihn persönlich zu erfüllen.

Nachdem ich mich von meinen überflüssigen Jackenschichten befreit und sie verstaut hatte, zog es mich jedoch zunächst in den Aufenthaltsraum. Wie viele Kinder den Baum wohl inzwischen entdeckt und sich etwas gewünscht hatten?

Entgegen meinen Erwartungen fand ich jedoch nur einen neuen Zettel zwischen den quietschbunten Kugeln.

Ich streckte die Hand aus, um ihn umzudrehen und zu lesen. Das Klingeln von Glöckchen hinter mir ließ mich jedoch zusammenzucken, und ich fuhr herum.

Ungläubig blinzelte ich dem Nikolaus entgegen, der gerade seinen Jutesack auf den Boden warf, um den Gürtel am prallen Bauch zurechtzuziehen. Wer hatte den denn bestellt? Bestimmt Matteo mit seinen übertriebenen Vorstellungen einer perfekten Weihnachtszeit. Dabei überstieg so ein Schauspieler sicher unser Budget, das ich lieber für hochwertigere Geschenke nutzen wollte.

Als er aufblickte, funkelte mir über dem schiefhängenden Bart jedoch amüsiert ein Paar unverwechselbarer blauer Augen entgegen. Hin- und hergerissen zwischen Lachen und Entsetzen neigte ich den Kopf und musterte Matteo von oben bis unten. Jetzt war er endgültig durchgedreht.

Das samtrote Kostüm wirkte hochwertig und passte farblich perfekt zu der Kappe, unter der weiße Locken hervorquollen. Wenn ich es nicht besser gewusst hätte, hätte ich vermutet, er hätte sich den gewaltigen Bauch über Nacht angefressen. Nichts deutete darauf hin, dass er ihn ausgestopft hatte. Die braunen Lederstiefel und das hölzerne Klemmbrett samt Schreibfeder unter seinem Arm vollendeten das Bild. Eins musste man ihm lassen: Halbe Sachen machte er nicht.

»Hohoho, Merry Christmas, junge Dame.«

Ich schüttelte den Kopf. »An deiner schauspielerischen Leistung müssen wir noch arbeiten. Deinem Kostüm nach zu urteilen, bist du der Nikolaus, sowas wie ein Heiliger, nicht die dicke Coca-Cola-Imitation, die durch den Kamin in fremde Häuser einbricht.« Ich zeigte auf das Kreuz auf seiner Kappe.

Er deutete eine Verbeugung an. »Ich bitte um Verzeihung.« Sein Bart zuckte, und ich konnte das Grinsen darunter erahnen.

»Aber jetzt mal im Ernst – woher hast du das Zeug, und was zur Hölle soll das? Klar, die Kinder finden es sicher toll, aber …«

Er brachte mich mit einer Geste zum Schweigen und deutete an mir vorbei. »Kein Aber. Glaubst du, ich hatte gestern nichts Besseres zu tun, als mehrere Stunden bei drei verschiedenen Kostümverleihen in der Schlange zu stehen? Lies nach.« Ich drehte mich um und folgte seinem Blick zu der Karte, die ich gerade hatte ansehen wollen. Vorsichtig streifte ich das Bändchen vom Ast ab und drehte sie um.

Das der Nikolaus mich besuchen komt mit Geschenke, stand in krakeligen Buchstaben neben der Zeichnung eines Männchens mit Bart und rotem Mantel geschrieben.

Die liebevoll gestaltete Karte ließ mich schmunzeln. »Aber der 6. Dezember ist erst nächste Woche«, erwiderte ich.

»Anton wird bald entlassen. Also dachte ich mir, wir ziehen das einfach vor.«

»Na gut. Ist genehmigt. Aber zwing mich bloß nicht, in ein Elfenkostüm zu schlüpfen.«

»Ich dachte da eher an Rudolph. Die Haarfarbe passt, und eine rote Nase hast du auch schon.«

Unwillkürlich fasste ich mir an die Nasenspitze, die noch eiskalt war. Mist, wahrscheinlich sah ich wirklich so aus – doch sein Lachen ließ mich hoffen, dass er nur einen

141

Scherz gemacht hatte. »Bitte sag mir nicht, dass du einen Haarreif mit Geweih in deinem Sack hast.«

»Nein, keine Sorge. Du darfst mir auch gerne einfach als Letti assistieren.«

»Was für eine Ehre.« Ich rollte mit den Augen, freute mich aber insgeheim darüber, ihn begleiten zu dürfen. Die Reaktionen der Kinder wollte ich mir auf keinen Fall entgehen lassen.

»Dann mal los, bevor ich einen Ausschlag im Gesicht bekomme. Dieser Bart juckt ganz schön. Ich will gar nicht wissen, was da alles drin rumkrabbelt. War das letzte Exemplar, das sie irgendwo hinten im Abstellraum gefunden haben.« Wie zur Bestätigung zog er sich die Maske vom Kinn und kratzte sich ausgiebig. Dann schulterte er den Jutesack und schlurfte zur Tür.

Ich schüttelte mich. »Das will ich mir gar nicht so genau vorstellen.« Ich folgte ihm in den Flur, und er reichte mir sein Klemmbrett.

»Wohin zuerst, Frau Assistentin?« Auf dem bräunlichen Papier waren in geschwungenen Buchstaben tatsächlich einige Namen notiert – inklusive Kästchen zum Abhaken.

»Lass uns doch gleich bei Anton anfangen. Immerhin war es sein Wunsch.«

Ich führte Matteo zu Antons Zimmer, blieb jedoch vor der Tür stehen. Matteo rückte sein Kostüm zurecht, während ich mir den Kopf darüber zerbrach, was ich sagen sollte. Ich war keine besonders überzeugende Schauspielerin und hatte keine Ahnung, wie ich mich verhalten sollte.

Als hätte er meine Gedanken gelesen, klopfte Matteo mir beruhigend auf die Schulter. »Geh vor mir rein und stell mich einfach als Nikolaus vor. Den Rest übernehme ich.«

Ich nickte dankbar und vergewisserte mich, dass sein Bart und sein Bauch am rechten Platz saßen. Dann klopfte ich, öffnete die Tür und schlüpfte ins Zimmer.

Das vordere Bett war leer. Auf dem hinteren saß Anton im Schneidersitz und hatte wie immer überall auf der Decke Plastik-Dinos verteilt. Der Jahrtausende während Dino-Krieg, dessen geschichtliche Einzelheiten ich in unseren gemeinsamen Spielstunden bereits bis ins Detail erläutert bekommen hatte, wurde gerade offensichtlich um eine weitere Schlacht ergänzt. Die Armee der grünen Dinos schien ins Land der Feinde vorzurücken und die Kopfkissenburg einnehmen zu wollen. Als er mich kommen sah, schlug er die beiden T-Rex in seiner Hand mit einem grollenden Kampfschrei gegeneinander.

»Psst, räum die besser schnell weg«, flüsterte ich. »Ich hab jemanden mitgebracht, der dich kennenlernen möchte. Und ich glaube, er sieht Krieg nicht so gerne.«

Anton ließ die Dinos sinken. »Hä? Wo denn?«

Ich gab Matteo, der durch den Türspalt lugte, ein Zeichen. Sofort stapfte er mit schweren Schritten durch die Tür und stellte seinen Sack neben dem Bett ab.

»Na, wen haben wir denn da? Hallo, junger Mann.«

Antons Augen wurden so groß, dass ich beinahe befürchtete, sie könnten ihm aus dem Kopf fallen.

Matteo ließ sich von mir das Klemmbrett reichen. »Du bist Anton, richtig?«

»J...ja ...«, stammelte Anton und zupfte am Saum der Decke herum, während er ehrfürchtig zu Matteo aufblickte. »Aber ... aber ich hab gar kein Gedicht auswendig gelernt.« Er warf mir einen verzweifelten Blick zu, der mein Herz beinahe zum Schmelzen brachte.

Ich setzte mich zu ihm aufs Bett und strich ihm sanft über den Rücken, um ihn zu beruhigen.

»Gott sei Dank! Weißt du, wie viele Gedichte ich heute schon gehört habe? Knecht Ruprecht hier, brennende Lichtlein da … es kommt mir schon zu den Ohren raus.« Ich presste die Lippen aufeinander, um nicht laut loszulachen. Das war also Matteos moderne Interpretation eines guten Nikolaus. Und sie gefiel mir erstaunlich gut.

Matteo zückte sein Klemmbrett und fuhr mit dem Zeigefinger die Liste entlang. Anton beobachtete jede seiner Bewegungen und rutschte nervös auf der Decke hin und her.

»Ah, hier haben wir dich.« Über den Rand des Klemmbretts hinweg sah er zu Anton hinab. »Hier steht, du bist im Krankenhaus sehr tapfer gewesen. Du hast bei keiner Untersuchung geweint und immer schön auf die Ärztin und die Pflegerinnen gehört. Du lernst jeden Nachmittag ein bisschen, damit du in der Schule gleich wieder gute Noten schreiben kannst, wenn du nach Hause kommst. Und du hast sogar geholfen, den Aufenthaltsraum und den Wunschbaum für meinen Empfang zu dekorieren. Stimmt das?«

Anton nickte so heftig, dass ihm die Locken ums Gesicht flogen. Unter Matteos Kunstbart zeichnete sich ein breites Grinsen ab. »Das höre ich doch gerne. Dann habe ich hier etwas für dich.« Er griff in seine Manteltasche – und holte ein paar Stücke Kohle hervor.

Anton rutschte das Lächeln aus dem Gesicht.

»Ups, falsche Tasche«, brummte Matteo.

Ich konnte mir ein leises Lachen nicht verkneifen.

Er stopfte die Kohlestücke schnell wieder zurück und zog ein paar schmale Papierstreifen aus der anderen Tasche, die er vor Anton auf dem Bett verteilte. Und das sollte besser sein als Kohle?

Anton schien jedoch schneller zu begreifen als ich, fischte einen Zettel aus dem Haufen und streckte ihn Matteo entgegen. »Das da!«

Ich beugte mich nach vorne, um die Streifen genauer zu betrachten. Auf jeden war ein Symbol gekritzelt. Ein Auto, ein Pferd, eine Burg … Es überraschte mich nicht, dass Anton so schnell gewählt hatte – auf seinem Zettel prangte das Abbild eines Dinos.

Dennoch runzelte ich die Stirn. Der Dino konnte kein Zufall sein. Aber Matteo war erst ein paar Tage hier. Wie hatte er so schnell die Vorlieben der Kinder herausgefunden?

Matteo löste das Band des Leinensacks und steckte den Arm bis zur Schulter hinein. Dann wühlte er darin herum. »Ah, da haben wir sie ja.« Er hielt einen quietschgrünen Brachiosaurus aus Gummi in die Höhe.

Anton stieß ein begeistertes »Oh« aus und streckte die Hände danach aus.

»Pass gut auf sie auf. Das ist ein ganz besonderer Dino. Ihr Name ist Letti Langhals.«

Anton fing sofort an zu lachen, und ich stieg mit ein.

»Meine Haut ist aber doch gar nicht grün – oder soll das heißen, mein Hals ist so lang?«, brachte ich zwischen zwei Lachern hervor.

»Nein, gegen deinen hübschen Hals ist nichts einzuwenden. Aber gewisse Ähnlichkeit besteht. Du stapfst in deinem Schneeoutfit immer genauso elegant durch die Flure wie diese beeindruckenden Wesen.«

Eigentlich hätte ich beleidigt sein müssen, doch das amüsierte Funkeln in Matteos Augen verriet mir, dass er es nicht böse meinte. Und irgendwie hatte er sogar recht. Meine Mundwinkel schmerzten bereits wegen des Dauergrinsens, das mir nicht mehr aus dem Gesicht weichen wollte. Er hatte es mit seiner albernen Art geschafft, der wohl einzige Nikolaus zu werden, den ich mochte.

»Danke, Nikolaus! Du bist wirklich cool!« Anton stand langsam vom Bett auf, ging auf Matteo zu und schloss ihn so fest in die Arme, dass sein Gesicht eine Delle in den Kunstbauch drückte.

»Das kann ich nur zurückgeben«, sagte Matteo, erwiderte seine Umarmung und beulte seinen Bauch unauffällig wieder aus, als Anton sich von ihm löste. »Jetzt müssen wir nur noch zusehen, dass du bald wieder nach Hause kannst, hm?«

Anton nickte und begann, Matteo über die Dinolandschaft zu erzählen, die er in seinem Zimmer aufgebaut hatte. Er setzte sich zu ihm aufs Bett und hörte ihm geduldig zu, bis ich ihm schließlich unauffällig in den Rücken pikste. Es war zwar schön, dass er den Kindern seine Zeit schenkte, doch wenn wir alle vor der Visite und dem Abendessen schaffen wollten, mussten wir uns ein wenig beeilen.

Antons Augen strahlten immer noch, als wir uns verabschiedeten und er Letti Langhals an der Front der grünen Armee platzierte.

Zurück im Flur wollte Matteo gleich an die nächste

Zimmertür klopfen, doch ich stellte mich ihm in den Weg.

»Moment. Zuerst bist du mir eine Erklärung schuldig.«

Er hob die Brauen. Sie verschwanden unter seiner lockigen Perücke. »Was meinst du?«

»Dein Sack. Was ist da drin?«

Ein schelmisches Grinsen zuckte über seine Lippen. »Nun ja ... ich war nie besonders gut in Biologie, aber ...«

»Nein!«, rief ich und schüttelte den Kopf, um die Bilder zu vertreiben, die mir die Hitze in die Wangen trieb. Sofort verfluchte ich mich für meine Frage – und ihn für seinen kindischen Humor. »Dein ... Jutesack.«

»Sag das doch gleich.« Er zwinkerte, und ich senkte den Blick, um nicht vor Scham zu explodieren.

Mit geschicktem Griff löste er die Schleife, die den Sack verschloss, und hielt ihn auf. »Hier. Schau ruhig rein. Warum fragst du?«

Ich beugte mich darüber – und tatsächlich war er mit unzähligen kleinen Plastikspielzeugen und Minikuscheltieren gefüllt. »Was soll das? Du kannst doch nicht einfach unser ganzes Budget für irgendwelchen Krimskrams aufbrauchen, den sich die Kids gar nicht gewünscht haben. Das Kostüm ist ja eine ganz nette Idee, aber das ... das hat doch bestimmt ein Vermögen gekostet!«

»Keinen Cent«, sagte er, straffte die Schultern und schien um ein paar Zentimeter zu wachsen. »Das sind alte Spielzeuge von Simon, meinem besten Freund, und seiner Schwester. Die wollte er sowieso loswerden, und als ich ihm gestern mein Kostüm gezeigt habe, hat er sie mir mitgegeben, damit ich nicht mit leeren Händen vor den Kids stehe.« Er warf einen stolzen Blick auf seine Ausbeute, bevor er den Sack wieder zuband.

Ich atmete auf. Eigentlich hätte ich mir denken können, dass er auch dafür die perfekte Lösung gefunden hatte. Immerhin verbaute er uns damit nicht die Möglichkeit, den Kindern ihre persönlichen Wünsche zu erfüllen. Im Gegenteil. Er schien voll in seinem Element zu sein. Und sein Einfallsreichtum war wirklich nicht zu übertreffen.

»Du bist echt unglaublich. Du solltest das beruflich machen und Geld dafür verlangen«, gab ich zurück.

»Ich wüsste nicht, dass Kinder beschenken ein offizieller Job ist … und für Senioren-Cosplays wird man auch nicht besonders gut bezahlt. Ich bleibe also lieber hierbei. Bist du so weit?«

Obwohl ich immer noch nicht verstand, wie er das alles innerhalb eines Tages geschafft hatte, gab ich mich mit seiner Antwort zufrieden und klopfte an die nächste Tür.

Nachdem wir fünf weitere Kinder mit Matteos Auftritt glücklich gemacht hatten, kamen wir an dem Zimmer an, das vom Porträt des Einhorndrachen bewacht wurde. Ich konnte es kaum abwarten, Milas Gesicht zu sehen, wenn der Nikolaus ihr ein Geschenk überreichte. »Gib dir Mühe. Mila ist schon viel zu lange hier. Sie ist ein genauso großer Weihnachtsfan wie du und …«

Matteo schaute mich empört an. »Sah es so aus, als hätte ich mir bei den anderen Kindern keine Mühe gegeben?

Vertrau mir, das Kostüm ist schon fast mit mir verschmolzen. Ich bin der geborene Nikolaus.«

Diesmal wartete er nicht ab, bis ich vorgegangen war und ihn angekündigt hatte, sondern hämmerte einmal kräftig gegen die Tür und hielt sie mir anschließend auf.

Mila lag bis zum Hals zugedeckt in ihrem Bett und blinzelte in unsere Richtung. Dann rieb sie sich müde die Augen. Hatte sie gerade etwa geschlafen? Mitten am Tag, obwohl sie sicher noch nicht einmal die Hälfte ihres Bücherstapels abgearbeitet hatte und ihre Wunschkarte noch nicht fertig war?

Langsam ging ich zu ihr hinüber und setzte mich auf die Bettkante. Ihr Blick glitt allerdings zum Nikolaus in der Tür, und ein Ruck ging durch ihren Körper. Sofort richtete sie sich auf und zerrte sich die Decke vom Leib. Ungläubig starrte sie in Matteos Richtung.

»Darf ich reinkommen, Mila?«, rief er mit so tiefer Stimme, dass ich mich unwillkürlich fragte, ob er heute Morgen zur perfekten Vorbereitung nicht auch noch eine Packung Zigarren geraucht hatte.

Sie nickte, und Matteo stellte sich wie bei den anderen Kindern ans Fußende des Bettes. Mila beugte sich, so gut es eben ging, zu ihm nach vorne, sagte aber kein Wort.

»Nein, ich brauche weder Gedichte noch Plätzchen mit Milch – wobei ich gegen die nichts einzuwenden hätte, wenn du zufällig welche hierhast.« Er rieb sich den Bauch und brachte mich damit erneut zum Grinsen.

In Milas Kopf dagegen schien es zu rattern. Angestrengt schaute sie zu ihm hoch. Oder hatte sie sogar Angst vor dem fremden Mann in ihrem Zimmer?

»Ich weiß ganz genau, dass du dieses Jahr wieder ein

vorbildliches Kind gewesen bist. Ich bin aus einem anderen Grund hier. Ich brauche deine Hilfe.«

Mit einem Mal änderte sich Milas ernster Ausdruck, und auf ihre Lippen trat ein so breites Strahlen, wie ich es noch nie an ihr gesehen hatte – nicht einmal, als wir die Elchgeschichte zusammen gelesen hatten.

»Ich hab es gewusst!« Sie stieß ein Quietschen aus und klatschte aufgeregt in die Hände. »Letti, schau! Ich hab es dir doch gesagt! Matteo ist wirklich der Weihnachtsmann!«

»Äh ... verflixt«, stammelte er.

Ich war mir nicht sicher, ob es ihn wirklich durcheinanderbrachte, dass sie ihn enttarnt hatte, oder ob er es nur schauspielerte. Ich war jedenfalls echt erstaunt über ihre Beobachtungsgabe. Immerhin hatte bisher kein anderes Kind Matteo unter dem Kostüm vermutet.

»Da bist du mir wohl auf die Schliche gekommen«, sagte er und verzog das Gesicht. »Ich habe zwar gehört, dass du ein schlaues Mädchen bist, aber gleich so schlau? Verflixt, das ist gar nicht gut! Wenn das rauskommt ... die Journalisten werden vor meiner Tür zelten, und ich werde nicht mehr nach draußen kommen, ohne von ihnen festgehalten zu werden. Wer würde denn nicht gerne ein Interview mit dem echten Weihnachtsmann führen? Wie soll ich mein Team am Nordpol dann noch davor schützen, entdeckt zu werden? Ein magischer Ort voller Spielzeuge zieht sicher viele Einbrecher an. Und die Rentiere, ich muss sie verstecken ... Weihnachten wird dieses Jahr dann wohl ausfallen müssen.«

Während mir die Geschichte als Kind sicher Angst eingejagt hätte, lachte Mila nur. »Ich verrate das doch keinem. Nicht mal Mama. Dein Geheimnis ist bei mir ganz sicher. Wenn das jemand weiterquatscht, dann eher Letti«, erwiderte sie und musterte mich mit einem so skeptischen Gesichtsausdruck, dass ich zwischen Lachen und Entsetzen schwankte. Ein wenig mehr Vertrauen hatte ich durchaus erwartet. Aber wie konnte ich es ihr verübeln, wenn sie Angst haben musste, wegen mir keine Geschenke zu bekommen?

»Ich doch nicht. Ich will an Weihnachten auch nicht vor einem leeren Baum sitzen. Und hier in der Klinik wäre ich ohne Matteos Weihnachtszauber aufgeschmissen.«

Mir entging der triumphierende Blick nicht, den er mir zuwarf. Mist, warum hatte ich das gesagt? Eigentlich hatte ich nur für Mila betonen wollen, dass Matteo der echte Weihnachtsmann war.

»Puh, da bin ich ja beruhigt.« Matteo wischte sich den fiktiven Schweiß von der Stirn – wobei mich die Röte seiner Wangen darauf schließen ließ, dass ihm wirklich heiß geworden war. Allerdings wohl eher wegen des dicken Kostüms und der Kunsthaare auf Kopf und Gesicht.

»Aber wenn du irgendwann doch mal einen Unterschlupf für die Rentiere brauchst, nehme ich sie«, sagte Mila. »Mama sagt, Tiere dürfen nicht ins Haus, aber wir haben einen Garten. Und eine Gartenhütte. Da können sie das ganze Jahr lang wohnen.«

»Das werde ich mir merken. Danke, Mila. Du bist ein herzensguter Mensch«, antwortete Matteo, als würde er ihre Absichten wirklich für uneigennützig halten. »Und jetzt zum wichtigsten Teil meines Besuchs.«

Auch Mila durfte sich aus den Zetteln etwas aussuchen und hielt einige Minuten später sowohl einen kleinen Wal, der in der Badewanne Wasser aus seinem Blasloch pusten konnte, als auch eine Miniaturtonne voll grünem, glibberigem Schleim in der Hand. Als er sich in ihren Haaren verklebte, verkniff ich mir meinen Kommentar, dass Matteo bei dem ein oder anderen Spielzeug vielleicht lieber vor dem Verschenken Frau Möller und die Eltern gefragt hätte.

Obwohl wir bei einigen Kindern erst bis nach einer Untersuchung warten mussten, verflog die Zeit, und wir verließen genau pünktlich zum Abendessen der Kids das letzte Zimmer.

Matteo hielt mir die flache Hand entgegen. Ich zögerte kurz, gab ihm dann aber ein High Five. Auch wenn ich es nicht gerne zugab, hatte er für diese Aktion wirklich Anerkennung verdient.

»Den Wunsch hast du eindeutig erfüllt. Die Kids sind glücklich ... aber was machen wir jetzt mit dem restlichen Zeug?«, fragte ich.

Er warf sich den noch halbvollen Sack über die Schulter und bedeutete mir, ihm zu folgen.

Ich lief neben ihm den Flur hinunter, bis er abbog und mir die Tür zur Abstellkammer aufhielt.

»Wir heben es einfach für nächstes Jahr auf.«

Er lehnte die Tür hinter uns an und schob den Sack in das Regal dahinter, in dem noch eine Ecke frei war. Dann machte er sich daran, seinen Gürtel abzunehmen und den

Mantel aufzuknöpfen. Hitze stieg mir in die Wangen. Hatte er darunter nur den Kunstbauch an?

»Ich … geh dann mal«, sagte ich und war schon dabei, wieder umzudrehen, als ich seine Hand auf meinem Arm spürte.

»Warte.«

Ich blieb stehen, sah ihn an und bemühte mich, meinen Blick nicht nach unten zu den geöffneten Knöpfen wandern zu lassen. »Willst du jetzt für mich strippen?«, fragte ich mit einem Zwinkern und deutete auf seinen Mantel.

Er lachte, schüttelte aber den Kopf. »Ich hab die Bändchen vom Bart mit der Perücke verknotet. Könntest du vielleicht kurz …?«

»Klar. Das haben wir gleich.« Er zog sich die Kappe vom Kopf, und ich trat einen Schritt näher. Der Duft seines Deos, vermischt mit einem Hauch von Lebkuchen, stieg mir in die Nase.

Ich hob die Hand und begann, nach den Bändchen hinter seinem Ohr zu suchen. Mit einem Mal war mir seine Nähe überdeutlich bewusst, und meine Finger wurden seltsam weich.

Deshalb brauchte ich auch drei Versuche, um die Knoten auf der rechten Seite zu lösen.

Ich ließ die Finger mit dem Bändchen dazwischen langsam sinken und streifte dabei versehentlich seine Wange. Ein wohliges Kribbeln breitete sich von meiner Hand über meinen ganzen Körper aus. Was war das denn jetzt?

Verwirrt sah ich ihm in die Augen – und bereute es sofort. Sein Blick war so offen und warm, dass ich das Gefühl hatte, er würde mich direkt in sein Herz blicken lassen. Die Abstellkammer um uns herum schien sich in Luft aufzulösen. Er fesselte mich, und ich war unfähig, mich auch nur einen Zentimeter weiter zu bewegen. Wie konnte er trotz dieser grauen Zottelperücke so gut aussehen?

Das Bändchen glitt mir aus den Fingern. Ich sah nach unten. Der Bart rutschte von seinem Mund und hing schräg über seinem Kinn, nur noch vom Band auf der anderen Seite gehalten. Doch mein Blick blieb an seinen leicht geöffneten Lippen hängen.

Die Wärme in mir wuchs zu unerträglicher Hitze an. Ich wusste, dass nichts sie lindern könnte. Außer vielleicht ein weiterer Blick in seine eisblauen Augen. Oder aber ...

»Ach, hier steckt ihr ja!« Frau Möllers Stimme ließ mich vor Schreck einen Schritt zurückspringen.

Matteo zuckte ebenfalls zusammen und riss den Kopf herum.

Frau Möller trat durch die Tür der Abstellkammer und strahlte uns an. Immerhin schien sie nichts von dem bemerkt zu haben, was gerade zwischen uns passiert war. Oder hatte ich mir das nur eingebildet?

»Kommt ihr mit ins Büro? Ihr müsst mir unbedingt erzählen, wie es mit dem Wunschbaum vorangeht.«

12. Matteo

20 Tage bis Weihnachten

Ich trat von einem Fuß auf den anderen und zog mein Handy aus der Jackentasche, um noch einmal auf die Uhr zu sehen. Schon fast halb drei. Erneut ließ ich den Blick quer über die Kreuzung wandern, drehte mich zum kleinen Schloss herum und wieder zurück. Natürlich entdeckte ich Mama nirgendwo. Wie lange ich wohl warten sollte? Die Wahrscheinlichkeit, dass sie es wieder einmal nicht aus dem Haus geschafft hatte, war genauso groß wie die, dass sie sich einfach gewaltig verspätete.

Das Vibrieren in meiner Hand lenkte mich jedoch ab – es war Letti.

> Wenn ich später nicht pünktlich vor dem Tor stehe, wunder dich nicht. Ich bin dann vermutlich vor Langeweile auf dem Tisch eingepennt und nicht mehr aufgewacht. Geo ist sowas von einschläfernd!

Unwillkürlich grinste ich so dämlich in mein Smartphone

hinein, dass meine von der Kälte ausgetrockneten Mundwinkel brannten. Die Autofahrer, die neben mir an der
Ampel warteten, mussten mich für bescheuert halten.

> Dann verrate mir wenigstens, in welchem
> Klassenzimmer du bist, bevor du wegpennst.
> Ich lass dich weiterschlafen und kann rein-
> schleichen, um dir das Geld zu klau... äh, mir
> das Geld auszuleihen, natürlich. 😉 Ohne Geld
> keine Geschenke. Wobei ich deine Grinch-
> Kommentare sehr vermissen würde. Besteht
> also vielleicht doch die Chance, dass du da
> wach und lebendig wieder rauskommst?

Ich blickte auf, als an der gegenüberliegenden Straßenseite
ein Bus hielt. Die Türen öffneten sich, und einige dick
eingepackte Gestalten drängten sich heraus. Trotz der
Entfernung erkannte ich meine Mutter sofort. Den blauen
Mantel hatte ich früher jeden Tag gesehen, wenn ich mich
an den Schreibtisch gesetzt hatte. Denn sie hatte ihn
schon auf dem Foto getragen, das dort seinen Ehrenplatz
hatte. Das letzte Foto unserer kleinen Familie.

Es zeigte uns vor einer Bude auf dem Christkindlesmarkt. Während Mama glücklich in die Kamera strahlte,
waren Papas Augen vor Entsetzen geweitet, und sein Arm
war durch die Bewegung verschwommen. Offensichtlich
hatte er die senfverschmierte Bratwurst auffangen wollen,
die dem kleinen Matteo gerade aus seinem Brötchen fiel
und sicherlich eine fürchterliche Sauerei auf der roten Jacke hinterlassen hatte.

Je näher Mama kam, desto mehr wurde mir allerdings
bewusst, dass es nicht nur ihr Mantel war, der seitdem seine strahlende Farbe verloren hatte.

Ihr Lächeln war breit. Doch ich wusste, dass das nichts zu bedeuten hatte. Denn in ihren Augen war nichts von dem Leuchten geblieben, das ich beim Betrachten des Fotos so sehr liebte.

»Ach Schatz, wie gut, dass du noch hier bist. Es tut mir leid, ich war noch einkaufen, und dann habe ich wohl die Uhrzeit aus den Augen verloren.«

Sie breitete die Arme aus und zog mich an sich. Sofort versteiften sich meine Muskeln. Ich hielt die Luft an, bis sie mich wieder losließ.

»Schon gut«, presste ich hervor und deutete die Straße hinunter. »Lass uns einfach eine Runde gehen.«

Ohne ihre Antwort abzuwarten, drehte ich mich um und lief los. Mama ging neben mir und wollte sich bei mir unterhaken, doch ich schüttelte ihre Hand ab.

»Was ist los?«, fragte sie und musterte mich von der Seite.

Ich lachte auf. War das ihr Ernst? Was für eine Antwort erwartete sie denn? Wollte sie, dass ich ihr all die Dinge aufzählte, die in den letzten Jahren schiefgelaufen waren? Sie wusste doch ebenso gut wie ich, was sie getan hatte. *Oder besser gesagt, was sie nicht getan hatte …*

»Du hast auf keinen einzigen meiner Anrufe reagiert. Ich hab mir schon Sorgen gemacht. Oder gedacht, du würdest …«

»… endgültig den Kontakt abbrechen? Ja, das hatte ich zwischendurch auch vor.«

Mama schwieg. Hoffentlich fing sie nicht gleich an zu weinen. Das war das Letzte, das ich heute gebrauchen konnte. Es hatte mich schon so viel Kraft gekostet, mich überhaupt zu diesem Treffen zu überwinden.

Wir ließen das Schloss und die Straße hinter uns und bogen in den von Bäumen umsäumten Park ein. Gefrorene Blätter knirschten unter meinen Füßen, während der Autolärm mit jedem Schritt leiser wurde.

»Matteo ... ich wollte dich sehen, weil ich mich bei dir entschuldigen muss.«

Skeptisch schaute ich zu ihr hinüber. »Wofür?«

Sie seufzte und wandte den Blick zu Boden. »Ich ... für alles.«

Na klar. Es würde also wieder einer von diesen Gesprächsversuchen werden, bei denen sie stundenlang herumdruckste und dabei doch nichts sagte. Ihre leeren Entschuldigungen konnte sie stecken lassen. Sofort ärgerte ich mich über den kleinen Funken Hoffnung, der für einen Moment in mir aufgeflammt war. Wie hatte ich auch etwas anderes erwarten können?

»Es nützt mir nichts, wenn du das sagst und dann genauso weitermachst wie zuvor. Manchmal bin ich mir nicht mal sicher, ob du überhaupt weißt, wofür diese Entschuldigungen sind.«

»Ich will nicht so weitermachen. Ganz sicher nicht. Ich will, dass du wieder nach Hause kommst. Und ... ich habe mit Mike gesprochen.«

Ich stolperte beinahe über meine eigenen Füße. »Mit Mike? Über mich?«

»Ja. Ich denke, du weißt, dass er nicht gerade begeistert ist ...«

Ich versuchte, den Impuls zu unterdrücken, konnte jedoch nicht anders, als zu ihr hinüberzuschielen und ihre Haut unauffällig nach blauen Flecken abzusuchen. Doch selbst ihr Kinn wurde von ihrem dicken Wollschal verdeckt. Ob das Absicht war, um die Spuren vor mir zu verstecken? Oder stimmte es, wenn sie sagte, sein Ausrutscher wäre eine einmalige Sache gewesen?

»… aber wir haben eine Vereinbarung getroffen. Er wird nicht mehr zu mir kommen, solange du bei mir wohnst.«

Ich stieß ein bitteres Lachen aus. »Das glaubst du doch selbst nicht, oder?«

»Er meint es ernst.«

»Meinetwegen. Aber siehst du nicht, was er vorhat?«

Mama warf mir einen entsetzten Blick zu. »Was er vorhat? Er will dich nicht sehen und du ihn auch nicht. Das ist doch super, dass er Streit aus dem Weg geht. Ich werde dafür eben mehr Zeit bei ihm zu Hause verbringen. Außerdem warst du doch derjenige, der …«

»Merkst du es wirklich nicht?« Ich war kurz davor, zu explodieren. Doch ich wollte Mama nicht einschüchtern. Ich war nicht wie er. »Alles, was er will, ist, dich noch besser zu kontrollieren. Und wo sollte das besser gehen als in seinen eigenen vier Wänden?« *Wo er doch ganz genau weiß, dass du an so vielen Tagen die Kraft nicht aufbringen würdest, nach Hause zu fahren. Nicht einmal für mich.*

Ich stockte. Laut aussprechen konnte ich es nicht. Doch vielleicht verstand sie trotzdem, worauf ich anspielte. »Machen wir uns nichts vor. Du wärst nur noch bei ihm. Was soll ich alleine in dieser Drecksbude? Nein, danke. Da bleibe ich lieber bei Simon.« Ich schaffte es nicht, die Enttäuschung in meiner Stimme zu verbergen.

»Matteo, ich … bin wirklich erschrocken. Wie denkst du von mir? Glaubst du, das alles wäre leicht für mich? Kannst du dir überhaupt vorstellen, wie schwer es war, ihn dazu zu überreden? Nach allem, was passiert ist? Das mach ich doch nur für dich. Für uns. Ich hätte euch beide gerne jeden Tag in meiner Nähe.« Sie wurde mit jedem Wort leiser. »Aber langsam habe ich das Gefühl, du willst mich überhaupt nicht mehr an deinem Leben teilhaben lassen.«

Nun war ich also mal wieder der Böse. Gleich würde sie anfangen zu weinen. Ihre Worte bohrten sich wie kleine Nadeln in meine Brust. Ich presste die Lippen zusammen und atmete gegen den ekelhaften Schmerz an.

»Wie kannst du ihn in deiner Nähe haben wollen?«

»Du kennst ihn nicht. Du hast ihm nie die Chance gegeben, sich so zu zeigen, wie er ist.«

»Warum verdrehst du das alles, verdammt nochmal? Es war genau andersrum. Er ist in unsere Familie geplatzt und hat mich von der ersten Sekunde an gehasst. Wahrscheinlich habe ich Glück, dass er niemanden geschickt hat, um mich umlegen zu lassen und dich ganz für sich alleine zu haben. Weil ich der Einzige bin, der checkt, wie er drauf ist. Ich muss nicht mehr von ihm sehen, um zu wissen, was für ein Arschloch er ist. Ich weiß es. Und du auch. So dämlich kannst du doch gar nicht sein, das selbst nicht zu sehen!«

Mama blieb stehen und stieß einen entsetzten Laut aus. »Matteo!«

Ich blieb ebenfalls stehen und drehte mich zu ihr um. Doch obwohl ich nichts von dem, was ich gesagt hatte, bereute, schaffte ich es nicht, ihr in die Augen zu sehen.

In einem Punkt waren Mike und ich uns ähnlicher, als mir lieb war: Wir schafften es beide immer wieder, sie zu verletzen. Einerseits war ich der Einzige, der sie vor ihm schützen konnte. Andererseits wollte ich ihr aber nicht damit wehtun. Ich war besser als er. Oder etwa nicht?

»Lassen wir das Thema für heute, okay?«

Einen Moment lang befürchtete ich, sie könnte umdrehen und gehen. Dann nickte sie jedoch zögerlich. »In Ordnung. Ich will nur, dass du darüber nachdenkst und weißt, dass du zu Hause willkommen bist.«

Ich verdrängte all die Antworten, die mir sofort durch den Kopf schossen. *Willkommen* würde ich mich dort nie wieder fühlen. Aber für heute hatte ich ihr genug an den Kopf geworfen.

Ich rang mich dazu durch, ihr den Arm hinzuhalten. Sofort verflog der schockierte Ausdruck aus ihrem Gesicht, und sie hakte sich bei mir ein.

Schweigend liefen wir nebeneinander her, bis wir schließlich den kleinen See in der Mitte des Parks erreichten. Mama verlangsamte ihre Schritte.

»Wollen wir uns ein wenig setzen?«, fragte sie und deutete auf eine freie Bank mit Blick auf das Wasser.

»In Ordnung.«

Ich ließ mich neben ihr auf den abgenutzten Holzbalken nieder. Kälte kroch von unten durch meinen Mantel. Lange würden wir hier nicht sitzen können. Doch es tat gut, einen Moment zur Ruhe zu kommen.

Ich starrte über den See bis zur steinernen Brücke, die auf der gegenüberliegenden Seite zwischen den Bäumen hervorblitzte. Als Kind war ich wegen ihres mystischen Aussehens immer überzeugt gewesen, sie würde in eine Märchenwelt führen. Schade, dass ich inzwischen zu alt war, um daran zu glauben. So einen Märchenland-Trip hätte ich heute definitiv gebrauchen können.

»Wie läuft es in der Schule? Und mit deinen Sozial-stunden? Hast du inzwischen damit angefangen?«

Ich war ihr dankbar für die Ablenkung. »Ja. Und nicht nur das. Ich hab die beste Stelle überhaupt. In der Kinder-klinik. Ich helfe den Kids, in Weihnachtsstimmung zu kommen und ihre Krankheit für ein paar Stunden zu ver-gessen.«

»Wie wunderbar. Das klingt wirklich nach einer ganz wichtigen Aufgabe. Und sie haben sich den Besten dafür ausgesucht.« Hörte ich da etwa ein Lächeln in ihrer Stim-me? Ein richtig echtes Lächeln?

Ich sah zu ihr. Tatsächlich. Sie lächelte nicht nur – sie grinste.

Mein Herz wurde augenblicklich leichter.

»Wir haben einen Wunschbaum für die Kinder aufge-stellt, und ich kann es kaum erwarten, ihre Gesichter zu sehen, wenn sie merken, dass sich ihre Wünsche erfüllen.« Plötzlich sprudelten die Worte nur so aus mir heraus. »Es ist einfach toll. Nicht nur die Kinder und meine Chefin. Es gibt da auch ein Mädchen, Letti, sie …«

»Ein Mädchen in deinem Alter?« Mama richtete sich auf und sah mich neugierig an.

»Ja, schon … aber nicht so, wie du denkst«, ruderte ich zurück. »Sie ist sozusagen meine Kollegin. Sie hasst Weih-nachten, kannst du dir das vorstellen? Ich hab mir vorge-nommen, sie vom Gegenteil zu überzeugen. Und ich glau-be, sie taut langsam auf.«

»Natürlich. Niemand könnte deinem Weihnachtszau-ber widerstehen«, sagte Mama und zwinkerte mir zu.

Ich grinste zurück. Langsam verschwand die Kälte aus

meinen Gliedern. Heute war also einer ihrer guten Tage. Und das, obwohl ich es vorhin beinahe versaut hätte.

»Monika! Was zur Hölle treibst du hier?« Die tiefe Stimme aus der Ferne ließ mein Blut sofort wieder zu Eis gefrieren. Wie von selbst ballten sich meine Hände zu Fäusten. Ich folgte dem erstaunten Blick des vorbeilaufenden Pärchens.

Mike stapfte mit großen Schritten auf uns zu. Sein Gesicht war rot angelaufen. Vermutlich eine Mischung aus Wut und Kälte. Schnaufend baute er sich vor uns auf.

»Habe ich dir nicht gesagt, dass du dich von diesem Bastard fernhalten sollst?«

Ich war kurz davor, ihn in den See zu schubsen. Doch das konnte ich Mama nicht antun. Am Ende wäre sicher sie diejenige, die seinen Zorn zu spüren bekäme. Nein, heute würde ich ruhig bleiben. Damit half ich ihr am meisten.

»Was willst du hier, außer einen Aufstand machen?«

Ich ließ meinen Blick über Mike wandern. Seine dunkle Kunstlederjacke löste sich an den Ärmeln bereits in kleine Fetzen auf. Die schlampige Kleidung wollte er aber wohl auf anderer Ebene wieder wettmachen. Er stank, als hätte er sich zwanzig verschiedene Duftbäume um den Hals gehängt.

»Dass du abhaust und dich endlich von ihr fernhältst, du kleiner Pisser«, zischte er und fixierte mich mit seinen dunklen Augen, die vor Wut zu Schlitzen verengt waren.

Mir stieg das Blut in den Kopf, doch ich drehte mich betont langsam zu Mama. »Warum hast du ihm gesagt, dass wir hier sind?«

»Ich … ich hab es ihm nicht erzählt«, stotterte sie.

Warum log sie mich nun auch noch an? Aber … sie sah nicht aus, als würde sie lügen.

Eine schreckliche Vermutung schoss mir durch den Kopf und ließ mich erschaudern. Es wäre nicht das erste Mal, dass Mike sowas abzog. Ich traute ihm alles zu – er war eine miese Ratte.

»Du hast ihr eine Trackingapp aufs Handy gespielt?«

Er reagierte nicht, verschränkte nur die Arme. Sein linkes Augenlid zuckte jedoch. Das war Antwort genug.

»Du hast sie doch nicht mehr alle! Sie ist doch kein Tier, dem du einen Chip einpflanzen kannst. Sie gehört dir nicht!«

Ich beugte mich zu Mama und streckte ihr die flache Hand entgegen. »Gib mir dein Telefon. Mike wird diesen Dreck jetzt sofort wieder löschen, vor meinen Augen, sonst …«

»Sonst was? Willst du die Polizei rufen?« Er brach in schallendes Gelächter aus.

Gänsehaut zog sich meinen Nacken hinunter bis in die Zehenspitzen. Mama regte sich keinen Millimeter, also ließ ich meine Hand sinken. Konnte sie nicht wenigstens dieses einzige Mal auf meiner Seite stehen?

»Die Polizei ist gar nicht nötig. Mit jeder dieser Aktionen schießt du dich selbst ein Stück weiter ins Aus. Sie merkt langsam, dass du nichts weiter bist als ein armes, krankes Würstchen, das seine Kontrollfantasien ausleben und Frauen manipulieren muss, weil keine jemals freiwillig bleiben würde.«

Er starrte mich mit halb geöffnetem Mund an, als müsste er in seinem Spatzenhirn erst verarbeiten, was ich gerade gesagt hatte. »Wer ist hier schlecht für sie? Als ich sie kennengelernt hab, war sie ein Nichts. Sie hat den halben Tag geflennt und nichts auf die Kette gekriegt. Wegen dir. Du hast ihr nichts gebracht außer Ärger und Sorgen. Du hast sie krank gemacht.«

Seine Worte wirkten wie Funken, die auf mich übersprangen und alles in Brand steckten.

Das war zu viel. Ich konnte mich keine Sekunde länger kontrollieren und sprang auf.

Mein Herz schien zu verglühen, und in meinen Augen brannten Tränen, die ich wütend wegblinzelte. Doch die Hitzewelle, die meine Kehle hinaufstieg, konnte ich nicht aufhalten.

Ich ließ einen kurzen Schrei los. Doch was herauskam, klang nur frustriert und verzweifelt. Kein bisschen angsteinflößend.

Mike zuckte nicht einmal zusammen. Dafür drehten sich selbst auf der anderen Seite des Sees Spaziergänger in unsere Richtung.

Mein Kopf war leer. Ausgebrannt. Meine Fäuste dagegen zuckten.

Eilig machte ich zwei Schritte zurück. Ich stolperte mit den Kniekehlen gegen die Bank und verlor das Gleichgewicht. In letzter Sekunde fing ich mich jedoch wieder und wandte mich eilig von den beiden ab.

Ich wollte meine Mutter nicht im Stich lassen. Aber wenn ich hierblieb und Mike weiterhin so viel Blödsinn von sich gab, würde das nicht gut enden.

Ohne mich noch einmal umzudrehen, lief ich los. Egal wohin. Ich musste einfach nur genügend Abstand zwischen uns bringen. Einfach nur weg.

13. Letti

20 Tage bis Weihnachten

»Was machst du denn noch hier?«, fragte Nina, überquerte die letzten Meter des Pausenhofs und blieb neben mir stehen.

»Das frag ich mich langsam auch. Eigentlich ganz schön doof von mir, eine Dreiviertelstunde lang in der Kälte rumzustehen und zu hoffen, dass er irgendwann noch auftaucht. Ich sollte wohl einfach gehen.« Meine Stimme klang fest und emotionslos. Doch Nina würde sich nicht täuschen lassen. Auch wenn ich mir Mühe gegeben hatte, es zu verbergen, hatte sie mitbekommen, dass ich mich heute keine Minute hatte konzentrieren können. Sie wusste, wie wichtig mir dieser Abend gewesen war.

Nina runzelte die Stirn. »Hat er sich nicht mal gemeldet?«

»Nein. Ich versteh es einfach nicht. Vorhin haben wir noch deswegen geschrieben. Warum hat er nicht wenigstens eine ganz kurze Nachricht geschickt? Nur ein *Sorry, schaff es nicht.* Das sieht ihm eigentlich so gar nicht ähnlich.« Wobei ich mir langsam nicht mehr so sicher war, was hinter seiner Fassade steckte.

Die Jungs, mit denen ich früher so abgehangen war, hatten sich immer hinter pseudocoolen Sprüchen versteckt und ziemlich aufgeblasen gewirkt. Wenn ich ihren Sprüchen dann Kontra gegeben hatte, waren sie jedoch schnell auf die Hälfte zusammengeschrumpft, und hinter ihrer Coolness war ein lieber, feinfühliger Mensch zum Vorschein gekommen. Warum ließ mich das Gefühl nicht mehr los, es könnte bei Matteo genau andersrum sein?

»Was ist das denn für ein …? Ab nach Hause mit dir. Wenn er sich zu fein zum Absagen ist, hat er es garantiert nicht verdient, dass du so lange auf ihn wartest.«

Sie legte mir die Hand auf den Arm und wollte mich mit sich ziehen, doch ich schüttelte den Kopf. »Jetzt steh ich schon so lange hier rum, da kann ich auch noch eine Viertelstunde totschlagen. Vielleicht hatte er siebzehn Uhr im Kopf.«

Nina rollte mit den Augen. »Und jetzt willst du mir gleich noch erzählen, dass ihm bestimmt was ganz Schlimmes passiert ist, wenn er nicht auftaucht? Dass vielleicht spontan sein Hamster gestorben ist oder er von einem Bus angefahren wurde, nachdem sein Handy ins Klo gefallen ist?«

Ich fühlte mich ertappt und war gleichzeitig verwundert. So harte Worte aus ihrem Mund? Aber sie hatte recht. Ich sollte keine Ausreden für ihn suchen und den Abend gedanklich abhaken. Die nächsten Geschenke konnte ich genauso gut alleine besorgen.

»Hab schon verstanden. Trotzdem … ein paar Minuten

muss ich noch hierbleiben. Damit ich ihn zur Schnecke machen kann, wenn er doch auftaucht.«

Sie seufzte, doch ihr liebevoller Blick zeigte mir, dass sie mich nicht für dumm hielt. Wahrscheinlich machte sie sich nur Sorgen.

»Na gut. Ich würde ja zu gerne dabei zusehen, aber ich darf nicht zu spät zur Gitarrenstunde kommen. Versprichst du mir, hier nicht zu campen?«

Ich musste schmunzeln, als sie ihre Strumpfhose zurecht zog und mich dann mit einem mütterlichen Blick bedachte.

»Nicht nur das. Ich erstatte auch Bericht, sobald ich zu Hause bin. Und mach dir keine Sorgen, ich bin sowieso nicht wild drauf, heimzukommen.«

Nina schenkte mir ein mitleidiges Lächeln und drückte mich zur Verabschiedung an sich.

Als sie weg war und nach und nach auch die letzten Schülerinnen und Schüler an mir vorbeigeströmt waren, war meine Hoffnung verschwunden, Matteo könnte doch noch auftauchen. Mein Herz lag schwer in meiner Brust und hielt mich davon ab, mich in Bewegung zu setzen. Letztes Mal am Weihnachtsmarkt hatten wir wegen des Treffpunkts aneinander vorbeigeredet. Aber das Schultor war unmissverständlich gewesen. Ich musste aufhören, Ausreden für ihn zu suchen. Er hatte mich versetzt.

Mit langsamen Schritten schlurfte ich die Anhöhe hinauf in Richtung Straßenbahnhaltestelle. Dabei gingen mir hunderte Szenarien durch den Kopf, wie unsere Begegnung morgen in der Klinik ablaufen könnte. Was ich zu ihm sagen würde.

Plötzlich näherten sich hinter mir schnelle Schritte.

Wahrscheinlich ein Jogger. Ich wich ein Stück zur Seite, um Platz zu machen. Doch niemand rannte an mir vorbei. Stattdessen wurden die Schritte langsamer, und ich bildete mir ein, durch die vielen Klamottenschichten hindurch eine Hand auf meiner Schulter zu spüren.

»Letti? Hast du echt so lange gewartet?« Matteo schloss zu mir auf und presste sich keuchend die Hand auf die Brust.

Sofort wurde mein Herz leichter, und ich verfluchte das verräterische Ding dafür. Ich wollte mich nicht freuen. Ich wollte sauer auf ihn sein. Es war nicht okay, mich eine Stunde warten zu lassen. Also blieb ich nicht stehen, sondern lief unbeirrt weiter.

»Nein, es hat mir einfach so viel Spaß gemacht, an der Straße zu stehen und mich von meinen Mitschülern dabei beobachten zu lassen, wie ich versetzt werde.«

»Du darfst dich gerne morgen mit der Zuckerstange rächen. Ich hab ein echt schlechtes Gewissen. Aber mein Nachmittag war leider … na ja, so beschissen, dass ich erst ein bisschen Zeit zum Runterkommen gebraucht hab.«

Eigentlich sollte mich seine Ausrede gar nicht interessieren. Aber in seinem Tonfall lag etwas Bedrückendes, was mich innehalten ließ.

»Was war los?«

Er schwieg. Musste er sich erst etwas ausdenken oder gab es wirklich ein Problem, über das er nicht gerne reden wollte?

Die Fußgängerampel sprang vor uns auf Rot, und wir blieben stehen. Ich wagte einen Blick in seine Richtung – und erschrak. Auf seiner Stirn prangten kleine rote Flecken, und seine Wimpern waren verklebt, als hätte er geweint.

Meine Wut verpuffte und flog gemeinsam mit der weißen Wolke, die mein Atem verursachte, in den Himmel hinauf. »Was ... was ist los?«, fragte ich leise.

»Willst du die anstrengende, lange Geschichte oder die Kurzform?«

»Wir haben doch Zeit, oder?«, erwiderte ich und lächelte ihm aufmunternd zu.

Die Ampel wurde grün, und wir überquerten die Straße.

»Ich weiß gar nicht, wo ich anfangen soll.« Er fuhr sich durch die Haare. »Erinnerst du dich, was ich über meinen Dad erzählt hab?«

»Dass er abgehauen ist, als du klein warst? Klar.«

Er nickte anerkennend, als hätte er nicht erwartet, dass ich mir das merken würde.

»Manchmal kommt es mir vor, als hätte er einen Teil von meiner Mutter mitgenommen.« Er schluckte und geriet ins Stocken, doch räusperte sich schnell und versuchte, davon abzulenken.

Mich überkam der Impuls, nach seiner Hand zu greifen und meine Finger mit seinen zu verschränken. Einfach nur, um ihm zu zeigen, dass ich da war und ihm zuhörte. Dass er sich nicht dafür schämen musste, auch wenn es ihm schwerfiel, darüber zu reden.

Bevor sich meine Hände noch selbstständig machten, zog ich meine Handschuhe zurecht und steckte die Hände in die Jackentaschen.

»Sie leidet seit Jahren unter Depressionen. Keine Ahnung, wann es angefangen hat. Das ging vermutlich schon viel länger, als ich davon weiß. Nachdem Papa weg war, ging es aber richtig bergab.«

In meinem Kopf türmten sich die Fragen. Trotzdem zwang ich mich, keine davon auszusprechen. Er brauchte gerade jemanden, der zuhörte. Keine Nervensäge, die ihn ständig unterbrach und ganz offensichtlich keine Ahnung von Depressionen hatte. Dennoch fragte ich mich, wie sich das auf seinen Alltag auswirkte. Wie passte das zu dem Matteo, der immer noch so viel kindliche Freude zeigen konnte?

»Als ich acht war, standen plötzlich zwei Frauen vom Jugendamt vor der Tür. Die Nachbarn haben sie gerufen, weil sie mitbekommen haben, dass ich jeden Tag alleine einkaufen gegangen bin, den Müll runtergebracht habe, die Wäsche auf dem Balkon aufgehängt habe. Sie dachten, Mama wäre abgehauen oder würde tot in unserer Wohnung rumliegen. Dabei hat sie es nur nicht hinbekommen, etwas anderes zu machen als auf der Couch zu liegen und ab und zu mal zu duschen. Die vom Jugendamt haben sich das ein paar Wochen angeschaut und wollten mich dann in eine Pflegefamilie stecken.« Sein gleichgültiger Ton ließ mich erschaudern.

»O mein Gott«, war alles, was ich hervorbrachte. Ich traute mich kaum, richtig zu atmen.

Dass er schon früh sehr selbstständig gewesen sein musste, hatte ich ja vermutet. Aber dass dahinter eine so traurige Geschichte steckte, hätte ich trotzdem nicht gedacht. Sofort überkam mich das schlechte Gewissen. Vielleicht hätte ich es sehen können, wenn ich genauer hingeschaut hätte? Wenn ich mir von Anfang an Mühe gegeben hätte, mehr in ihm zu sehen als einen überfröhlichen

171

Weihnachtsfanatiker. Vielleicht hatte er es aber auch einfach zu gut versteckt.

Ich machte keine Anstalten mehr, an der Hauptstraße in Richtung der Haltestelle abzubiegen. Stattdessen betraten wir zwischen der Westtormauer und dem kleinen Türmchen zu unserer Rechten die Altstadt.

»Das hat sie ein bisschen wachgerüttelt. Sie hat eingesehen, dass sie was unternehmen muss und es alleine nicht auf die Reihe kriegt, etwas zu ändern. Danach hat sie es zweimal in eine Klinik geschafft. Das hat mir echt den Arsch gerettet. Ich durfte bei ihr bleiben.«

Ich konnte mich nicht mehr zurückhalten. »Ist dir das nicht zu viel gewesen?«

»Irgendwie schon, aber irgendwie auch nicht.« Er zuckte mit den Schultern. »Ich hab mir da nie Gedanken drüber gemacht, sondern einfach getan, was getan werden musste. Irgendwer musste ja für sie da sein.« Er sah zu mir hinüber, doch es war, als würde er gar nicht mich ansehen, sondern einen Film, der gerade vor seinen Augen ablief. Immerhin wurden die roten Flecken auf seiner Stirn schon blasser. Offensichtlich tat es ihm gut, darüber zu reden.

Matteo schien zu bemerken, dass es mich beschäftige, und stupste mich mit der Schulter an. »Ist das ein schwieriges Thema für dich? Soll ich aufhören?«

»Nein, nein, auf keinen Fall. Es überrascht mich nur … und macht mich ziemlich traurig.«

»Das muss es nicht. Ich kenne es ja nicht anders. Damit komm ich klar. Aber womit ich nicht klarkomme …« Er verzog das Gesicht. »… sind die Kerle, die sie danach angeschleppt hat. Wahrscheinlich hat sie gedacht, die könnten irgendeine Leere in ihr füllen. Aber das haben sie nie.

Und ihr aktueller Freund ... Mike ...« Matteo spuckte den Namen aus wie Gift. »... er ist das Allerletzte. Wir kommen überhaupt nicht miteinander klar. Heute ... heute hat er mal wieder versucht, mich zu provozieren. Wir haben uns ziemlich gezofft. Ich hab dafür gesorgt, dass es nicht eskaliert. Aber keine Ahnung, wie das weitergehen soll.«

»Klingt nicht, als wären klärende Gespräche euer Ding.«

Er lachte bitter. »Oh nein, da könnte ich genauso gut mit unserem Christbaum reden und würde damit sogar noch mehr erreichen, als wenn ich mit ihm eine Diskussion anfange.«

»Und mit deiner Mama?«

»Sie sieht es einfach nicht. Ich weiß nicht, ob es ihre Krankheit ist, die ihr den Kopf vernebelt, oder Mikes komische Spielereien. Aber ich kann ihr so viel eintrichtern, wie ich will. Wenn er auf der Matte steht, hat sie alles wieder vergessen und klebt an seinem Hintern wie eine Zecke.«

Ich konnte mir kaum vorstellen, wie Matteo sich fühlen musste. Mein Kopf brummte, weil ich versuchte, die ganze Situation zu erfassen. Alles, was ich wusste, war, dass Eltern so viel Mist anrichten konnten. Seine Art Schmerz war so ganz anders als meiner. Doch spielte das eine Rolle? Würde es blöd rüberkommen, wenn ich versuchte, etwas Hilfreiches zu sagen?

Völlig überfordert lief ich neben ihm her und wusste nicht, wie ich mich verhalten sollte. »Worum geht es denn, wenn ihr euch streitet? Vielleicht fällt mir ja was ein.«

Er seufzte. »Ach ... das ist lieb, aber lass uns da wann

anders drüber reden. Ich hab dich für heute genug verschreckt.«

Das war vermutlich seine Art, dem Thema auszuweichen, und ich würde ihn nicht weiter drängen. »Du verschreckst mich nicht. Es ist in Ordnung, wenn du nicht darüber reden willst ...«

»Nein, im Moment nicht, sorry.«

Die kalte Luft wollte immer noch nicht frei in meine Lungen strömen, und ich würde sicher die nächsten Tage damit verbringen, mir den Kopf darüber zu zerbrechen, was vorgefallen war. Trotzdem schob ich meine eigenen Gefühle in den Hintergrund. »Willst du lieber hören, wie wir es gestern in Chemie geschafft haben, den Feueralarm auszulösen?«

Zum ersten Mal an diesem Abend wurde sein Gesicht von dem Lächeln erhellt, das er sonst den halben Tag mit sich herumtrug. »Leg los.«

Wir schlenderten quer durch die Innenstadt, während ich eine Story nach der anderen erzählte, um ihn von seinem Nachmittag abzulenken. Ich wusste nicht, ob es meine Geschichten waren oder der Zauber der weihnachtlichen Beleuchtung und Dekoration, die ihn auftauen ließen. Doch nach einer Weile lachten wir zusammen, als wäre nichts geschehen. Und auch ich vergaß beinahe, dass ich mir vorhin noch die Beine in den Bauch gestanden und ihn verflucht hatte.

Als ich zur Kinderweihnacht abzweigen wollte, griff er nach meinem Arm und zog mich sanft in eine andere Richtung. Obwohl ich wirklich nicht wild darauf war, auf dem kleinen Weihnachtsmarkt mit dem alten Holzkarus-

sell und den kitschigen Figuren auf den Buden vorbeizuschauen, blieb ich stehen und runzelte die Stirn.

»Du willst mir wohl das ultimative Weihnachtstrauma
ersparen, was? Das ist lieb von dir, aber ich halte das schon
aus, wenn es bedeutet, dass die Kinder danach happy sind.
Oder hast du eine bessere Idee, wo wir Lenas Geschenk
herbekommen?«

»Keine Sorge, wir kümmern uns später drum. Aber
erstmal will ich noch ein bisschen laufen. Eine Runde zur
Burg hoch und zurück?«

Mein Atem ging sofort schneller. Er tat es schon wieder. Wir unternahmen etwas, das nichts mit den Wünschen der Kinder zu tun hatte. War das Date Nummer
zwei? Funktionierte Dating überhaupt so?

»Gerne. Aber wunder dich nicht, wenn mir auf dem
Weg nach oben die Puste ausgeht. Meine Kondition hat
die letzten Wochen ziemlich nachgelassen.«

Ich folgte ihm, und er ließ meinen Arm wieder los. Sofort verschwand auch die Wärme, die durch meine Kleidung gedrungen war.

Keiner von uns sagte ein Wort, während wir einen Bogen um den Hauptmarkt herum machten, um nicht in der
Masse der Weihnachtsmarktbesucher unterzugehen.

Die Stimmen wurden leiser, der Lebkuchenduft schwä-
cher, bis uns nur noch vereinzelte Spaziergänger entgegen-
kamen, die ebenfalls einen Blick von der Burg auf das
weihnachtliche Nürnberg hatten werfen wollen.

Leider hatte ich Matteo nicht zu viel versprochen. Zum
ersten Mal in meinem Leben kam ich ins Schnaufen, als
wir die Straße zur Burg hinaufstiegen. Ich konnte mit seinen schnellen Schritten kaum mithalten.

Wir verließen das Kopfsteinpflaster der Straße und erklommen zwischen großen Sandsteinfelsen und den vom Winter kahl gewordenen Bäumen einige Stufen. Als ich mich am hölzernen Geländer nach oben zog, drehte sich Matteo um. Doch zum Glück lag in seinem Lächeln kein Spott. Dafür funkelten seine Augen, als würde er schon wieder etwas aushecken.

Er wartete, bis ich zu ihm aufgeschlossen hatte, stellte sich hinter mich und legte die Hände an meinen Rücken. Bevor ich protestieren konnte, schob er mich den Berg hinauf.

»Was für ein Service«, brachte ich zwischen Lachen und Keuchen hervor. »Aber könntest du mich nicht gleich hochtragen?«

»Ich würde ja anbieten, dich auf die Schultern zu nehmen … im Balancehalten bist du als Eiskunstläuferin sicher super … aber meine Beine habe ich gestern erst trainiert. Heute sind die Arme dran.«

Wir schafften nur einige Meter, bevor wir beide so sehr lachten, dass wir stehen bleiben mussten, um Luft zu holen.

Zum Glück hatten wir es nicht mehr weit, bis wir endlich das Burgtor durchquerten und den Aussichtspunkt erreichten. Dafür, dass es in der Stadt nur so von Touristen wimmelte, war hier erstaunlich wenig los.

Ich stützte mich mit den Ellbogen auf der runden Sandsteinmauer ab und ließ meinen Blick über das Panorama schweifen.

Die engen Straßen der Altstadt strahlten zu dieser Jahreszeit noch heller. Vom Hauptmarkt aus erfüllte sie ein warmes Leuchten, das die Sterne am Himmel beinahe blass erscheinen ließ. Mit jeder Sekunde entdeckte ich neue Details, von den rot-weiß gestreiften Dächern der Buden bis zu der Katze, die zwei Straßen vor uns auf einem Fensterbrett saß und den Ausblick genauso zu genießen schien wie ich. Zwischen den Kirchtürmen, Fachwerkhäusern und dem Fernsehturm in weiter Ferne lag ebenso viel Ruhe wie Leben.

Früher hatte ich oft das Gefühl gehabt, von hier aus die ganze Welt überblicken zu können. Heute war ich alt genug, um zu wissen, dass meine Sicht gerade mal bis in die Nachbarstadt reichte. Doch ich hatte trotzdem recht damit gehabt. Denn egal, was passierte, würde das hier immer meine Welt bleiben. Meine Stadt. Meine Heimat.

Mit einem Mal wurde mir bewusst, dass ich nicht mehr in die Ferne starrte. Mein Blick war zu Matteo gewandert.

Er schien ebenfalls in den Ausblick versunken zu sein und sah dabei so friedlich aus, dass ich mich kaum traute, ihn zu stören.

»Ich glaube, ich war noch nie in der Adventszeit hier oben«, sagte ich so leise, dass es mich beinahe wunderte, als er den Kopf zu mir drehte und mich stirnrunzelnd ansah.

»Echt nicht? Verarschst du mich?«

»Du tust so, als wäre das ein Verbrechen.«

»Ist es ja irgendwie auch, so als echte Nürnbergerin. Jetzt sag mir aber bitte nicht, dass du den Ausblick genauso furchtbar findest wie Weihnachten?« Er klang so entsetzt, dass ich lachen musste.

»Nein. Es ist so ziemlich das Schönste, das ich in den letzten Monaten gesehen habe.«

Er wischte sich den imaginären Schweiß von der Stirn.

»Puh, Glück gehabt. Ich dachte schon, wir müssten jetzt jede Woche herkommen, um uns darüber zu streiten, bis du endlich einsiehst, dass es keinen schöneren Fleck auf der Erde gibt.«

Für einen unglaublich langen Moment sah er mir in die Augen. Mein Körper wurde mit jeder Sekunde leichter, bis ich das Gefühl hatte, über dem Boden zu schweben.

Dann legte er die Hand auf die Mauer. Nur Zentimeter von meiner entfernt. Ich müsste bloß ein Stückchen die Finger ausstrecken …

Oh. Sicher wartete er auf eine Antwort.

»Ich hätte nichts dagegen. Ich bin gerne hier. Und besonders gerne mit …« Ich verschluckte den Rest des Satzes. O Gott. Fast wäre es mir rausgerutscht. »… mit … den vielen hübschen Lichtern da unten.«

Matteo kniff irritiert die Augen zusammen und wandte sich dann wieder dem Ausblick zu.

Mist! Was redete ich für einen Quatsch? Toll gemacht, Letti. Schon wieder ein zerstörter Moment.

»Vermisst du es manchmal?«, fragte er plötzlich.

»Was?«

»Das Eislaufen. Irgendwie ist mir das nicht aus dem Kopf gegangen. Du hast gesagt, deine Eltern haben dir deine Leidenschaft zerstört. Das heißt, irgendwann war da mal etwas, das du daran geliebt hast. Und wie du gerade von deiner Kondition gesprochen hast …« Er sah mir in die Augen, doch es fiel mir schwer, seinem intensiven Blick standzuhalten. »Ich hab gerade nur darüber nachgedacht, wie ich mich fühlen würde, wenn ich mein liebstes Hobby aufgeben müsste. Oder wenn mir jemand verbieten würde, Weihnachten zu feiern. Ich bin mir sicher, ich würde echt hart damit zu kämpfen haben.«

»Ich weiß nicht. Ich glaube, ich brauche noch ein bisschen Abstand, um mir darüber klarzuwerden. Im Moment bin ich einfach noch zu wütend.«

»Verstehe. Aber … du bist doch niemand, der sich von anderen reinreden lässt, wie er zu sein hat. Was er mögen darf und was nicht.« Er deutete auf mein Outfit, und ich sah automatisch an mir hinunter.

Ich verstand sofort, was er meinte. Aus unserem letzten Treffen hatte ich gelernt. Heute hatte ich mir nicht die Mühe gemacht, mich zu verkleiden, wie ich es aus Hollywoodfilmen kannte. Ich trug mein übliches 5-Schichten-Outfit. Nicht sexy, aber warm und kuschelig.

»Mich kümmert es recht wenig, was andere von mir erwarten … und ich lebe damit ziemlich gut.« Er zwinkerte mir zu, woraufhin mir gleichzeitig Hitze in den Kopf schoss und sich überall Gänsehaut ausbreitete.

»Aber in diesem Fall ist es leider nicht so simpel. Ich kann nicht einfach beschließen, dass es mir egal ist und ich Eislaufen wieder gut finde. Dazu ist zu viel passiert, aber … ja. Irgendwie hast du auch recht.« Ich machte eine Pause. Dann drehte ich mich zu ihm und grinste herausfordernd zu ihm hinauf. »Ich werde mir zum Beispiel nie von dir einreden lassen, dass ein quietschbunter Weihnachtsbaum hübsch ist.«

Doch zu meiner Überraschung erwiderte er mein Grinsen diesmal gar nicht.

»Solltest du auch nicht. Sonst könnten wir uns nur noch halb so gut darüber streiten.«

»Wir finden sicher noch genug andere Themen. *Last Christmas* und deine Gesangskünste zum Beispiel.«

Sein Blick brachte mich zum Verstummen. Denn in seinen blauen Augen lag mit einem Mal ein Strahlen, gegen das selbst der Ausblick verblasste.

Mein Herz beschleunigte seinen Takt und ließ mich noch ein paar Zentimeter höher schweben.

»Du bist echt …« Er stockte. Doch gleichzeitig breitete sich ein so warmes Lächeln auf seinen Lippen aus, dass alles in mir aufglühte wie ein Kaminfeuer. »… einfach nur Letti.«

Waren das nicht meine Worte gewesen, als ich mich bei ihm vorgestellt hatte? Das hatte er sich gemerkt?

Seit einiger Zeit wusste ich, dass das alles war, was ich sein wollte. Nicht mehr und nicht weniger. Es war der Grund, warum ich mir die Haare abgeschnitten und mir den Job in der Klinik gesucht hatte.

Doch zum ersten Mal zweifelte ich daran, ob es genug war. Genug für einen Jungen wie ihn. Denn plötzlich wurde mir bewusst, dass er so viel mehr für mich war als einfach nur Matteo.

»Und das findest du …«

Er trat einen Schritt näher. Unsere Fingerspitzen berührten sich. Am liebsten hätte ich mir sofort den Handschuh ausgezogen, um seine Haut auf meiner zu spüren. Doch sein Blick hielt mich erneut gefangen. Ich war unfähig, mich zu bewegen. Jede falsche Bewegung könnte den Moment wieder zerstören. Dabei wollte ich nichts mehr, als dass er noch näher kam und auch den letzten Abstand zwischen uns überwand.

Seine Hand wanderte über meine Finger, weiter hinauf

bis zu meiner Schulter, und hinterließ trotz der vielen Schichten an jedem Millimeter ein wohliges Kribbeln.

Ich hatte nicht die geringste Ahnung, was ich machen sollte. Noch näher an ihn herantreten? Die Hände ausstrecken, ihn in die Arme schließen? Ich sollte mir nicht den Kopf darüber zerbrechen.

Ich wollte vielmehr jede Sekunde auskosten, jeden Moment für immer festhalten, bevor alles wieder vorbei war.

Ich traute mich kaum zu atmen, doch mein rasendes Herz zwang mich dazu.

»Ich finde das einfach nur perfekt.«

Er hob die Hand sanft an meine Schläfe und strich mir vorsichtig die Bommel meiner verrutschten Mütze aus dem Gesicht. Dann huschte sein Blick zu meinen Lippen.

Die Luft zwischen uns war nicht mehr kalt, sondern schien zu brennen. Vielleicht war es aber auch nur sein warmer Atem, der mein Gesicht streifte und den Duft von Lebkuchen in meine Nase zauberte. Doch da war immer noch zu viel Platz zwischen uns. Mein ganzer Körper sehnte sich nach seiner Nähe.

Instinktiv hob ich das Kinn ein Stück an und schloss die Augen. Und mit einem Mal spürte ich seine Lippen auf meinen.

Ohne zu zögern, erwiderte ich seinen Kuss und schwebte nun endgültig. Gleichzeitig drohte mein Herz meinen Brustkorb zu sprengen. Noch nie hatte ich mich so lebendig gefühlt. So frei, und gleichzeitig so sicher. Er schloss seine Arme fest um mich und gab mir den Halt, den ich dringend benötigte. Denn meine Knie waren so weich, dass ich befürchtete, sie könnten jeden Moment unter mir nachgeben. Trotzdem wich ich keinen Millimeter zurück, drückte meine Lippen noch ein wenig fester gegen seinen Mund, bis ich die Lebkuchensüße schmeckte. Ich wollte nie wieder etwas anderes machen, für immer in seinen Armen bleiben und auf keinen Fall diese unglaubliche Wärme in meinem Inneren loslassen.

Und zum Glück schien es ihm genauso zu gehen.

Irgendwann lösten sich unsere Lippen zwar voneinander, doch seine Umarmung blieb warm und fest. Er legte die Stirn gegen meine und gab uns einen Moment zum Verschnaufen.

»Unglaublich. Du schmeckst ja wirklich nach Lebkuchen«, rutschte es mir heraus, und ich bereute es sofort.

Er zog seine Stirn zurück, lachte und nahm einen Arm von meinem Rücken. Ich wollte schon protestieren, als er in seine Jackentasche griff und etwas hervorzog.

Grinsend streckte er mir einen leicht zerquetschten, halb gegessenen Schokolebkuchen in einer Plastikhülle entgegen.

Ich starrte eine Sekunde lang ungläubig darauf. Dieser Kerl war wirklich verrückt. Ich konnte nicht anders, als laut loszulachen. Sofort steckte ich Matteo damit an.

Doch dann zog er mich wieder näher an sich und brachte mich mit einem weiteren Kuss zum Verstummen. Schließlich versank ich endgültig in purem Glück.

14. Matteo

19 Tage bis Weihnachten

Letti rutschte unruhig neben mir auf dem Sitz herum und studierte die Haltestellen, die auf der Anzeigetafel des Busses aufleuchteten. »Jetzt verrat es mir doch endlich. Wo fahren wir hin?«

Ihre freudige Aufregung sprang auf mich über. Ich konnte es kaum erwarten, ihr Gesicht zu sehen, wenn wir ankamen. Sie würde bestimmt nicht sofort begeistert sein. Aber dafür würde ich schon noch sorgen.

Ich presste demonstrativ die Lippen aufeinander und schüttelte den Kopf.

Sie zog einen Schmollmund und sah damit nur noch süßer aus. »Bitte! Ich hab keine Ahnung, wo wir sind. Ich wusste nicht mal, dass es Busse gibt, die so weit aus der Stadt rausfahren.«

Ich sah über ihren Kopf hinweg nach draußen. Felder und Bäume zogen an uns vorbei. »Ich war hier auch noch nie.«

»Das macht ja Mut. Wir werden uns also im Wald verlaufen. Aber du hast sicher wieder genug Lebkuchen in der Tasche, damit wir ein paar Tage überleben können.«

»Das werde ich mir jetzt den Rest meines Lebens anhören dürfen, hm?«

»Klar. Ist doch auch praktisch. Aber wenn wir mal Strandurlaub machen, wäre es cool, wenn du auf die ohne Guss umsteigst. Sonst sind deine Taschen voll mit geschmolzener Schokolade.« Sie funkelte mich herausfordernd an.

Ich ging nicht weiter darauf ein, sondern beugte mich zu ihr und gab ihr einen sanften Kuss. Ihre weichen Lippen und ihre Worte wirbelten meine Gedanken ordentlich durcheinander. Hatte sie das gerade wirklich gesagt? Sie dachte schon über gemeinsame Strandurlaube nach?

Ich musste unseren Kuss unterbrechen, weil sich ein dickes Grinsen den Weg auf meine Lippen bahnte.

Sie gab ein wohliges Seufzen von sich, lehnte den Kopf gegen meine Schulter und kuschelte sich an meinen Arm.

Ich starrte auf unsere Spiegelung in der Scheibe und konnte es kaum glauben. Pures Glück flutete meine Adern und ließ meinen ganzen Körper kribbeln. Wir sahen aus wie ein richtiges Pärchen. Abgefahren. Wie war das so schnell passiert? Und was fand sie nur an mir?

Sie hatte mich rumspinnen gesehen. Fluchen, weinen, sogar meine Kämpfe mit mir selbst. Das Entsetzen in ihren Augen, als ich die Spitze vom Wunschbaum gestoßen hatte, war mir nicht entgangen. Trotzdem lehnte sie hier an mir, als wüsste sie nicht, wozu ich in meinen schlimmsten Momenten fähig war. Verstand sie mich wirklich so gut, wie es sich anfühlte? Oder verdrängte sie nur meine schlechten Seiten?

Nach ein paar Minuten riss mich die automatische Durchsage aus meinen Gedanken. Ich streichelte ihr übers Haar und drückte ihr einen Kuss auf den Scheitel. »Hier müssen wir raus.«

Der Bus entließ uns auf die Hauptstraße eines kleinen Dorfes, in dem ich noch nie zuvor gewesen war. Wir waren die Einzigen, die ausstiegen, und die Straßen schienen menschenleer. Sofort begann ich zu schwitzen. Hatte ich falsch recherchiert? Ich zog mein Handy hervor, um nochmal zu checken, ob wir richtig waren und in welche Richtung wir gehen mussten.

»Und jetzt? Gehen wir ein paar Kühe melken?«, fragte Letti schmunzelnd und betrachtete das Straßenschild, auf dem ich keinen einzigen Namen wiedererkannte. Aber die Screenshots, die ich gemacht hatte, gaben mir meine Sicherheit zurück.

»Da lang«, antwortete ich nur, nahm ihre Hand und zog sie sanft in Richtung des Dorfplatzes. Mein überdimensionierter Rucksack zog an meinen Schultern, als hätte ich ihn mit Steinen gefüllt. Zum Glück dauerte es nicht lange, bis mir der Duft heißen Glühweins und gebrannter Mandeln in die Nase stieg.

Letti reckte ebenfalls die Nase in die Luft und schnupperte. Dann sah sie skeptisch zu mir hinauf, doch ihre Mundwinkel zuckten verdächtig. »Sag bloß, wir sind wegen einem Weihnachtsmarkt über eine Stunde hier rausgefahren? Gibt es davon in Nürnberg denn nicht genug? Mein Gott, ich hätte es wissen müssen.« Zu meiner Erleichterung lachte sie.

»Das ist nicht einfach nur irgendein Weihnachtsmarkt. Lass dich überraschen. Du wirst ihn lieben.«

»Gibt es denn eine Rockband und einen Schießstand, bei dem man kleine Weihnachtsmänner umlegen kann? Ich glaube kaum.«

Wir wechselten in eine Seitenstraße und durchquerten einen Bogen aus Tannenzweigen und Lichterketten.

Kleine Holzbuden, die ebenfalls mit Tannenzweigen geschmückt waren, waren so auf dem Dorfplatz arrangiert, dass verwinkelte Gassen entstanden. In deren Mitte ragte eine riesige Eiche empor. An den Dächern der Stände hingen Laternen mit echten Kerzen darin, und ich wünschte mir sofort, wir wären am Abend hergekommen und nicht bei Tageslicht. Sie würden den Markt sicher in stimmungsvolles Licht tauchen.

Am anderen Ende des Platzes sang Dean Martin *Rudolph, the Red-Nosed Reindeer*, untermalt von lautem Kinderlachen, das aus einer Seitengasse herüberwehte. Obwohl ich neugierig auf das Highlight des Marktes war, wollte ich Letti damit nicht überrumpeln. Also führte ich sie in einen der Gänge, um sie erst in die richtige Stimmung zu bringen.

Ich zog mein Handy hervor und zeigte Letti die Fotos der letzten zwei Wunschzettel, die ich vorhin gemacht hatte.

»Die Legoburg werden wir kaum besorgen können – erst recht nicht hier. Und ein Saxofon?« Sie schüttelte den Kopf, und ihre Schultern sackten ein Stück nach unten. »Wir hätten den Kindern wirklich ein paar Sachen zur Auswahl geben müssen. Oder die Eltern mit einbeziehen, damit sie nur Sachen aufschreiben, die erfüllbar und nicht so teuer sind. Ich will nicht, dass irgendwer enttäuscht ist.

Aber ich hab auch nicht genug Ersparnisse, um das alles aus eigener Tasche zu zahlen.«

»Wer sagt denn, dass das teuer sein muss? Wo bleibt denn deine Kreativität?«, fragte ich und drückte sanft ihre Hand. »Das Saxofon kriegen wir hier.«

Sie sah mich mit zusammengekniffenen Augen an, als würde sie versuchen, meine Gedanken zu durchleuchten. »Eins aus Holz? Das ist bestimmt nicht das, was Darja erwartet.«

»Nein, besser. Du wirst schon sehen.«

Wir schlenderten zwischen den Buden entlang. Mir entging nicht, wie Letti an einem der Dekostände langsamer wurde und einen glitzernden Schneeflocken-Anhänger betrachtete, der sich im Wind drehte. Ich konnte mir meinen Kommentar gerade so verkneifen, jubelte innerlich jedoch. Wir waren auf einem guten Weg. Auch, wenn sie es noch nicht zugab – langsam schien sie wirklich aufzutauen, was Weihnachten anging.

Am Süßigkeitenstand hielt sie sogar an, um sich gebrannte Mandeln zu kaufen. Ich traute meinen Augen kaum.

Sie öffnete sofort die Tüte, steckte sich zwei in den Mund und gab ein zufriedenes »Hmmm« von sich.

»Du isst freiwillig etwas, das nach Weihnachten schmeckt?«, fragte ich verwundert.

»Das schmeckt doch nicht nach Weihnachten«, antwortete sie mit vollem Mund. »Die gibt es auch im Sommer auf dem Volksfest. Das hat gar nichts mit der Jahreszeit zu tun.«

Sie griff erneut in die Tüte, grinste mich an und schob mir dann eine Mandel zwischen die Lippen. Ich genoss

187

die süßen Aromen und protestierte nicht, als sie mich sofort mit einer zweiten fütterte. Aus ihren Fingern schmeckten sie gleich doppelt so gut.

»Ist also doch nicht alles an Weihnachtsmärkten so furchtbar, was?«

»Das hab ich nie behauptet. Ich mag nur keine Menschenmassen und dieses pseudo-besinnliche Getue. Hier ist es eigentlich ganz nett. Total unaufgeregt, nicht so viele Leute – und leckere Mandeln.«

Zwischen potthässlichen Holzengeln, deren aufgemalte Gesichter wirkten, als hätte man sie tagelang gefoltert, und einem Stand für selbstgestrickte Socken entdeckte ich, was ich gesucht hatte.

Letti blieb staunend vor der Holzbude stehen, in deren Auslage es silbern funkelte. »Wow, die sind ja richtig hübsch. Wie hast du das denn gefunden? Funktionieren die auch?« Sie nahm eine kleine Blechflöte hoch und drehte sie zwischen den Fingern.

Die ältere Dame hinter dem Tresen beugte sich zu ihr nach vorne. »Diese Flöte nicht. Die ist zur Dekoration. Aber mit unseren Spielzeugen hier oben kann man richtige kleine Melodien spielen. Nur handgemachte Qualitätsware.«

Sie deutete auf die etwas größeren, goldenen Instrumente, die neben ihr von Haken an der Decke baumelten. Zwischen Trompeten und Posaunen entdeckte ich schnell das kleine Saxofon, dessen Mundstück und Tasten bunt bemalt waren.

Ich zeigte darauf. »Wie viel kostet das hier?«

»Das Saxofon?« Die Verkäuferin lächelte stolz und deutete auf eines neben ihrem Kopf. »Das macht dreißig Euro.«

Letti rutschte das Lächeln aus dem Gesicht. »Das können wir uns nicht leisten«, wisperte sie kaum hörbar in meine Richtung.

»Wir geben Ihnen fünfzehn«, sagte ich bestimmt und sah der Verkäuferin direkt in die Augen.

»Fünfundzwanzig. Weiter kann ich nicht runtergehen. Mein Mann bemalt die Spielzeuge in liebevoller Detailarbeit. Wenn Sie wüssten, wie lange er an so einem Saxofon sitzt!«

Ich zögerte. Die Frau war echt nett, und ich wollte sie nicht abziehen. Andererseits mussten wir sparen, wo wir konnten. Auf der Station gab es immerhin um die zwanzig Kinder, und wer konnte schon sagen, wie viele bis Weihnachten noch dazukamen?

Letti kam mir zuvor. »Das ist schade. Wir sind nämlich von der Nürnberger Kinderklinik ... wir erfüllen die Weihnachtswünsche von kranken Kindern.« Sie bedeutete mir, das Foto von den Wunschzetteln nochmal zu öffnen. »Und wir haben leider nur ein ziemlich kleines Budget.«

Ich hielt der Verkäuferin das Foto vom Saxofonwunschzettels vor die Nase. Sie rückte ihre Brille zurecht und betrachtete es einen Moment lang. Ich wischte nach links und zeigte ihr zum Beweis noch den Wunschbaum in der Klinik. Ihre Augen weiteten sich.

»Das ist ja eine wunderbare Aktion! Na, wenn Sie mir versprechen, es wirklich dafür zu nutzen ...« Langsam drehte sie sich um und löste das kleine Saxofon von der Schnur. Dann hielt sie es Letti entgegen, die jedoch nur verwirrt zwischen der Verkäuferin und mir hin- und her-sah.

»Nehmen Sie es. Ich will nichts dafür. Nur Ihr Wort, dass es bei dem Kind ankommt, das es sich gewünscht hat.«

»So war das nicht gemeint, ich wollte nur ...«, ruderte Letti zurück und zog einen Geldschein aus der Tasche, doch die Dame unterbrach sie und schüttelte vehement den Kopf.

»Auf keinen Fall. Ich will es Ihnen schenken. Als kleine Freude für das Kind und auch als Dankeschön für Sie, dass Sie Ihre Zeit dafür opfern. Andere junge Leute sollten sich ein Beispiel an Ihnen nehmen.«

Ihr anerkennendes Lächeln füllte mein Herz mit Stolz. Letti wollte ihr immer noch den Schein zustecken, doch ich schob langsam ihre Hand zurück und schüttelte dafür der Dame die Hand.

»Vielen, vielen Dank. Und ja, ich verspreche Ihnen, dass es ankommt und Darja den Krankenhausaufenthalt versüßen wird.«

»Das wäre aber wirklich nicht nötig gewesen. Wir ...«

Bevor Letti so lange herumredete, dass wir doch noch den vollen Preis zahlen mussten, verabschiedete ich mich von der netten Verkäuferin. Dann schnappte ich mir das Saxofon und Letti und zog sie vom Stand weg.

»Hast du super gemacht«, sagte ich, als wir uns ein Stück entfernt hatten, und drückte ihr einen Kuss auf die Wange. »So haben wir mehr Geld für die anderen Ge-schenke.«

»Ich hab eher das Gefühl, einen alten, hart arbeitenden

Mann und seine herzensgute Frau ausgenommen zu haben«, murmelte sie.

Es dauerte einige Minuten, bis ich sie davon überzeugt hatte, nicht zurückzugehen und die Verkäuferin mit ihrem eigenen Taschengeld zu bewerfen.

Doch spätestens als wir uns dem Rand des Marktes näherten und eines der beiden Highlights in Sicht kam, vergaß sie, sich zu beschweren. »Ohh, Matteo, schau mal! Hast du das gewusst?« Sie ließ meine Hand los und lief auf den Krippenstall zu. In meiner Brust breitete sich wohlige Wärme aus. Ich hatte gehofft, dass sie so reagieren würde. Wenn sie sich freute, versprühte sie so viel positive Energie, die mich direkt ansteckte.

Ich schloss zu ihr auf, nahm den Rucksack von meinen Schultern und stützte neben ihr die Unterarme auf den Zaun. »Klar, was meinst du denn, warum wir extra so lange hierhergefahren sind?« Einen Moment lang überlegte ich, ihr schon von der zweiten Überraschung zu erzählen. Vielleicht würde sie sich von der Freude über die Tiere mitreißen lassen und gar nicht lange überlegen, was sie von dem Rest halten sollte. Denn ich war mir sicher, sie würde es lieben – wenn sie nur nicht zu sehr darüber nachdachte.

»Es ist so schön! Ich kenne solche Krippen zwar, aber ich hab sie mir nie angeschaut. Das ist meistens richtige Tierquälerei, nur um den Leuten eine kleine Spende aus der Tasche zu ziehen. Aber die haben ja eine riesige Koppel hintendran, und Unterstände. Das ist richtig artgerecht.«

Wieder einmal überraschte sie mich. In ihrem Herzen war offensichtlich Platz für die ganze Welt. Wiederpflanzbare Weihnachtsbäume, kranke Kinder und artgerecht gehaltene Esel – ich konnte noch viel von ihr lernen.

»Also wegen mir müsste auch dieses kitschige Krippenzeug nicht dadrin stehen – aber sieh dir diese Schafe an! Sind die nicht niedlich?!«

Sie streckte ihre Hand aus und machte schnalzende Geräusche mit der Zunge. Die Schafe, die sie anlocken wollte, bewegten sich keinen Zentimeter, sondern kauten weiter gemächlich auf ihrem Heu herum. Die beiden Esel dagegen drehten sich um und setzten sich in Bewegung.

Das trübte Lettis Begeisterung jedoch nicht.

Ich machte lieber einen Sicherheitsschritt nach hinten, als die Tiere sich dem Zaun näherten. »Wow, die sind ja riesig.«

»Hast du Schiss?«, fragte Letti amüsiert. Einer der Esel – oder waren es vielleicht Maultiere? – schnupperte neugierig an ihrer Hand und hinterließ dabei einen Sabberstreifen auf ihrer Haut.

»Höchstens ein bisschen Respekt. Die werden sicher keine gefährlichen Tiere auf den Weihnachtsmarkt stellen. Aber auf die Schleimspur kann ich gut verzichten.«

»Sieht jedenfalls nicht gefährlich aus. Ich hab noch nie einen gestreichelt. Ich wusste gar nicht, dass die so zutraulich sind«, schwärmte sie und tätschelte ihrem neuen Freund den Kopf. Der schien jedoch einen ganz anderen Plan auszuhecken.

Er hob die Schnauze über ihren Kopf und biss herzhaft in Lettis Bommel.

»Hey, das ist meine Mütze! Die kann man nicht essen!«, rief sie und versuchte, den Stoff an ihrem Kopf festzuhalten – vergeblich. Mit einem Ruck löste sich die Mütze. Letti streckte sich danach aus, bekam sie aber nicht zu fassen. Der Esel machte keine Anstalten, sie wieder loszulassen oder sich sonst irgendwie zu bewegen. Er kaute seelenruhig auf der Bommel herum, bis die Mütze ebenfalls von Spuckefäden überzogen war.

Lettis Ausdruck schwankte zwischen Lachen und Verzweiflung.

»Na schön, mein Freund. Das reicht jetzt aber.« Ich kletterte die erste Strebe der hölzernen Absperrung hinauf, um mit ihm auf einer Höhe zu sein. Dann schluckte ich die Angst um meine Finger hinunter, griff nach der Mütze und zog daran. Doch dieser bescheuerte Esel wollte nicht nachgeben.

»Der hat verdammt viel Kraft«, stöhnte ich.

»Du auch. Die reißt gleich auseinander!«

Widerwillig gab ich nach. Mist. Ich hätte sie ihr gerne zurückerobert. Jetzt stand ich da wie ein Idiot.

Plötzlich kam mir jedoch eine andere Idee. Vielleicht hatte ich wirklich noch die Reste des Lebkuchens von neulich dabei? Natürlich würde ich den Esel nicht mit Schokolade füttern. Aber zur Ablenkung wäre so ein Lebkuchen sicher nicht schlecht …

Ich steckte die Hand in die Jackentasche. Kein Lebkuchen. Lediglich die Plastikverpackung. Mist. Genervt zerknüllte ich sie und wollte die Hand schon wieder herausziehen, als der Esel plötzlich aufhörte zu kauen und mich aus seinen tiefen schwarzen Augen beobachtete.

Natürlich. Warum war ich nicht gleich darauf gekommen?

Ich raschelte immer lauter mit der Plastiktüte, bis er

endlich noch näher kam und die vermutlich sehr fad schmeckende Mütze zu Boden fallen ließ.

Schnell hob ich sie auf, bevor das Vieh es sich anders überlegen konnte.

»Du bist genial«, meinte Letti.

»Ich kann nicht behaupten, dass das geplant war. Aber du kannst dir sicher sein, dass ich so schnell nicht mehr ohne einen Not-Lebkuchen das Haus verlassen werde. Hilft offensichtlich sogar gegen durchgedrehte Esel.«

Ich wollte ihr die tropfende Mütze in die Hand drücken, doch sie verzog angewidert das Gesicht. »Danke, aber die kannst du erstmal behalten. Ist in deinem Rucksack nicht noch Platz?«

»Ich kann sie bestimmt noch irgendwo mit reinquetschen«, antwortete ich und entschied mich, sie vorsichtig in die Seitentasche zu schieben.

Sie verabschiedete sich kopfschüttelnd von dem Esel, der uns immer noch anstarrte. Dann zogen wir weiter.

Letti wollte in den nächsten Gang einbiegen, doch ich lenkte sie in eine andere Richtung.

»Wir sind nicht wegen der Blechinstrumente hergefahren. Die gibt es auf dem Christkindlesmarkt auch. Und das mit den Tieren war nur ein nettes Extra.«

Sie sah mich verwirrt an. »Sondern?«

»Ich denke, der eigentliche Grund versteckt sich dahinten.« Ich führte sie zwischen zwei Häusern in eine Gasse. Die Kinderstimmen und die weihnachtliche Musik wurden immer lauter. Mit einem Mal stieg die Aufregung in mir hoch, und ich zupfte nervös am Reißverschluss meiner Jacke. Langsam war ich mir gar nicht mehr so sicher, ob das eine gute Idee gewesen war oder ob ich sie damit nicht eher überrumpelte.

Wir folgten der Gasse in einem leichten Bogen, bis am Ende ein weiterer Platz in Sicht kam – und die kleine Eislaufbahn. Einige Kinder und Erwachsene schlitterten auf dem Eis hin und her, während andere mit einem Glühwein in der Hand am Rand lehnten und ihnen dabei zusahen.

Plötzlich bemerkte ich, dass Letti nicht mehr neben mir war. Verwirrt drehte ich mich um.

Sie stand wie angewurzelt einige Meter hinter mir und starrte in Richtung der Eislaufbahn. Ihre Nasenflügel bebten.

Na super. Begeisterung war das definitiv nicht.

Einen Moment lang wollten sich meine Füße ebenfalls nicht vom Fleck bewegen. Was jetzt? Sollte ich sie einfach wieder bei der Hand nehmen, sie mit mir ziehen und zu ihrem Glück zwingen? Das fühlte sich falsch an. Sie musste sich schon selbst dazu entscheiden.

»Was ist los?« Endlich schaffte ich es, ein paar Schritte auf sie zuzugehen. Ich hob die Hand und wollte ihr den Arm um die Schulter legen. Das brachte sie immerhin dazu, sich aus ihrer Starre zu lösen – allerdings nur, um meine Hand abzuschütteln.

»Was … was los ist?«, fragte sie und sah mich mit offenem Mund an. Eigentlich liebte ich ihre braunen Augen und die Wärme, die stets darin lag. Doch plötzlich wirkten sie dunkel und glanzlos.

Was hatte ich getan? Mein Magen zog sich schmerzhaft zusammen. »Du hast gesagt, dass du das Eislaufen mal geliebt hast … da hab ich gedacht, wenn wir vielleicht ganz ohne Druck zusammen …«

»Hast du mir überhaupt eine einzige Sekunde zugehört?!«, rief sie so laut, dass man es sicher bis zur Eislauffläche gehört hatte.

Erschrocken machte ich einen Schritt zurück. »Natürlich. Deswegen ja.«

»Quatsch. Wenn du auch nur ein einziges Mal zugehört hättest, wüsstest du, dass du mir damit keine Freude machst. Ganz im Gegenteil. Ich hab dir doch alles erzählt. Hab dir meine ganzen Probleme und Sorgen vor die Füße geworfen. Und das ist es, was du daraus mitgenommen hast?«

Schmerz und Wut kämpften in ihrem Gesicht miteinander. Ihre Nasenflügel bebten immer stärker, und sie presste die Lippen so fest aufeinander, dass ihre Kiefermuskeln hervortraten.

Ihr Anblick war kaum auszuhalten. Und es war meine Schuld. Ich musste flach atmen, damit mein Herz nicht mehr so in meinen Bauch hineinhämmerte und mir noch schlechter wurde.

»Auf der Burg … da hast du gesagt, du bist dir nicht sicher, ob du es vielleicht vermisst. Also wollte ich es mit dir ausprobieren. Warum denn auch nicht?«

»Warum nicht?!« Sie schnaubte. »Vielleicht, weil es mich an den ganzen Mist erinnert, den ich in den letzten zehn Jahren erlebt habe?«

»Das wollte ich nicht. Aber wieso bist du dir da so sicher? Vielleicht macht es ja hier draußen ohne Zwang wieder Spaß. Das kannst du doch nicht wissen, wenn du es nicht ausprobiert hast.«

»Du musst doch gemerkt haben, dass mir das Thema wehtut. Ich hab doch deutlich gemacht, das ich Zeit brauche …«

Ich rang um Worte. Das hatte ich sicher nicht gewollt. Natürlich hatte ich gemerkt, dass das Eislaufen seine Wunden bei Letti hinterlassen hatte. Doch ihre Signale waren für mich zwiegespalten gewesen – ich war mir so sicher, dass ein Teil ihres Herzens immer noch daran hing. Ich hatte nur helfen wollen, diesen Teil wiederzufinden.

»Letti … es tut mir wirklich leid. Ich wusste nicht, dass dich das so unter Druck setzt. Ich dachte, zwischen Kindern auf einem Weihnachtsmarkt herumzuschlittern wäre genau das Richtige. Ohne Trainerin, ohne Wettbewerbe oder Shows. Einfach nur das tun, was du willst und was dir Spaß macht.«

»Warum hast du mich nicht vorher gefragt? Dann hättest du nämlich wissen müssen, dass das alles andere als eine schöne Überraschung ist.«

Ihre Worte bohrten sich wie eine Faust in meinen Magen.

»Und was denkst du eigentlich, was ich damit bezwecken wollte? So, wie du redest, klingt das, als wäre ich hier mit dir rausgefahren, um dir wehzutun und dich zum Weinen zu bringen.«

Jetzt war sie es, der die Worte fehlten. Sie öffnete den Mund, um etwas zu erwidern, schwieg dann jedoch und sah zu Boden. Völlig überfordert stand ich ihr gegenüber und wusste nicht, was ich tun sollte.

»Ich glaube, ich brauch jetzt einfach mal einen Moment für mich … zum Nachdenken«, murmelte sie so leise, dass

197

ich Mühe hatte, sie zu verstehen. Dann drehte sie sich um und lief in die Gasse zurück.

In meinen Beinen zuckte es. Ich wollte ihr hinterherlaufen. Doch dieses Mal waren ihre Worte unmissverständlich gewesen, und ganz offensichtlich war ich derjenige, der Schuld an ihrem aufgewühlten Zustand hatte.

Sie verschwand hinter der Biegung.

Wahrscheinlich war es besser, auf sie zu hören und ihr wirklich ihren Freiraum zu geben. Oder hatte sie das nur vorgeschoben? Lief sie gerade auf direktem Weg zum Bus zurück und ließ mich hier alleine stehen? Doch selbst wenn das so war, hatte ich es wohl nicht anders verdient. Verdammt, das Letzte, was ich gewollt hatte, war, sie zu verletzen. Diesen Nachmittag hatte ich mir ganz anders vorgestellt.

Ich überlegte, zum offiziellen Teil des Weihnachtsmarkts zurückzugehen, damit sie nicht sofort wieder mit dem Thema konfrontiert werden würde, wenn sie zurückkam. Aber nachdem wir keinen Treffpunkt vereinbart hatten, beschloss ich, an der Eislaufbahn auf sie zu warten.

Ich lehnte mich wie die anderen Besucherinnen und Besucher an die Absperrung der Bahn und sah einem kleinen Mädchen im Pinguin-Overall dabei zu, wie sie versuchte, rückwärtszufahren. Unter anderen Umständen hätten mich ihre Versuche zum Schmunzeln gebracht. Doch nun konnte ich an nichts anderes denken als daran, wie leichtsinnig ich Letti mit meiner Idee verletzt hatte.

Minuten verstrichen. Minuten, in denen ich immer mehr die Hoffnung verlor, dass sie zurückkommen würde. Wahrscheinlich hatte ich durch meinen dämlichen Versuch, sie aus ihrem tiefen Loch herauszuziehen, unsere noch so frische Beziehung ruiniert. Zwei Tage. Den Rekord konnte nicht einmal Mama toppen.

Auch die besinnliche Weihnachtsmusik, die im Hintergrund blechern aus den Lautsprechern schallte, konnte mich nicht beruhigen. Plötzlich riss mich das Ratschen eines Reißverschlusses aus meinen Gedanken. Gleichzeitig bewegte sich der Rucksack auf meinen Schultern. Alarmiert fuhr ich herum.

Letti stand hinter mir. »Keine Sorge, ich klau dir nichts. Dreh dich wieder um, so komm ich nicht ran.«

In mir tobte eine Mischung aus Freude und Verwirrung. »Was hast du vor?«

»Es möglichst schnell hinter mich bringen. Was sonst?«, antwortete sie, lief um mich herum und machte sich erneut an meinem Rucksack zu schaffen. Er wurde mit einem Mal leicht, als sie den Inhalt hervorzog und mit zwei Paar Schlittschuhen in der Hand neben mir auftauchte.

»Ich hab kapiert, dass das eine blöde Idee war. Tut mir leid. Du musst das nicht machen. Lass uns einfach zurückfahren.«

Ich wollte ihr die Schlittschuhe aus der Hand nehmen, aber sie wich mir aus.

»Doch. Ich muss. Ich lass mir doch nicht von ein bisschen Eis und einem Paar Schlittschuhe Angst einjagen. Da muss ich jetzt drüberstehen«, sagte sie mit fester Stimme. Doch in ihren Augen lag immer noch dieselbe Verunsicherung wie vorhin. Sie musste es nicht aussprechen, damit ich verstand, was das alles in ihr ausgelöst hatte.

Dennoch tat sie es. Kaum hörbar, mehr für sich selbst als für mich. »Ich wollte eigentlich gehen. Aber das fühlt sich falsch an. Als hätten meine Eltern gewonnen.« Mit einem Mal wandelte sich ihre Verunsicherung in feste Entschlossenheit. Sie straffte die Schultern, nickte und stapfte los. Ich folgte ihr zu einer der Bänke neben dem Einlass zur Eislaufbahn und setzte mich neben sie.

»Ich lass mir von Mama und Papa doch nicht alles kaputt machen. Ich werde jetzt aufs Eis gehen. Ohne eine einzige dämliche Pirouette, ohne hässliches Kostümchen. Und heute Abend werde ich ihnen erzählen, wie viel Spaß ich dabei hatte.« Sie riss sich die Stiefel von den Füßen und schlüpfte in den ersten Schlittschuh.

Ich war mir allerdings ziemlich sicher, dass Rache nicht die beste Grundlage war, um zu lernen, mit ihren negativen Erfahrungen umzugehen. »Denkst du wirklich, es hilft dir, ihnen wehzutun?«

Sie hielt in der Bewegung inne und setzte sich auf.

»Ich … weiß nicht. Eigentlich nicht. Aber es fühlt sich fair an. Immerhin haben sie mir auch wehgetan.«

Was hatte ich nur angerichtet? Diese Seite an Letti war mir völlig neu. Wie sollte ich sie jetzt davon abbringen, aufs Eis zu steigen, nachdem ich erst versucht hatte, sie zu überreden? Aber so war das definitiv nicht gemeint gewesen. Ich hatte ihr ein Stück Leichtigkeit wiedergeben und ihr helfen wollen, ihr Weihnachtstrauma zu überwinden.

Mit den Gründen, die sie nun aufs Eis führten, würde es ihr bestimmt nur noch schlechter gehen.

Letti wollte sich gerade wieder nach unten beugen, um sich die Schlittschuhe zuzubinden, als ich nach ihrer Hand griff und sie sanft drückte.

»Du bist besser als das. Du hast es doch nicht nötig, jemandem wehzutun, um dich besser zu fühlen.« Ich sah ihr so tief in die Augen, dass ich das Gefühl hatte, direkt in ihre Seele blicken zu können. Ihre Emotionen waren so greifbar, dass es mich all meine Kraft kostete, nicht in ihnen zu versinken und ruhig weiterzusprechen. Was sie fühlte, war mir alles andere als fremd. Verdammt, ich kannte diesen ganzen Mist besser, als ich zugeben wollte.

Doch gerade ging es nicht um mich. Ich durfte nicht emotional werden. Ich musste ruhig und vernünftig bleiben. Für sie.

»Die Letti, die ich kennengelernt habe, sorgt leidenschaftlich gerne dafür, dass es anderen gut geht.« Statt etwas zu erwidern, schluckte sie nur und sah weg. Nachdenklich beobachtete sie die Kinder auf der Eislaufbahn.

»Es wird dich kein bisschen glücklicher machen, dich an irgendwem zu rächen. Glaub mir, ich weiß, wovon ich rede.«

Sie zog die Brauen nach oben, doch ich ließ gar nicht erst zu, dass sie eine Gegenfrage stellte. »Dein Kopf ist immer bei den anderen. Egal ob bei Mila, den anderen Kindern in der Klinik oder jetzt bei deinen Eltern. Dabei solltest du dich auch darauf konzentrieren, was du willst. Das ist das Einzige, was dich wirklich glücklich machen kann.«

»Wow. Hast du zu viele Glückskekse gegessen?« Sie lachte leise, massierte sich dann aber langsam die Stirn und starrte dabei auf die Kufen unter ihren Füßen. »Das ist manchmal gar nicht so einfach, wenn man bisher nur existiert hat, um es anderen recht zu machen. Ich hab jahrelang gedacht, die Leute sehen mich nur, wenn ich das tue, was sie von mir erwarten. Wenn ich dafür sorge, dass es ihnen besser geht. Meistens war es das Eislaufen, das Mama und Papa und meine Trainerin glücklich gemacht hat. Aber du hast recht. Ich muss mich vor allem um mich selbst kümmern. Und das versuche ich auch seit ein paar Monaten. Doch manchmal hab ich eben das Gefühl, ich muss dabei ... laut sein. Damit mich niemand übersieht und alles wieder von vorne anfängt.«

»Ich sehe dich, Letti, egal wie laut oder leise du bist. Und da bin ich sicher nicht der Einzige.« Ich hob die Hand und strich ihr sanft über die Wange, die vor Kälte und Aufregung rot geworden war.

Ein zartes Lächeln breitete sich auf ihren Lippen aus.

»Und wenn ich es jetzt trotzdem ausprobieren will? Ohne Rachepläne, einfach nur, weil ich wissen will, was passiert?« Sie deutete auf die Eislauffläche.

Ich erwiderte ihr Lächeln. »Dann werde ich dich nicht aufhalten.«

Innerhalb von Sekunden hatte sie ihre schneeweißen Schlittschuhe kunstvoll geschnürt, während ich noch versuchte, meine eng genug zu bekommen, um nicht nur darin herumzurutschen.

Letti stand auf und vollführte ein paar Dehnbewegungen. »Die sitzen ja perfekt. Woher kennst du meine Schuhgröße?«, fragte sie überrascht.

»Du lässt deine Schuhe auch gerne in der Materialkammer stehen, schon vergessen?«

»Du bist echt unglaublich.« Sie lachte, und mein Herz bewegte sich langsam wieder an den richtigen Fleck zurück. Hatten meine Worte ihr wirklich geholfen?

Hoffentlich konnten wir diesen ganzen Mist für den Rest des Tages aus unseren Köpfen verbannen. Wir verdienten beide ein bisschen Unbeschwertheit und Spaß.

15. Letti

18 Tage bis Weihnachten

»… doch Eddie hatte einen Plan. Er trommelte die anderen Elche zusammen und erzählte ihnen, was geschehen war. Gemeinsam mit seinem besten Freund …« Milas regelmäßige Atemzüge ließen mich stocken. Ich schielte über den Rand des Buches.

Ihre Augen waren geschlossen, ihr Kopf ins Kissen gesackt. Sie bemerkte nicht einmal, dass ich aufgehört hatte zu lesen. Obwohl sie wie ein schlafender Engel aussah, beunruhigte mich ihr Anblick. Sie war noch nie beim Vorlesen eingeschlafen. Und erst recht nicht bei Eddie Elch, dessen Abenteuer sie immer besonders aufgeregt verfolgt hatte.

So leise wie möglich klappte ich das Buch zu, legte es auf den Beistelltisch und stand auf. Dann beugte ich mich zu ihr nach vorne. Hoffentlich weckte ich sie nicht auf. Aber ich konnte nicht anders. Vorsichtig fühlte ich an ihrer Stirn.

Sie war weder eiskalt, noch glühte sie. Das war schon

mal gut. Trotzdem bildete ich mir ein, dass ihre Haut etwas wärmer war, als sie sein sollte.

Ich schlich mich aus dem Zimmer und zog beinahe lautlos die Tür hinter mir zu. Unschlüssig blieb ich im Flur stehen und beobachtete den Krankenpfleger, der mit einer bunten Tablettendose einige Zimmer weiter verschwand. Sollte ich jemandem Bescheid geben? Frau Möller hatte mir schon an meinen ersten Tagen in der Klinik vor einigen Wochen klargemacht, dass ich mich nicht in medizinische Themen einmischen sollte. Und ich verstand, was sie damit gemeint hatte. Ich hatte keinerlei medizinisches Fachwissen, weder Ausbildung noch Studium. Nicht mal im Bio-Unterricht war ich besonders gut. Wenn mich die Kinder also fragten, wann sie wieder gesund werden würden oder was bei ihrer nächsten Behandlung passierte, lenkte ich sie ab, statt ihnen eine Antwort zu geben und falsche Versprechungen zu machen.

Bestimmt hatten die Ärzte auch schon längst bemerkt, dass Mila in den letzten Tagen nicht so fit war. Aber was, wenn nicht? Wenn sie es vor ihnen gut versteckte, um bald wieder nach Hause zu dürfen?

Ich konnte nicht anders. Ich musste zumindest kurz mit Frau Möller reden und herausfinden, was mit Mila los war.

Bevor ich bei einem der Neuankömmlinge weitermachte, ging ich deshalb zuerst zu Frau Möllers Büro. Einige Meter davor blieb ich jedoch stehen. Die Tür war geschlossen. Das war sie sonst so gut wie nie – nur, wenn Frau Möller nicht mehr in der Klinik war oder ein Gespräch mit ihrem Vorgesetzten hatte.

Ich kam langsam näher und hörte ihre Stimme durch das dünne Material. Sie war also hier.

Wenn ich störte, würde sie mir das schon sagen. Milas Gesundheit ging vor.

Ich klopfte an und schob die Tür einen Spalt breit auf.

Frau Möller brach mitten im Satz ab und sah von ihrem Schreibtisch zu mir herüber. Vor ihr saß ein Mann, der sich im selben Moment zu mir herumdrehte. Er trug einen legeren Anzug und musste wohl um die vierzig sein. Ich hatte ihn hier noch nie gesehen.

»Wir sind hier gleich fertig, aber würdest du bitte noch einen Moment lang draußen warten, Letitia?«, fragte Frau Möller mit einem herzlichen Lächeln.

»Natürlich. Ich wollte nicht stören, tut mir leid.«

Eilig zog ich den Kopf zurück und schloss die Tür wieder. Was ein so fein angezogener Kerl wohl bei ihr wollte? Hoffentlich bekam sie keinen Ärger.

Ich lehnte mich neben der Tür an die Wand. Es lohnte sich kaum, noch zu einem der Kinder zu gehen, wenn sie sowieso gleich fertig war. Danach würden wir uns sonst nur wieder verpassen.

Ich atmete einen Moment lang durch und schloss die Augen. Sofort tauchten wieder die Bilder von gestern auf und zauberten mir ein warmes Gefühl in den Bauch. Matteo, wie er stolz meine zurückeroberte Mütze in die Höhe hielt. Matteo mit wackeligen Beinen auf Schlittschuhen auf dem Eis – ein unendlich tiefer Blick aus seinen funkelnden Augen und das prickelnde Gefühl seiner Lippen auf meinen.

Je länger ich die Augen geschlossen hielt, desto mehr

mischten sich die Stimmen aus Frau Möllers Büro unter meine Gedanken.

»Ich kann mich also nicht beschweren, ganz im Gegenteil«, sagte Frau Möller. »Matteo ist uns eine große Hilfe, und die Kinder lieben ihn. Wenn ich das gewusst hätte, hätte ich ihn schon viel früher zu uns in die Klinik geholt.«

Ich riss die Augen auf. Matteo? Warum redeten sie über ihn?

»Ihr Vertrauen tut ihm gut. Es ist nicht selbstverständlich, dass Sie ihn sogar im Kontakt mit den Kindern einsetzen, das weiß er auch.«

Irritiert blickte ich zur Tür hinüber. Wer war dieser Typ? Und warum sollte Matteo denn keinen Kontakt zu den Kindern haben? Klar, er war hauptsächlich für die Deko und den Weihnachtskram hier. Aber warum sollte er nicht auch direkt bei den Kids Weihnachtsstimmung verbreiten? Sein Auftritt als Nikolaus war grandios gewesen – und alle hier konnten sehen, wie sehr er es liebte, die Kleinen zu überraschen und sie zum Strahlen zu bringen.

Ich schob mich ein Stück näher an die Tür, um besser verstehen zu können, was sie sagten.

»Normalerweise würde ich auch davon abraten, jemanden von uns bei den Kindern einzusetzen«, fuhr der Mann fort. »Einerseits besteht trotz allem ein gewisses Risiko. Und andererseits – was eigentlich der entscheidende Punkt ist – sind meine Jungs meistens nicht in der Lage, als gute Vorbilder für die Kinder zu agieren. Da müsste man die Entscheidung den Eltern überlassen. Und die wollen sicher nicht, dass ihr Kind mit einem vorbestraften Jugendlichen spielt, der nichts anderes im Sinn hat, als möglichst schnell seine Sozialstunden hinter sich zu bringen.«

Was? Ich musste mich verhört haben. Es konnte nicht um Matteo gehen. Das Blut begann in meinen Ohren zu rauschen. So laut, dass ich Mühe hatte, seine nächsten Worte zu verstehen. »Aber bei Matteo ist das etwas anderes. Er hat sich die Stelle ja selbst gewünscht, um seine Stunden abzuarbeiten, und ich hab auch nicht daran gezweifelt, dass er ...«

Die nächsten Worte gingen unter meinem hämmernden Herzschlag unter. Meine Knie zitterten mit einem Mal unkontrolliert und wurden mit jeder Sekunde weicher. Ich stützte mich mit den Händen an der Wand ab, damit sie nicht unter mir nachgaben. Doch mein ganzer Körper bebte unkontrolliert.

Nein. Nein.

Das konnte nicht sein. Matteo ... ein vorbestrafter Krimineller? Sozialstunden?

Jeder Schlag riss einen Fetzen aus meinem Herzen. Doch ich konnte nichts weiter tun, als einfach dazustehen und mich anzustrengen, weder umzukippen noch in Tränen auszubrechen. Wie gelähmt starrte ich auf die weiße Wand gegenüber.

Was hatte er getan? Hatte er jemanden bedroht? Hatte er eine Tankstelle ausgeraubt, dem Kassierer eine Waffe an den Kopf gehalten? Hatte er womöglich vielleicht sogar jemanden ...

Ich schlug mir die Hand vor den Mund, um nicht laut loszuschluchzen.

In meinem Kopf sprangen die Gedanken umher wie tausende kleine Hagelkörner. Jeder davon stach, drückte, schmerzte. Doch langsam verschmolzen sie immer mehr zu einem großen Ganzen.

Mit einem Mal sah ich es.

Sah Matteo, wie er mit dunkler Kapuze an der Tür zur Abstellkammer stand – und sie in Sekundenschnelle knackte, als hätte er nie etwas anderes gemacht. Natürlich hatte er keinen Schlüssel gehabt. Er brauchte auch gar keinen.

Ich sah, wie er nur wegen eines Telefonklingelns beim Schmücken die Nerven verlor, losschrie. Die Scherben. Sein wutverzerrtes Gesicht.

Wie er mit einem breiten Grinsen das große Messer aus der Lederhülle zog.

Die Wand gegenüber verschwamm vor meinen Augen. In meinem Kopf dagegen war alles plötzlich so klar wie noch nie.

Es ergab Sinn. Jedes einzelne Detail.

Und ich war so dumm gewesen und hatte es nicht gesehen. Hatte all die Warnzeichen ignoriert. Er hatte mich völlig um den Finger gewickelt. Damit ich gar nicht erst auf die Idee kam, irgendwas davon zu hinterfragen.

Mein Gott, Letti, wie naiv bist du eigentlich?

Schlagartig erinnerte ich mich an all die Momente, in denen ein leiser Zweifel in mir aufgeflammt war. Warum hatte ich alle Bedenken immer sofort beiseitegeschoben? Warum hatte ich nicht auf meinen Instinkt gehört?

Mein Körper war mit all den Emotionen, die mich überrollten, völlig überfordert. Entsetzen und Trauer mischten sich mit Wut. Wut über mich selbst und mein blindes Vertrauen. Wut auf Matteo, dass er so ein verfluchtes Arschloch war, ohne mir ein Wort davon zu sagen. Und sogar Wut auf Frau Möller, die mit ihm unter einer Decke zu stecken schien und mir ebenso seine wahre Vergangenheit verschwiegen hatte wie er.

Sie alle hatten mir die Möglichkeit genommen, selbst zu entscheiden, ob ich mich in einen verdammten Kriminellen verlieben wollte oder lieber auf Abstand ging. Die Wut schickte so viel Energie durch meinen Körper, dass ich gar nicht wusste, wohin damit. Doch wenigstens hatten meine Knie dadurch aufgehört, zu zittern.

Ich musste hier raus. Sofort.

So schnell mich meine Beine trugen, lief ich zur Kammer, wechselte mit schweißnassen Fingern meine Schuhe und schmiss mir die Jacke über. Dabei vermied ich es, in die Regale zu sehen. Jede Deko, jedes Detail hier drin erinnerte mich an Matteo und seine fanatische Weihnachtsliebe. Wie passte das überhaupt zusammen? Und wie konnte Frau Möller ihn nur in die Nähe der Kinder lassen?

Ich flüchtete aus der Kammer, lief schnellen Schrittes den Flur hinunter bis zum Treppenhaus. Weiter hinten öffnete sich eine Tür, und die Stimme des Mannes hallte von den Wänden wider, während er sich von Frau Möller verabschiedete. Ich legte nochmal ein wenig Tempo zu. Das Letzte, was ich gerade wollte, war, von ihr gesehen und aufgehalten zu werden. Ich konnte nicht mit ihr reden. Nicht jetzt. Ich brauchte Zeit.

Ich blinzelte die Tränen zurück, damit ich die Stufen wenigstens sah und nicht auch noch hinfiel, denn meine Beine hatte ich nicht wirklich unter Kontrolle. Jeder Schritt ließ mein Herz noch schneller rasen. Ich konzentrierte mich auf jede Stufe, jeden Absatz, versuchte meine Gedanken auf die Bewegung zu lenken. Alles andere, das sich aus meinem Unterbewusstsein hervordrängen wollte, war zu schwer, zu erdrückend. Wie sollte ich das aushalten?

»Hey, wo willst du denn hin?« Matteos Stimme jagte mir eine Gänsehaut über den Rücken. *Nein ... bitte nicht. Nicht jetzt.*

Ich riss den Blick von meinen Füßen los. Er war noch am Treppenabsatz unter mir, nahm jedoch zwei Stufen auf einmal und grinste dabei zu mir herauf. Für einen Moment verlangsamte sich mein Herzschlag. Als würde mein Körper mir sagen wollen, dass jetzt alles wieder in Ordnung war. Nur, weil er hier war. Weil er mich in den Arm nehmen könnte, mich beruhigen und mir den Schmerz nehmen. Aber das war falsch. Was ich gehört hatte, konnte kein Missverständnis sein. Er hatte mich angelogen und hintergangen. Das konnte er nicht mit einer einfachen Umarmung oder einem Kuss wiedergutmachen. Deswegen durfte ich nicht so fühlen. Nie wieder.

Mit einem Mal verweigerten meine Füße ihren Dienst. Ich blieb wie festgefroren stehen und klammerte mich am Geländer fest. Erneut spürte ich die Tränen hinter meinen Lidern drücken. Sein Anblick war mehr als verwirrend. Er war immer noch einfach nur Matteo.

Aber was hatte ich auch erwartet? Dass er sich plötzlich eine Maske vom Gesicht reißen würde und darunter eine schaurige, entstellte Fratze mit blutigen Narben und nachtschwarzen Augen zum Vorschein kam?

Sosehr ich mich auch anstrengte – als sich unsere Blicke trafen, konnte ich nichts Böses in seinen Augen erkennen. Dafür schlug sein Lächeln sofort in Sorge um. War sie echt? Konnte sie das überhaupt sein? Oder hatte er mich die ganze Zeit belogen?

Zwei Stufen unter mir blieb er schließlich stehen und sah erschrocken zu mir hinauf. »Was … Letti, was ist denn los?«

16. Matteo

18 Tage bis Weihnachten

Letti sah aus, als wäre sie gerade dem Tod höchstpersönlich begegnet. Und vielleicht war sie das sogar? Wir waren hier immerhin in einem Krankenhaus. Hoffentlich war keinem der Kinder etwas zugestoßen.

Sie reagierte nicht auf meine Frage. Sie starrte mich nur wortlos an, während sich ihre Augen langsam mit Tränen füllten und ihre Unterlippe zu zittern begann.

»Letti? Ist was passiert?«, versuchte ich es nochmal und stieg eine weitere Stufe nach oben, bis ich an sie herankam.

Ich streckte die Arme aus und wollte sie vorsichtig an mich ziehen. Doch sie stolperte zurück, stieß gegen die Kante der Stufe und fiel beinahe nach hinten.

Sie fing sich zum Glück schnell wieder, aber wich dabei zwei Stufen zurück.

Panisch huschte ihr Blick zu meinen Händen. »Fass mich nicht an!« Obwohl sie beinahe schrie, wankte ihre Stimme.

Mein Herz setzte einen Schlag aus.

»Okay, okay … mach ich nicht, wenn du das nicht willst. Aber du musst ruhig bleiben und mir sagen, was los ist!«

Sie presste die Lippen aufeinander und schüttelte den Kopf – zuerst langsam, dann immer schneller.

Plötzlich drehte sie sich um und stürmte die Treppen zurück nach oben. Schon wieder. Sofort musste ich an unseren Streit gestern auf dem Weihnachtsmarkt denken. Hatte ich schon wieder etwas falsch gemacht? Oder war sie immer noch wegen gestern sauer?

Diesmal konnte ich sie jedoch nicht einfach gehen lassen. Ich hatte schließlich keinen blassen Schimmer, was los war, und sie schien noch viel aufgewühlter zu sein als gestern.

»Hey, warte! Bitte, nur kurz«, rief ich ihr hinterher. Natürlich ließ sie sich davon nicht beeindrucken und verschwand hinter dem nächsten Treppenabsatz. Ich beeilte mich, hinterherzukommen.

Dummerweise war sie verdammt flink.

Nach zwei Stockwerken hörte ich über mir eine Tür ins Schloss fallen. Doch als ich ebenfalls dort ankam, war Letti nirgendwo mehr zu sehen – und damit hatte ich auch keine Chance, herauszufinden, durch welche der beiden Glastüren sie verschwunden war. Station Strand oder Wiese?

»Fuck«, entfuhr es mir. Ich strich meine Haare zurück, die mir beim Rennen in die Stirn gefallen waren, und entschied mich auf gut Glück für den linken Flügel. Keine Ahnung, was für eine Station das hier war. Aber wahrscheinlich wusste Letti das auch nicht. Ihre Reaktion hatte nicht gerade danach ausgesehen, als hätte sie sich Gedanken gemacht, wohin sie lief. Eher nach blinder Flucht. Als hätte sie Angst vor mir gehabt. Ich erschauderte. Ja, sie hatte definitiv so ausgesehen, als hätte sie Angst. Aber das war doch lächerlich. Ich hatte überhaupt nichts an mir, das eine solche Panik rechtfertigen würde.

Ich rannte den Flur entlang. Im Prinzip sah alles ähnlich aus wie auf unserer Station, nur die Farben waren anders gewählt und der Wartebereich moderner eingerichtet. Ich war so konzentriert darauf, jeden Winkel beim Vorbeilaufen abzuscannen, dass ich beinahe mit einer Ärztin zusammenstieß. Schnell stotterte ich eine Entschuldigung, ließ mich von ihrer skeptischen Miene aber nicht bremsen.

Keine Spur von Letti. Wahrscheinlich hatte ich mich für den falschen Gang entschieden.

Auf dem Rückweg zum Treppenhaus blieb mein Blick an den Toilettenschildern hängen. *Mist.*

Unentschlossen blieb ich vor der Damentoilette stehen. Ging das zu weit? Sie wollte mich ja gerade ganz offensichtlich nicht an ihrer Seite haben. Aber in ihrem aufgelösten Zustand sollte sie sich auch nicht alleine irgendwo einsperren. Das konnte nicht gut sein.

Ich schob die Tür auf. Im Vorraum war niemand zu sehen.

»Letti?«

Kein Mucks. Verdammt!

Wenn sie nicht hier war, machte es auch keinen Sinn, weiterzusuchen. Mittlerweile konnte sie überall sein.

Ich ging nach oben in unsere Station. Doch als ich meine Jacke wie üblich in der Abstellkammer verstauen wollte, blieb mein Blick am Regalbrett hinter der Tür hängen, auf dem Letti manchmal ihre Sachen verstaute. Es war nicht leer. Ihr Schal, eine neue Mütze und ein Handschuh lagen unordentlich zusammengeknüllt darauf. Den zweiten Handschuh entdeckte ich auf dem Boden.

Ein ungutes Gefühl beschlich mich. Sie war überstürzt aufgebrochen und nach draußen gerannt. War hier wirklich etwas Schlimmes passiert? Aber warum war sie dann vor mir weggerannt? Wollte sie einfach nur alleine sein? Das konnte ja nichts mit mir zu tun haben.

Kurzerhand beschloss ich, noch ein bisschen in der Klinik zu bleiben und zumindest nachzusehen, ob neue Wünsche am Baum hingen. Vielleicht kam Letti ja doch zurück.

Auf dem Weg zum Aufenthaltsraum traf ich Frau Möller. Ihr Lächeln war dasselbe wie immer. Sie wirkte weder beunruhigt noch traurig.

»Matteo, schön, dass du da bist. Hast du Letitia gesehen?«

»Sie ist mir auf der Treppe entgegengekommen. Sie war ziemlich durch den Wind und wollte nicht mit mir reden … ist was passiert?«

Frau Möller runzelte die Stirn. »Das ist aber komisch. Nicht, dass ich wüsste. Sie wollte etwas mit mir besprechen. Und jetzt ist sie einfach gegangen, sagst du? Hm.«

Ihre Worte trugen nicht gerade zu meiner Beruhigung bei.

Sie sah mich einen Moment lang nachdenklich an. »Vielleicht wollte sie mir ja sagen, dass sie gehen muss. Bestimmt etwas Privates. Wenn etwas mit den Kindern wäre, hätte sie es mir sicher gleich gesagt oder eine der Pflegekräfte dazugeholt.«

»Ja, vielleicht.« Mein Hals war so trocken, dass ich

nicht mehr herausbrachte. Etwas Privates. Also ging es hier doch um mich. Aber was zur Hölle hatte ich ihr getan?

»Mach dir keine Sorgen. Es ist bestimmt nichts Ernstes.« Frau Möller fand ihr Lächeln wieder und tätschelte mir den Arm.

Ihre warme Geste ließ meine Gedanken kurz zur Ruhe kommen. Allerdings war ich mir ziemlich sicher, dass sie etwas von mir und Letti ahnte. Hatte sie neulich in der Kammer doch mehr gesehen, als ich gedacht hatte? Falls es so war, schien sie jedenfalls kein Problem damit zu haben.

Sobald Frau Möller ins Stationszimmer verschwunden war, zog ich mein Handy hervor und wählte Lettis Nummer. Sie würde bestimmt nicht rangehen. Trotzdem musste ich es probieren.

Ich drückte mir das Smartphone ans Ohr. Der nervige Wählton erklang. Einmal. Dreimal. Sechsmal.

Langsam ließ ich es wieder sinken und wartete, bis der Ton ein weiteres Mal verklungen war. Dann legte ich auf und öffnete sofort unseren Chat.

> Was war das? Hab ich was falsch gemacht? Oder ist was passiert? Ruf mich zurück, ich mach mir Sorgen!

Ich drückte auf Senden. Es dauerte einen Moment, bis die Nachricht verschickt war. Endlich erschien ein Haken. Ich starrte eine kleine Ewigkeit lang auf den Bildschirm. Nichts veränderte sich. Kein zweiter Haken. Das war noch nie passiert.

Meine Hände wurden feucht, sodass mir das Handy beinahe durch die Finger rutschte, als ich die App schloss und neu startete. Es hatte tatsächlich etwas bewirkt. Nur nicht das, was ich mir erhofft hatte. Ungläubig starrte ich auf die obere Zeile der App. Ihr Profilbild war verschwunden.

Am liebsten hätte ich das verfluchte Ding gegen die Wand gedonnert. Gleichzeitig wich aber jegliche Kraft aus meinen Armen, und ich fühlte mich, als wäre ich gerade nach zwölf Runden aus einem Boxring gestiegen.

Sie hatte mich blockiert. Und gab mir nicht mal den Hauch eines Zeichens, was ich tun konnte, um es wieder rückgängig zu machen. Was war nur plötzlich in sie gefahren?

»Simon? Kann ich dein Handy haben? Es ist wichtig«, rief ich in die Wohnung hinein, sobald ich die Tür hinter mir zugezogen hatte. Ich riss mir die Jacke herunter, warf sie unachtsam auf den übervollen Ständer neben der Garderobe und folgte dem Duft von frisch angebratenen Zwiebeln.

Simon stand in der Küche und goss gerade Rotwein aus einer kleinen Flasche in einen Topf. Es zischte, und eine Dampfwolke stieg ihm ins Gesicht.

Er machte einen Schritt zurück und wischte sich die Feuchtigkeit mit einem Küchentuch aus dem Gesicht.

»Sag bloß nicht, dass du dein Handy verloren hast!« Er seufzte und griff dabei in seine Hosentasche.

»Wenn's nur das wäre …«

Simon zog die Brauen nach oben, hakte aber nicht weiter nach und reichte mir sein Smartphone.

»Danke. Du bist der Beste. Dauert auch nicht lang.«

Er zuckte nur mit den Schultern und widmete sich erneut seinem Topf.

Wieder einmal wurde mir bewusst, was für ein unverschämtes Glück ich hatte, Simon meinen besten Freund nennen zu dürfen. Das blinde Vertrauen zwischen uns war alles andere als selbstverständlich, wenn ich mir die Jungs aus meiner Stufe so ansah. Die würden wohl eher in die Wüste auswandern, als einem anderen ihr Smartphone anzuvertrauen. Aber Simon wusste eben, dass ich keinen Mist damit anstellen würde und nie auf die Idee käme, seine Nachrichten mit Nicole zu lesen oder etwas Peinliches auf seinem Instagramaccount zu posten.

Ohne Zeit zu verlieren, tippte ich Lettis Nummer von meinem Handy ab und rief an. Nachdem ich es auf dem Nachhauseweg nochmal mit unterdrückter Nummer bei ihr probiert hatte, war meine Hoffnung nicht allzu groß, dass sie rangehen würde.

Wieder dieses endlose Piepen. Dieses Geräusch machte mich noch wahnsinnig!

Simon beobachtete mich aus den Augenwinkeln, während er eine Tube Tomatenmark öffnete und die Paste in den Topf drückte. »Wen rufst du an?«, formte er lautlos mit den Lippen.

»Letti«, sagte ich und legte kopfschüttelnd wieder auf. »Aber keine Chance.«

Simon setzte zu einer Antwort an, doch ich hob die

Hand und brachte ihn damit zum Schweigen. »Ich erklär's dir gleich. Aber erst muss ich …«

»Schon gut. Lass uns beim Essen drüber quatschen. Nimm es ruhig mit rüber.« Er deutete mit dem Kochlöffel auf sein Handy.

Ich bedankte mich nochmal und ging ins Wohnzimmer, wo ich mich aufs Sofa warf und sofort WhatsApp öffnete. Ich versuchte, seine Nachrichten auszublenden und nicht zu lesen. War allerdings schwerer, als ich gedacht hatte. Vor allem, weil in diesem Moment eine Nachricht von Nicole aufploppte. Ich kniff die Augen zu Schlitzen zusammen, bis sie verschwunden war und suchte dann nach Lettis Kontakt, den ich gerade eingespeichert hatte.

> Du darfst mich so viel hassen und sauer sein, wie du willst. Schrei mich an, beleidige mich. Das halt ich aus. Aber dieses Schweigen bringt mich um. Bitte sag mir wenigstens, was los ist. Ist es wegen gestern? Ich will es wiedergutmachen. Lass uns bitte drüber reden. Ich will nicht, dass es so zu Ende geht. Und vor allem nicht, dass es dir (wegen mir?) scheiße geht.

Ich löschte den Satzanfang wieder, den ich zuletzt getippt hatte, und starrte auf den blinkenden Cursor.

Kam das zu verzweifelt rüber? Vermutlich. Aber es gab keinen Grund, warum ich mich verstellen sollte. Mein Herz stach gerade bei jedem verdammten Schlag. Und ihrem Zustand nach zu urteilen, ging es ihr nicht viel besser.

Ich dachte nicht länger darüber nach, setzte meinen Namen unter die Nachricht und schickte sie ab. Es war sowieso sinnlos. Sie wollte offensichtlich nichts von mir lesen und würde Simon ebenfalls sofort blockieren.

Diese Machtlosigkeit machte mich fertig. Ich konnte nicht einfach auf der Couch sitzen und abwarten. Es musste doch irgendwas geben, das ich tun konnte.

Ich wollte das Handy wieder zu Simon zurückbringen und warf nochmal einen Blick in den Chat.

Zwei blaue Haken?

Mein Herz legte schon wieder einen Sprint ein, als sie plötzlich zu tippen begann. Womöglich hatte sie sich inzwischen ein bisschen beruhigt. Doch ihre Nachricht war so kurz, dass ich schon schlucken musste, bevor ich sie überhaupt gelesen hatte.

> Und mich bringt es um, dass du gelogen hast.

Mein Atem stockte. Was? Gelogen?

Ich setzte an, um eine Nachricht zu schreiben. Doch plötzlich war sie wieder offline – und ihr Profilbild verschwand abermals.

»Scheiße!« Ich sprang auf und begann, im Wohnzimmer auf und ab zu laufen.

Simon steckte den Kopf durch die Tür. »Alles in Ordnung bei dir?«

»Ganz und gar nicht«, erwiderte ich und streckte ihm sein Handy mit dem geöffneten Chatverlauf entgegen.

Während er den Text überflog, wurde die Furche auf seiner Stirn immer tiefer. »Krass. Liest sich nicht gerade gut. Womit hast du sie denn angelogen?«

»Sag du's mir! Ich hab absolut keinen Plan, Alter!«

Er warf noch einen verwirrten Blick auf die Nachricht

und steckte das Handy dann wieder in die Tasche. Gut so. Sonst hätte ich vermutlich den ganzen Abend nicht aufgehört, nach Möglichkeiten zu suchen, sie zu kontaktieren. Dabei war es völlig zwecklos.

Simon klopfte mir auf die Schulter. »Wenn es dir nicht mal einfällt, kann es ja nicht so schlimm sein. Lass uns erstmal essen. Dabei kommst du bestimmt ein bisschen runter.«

Ich folgte ihm in die Küche und versuchte, wenigstens schon mal Teller und Besteck aus dem Schrank zu holen, um mich abzulenken. Doch es gelang mir kaum. Meine Gedanken an Letti waren so laut, dass sie alles übertönten und es mir unmöglich machten, mich auf irgendetwas anderes zu konzentrieren. Deswegen begann ich, Simon die Situation zu schildern.

Als ich zu Ende erzählt hatte und die Pasta schließlich vor mir auf dem Wohnzimmertisch stand, war ich zu nichts fähig, außer den Dampf zu beobachten, der vom Teller aufstieg. Simon hatte sich echt reingehängt. Zur Dekoration lag sogar ein Stern aus Basilikumblättern auf den Nudeln, und der Duft ließ meinen Magen knurren. Trotzdem waren mein Hals und mein Mund so trocken, dass ich befürchtete, daran zu ersticken, wenn ich versuchte, auch nur einen Bissen zu essen.

»Schau doch nicht so. Iss wenigstens die Hälfte. Es wird nicht besser, wenn du fastest.«

»Wie schau ich denn?«, fragte ich tonlos und löste den Blick von meinem Teller.

Simon saß mir gegenüber auf dem Boden, wie er es immer zum Essen tat. Ich hatte ihn nie nach dem Grund gefragt, vermutete aber, dass er es deswegen bevorzugte, weil sein Mund beim Essen so näher am Teller war und er noch einfacher Unmengen in sich hineinschaufeln konnte. Ich würde nie verstehen, warum er so lange und leidenschaftlich kochte, um sein Essen dann so schnell zu vernichten. Auch jetzt hatte er bereits die ersten Gabeln voll Pasta verdrückt und schien erst ein ganzes Kilo herunterzuschlucken, bevor er antwortete. »Als würdest du in Selbstmitleid versinken.«

»Das ist kein Selbstmitleid. Ich denke nach. Irgendwas muss ich ja falsch gemacht haben. Und irgendwas muss es geben, das ich tun kann, um es wiedergutzumachen.«

»Ach, mich wundert langsam gar nichts mehr. Die kriegt sich schon wieder ein. Du siehst doch, wie das mit Nicole immer ist.« Er winkte ab, ohne von seinem Essen aufzusehen, und spießte dann vier Nudeln gleichzeitig auf. »Manchmal ist sie schon beleidigt und haut ab, wenn ich einmal zu viel am Abend aufs Handy gucke. Aber am nächsten Tag hat sie sich dann abgeregt, ich entschuldige mich kurz, und alles ist wieder in Ordnung.«

»Aber Letti ist nicht Nicole.«

Simon hielt beim Kauen inne und hob eine Braue. »Hey, was soll das denn jetzt heißen?«, fragte er mit vollem Mund.

Damit entlockte er mir ein kleines Schmunzeln. »Nichts gegen Nicole. Aber sie ist eben ein ziemlich impulsiver Mensch. Letti ist meistens so ... entspannt. Es gibt nicht viel, was sie aus der Ruhe bringt. Du hättest sie mal sehen müssen, als ich von meiner Mum und Mike erzählt habe. Sie hat so cool reagiert. Da hätte sie merken können, dass ich vermutlich 'nen Knacks habe. Hätte weglaufen können. Aber sie hat nicht mal mit der Wimper gezuckt. Warum also jetzt?«

»Wir können gerne weiterdiskutieren, wenn du endlich anfängst zu essen«, erwiderte Simon nachdrücklich und deutete mit der Gabel auf meinen Teller.

Mir war wirklich nicht danach. Wenn ich Pech hatte, würde es mir nach ein paar Bissen wieder hochkommen. Aber er hatte sich echt Mühe gegeben, und ich wollte ihn nicht auch noch enttäuschen. Also beugte ich mich nach vorne, schnappte mir ebenfalls mein Besteck und probierte einen Bissen.

Ich bereute es nicht. Die tomatige Soße hatte eine leichte Knoblauchnote, und der geschmolzene Parmesan harmonierte perfekt mit dem Basilikum. Es schmeckte trotz seiner Einfachheit unglaublich gut. Allerdings hatte ich bei seinen Kochkünsten auch nichts anderes erwartet.

»Braver Junge«, scherzte Simon, und ich überlegte kurz, ihm das Sofakissen an den Kopf zu werfen. Doch er wurde schnell wieder ernst. »Ich versteh ja, was du meinst. Aber wenn sie gestern auch schon weggelaufen ist, und danach war alles wieder gut …«

Das Vibrieren meines Handys auf dem Tisch ließ ihn verstummen.

Mir fiel beinahe die Gabel aus der Hand. War es Letti?

Ich griff nach meinem Smartphone und traute mich kaum, den Bildschirm anzuschalten.

Als ich es schließlich doch tat, überrollte mich eine Welle der Enttäuschung.

Ich gab Simon, der mich erwartungsvoll ansah, Entwarnung. »Nur eine Nachricht von Jörg.«

Er atmete aus und widmete sich wieder seinem Teller.

Der war mittlerweile schon fast leer, während von meinem erst fünf Nudeln fehlten.

Ich überflog die Nachricht und wollte nebenbei weiteressen.

Guten Abend, Matteo! Ich war heute Nachmittag in der Klinik und habe mit deiner Stationsleiterin gesprochen. Sie war ganz angetan von dir. Ich bin stolz auf dich, mach weiter so!

Ich … er war …

Ohne Vorwarnung wurde mir plötzlich schwindelig. Langsam sickerte die Erkenntnis in mein Bewusstsein und ertränkte jeden anderen Gedanken. Das Wohnzimmer drehte sich. Und ebenso mein Magen. Ich schmiss das Besteck auf den Teller und klammerte mich mit der rechten Hand an der Tischkante fest.

»Hey, da ist kein Gift in den Nudeln, ich schwöre!« Simon schien das Ganze wohl für einen schlechten Witz zu halten. Aber es war keiner.

Sein Lächeln verblasste. »Öhm … alles okay?«

»Sie weiß es.«

»Weiß was?«

»Vielleicht alles.«

»Was meinst du? Red doch Klartext. Ich dachte, die Nachricht kam von Jörg? Du siehst ja aus, als würdest du mir die Nudeln gleich zurückgeben.« Simon goss mir Wasser nach und schob es in meine Richtung.

Ich konnte es nicht anrühren. Nur mit Mühe brachte ich hervor, was mir durch den Kopf ging. »Jörg war in der

Klinik. Er hat mit Frau Möller geredet … und bestimmt auch mit Letti. Es muss so sein. Er hat ihr alles erzählt.«

Simons Gabel landete klirrend auf der Tischkante und fiel dann zu Boden. Er durchbohrte mich mit einem Blick, der mir so unangenehm war, dass ich am liebsten aufgestanden und nach draußen gerannt wäre. »Du hast es ihr nicht gesagt?!«

Mit einem Mal überrollte mich das schlechte Gewissen und mit ihm der starke Drang, meinen Kopf fest gegen die Tischplatte zu schlagen.

»Sie hat nie so direkt danach gefragt …«

Simon sprang auf und raufte sich die Haare. »Alter. Wie oft bittest du random Leute, die dir begegnen, dir ihr Führungszeugnis vorzulesen?! Es ist allein *deine* Aufgabe, ihr davon zu erzählen. Wie sollte sie das auch ahnen?«

Ich war so dämlich. Wie hatte ich es für eine gute Idee halten können, ihr meine Vergangenheit zu verschweigen? Sonst hatte ich doch auch kein Problem damit, ehrlich zu sein. Warum hatte ich es ausgerechnet ihr verheimlicht, obwohl ich spätestens seit unserem Kuss auf der Burg wusste, dass ich sie damit unglaublich verletzen würde?

»Das weiß ich doch. Ich hab nur … irgendwie den richtigen Zeitpunkt verpasst.«

»Für sowas gibt es keinen guten Zeitpunkt. Deswegen dachte ich, du stellst das gleich von Anfang an klar. Dann hätte sie wenigstens gewusst, worauf sie sich einlässt.«

Es vor Simon zuzugeben, war fast genauso schlimm wie die Vorstellung, Letti alles zu beichten. Seine Enttäuschung tat mir weh.

»Sie war am Anfang so skeptisch. Sie hat mich schon wegen der Weihnachtsdeko und der Weihnachtslieder so

225

komisch angeschaut. Da hab ich es nicht hinbekommen. Ich wollte, dass wir zumindest einigermaßen klarkommen und sie mich nicht von Anfang an hasst.«

»Stimmt. So ist es natürlich viel besser.« Simon schnaubte und stemmte die Hände in die Hüften. »Sorry, ich kann mir schon denken, dass das jetzt echt eine beschissene Situation für dich ist. Aber du hast dich in die Scheiße reingeritten – du musst es also auch wieder ausbaden.«

»Ich glaube nicht, dass es da noch viel auszubaden gibt.«

»Erstens wäre ich mir da gar nicht so sicher. Und zweitens bist du ihr eine Erklärung schuldig. Du solltest dich entschuldigen.«

Meine Handflächen wurden feucht. Das würde verdammt unangenehm werden. Aber ich wusste, dass er recht hatte.

Ich sah zu ihm auf. »Dann muss ich sie wohl irgendwie dazu bringen, mit mir zu reden.«

17. Letti

17 Tage bis Weihnachten

Obwohl ich Ninas Zimmer schon hunderte Male gesehen hatte, war ich wie immer überrascht, als ich die Treppe hinaufstieg und ihr Reich betrat. Es war nicht nur so groß wie ein ganzes Stockwerk in unserem Haus, sondern auch blitzsauber. Hier gab es, anders als bei mir, keine Klamotten, die über dem Schreibtischstuhl hingen, oder Tassen, die sich auf dem Tisch stapelten.

Nina hatte ihr Zimmer in mehrere Bereiche aufgeteilt. Ihr Bett war durch Raumteiler mit Kirschblütenmuster vom Rest des Zimmers abgetrennt, die mich an Japan erinnerten. Ihr Arbeitsbereich mit dem riesigen Eckschreibtisch und Blick in den Garten befand sich auf der gegenüberliegenden Seite, und hinter einem Wandvorsprung verbarg sich ihr eigenes Badezimmer. Natürlich mit Regendusche und stylischem Wandtattoo im Motiv eines Bambusgewächses.

Gerade hatten wir es uns jedoch in der anderen Hälfte des Raumes auf ihrer kleinen Couch gemütlich gemacht.

»Sorry, ich wäre echt gerne vorbeigekommen, aber ich war mir nicht sicher, ob deine Mama das so gerne gesehen hätte …«

Ich musste schmunzeln. Typisch Nina. Auch wenn sie ihren eigenen Kopf hatte, schien sie immer noch nicht so ganz begriffen zu haben, dass wir nun schon sechzehn und keine zehn mehr waren – und damit durchaus alt genug, um Erwachsenen gegenüber unsere Meinung zu vertreten.

»Du musst doch keine Angst vor ihr haben«, sagte ich und setzte mich neben sie. »Bei der Aktion mit der Altkleidertonne, da war sie nur sauer auf mich. Mit dir hat sie kein Problem. Das müsstest du aber auch wissen.«

Sie zuckte mit den Schultern. »Könnte ich ihr allerdings nicht mal verübeln. Muss für sie aussehen, als würde ich dir irgendwelchen Unsinn einreden.«

Ich rollte mit den Augen. »Sie kennt dich seit über zehn Jahren. Und sie kennt mich. Sie weiß genau, wer von uns beiden die Idee hatte, die Schlittschuhe wegzuwerfen, glaub mir.«

»Ich will nur nicht, dass es wegen mir noch mehr Streit gibt«, antwortete sie und seufzte leise. »Ich versteh gar nicht, wie du das aushältst. So viel negative Energie und Spannungen jeden Tag. Puh.«

»Ich werde sicher nicht diejenige sein, die nachgibt und wieder ins Training geht, nur damit Mama und Papa ihren Willen kriegen.«

»Weißt du, dass das echt mutig von dir ist?«, fragte sie. »Wenn ich nur halb so mutig wäre …« Nina seufzte kaum hörbar und blickte nach unten, wo ihre Zehen in den flauschigen Flusen ihres Teppichs verschwanden.

»Dann was?«, fragte ich amüsiert. »Würdest du dich

dagegen wehren, so viel Taschengeld zu bekommen und dieses Reich hier gegen ein schäbiges WG-Zimmer in Bahnhofsnähe eintauschen?« Ich konnte mir beim besten Willen nicht vorstellen, was sie meinte. Sie hatte alles, was man sich wünschen konnte. Es würde mich nicht mal wundern, wenn im Duden neben dem Begriff *glückliche Familie* ein Foto von ihr und ihren Eltern abgebildet wäre.

»Ach, ich weiß auch nicht.« Sie winkte ab und setzte ein Lächeln auf. Doch es erreichte ihre Augen nicht. Was verheimlichte sie mir? War etwas passiert? Ich wollte gerade nachhaken, als sie plötzlich weitersprach. »Und jetzt zeig mir doch endlich mal, was Matteo geschrieben hat.«

Was für ein Themenwechsel. Sie hatte offenbar keine Lust, darüber zu reden, was sie bedrückte. Also beließ ich es dabei und nahm mir vor, später nochmal darauf zurückzukommen.

Ich zog mein Handy hervor und zeigte ihr die Nachricht, die ich gestern Abend von einer unbekannten Nummer erhalten hatte. Doch Ninas Reaktion gefiel mir nicht. Statt mir kopfschüttelnd und schnaubend das Handy zurückzugeben und über seine Heuchelei zu schimpfen, wurden ihre Gesichtszüge ganz weich. Sie legte das Smartphone vor uns auf dem Tisch ab und las die Nachricht ein zweites Mal.

»Ach Letti … ich weiß nicht.«

»Welche Schimpfworte schlimm genug sind, um ihn treffend zu beschreiben? Ich auch nicht. Ich schwanke zwischen hinterlistige Hyäne und verlogenes Arschloch.«

Nina sah mich an, als hätte ich gerade nicht Matteo, sondern ihre Mutter beleidigt. »Hast du denn nicht gelesen, was da steht?«

»Du glaubst ihm?«, fragte ich entgeistert und nahm das Handy wieder an mich. »Jedes Wort hier ist gelogen. Genauso wie alles, was er jemals zuvor zu mir gesagt hat. Er ist gut darin, vergiss das nicht. Aber ich hätte es wissen müssen.« Ich schnaubte.

»Wenn es so wäre, wie du sagst, warum sollte er dir dann so eine Nachricht schreiben? Wenn seine Gefühle gelogen wären ... welchen Grund gäbe es für ihn dann überhaupt, sowas zu schreiben, dich anzurufen, um dich zu kämpfen? Warum hätte er das alles nur spielen sollen?«

»Ich weiß, was ich gehört habe. Er ist ein Krimineller. Und er steht nicht mal dazu. Wie soll ich ihm da trauen?«

»Das hat doch nichts damit zu tun, ob er dich liebt oder nicht.«

Ich stockte. Ja, vielleicht war da sogar was dran. Aber änderte das überhaupt etwas, wenn seine Gefühle echt waren?

Nina griff nach meiner Hand und drückte sie sanft. »Hast du schon mal drüber nachgedacht, dass er es dir vielleicht einfach deswegen nicht gesagt hat?«

»Weil er mich liebt? Was ist das denn für ein Grund, jemanden so anzulügen?«

»Weil er vielleicht Angst vor genau dieser Reaktion hatte. Dass du ihn sofort verurteilst und in eine Schublade steckst.«

Mein Kopf war schon wieder so überfüllt mit lauten Gedanken, dass ich keinen davon klar heraushören konnte.

Ich setzte an, um etwas zu erwidern. »Ich ... also ... Findest du nicht, dass mein Verhalten gerechtfertigt ist? Ich meine, er kommt einfach so für Sozialstunden in die Klinik und verliert kein Wort darüber, lässt mich von Anfang an absichtlich glauben, dass er freiwillig da ist. Was wäre so schlimm daran gewesen, es mir zu sagen? Fakt ist, dass er gelogen hat. Und selbst wenn er es nicht hätte … ich denke nicht, dass ich mit einem Kriminellen zusammen sein könnte. Verstehst du nicht, was das bedeutet? Er trägt *ein Messer* mit sich rum. Er ist gefährlich. Vielleicht sogar für mich, jetzt, wo ich Abstand von ihm nehmen will. Was, wenn er das nicht akzeptiert? Was, wenn …«

Nina drückte meine Hand fester und unterbrach mich. »Schh, ist ja gut. Ich versteh das. Glaube ich.« Sie zog mich in ihre Arme. Ich schloss die Augen. Ihre Wärme drang bis in mein Herz vor und ließ meine Gedanken endlich leiser werden. Zum ersten Mal an diesem Tag ließ ich mich fallen.

»Ich nehme ihn nicht in Schutz, nur damit das klar ist«, redete sie leise an meinem Ohr weiter. »Es ist falsch, dass er gelogen hat, und ich will weder, dass du unglücklich bist, noch, dass du mit jemandem zusammen bist, der einen schlechten Einfluss auf dich hat. Oder sogar gefährlich für dich ist. Natürlich nicht.«

Langsam lösten wir uns wieder voneinander. Die Wirkung ihrer Umarmung hielt zum Glück aber an.

»Ich kann nur nicht so richtig glauben, dass er wirklich ein so schlechter Mensch ist. Nicht nach all den tollen Dingen, die du über ihn erzählt hast. Und diese Nachricht …« Sie deutete auf mein Handy. »… liest sich für mich ziemlich echt. Deswegen solltest du ihm zumindest die Chance geben, sich zu erklären.«

Wie bitte? Hatte ich mich gerade verhört? Nina, die Angst hatte, verhaftet zu werden, wenn sie nachts mit kaputtem Fahrradlicht fuhr, sprach sich für einen Vorbestraften aus? Bei ihr war ich mir so sicher gewesen wie bei niemandem sonst, dass sie Matteo sofort verurteilen und gemeinsam mit mir über ihn schimpfen würde.

Ihre Reaktion verunsicherte mich. Hatte ich echt so übertrieben reagiert?

»Der Typ hat doch nicht erwähnt, wofür Matteo verurteilt wurde, oder?«

Ich schüttelte den Kopf. »Sonst müsste ich mir ja nicht den Kopf darüber zerbrechen, ob er mir gleich sein Messer in den Rücken sticht oder erstmal nur die Brieftasche klaut.«

»Dann musst du erst recht mit ihm reden. Wer weiß, vielleicht war es ja auch etwas ganz Harmloses.«

»Für etwas Harmloses bekommt man keine Sozialstunden und einen Bewährungshelfer aufgebrummt«, antwortete ich.

»So würde ich das nicht sagen. Frag mal deine Eltern, die kennen sich da besser aus. Aber ich hab neulich gelesen, dass man sowas auch bekommt, wenn man zum Beispiel mal ohne Führerschein Auto gefahren ist. Und das ist zwar nicht cool ... aber auch kein Grund, ihn für einen schlechten Menschen zu halten. Jeder fabriziert doch irgendwann hirnlosen Mist, da ist er eben keine Ausnahme.«

Perplex starrte ich Nina an. Mein Herz schlug plötzlich schneller, und mit einem Mal kam ich mir unendlich dumm vor. Warum hatte ich gleich so panisch reagiert und das nicht bedacht? Wenn er jemanden verletzt oder umgebracht hätte, würde er schließlich im Gefängnis sitzen, oder?

»Hab ich jetzt alles kaputt gemacht – wegen nichts?«

»Es ist bestimmt nicht alles kaputt, wenn du das nicht willst. Und egal, was er getan hat – es ändert ja nichts daran, dass er dich angelogen hat. Ich dachte, das war es, was dich so traurig gemacht hat.«

»Ach, ich weiß gerade überhaupt nicht mehr, was mich am traurigsten macht«, murmelte ich und zog die Knie an. Dann lehnte ich mich zurück und schloss kurz die Augen. »Das ist alles so verdammt verwirrend.«

»Deswegen musst du mit ihm reden.«

Der Gedanke machte mir Angst. Wie sollte ich das anstellen? Ich würde jedes Wort mit Bedacht wählen müssen, damit er nicht wütend wurde, aber auch keine Möglichkeit fand, sich neue Lügen auszudenken und mich wieder damit um den Finger zu wickeln. Gleichzeitig wollte ich zu meinen Gefühlen und meiner Meinung stehen.

»Ich verstehe, dass das jetzt überfordernd ist. Und dass du wahrscheinlich zu enttäuscht und verletzt bist, um so eine Entscheidung sofort zu treffen. Also lass dir ruhig noch ein bisschen Zeit. Und solange …«

Das Polster hob sich neben mir an, und ich öffnete die Augen wieder.

Nina war aufgestanden und strahlte plötzlich zu mir hinunter. »… hab ich da was vorbereitet. Nicht weglaufen.«

Sie huschte aus dem Zimmer, und ich hörte sie nach unten laufen.

Der Moment zum Durchschnaufen tat nicht so gut, wie ich vermutet hätte. Im Gegenteil. Mit jeder Sekunde, in der sie weg war, wurden meine Gedanken wieder lauter und mein Herz leerer. Doch zum Glück ließ sie sich nicht allzu lange Zeit.

»Hab ich da gerade die Mikrowelle piepsen gehört?«, rief ich ihr irritiert entgegen, als ich ihre Schritte auf der Treppe hörte.

Die Frage erübrigte sich, als sie ins Zimmer kam, die Tür mit dem Hintern zudrückte und ich erkannte, was sie da auf zwei Tellern zum Couchtisch balancierte.

Sofort erfüllte der Duft der geschmolzenen Schokolade den Raum, und ich konnte nicht anders, als ihr Grinsen zu erwidern, mit dem sie mich gerade ansah. Das Schokosoufflé erinnerte mich an einen Vulkan. Aus seiner braunen Spitze rann langsam ein Strom flüssiger dunkler Schokolade herab, der am Fuß des Teigs einen kleinen See bildete. Mit der Sahne hatte Nina ebenfalls nicht gespart. Der weiße Berg daneben war sogar höher als der Schokovulkan und trug eine Dessertkirsche auf der Spitze.

»Oh. Mein. Gott. Wie hast du das nach der Schule noch geschafft?«

»Du darfst mich auch Nina nennen«, erwiderte sie und kicherte. »Ich würde ja gerne behaupten, ich kann zaubern … aber Papa hat mir ein bisschen geholfen. Zu zweit geht das schnell.« Sie hüpfte zum Fernseher, nahm die Fernbedienung vom kleinen Sideboard und machte es sich wieder neben mir bequem. Ich dagegen konnte gar nicht aufhören, den Schokoladentraum vor mir anzustarren. War es unhöflich, alles zu inhalieren, bevor sie ihren Teller überhaupt angefasst hatte?

Statt sich ihr Soufflé zu schnappen und endlich loszulegen, wedelte sie mit der Fernbedienung in der Hand.

»Weißt du, was seit vorgestern endlich bei Netflix online ist und perfekt zu diesem Schoko-Overkill passt?«

Ich lachte. »Irgendeine kitschige Hollywood-College-Romance? Wenn ich mir das hier so ansehe, glaube ich eher, dass du schon zu viele von denen gesehen hast.« Ich deutete auf unsere Teller und knuffte sie in die Seite.

»Man kann nie zu viele Filme sehen. Aber nein. Ich rede von dem neuen Film mit Harry Styles.« Sie wackelte verschwörerisch mit den Augenbrauen.

Davon musste sie mich nicht lange überzeugen. Vielleicht war das im Vergleich zu einer romantischen Komödie wenigstens etwas, worauf ich mich konzentrieren konnte – und wenn nicht, hatte ich immerhin einen netten Ausblick beim Grübeln.

»Worauf wartest du dann?«

Nina hatte den richtigen Riecher gehabt. Der Film und der himmlische Geschmack der geschmolzenen Schokolade schafften es tatsächlich, meine Aufmerksamkeit zu fesseln. Als schließlich der Abspann über den Bildschirm lief, brauchte ich einen Moment, um wieder in die Realität zurückzukehren. Ich streckte mich ausgiebig und lächelte Nina an, die vor Begeisterung in die Hände klatschte.

»Er ist einfach der Wahnsinn!«

»Der Film oder Harry?«, fragte ich und zwinkerte ihr zu.

»Beide natürlich«, erwiderte sie. Dann zog sie ihr Handy aus der Hosentasche und checkte die Uhrzeit. Doch als sie es wieder wegsteckte, blieb ihr Blick an meinem Handy hängen, das zwischen uns lag. Unsere Blicke trafen sich. Ich verstand auch ohne Worte, was ihr durch den Kopf ging.

Eigentlich wollte ich mir meine gelöste Stimmung nicht zerstören. Aber ich wusste auch, dass meine kreisenden Gedanken rund um Matteo sowieso schneller zurückkehren würden, als mir lieb war.

Entschlossen griff ich nach meinem Smartphone und entsperrte den Bildschirm. Doch dann zögerte ich. Was nun?

»Das ist gar nicht so einfach«, sagte ich so leise, dass ich es selbst kaum hören konnte.

Nina nickte nur, schaute aber erwartungsvoll auf meine Finger.

Also entblockte ich Matteos Kontakt und begann einfach zu tippen.

> Können wir morgen reden? Um drei in der Klinik?

Ich hielt die Luft an, als ich am nächsten Tag den Aufenthaltsraum der Station betrat. Doch bis auf einen Vater, der mit seinem Sohn am hinteren Ende des Zimmers auf dem Boden spielte, war der Raum leer. Ich atmete erleichtert aus und nickte ihnen freundlich zu. Hier steckte Matteo also schon mal nicht.

Während ich mich umdrehte, um in der Küche nachzusehen, blieb mein Blick am Wunschbaum hängen. Mir fiel sofort auf, dass die Wunschkarten schon wieder mehr geworden waren. Mittlerweile baumelten sie gleichmäßig über den Baum verteilt von den Ästen, und ich musste bei ihrem Anblick schlucken. Das Gespräch zwischen mir und Matteo durfte auf keinen Fall eskalieren. Ich musste mich zusammenreißen und sachlich bleiben, ihm nichts an den Kopf werfen. Denn egal, wie wir auseinandergingen – wir würden danach weiterhin zusammenarbeiten müssen. Die Wünsche der Kinder konnten nicht auf der Strecke bleiben, nur weil wir unsere privaten Probleme nicht in den Griff bekamen. Doch der Gedanke, weiterhin jeden Tag mit ihm und seinen Lügen konfrontiert zu sein, jagte mir einen kalten Schauer über den Rücken. Wie sollte ich das aushalten?

In der Küche war er ebenfalls nicht. Jessy meinte jedoch, ihn vor ein paar Minuten in der Kammer gesehen zu haben.

Ich hatte es extra vermieden, meine Sachen dort zu lassen und die Schuhe zu wechseln, um ihm nach unserem Gespräch nicht nochmal über den Weg zu laufen. Und vielleicht auch ein bisschen, weil mich dieses verdammte Zimmer an unsere erste Begegnung erinnerte. Mein Herz wurde bei dem Gedanken leicht, doch darüber legte sich zugleich ein Schatten. Denn nun war es mir nicht länger ein Rätsel, wie er es geschafft hatte, ohne Schlüssel hineinzukommen. Warum hatte ich nicht da schon auf meinen Instinkt gehört? Mit dem Einbrecher hatte ich offenbar nicht so falschgelegen, wie ich gedacht hatte …

Ich nahm all meinen Mut zusammen, schob die Tür zur Abstellkammer auf und machte einen Schritt hinein. Kein Matteo. Wo steckte er denn nur?

Zwischen den Regalen lagen seine Jacke und seine

Sneaker. Er musste also in der Klinik sein. Hatte er es sich anders überlegt, oder liefen wir nur aneinander vorbei?

Eigentlich hatte ich keine Lust, schon wieder auf ihn zu warten. Vielleicht konnte ich stattdessen schnell noch nach Mila sehen oder Frau Möller endlich nach ihrem Zustand fragen.

Als ich mich gerade zur Tür drehen wollte, verhakte sich mein Fuß mit etwas, und ich stolperte. Es schepperte unter mir. Mist!

Ich konnte mich gerade noch am Regal festhalten, um nicht bäuchlings auf dem Boden zu landen.

Ich drückte mir die Hand auf die Brust, um meinen Herzschlag wieder unter Kontrolle zu bekommen, und sah zu Boden. Mein Fuß steckte im Träger von Matteos Rucksack. Schnaubend zog ich ihn heraus. Warum musste er sein Zeug auch mitten im Weg liegen lassen? Es dauerte viel zu lange, bis ich realisierte, was sich da aus seinem Rucksack auf dem Boden verteilt hatte, als ich über ihn gestolpert war.

Unzählige Dosen. Farbdosen. Graffitidosen …?

Ich ließ mich auf die Knie sinken und hob die rote auf. Ungläubig drehte ich sie in meinen Händen.

Matteo sprayte?

Plötzlich brach ein Lachen aus mir heraus. Mein Gott. Keine Pistole, keine Drogen. Einfach nur Graffiti.

Das Lachen sprengte die unsichtbaren Ketten, die in den letzten Tagen meine Brust eingeschnürt hatten. Mit einem Mal konnte ich wieder frei atmen.

Doch unter meine Erleichterung mischte sich auch Ärger. Ich hätte gleich mit ihm reden müssen. Nicht so überreagieren dürfen. Ob er mir das nochmal verzeihen konnte?

18. Matteo

Ich steckte den Kopf durch die Tür zum Aufenthaltsraum. Es überraschte mich nicht, dass Letti nicht hier war. Wäre kein Wunder, wenn sie es sich anders überlegt hätte und gar nicht erst gekommen war. Zuerst hatte ich mich über ihre Nachricht gefreut. Mittlerweile war meine Zuversicht aber verschwunden. Denn ich hatte immer noch keinen Plan, was sie von mir wollte.

Die Sache war eigentlich klar. Ich hatte mir zwar vorgenommen, ehrlich zu sein, ihr den ganzen Mist nochmal aus meiner Sicht zu schildern und mich zu entschuldigen. Das war das Mindeste, was ich tun konnte. Aber das fühlte sich an, als würde ich versuchen, eine zerbrochene Vase mit einem Kaugummi wieder zusammenzukleben.

Ich schleppte mich weiter den Flur hinunter bis zur Abstellkammer. Die Tür stand offen. Keine Ahnung, ob Letti dort war. Sie wusste allerdings, dass ich es liebte, dort drinnen nach neuen Schätzen zu stöbern oder einen Moment die Ruhe zu genießen.

240

Ich klopfte beim Hineingehen an den Türrahmen ... und entdeckte sie sofort.

Sie saß zwischen den Regalen auf dem Boden. Neben meinem Rucksack. Mit einer roten Spraydose in der Hand, die anderen Farben um sie herum verteilt auf dem Boden. Fuck. Das war's dann wohl.

Gut, dass die Abstellkammer keine Fenster hatte. Sonst hätte ich spätestens jetzt meinem Fluchtreflex nachgegeben und wäre hinausgesprungen.

»Was ...?« Ich kam nicht weiter. Letti sah zu mir herauf und ließ all meine Gedanken mit ihrem Blick verstummen.

»Es tut mir so leid«, wisperte sie kaum hörbar.

War sie jetzt völlig übergeschnappt? Oder hatte ich die ganze Situation falsch interpretiert?

»Das ist eigentlich mein Text«, antwortete ich.

Sie stellte die Dose auf dem Boden ab, rappelte sich auf und kam auf mich zu. In ihrem Gesicht spiegelte sich meine eigene Verunsicherung. »Warum hast du mir nichts erzählt? Das hätte ich doch verstanden.«

Sie sah so verloren aus, wie sie vor mir stand und von einem Fuß auf den anderen trat. Beinahe hätte ich die Hand ausgestreckt, um ihr die Strähnen aus dem Gesicht zu streichen, hinter denen sie sich versteckte.

»Ich war mir sicher, dass du nicht gerade positiv reagieren würdest. Deswegen hab ich es verschwiegen. Ja, nenn mich ruhig feige. Das war ich auch. Ich hätte es von Anfang an sagen sollen. Ich wollte eben nicht in eine Schublade gesteckt warden, und dann ... war es zu spät«, sagte ich und runzelte die Stirn. »Aber du bist weggelaufen. Du hattest Angst vor mir.« Wusste sie selbst überhaupt, was sie da redete? So hätte sie sich nicht verhalten, wenn sie es wirklich verstanden hätte.

»Ja, natürlich. Mir sind schreckliche Dinge durch den Kopf gegangen, als ich diesen Mann mit Frau Möller reden gehört hab. Er hat von Kriminellen gesprochen und davon, dass seine Leute gefährlich für die Kinder werden könnten. Ich dachte, du hast jemanden umgebracht ... irgendwen bedroht und verletzt, oder hast jemanden ausgeraubt ...«

Plötzlich kam sie näher und fiel mir um den Hals. Ich konnte nicht anders, als ihre Umarmung zu erwidern und sie sanft an mich zu drücken. Der Duft ihres blumigen Shampoos stieg mir in die Nase und vernebelte mir beinahe den Kopf.

»Ich hatte wirklich Angst, dass du etwas ganz Furchtbares getan hast und ich mich komplett in dir getäuscht habe. Sowas hätte ich nicht ertragen, da hast du recht. Aber ein bisschen Graffiti? Das hättest du mir doch sagen können.«

Shit.

Meine Hände verkrampften an ihrem Rücken. Wie sollte ich ihr jetzt die Wahrheit sagen?

Eigentlich müsste ich sie dazu erst loslassen. Aber ich wollte nicht. Denn nun war ich mir absolut sicher, dass sie gleich wieder weglaufen würde – mit dem Unterschied, dass sie dieses Mal nicht wiederkommen würde. Nicht mal für ein paar Worte zum Abschied. Bei dem Gedanken daran, wie sehr ich ihr gleich wehtun würde, stach es jedoch in meiner Brust, und ich hielt sie noch etwas fester.

Sie hob den Kopf und schien auf eine Antwort zu warten. »Du hättest mir vertrauen und es erzählen müssen.

Die letzten Tage waren der absolute Horror. Wenn ich etwas von deiner Vorstrafe gewusst hätte, hätte es mir nicht den Boden unter den Füßen weggerissen. Vielleicht hätte ich sogar helfen und etwas Nettes über dich erzählen können.«

Ich spürte ihre Erleichterung beinahe unter meinen Fingern. Sie atmete so tief und entspannt, während sie die Wange sanft an meine Halsgrube schmiegte.

Ihre Nähe und Wärme gaben mir den Halt, den ich so sehr vermisst hatte. Ich war nicht bereit, ihn so schnell wieder zu verlieren. Verdammt, ich konnte das einfach nicht!

»Und wofür wolltest du dich entschuldigen?«, fragte ich, obwohl es eigentlich nichts mit dem zu tun hatte, was ich sagen wollte. Was ich sagen *musste*, um uns nicht noch tiefer in das Schlamassel zu reiten. Doch mehr brachte ich nicht über die Lippen.

»Na für meine übertriebene Reaktion. Ich hab dir genauso wenig vertraut wie du mir … das war ein Fehler. Vor allem aber dafür, dass ich es auf diese Weise rausgefunden habe. Ich weiß, wie das aussehen muss … aber ich bin gegen deinen Rucksack gestoßen. Ich wollte nicht schnüffeln oder so, das musst du mir glauben …«

»Ist schon gut.« Meine Stimme klang seltsam leer und monoton.

Natürlich entging Letti das nicht. Ihre Muskeln versteiften sich unter meiner Berührung. »Du bist sauer? Können wir das nicht einfach vergessen und nochmal von vorne anfangen? Du musst mir nur eins versprechen.« Sie löste sich aus meiner Umarmung, blieb jedoch so nah bei mir stehen, dass ich ihre Wärme immer noch spüren konnte.

»Und das wäre?« Ich zwang mich, ihr in die Augen zu sehen, auch wenn ich Angst hatte, sie könnte darin lesen, was in mir vorging. Wenn ich es schon nicht schaffte, die Wahrheit auszusprechen, würde sie es vielleicht wenigstens in meinem Blick erkennen.

Was hier passierte, war alles andere als gut. Ich konnte ihr nicht versprechen, sie nie wieder anzulügen. Denn alleine das Versprechen wäre eine Lüge. Mein Gott, ich sollte mich nicht darauf einlassen. Sie hatte jemanden verdient, der ehrlich mit ihr umging. Jemanden, der nicht eine ganze Tonne an Problemen mit sich herumschleppte. Deswegen sollte ich konsequent bleiben. Und mir blieben nur zwei Optionen: endlich den Mund aufkriegen und ihr die Wahrheit sagen … oder mich nicht auf ihre Versöhnungsversuche einlassen und das Ganze selbst beenden. Es konnte doch nicht sein, dass ich für beides zu feige war!

Letti griff nach meiner Hand. Wie von selbst rutschten meine Finger zwischen ihre. »Ich will, dass du es mir zeigst.« Sie nickte mit dem Kopf in die Richtung der Spraydose auf dem Boden. »Mir ist erst jetzt bewusst geworden, wie wenig ich eigentlich von dir weiß. Und du genauso wenig von mir. Ich weiß zwar, dass du Weihnachten liebst, gerne mal die Schule ausfallen lässt und deine Situation zu Hause ein bisschen schwierig ist. Aber ich hab keine Ahnung, was du eigentlich tust, wenn Weihnachten vorbei ist. Wie du drauf bist, wenn du Zeit für dich hast und einfach nur lebst. Ich will ein Teil deines Lebens werden – und genauso fände ich es schön, wenn du auch ein Teil meines Lebens wirst. Ich befürchte, anders wird es nicht funktionieren. Wir müssen uns doch kennen, um uns vertrauen zu können – auch die dunkelsten Ecken in unserem Kopf. Sonst wird es am Ende nur noch mehr böse Überraschungen geben.« Sie lachte leise. »Na ja, ganz so böse hoffentlich nicht mehr.«

Das sanfte Lächeln lenkte meinen Blick von ihren strahlenden Augen auf ihre perfekt geschwungenen Lippen. Hatten sie die ganze Zeit schon so weich ausgesehen? Sofort reagierte mein Körper, und ein wohliges Kribbeln lief mir den Rücken hinab. Sie machte es mir so verflucht schwer.

»Das ist alles nicht so leicht, wie du es dir vielleicht vorstellst«, erwiderte ich.

»Es muss nicht leicht sein. Es reicht, wenn wir es irgendwie hinkriegen.« Sie strich mir mit ihren zarten Fingern über den Handrücken. »Ich kann nämlich nicht mehr zurück. Dazu bist du mir viel zu wichtig.«

Ihre Worte ließen ein kleines Feuerwerk in meiner Brust explodieren.

»Ich werde alles geben, damit es funktioniert. Das versprech ich dir, ja.« Das war zumindest nicht gelogen.

»Dann kann ja nichts mehr schiefgehen.« Sie neigte den Kopf und sah mich belustigt an. »Aber das war nicht das Versprechen, das ich haben wollte.«

Ich brauchte kurz, um mein Gedankenchaos und den Gefühlssturm in meinem Inneren zu bezwingen und mich zu erinnern, was sie gesagt hatte. »Du willst mitkommen? Zum Sprayen?«

»Ja, natürlich. Dein ganzer Rucksack ist voll von den Dosen. Das sieht nicht aus wie etwas, das du mal zwischendurch aus Langweile machst. Es ist dir wichtig, oder?«

»Fast so wichtig wie du.« Ich wollte ihr das Kompliment und das wundervolle Gefühl, das sie damit in mir ausgelöst hatte, zurückgeben. Doch Letti reagierte nicht so, wie ich gehofft hatte.

Sie ließ meine Hand los, rollte mit den Augen und kicherte dann. »Mann, pass auf, dass du nicht auf deiner Schleimspur ausrutschst.«

Eine schönere Antwort hätte ich mir kaum vorstellen können.

»Also?«

»Wenn du dir sicher bist … jetzt gleich?«

»Am helllichten Tag?«

Nun schaffte sie es doch, mich zum Grinsen zu bringen. »Klar. Oder hast du Schiss?«

Sie kaute auf ihrer Lippe herum und musterte mich nachdenklich. »Meinst du denn, das ist eine gute Idee? Wenn du erwischt wirst …«

Beinahe hätte ich laut losgeprustet. »Ich kann auch alleine gehen …«

Ich wusste nicht, ob es mein Tonfall oder mein unterdrücktes Grinsen war, das mich verriet, doch sie entspannte sich sichtlich.

»Nix da. Lass uns kurz die Neuen begrüßen, und dann können wir los.«

19. Letti

17 Tage bis Weihnachten

Matteo führte mich am Schlösschen vorbei, hinter dem ein Fabrikgelände zum Vorschein kam. Die gelb-beigen Gebäude und die Ziegelschornsteine, die daraus hervorragten, sahen alt aus. Die parkenden Autos ließen aber darauf schließen, dass hier noch gearbeitet wurde.

Ein mulmiges Gefühl breitete sich in meinem Bauch aus.

»Hast du echt vor, da einzubrechen und was auf die Hallen zu sprühen?« Meine Stimme klang piepsig.

»Willst du jetzt doch kneifen?« Sein schelmisches Lächeln stand ihm unverschämt gut.

Mist. Da hatte ich meine Klappe wohl zu weit aufgerissen. Der Gedanke, heimlich über die Mauer zu klettern und etwas Illegales zu tun, war plötzlich doch ziemlich beängstigend. Ich konnte mir nicht vorstellen, dass er mich deswegen für eine Langweilerin halten würde. Aber ich wollte mich nicht unglaubwürdig machen. Es war meine eigene blöde Idee gewesen. Also musste ich das jetzt auch durchziehen.

»Nö. Ich bin dabei.«

Matteo brach in lautes Gelächter aus.

Irritiert runzelte ich die Stirn. »Was ist daran so witzig? Ich seh vielleicht nicht besonders mutig aus, aber ich kann gut klettern, und wenn es sein muss, auch ziemlich schnell rennen.«

Sein Lachen klang ab, und er legte mir beim Laufen den Arm um die Taille. »Hast du wirklich gedacht, ich würde etwas mit dir unternehmen, das dich in die gleichen Schwierigkeiten bringen könnte wie mich? Oder etwas, das für dich gefährlich werden würde?«

»Das heißt, wir gehen gar nicht sprayen?« Ich wusste nicht, ob ich erleichtert oder enttäuscht sein sollte.

»Klar gehen wir sprayen. Aber nicht dadrin …« Er führte mich in eine kleine Gasse, die von der Hauptstraße abging und am Fluss entlangführte, der zwischen den kahl gewordenen Eichen hervorblitzte. Dann deutete er auf die Mauer des Fabrikgeländes zu unserer Linken. »… sondern hier.«

»Oh. Krass.«

Matteo beobachtete meine Reaktion genau, und ich schien ihn nicht zu enttäuschen. Ich konnte mein Erstaunen nicht verbergen.

Die Mauer reichte so weit, dass man ihr Ende nicht einmal erahnen konnte – und jeder Zentimeter war mit Graffiti bedeckt. Ein riesiger grüner Wurm mit Glubschaugen schlängelte sich die ersten Meter entlang und wurde von schlecht gesprayten Schriftzügen umrahmt. Dahinter entdeckte ich einen Roboter im Comicstyle mit einer Pizza in der Hand. Alles war so schön bunt, dass die Fabrik im Hintergrund plötzlich viel freundlicher aussah.

Ich beschleunigte meine Schritte, weil ich es kaum abwarten konnte, all die kleinen und großen Kunstwerke zu entdecken.

»So viele Graffitis? Das heißt, es ist hier …«

»Erlaubt. Genau.«

»Ehrlich gesagt wusste ich gar nicht, dass es sowas gibt«, gab ich zu, während meine Verwirrung wuchs. Wie war er dann dabei erwischt worden?

Bevor ich ihm die Frage stellen konnte, begann er jedoch schon, zu erzählen. »Klar, eigentlich fast in jeder Stadt. Soll verhindern, dass die Leute öffentliche Gebäude besprühen, sowas wie Kirchen, Denkmäler oder auch einfach nur die Wohnhäuser. Aber es gibt leider trotzdem Idioten, die sich nicht dran halten und alles mit ihren hässlichen Tags verschandeln.«

»Äh … und du bist kein Idiot?«

»Das vielleicht schon … aber keiner, der denkmalgeschützte Gebäude besprüht oder irgendwelche Häuser, bei denen die Bewohner dann selbst dafür blechen und drüberstreichen müssen.«

Ich blieb stehen. Matteo hielt ebenfalls inne und sah mich mit hochgezogenen Brauen an.

Wie war das dann möglich? Entweder es war doch nicht so legal hier … oder aber …

»Du wirst doch nicht nur hier sprayen.«

»Das hab ich auch nicht behauptet«, sagte er und nestelte an den Bändchen seines Hoodies herum, die unter seiner Jacke hervorkamen. »Zum Üben ist das hier ganz nett. Aber ein richtiges Kunstwerk brauchst du hier nicht anzufangen. Das wäre viel zu schade.«

»Wie meinst du das? Ich finde das hier schon ziemlich künstlerisch. Das kann nicht jeder.« Ich deutete auf die Blumenlandschaft, die neben uns an der Wand prangte und so plastisch aussah, dass ich das Gefühl hatte, hineinsteigen zu können.

»Wenn man sich nicht strafbar machen will, hat man keine andere Möglichkeit. Deswegen findest du hier auch immer viele talentierte Sprayer. Aber schau mal, hier zum Beispiel.« Er ging neben dem benachbarten Bild in die Hocke und deutete auf die Füße des Elefanten.

Ich verstand sofort, was er meinte. Striche und Kreise in aufdringlichem Lila überdeckten den unteren Teil des Bildes, als hätte dort jemand seine Farbe ausprobieren wollen.

»Es wird nicht lange bleiben. Man muss mitansehen, wie es nach und nach mit hässlichen Schriftzügen übermalt wird und irgendwann ganz verschwindet.«

»Das ist wirklich traurig. Ich könnte nie darüberschmieren.« Wir liefen weiter, doch ich konnte meinen Blick nicht von der Mauer lösen. »Und … wohin geht man dann, wenn man etwas schaffen will, das nicht sofort kaputt gemacht wird?«

»Da gibt's mehrere Möglichkeiten. Man kann sich zum Beispiel als richtiger Streetart-Künstler beauftragen lassen.«

»Aber das machst du nicht?«

Er schüttelte den Kopf. »Das Problem ist, dass ich das erst richtig machen könnte, wenn ich volljährig bin. Man muss sich selbstständig machen und so. Außerdem sprayt man dann meistens nicht das, was man will, sondern das, was die Leute sich vorgestellt haben ...« Er stockte. »... und ich weiß vor allem nicht, ob ich dafür gut genug wäre.«

»Hast du Fotos von deinen Graffitis? Ich bin mir sicher, dass es richtig schön ist. Du bist niemand, der halbe Sachen macht.«

Er schien zu überlegen. »Wenn wir Glück haben, ist ganz hinten noch was von mir zu sehen. Da hab ich ein bisschen rumprobiert. Ist nicht mein bestes Motiv, aber wenn es dich interessiert ...«

»Dafür sind wir doch da, oder?« Ich lächelte ihm aufmunternd zu. »Und was ist die andere Möglichkeit? Deine Variante?«

»Na ja ... die ist nicht ganz so legal. Aber für mich einer der Gründe, warum ich überhaupt damit angefangen hab. Es gibt so viele hässliche Flecken in der Stadt.«

»Wie diese Mauer hier zum Beispiel, wenn sie nicht mit Graffitis bedeckt wäre.«

»Genau. Alte Mauern, verfallene Gebäude, Lärmschutzwände. Flächen, die einfach nur abgefuckt, grau und trist sind. Ich denke, da freut sich jeder, wenn sie ein bisschen Farbe bekommen.« Er strahlte mit jedem Wort mehr. »Das sind die perfekten Leinwände für meine Bilder.«

Ich hätte ihm stundenlang zuhören können, wie er davon erzählte. Seine Begeisterung steckte mich sofort an, und ich konnte es kaum erwarten, ihm gleich beim Sprayen zuzusehen.

Das Fabrikgelände war beinahe zu Ende, und hinter der Mauer kam ein Waldstück in Sicht. Der Asphalt ende-

251

te, und Matteo führte mich von dem dünnen Pfad hinunter zu dem Rücksprung, mit dem die Mauer endete.

»Es ist echt noch da«, sagte er und blieb vor mir stehen.

Ich folgte seinem Blick zu dem großen Portrait einer Comicfigur. »Das da? Du verarschst mich doch schon wieder«, antwortete ich und trat neben ihn, um das Bild besser bestaunen zu können.

»Diesmal nicht«, antwortete er, und sofort huschte ein unsicherer Ausdruck über sein Gesicht. »Warum? Findest du es so furchtbar?«

»Furchtbar?« Ich stieß ein Lachen aus. »Das ist so ziemlich das coolste Graffiti, das ich jemals gesehen habe. Das sieht aus, als hätte jemand einen riesigen Sticker auf die Wand geklebt. Wie gedruckt. Nicht wie gesprayt.«

Ich betrachtete das Gesicht der Frau genauer. Die Figur kam mir nicht bekannt vor, aber ich konnte nicht aufhören, sie kopfschüttelnd anzustarren. Die lila Haare hatten sogar Glanzeffekte. Sie war perfekt. Abgesehen von den roten Schriftzügen, die ihr jemand übers Dekolletee geschmiert hatte.

»Ich hab nicht mal gewusst, dass man sowas mit Graffiti machen kann«, sagte ich und deutete auf die verschiedenen Farbnuancen in ihrem Gesicht und den Schatten an ihrem Hals.

»Warum denn nicht? In der Theorie gibt es kaum Grenzen. Man muss nur die richtige Technik beherrschen und die richtigen Farben dabeihaben.«

»Und du hast noch dazu echt Talent«, sagte ich, legte meine Arme um seine Hüfte und drückte mich an ihn. Stolz durchströmte mich, und ich wollte, dass er es spürte. Ich verstand überhaupt nicht, warum er sein Talent so kleinredete. Er hatte wirklich was drauf. »Wie lange musstest du das üben? Und ist das nicht auch teuer?«

»Ich geb mein Geld kaum für was anderes aus. Ich hab schon ziemlich früh damit angefangen. Mit zehn oder elf. Meine Freunde waren immer ein bisschen älter als ich und auch nicht gerade der beste Umgang ... sie haben ziemlich viel Mist gebaut. Aber dafür, dass sie mich auf diese Idee gebracht haben, hat es sich im Nachhinein gelohnt, mit ihnen abzuhängen.«

Als ich mich wieder von ihm löste, landete etwas Feuchtes auf meiner Nase. Ich sah nach oben. Vereinzelte Schneeflocken tanzten am wolkenverhangenen Himmel und rieselten zu uns herunter.

Matteo wischte mir die Schneeflocke von der Nasenspitze. Seine Berührung hinterließ ein wohliges Prickeln auf meiner Haut.

»Also, hast du Lust auf eine Runde, bevor es uns die Farbe wegspült?«

»Zeigst du mir, wie es geht? Mehr als ein kleines Herzchen krieg ich bestimmt sowieso nicht hin.«

»Kleine Motive sind schwieriger zu sprayen als große«, sagte Matteo. »Aber du hast recht, lass uns mit etwas ganz Einfachem anfangen. Am besten etwas, das nur ein paar Striche braucht, keine Konturen oder Füllungen.«

Bewunderung und ein Anflug von Neid kämpften in mir. Ich hatte schon im Kunstunterricht immer die anderen bewundert, die mühelos ein wunderschönes Bild gezaubert hatten, während ich noch auf mein leeres Blatt starrte und keine Ahnung hatte, wie ich die Vorgaben umsetzen sollte. »Ich bin leider furchtbar unkreativ.«

»Niemand ist unkreativ. Man muss nur lernen, seine

Kreativität zu nutzen und in die Richtung zu lenken, in der sie einem behilflich ist. Lass uns erstmal eine geeignete Stelle suchen.«

Wir liefen die Mauer nur wenige Meter zurück, bis Matteo stehenblieb und prüfend über zwei amateurhafte Schriftzüge strich.

»Hier in der Ecke ist es noch nicht so voll ... und diesen Tags trauert sicher niemand hinterher«, sagte er und nahm den Rucksack ab.

Während er eine Dose hervorholte, landeten kleine Schneeflocken in seinen Haaren und schmolzen langsam zu kleinen Tropfen. Er bemerkte meinen Blick und zog sich die Kapuze über den Kopf. Doch sein Anblick hatte mich auf eine Idee gebracht.

»Wie wär's mit Schneeflocken?«

»Perfekt.« Er schüttelte die Dose, die er hervorgezogen hatte. Mit den Händen in den Jackentaschen beobachtete ich, wie er einen Aufsatz auf die Spitze steckte und sich dann vor die Wand stellte.

Weiße Farbe schoss aus der Dose hervor, und er verteilte sie großflächig im Zickzack-Muster über den Schriftzügen.

»Ich versuche nur, den Hintergrund ein bisschen schöner zu gestalten. Einen Eimer mit Grundierung schlepp ich nicht quer durch die Stadt. Aber so dürfte es auch gehen.«

Ich fing eine Schneeflocke auf meinem Handschuh auf und hielt sie ihm vor die Nase, als er die Dose absetzte. »Hast du dir so eine Schneeflocke schon mal genau angesehen?«

»Klar, warum?« Er schien wirklich nicht zu wissen, worauf ich hinauswollte.

»Die ist weiß.« Ich hielt sie vor die grundierte Mauer. »Weiß auf Weiß erkennt man nicht besonders gut.«

Er legte die Hand unter meine. »Dann bist du diejenige, die noch nie richtig hingesehen hat.« Er sah mich auffordernd an.

Ich hob die Flocke etwas näher an mein Gesicht. Sie hatte bereits angefangen zu schmelzen und glänzte auf meinem Finger. Doch ich verstand nicht, worauf er hinauswollte. Die Schneeflocke *war* weiß und wurde mit jedem Atemzug immer flüssiger.

»Eigentlich ist sie durchsichtig, solange sie nur eine einzelne Flocke ist und noch nicht mit anderen zusammenklebt. Das ist das Faszinierende an ihr. Sie reflektiert das Licht, mehr nicht. Schau genau hin.«

Vorsichtig drehte er unsere Hände, sodass ich die Schneeflocke aus den verschiedensten Winkeln betrachten musste. Und plötzlich sah ich es auch. Ein Lächeln schlich sich auf meine Lippen.

»Du kannst Schneeflocken in allen Farben zaubern, die du dir wünschst.«

Er fing eine neue Flocke aus der Luft, stellte sich vor mich und hielt sie sich vor die Brust. Das dunkle Grün seiner Jacke schimmerte auf ihrer Oberfläche und ließ sie leuchten, als hätte sie nie eine andere Farbe gehabt.

»Das ist wunderschön.«

Wie schaffte er es nur, die Welt mit so offenen Augen zu betrachten? Ohne ihn wäre mir das nie aufgefallen.

Er erwiderte mein Lächeln. Mein Herz flatterte in meiner Brust. Sofort wusste ich, welche Farbe die richtige für meine Schneeflocken sein würde.

»Hast du Hellblau?«, fragte ich.

»Klar.« Er bückte sich, wühlte kurz in seinem Rucksack und reichte mir dann eine hellblaue Dose.

Ich fing an sie zu schütteln, wie ich es gerade bei Matteo beobachtet hatte. Er nickte anerkennend und drückte mir noch eines dieser Plastikteile auf die Spitze, als ich fertig geschüttelt hatte.

»Es ist eigentlich ganz easy«, sagte er und trat hinter mich.

Ich spürte seine Brust trotz der vielen Stoffschichten überdeutlich an meinem Rücken. Am liebsten hätte ich mich an ihn gelehnt, die Augen geschlossen und nichts weiter getan, als seine Nähe zu genießen. Noch heute Morgen hatte ich befürchtet, ihm nie wieder so nahe sein zu können. Wie hätte ich das aushalten sollen?

Als er seine Hand an meinem rechten Arm entlangschob, stellte sich jedes Härchen an meinem Körper auf. Er umfasste meine Hand mit der Dose darin. Seine andere legte er mir um die Hüfte. Mein Körper spielte verrückt und schickte dem Schauer eine Woge warmer Sicherheit hinterher.

»Bereit?« Sein warmer Atem an meinem Hals ... ich würde nur den Kopf ein wenig drehen müssen, damit sich unsere Lippen berührten ...

Sanft drückte er meinen Finger nach unten. Farbe zischte aus der Dose und holte mich zurück ins Hier und Jetzt.

»Es gibt nicht viel zu beachten. Wenn du Schneeflocken machen willst, solltest du die Dose nur nicht zu langsam bewegen. Sonst gibt es keine schönen Linien und vielleicht sogar unschöne Klümpchen.«

Der penetrante Geruch der Farbe stieg mir in die Nase, und ich musste husten. Mit der freien Hand zog ich mir den Schal ins Gesicht. Es konnte nicht gesund sein, diese Chemie direkt einzuatmen.

Er führte meine Hand ein Stück an der Wand entlang. Ein hellblaues V entstand, und ich war überrascht, wie schnell es ging und wie gut die Farbe deckte.

Dann ließ er mich langsam los. Ich überlegte kurz, zu protestieren. Aber mein Ehrgeiz war geweckt.

Matteo schnappte sich eine Dose und begann neben mir, eine eigene Flocke zu sprühen. Währenddessen versuchte ich mich an meinem ersten Kunstwerk. Die Linien gerade zu ziehen und keine Wellen zu zeichnen, war aber leider genauso schwierig, wie ich es mir vorgestellt hatte. Dennoch fand ich Gefallen daran.

Matteo begann, mir einige Graffiti-Anekdoten zu erzählen, und ich wechselte die Farbe für eine zweite Schneeflocke, als ich mit der ersten einigermaßen zufrieden war. Ich versank in der Farbe der Schneeflocken und konzentrierte mich nur auf meine Handbewegungen und Matteos Stimme. Für eine Weile vergaß ich völlig, auf die Uhr zu sehen oder meine Nachrichten zu checken, wie ich es sonst viel zu oft tat.

Irgendwann pustete die Dose, die Matteo zuletzt in der Hand gehabt hatte, nur noch kleine bunte Wölkchen in die Luft, ohne dass die Farbe an der Wand haften blieb. Er warf sie auf den Boden und trat einige Schritte zurück.

»Leer?«, fragte ich.

»Leer und fertig.«

Ich beendete ebenfalls die letzte Linie in der Mitte der Schneeflocke und ließ die Dose sinken. Erst jetzt bemerkte ich das leichte Stechen in meiner Hand. Ich schüttelte sie aus und nahm ebenfalls etwas Abstand zur Wand.

Matteo legte mir den Arm um die Schulter. »Was sagst du?«

Von Nahem war mir gar nicht aufgefallen, wie genial Matteos Schneeflocken waren. Wie bei seiner Comicfigur hatte er auch bei ihnen mit Licht und Schattierungen gespielt. Keine sah aus wie die andere.

»Dass deine aussehen wie gedruckt ... und meine, als hätte eine Dreijährige versucht, Sterne zu malen.« Leider war das nicht übertrieben. Meinen Schneeflocken fehlte jegliche Symmetrie, und sie sahen im Vergleich zu seinen Meisterwerken eher traurig aus. »Aber ich liebe es trotzdem. Es ist so schön bunt.« Wir hatten es tatsächlich geschafft, alle Farben in Matteos Rucksack zu verwenden – und es hatte sich gelohnt. Der Anblick des bunten Schneegestöbers ließ mein Herz höherschlagen.

»Ich liebe es auch. Für das erste Mal hast du dich wirklich super angestellt.«

»Das heißt, du würdest mich wieder mitnehmen?«

»Jederzeit«, antwortete er mit leiser Stimme, legte die Hand unter mein Kinn und drehte meinen Kopf zu sich. Ich wehrte mich nicht und ließ mich innerlich fallen. Mein Kopf hatte schon beinahe abgeschaltet. Doch als ich gerade die Augen schließen und ihn endlich küssen wollte, bemerkte ich plötzlich noch etwas.

Die rote Schneeflocke, die Matteo zuletzt gesprayt hatte ... sie war nicht einfach nur eine gewöhnliche Schneeflocke. Ihre Äste liefen in der Mitte zu einem Herz zusammen.

20. Letti

16 Tage bis Weihnachten

Matteo hielt mir die Wohnungstür auf. »Der Spruch ist ziemlich abgedroschen, aber ich mein es genauso: Fühl dich wie zu Hause.«

»Besser nicht«, erwiderte ich und verzog das Gesicht.

Ich trat ein und fand mich in einem engen Flur wieder. Die Fotoplakate an der Wand und der viel zu voll gehängte Jackenständer verliehen ihm allerdings einen gewissen Charme. Ja, irgendwie sah es hier nach Matteo aus. Allerdings entdeckte ich nirgendwo blinkende Lichterketten, Rentiere oder andere weihnachtliche Deko. Dabei hatte ich eigentlich erwartet, dass seine Wohnung meine persönliche Weihnachtshölle wäre.

»Sorry. Dann vielleicht besser: Fühl dich so, wie du es dir zu Hause wünschen würdest. So mach ich das hier auch.«

»Das klingt ja, als wärst du hier nicht zu Hause.« Ich befreite mich von der ersten Jackenschicht. Matteo nahm sie mir sofort ab und suchte nach einem freien Platz, um sie aufzuhängen.

»Bin ich auch nicht. Das ist Simons Bude. Ich schnorr mich hier nur durch.«

Simon? Ich musste nicht lange in meinem Gedächtnis kramen, um mich zu erinnern. Die Spielzeuge vom Niko- laustag. Er hatte seinen besten Freund schon öfter er- wähnt. Und nun wurde mir auch klar, warum. Was ich da- gegen nicht verstand, war, was wir hier wollten.

»Lass dir nichts einreden. Er wohnt hier. Punkt.«

Ich drehte mich um. Ein großer, blonder Kerl lief auf uns zu und blieb vor mir stehen. Sein Lächeln war mir so- fort sympathisch.

»Hi, Letti. Freut mich total, dich endlich kennenzuler- nen. Ich bin Simon.«

»Ich finde es auch super, dich zu treffen.« Ich streckte ihm die Hand entgegen. Doch er ignorierte sie und zog mich stattdessen in eine Umarmung, als würden wir uns schon seit Ewigkeiten kennen. Unbeholfen klopfte ich ihm auf die Schulter. Okay ... er meinte das mit dem Freuen wohl sehr wörtlich.

Als er mich wieder losließ, sah ich zwischen den beiden hin und her. »Also ... du wohnst hier. Bei Simon, nicht bei deiner Mutter. Mit siebzehn. Du bist auch wirklich noch nicht zwanzig und hast zufällig vergessen, das zu er- wähnen?« Das klang vorwurfsvoller, als ich es gemeint hat- te. Ich hatte mir doch vorgenommen, ihm ab jetzt zu ver- trauen, damit er mir ebenfalls Vertrauen entgegenbringen konnte. Aber ganz so einfach fiel es mir anscheinend doch nicht. Mir wurde nur erneut schmerzlich bewusst, wie we- nig er bisher über sich verraten hatte.

Simon bedachte Matteo mit einem Blick, den ich nicht so recht deuten konnte. Steckte darin etwa ein Vorwurf?

»Simon ist schon achtzehn, deswegen ist das gar kein Problem.« Matteos Wangen nahmen einen zarten Rotton an.

Wich er mir aus? Ich schob es auf Simons Anwesenheit und beschloss, das Thema erst mal an die Seite zu schieben. Dabei brannten mir so viele Fragen auf der Zunge.

»Komm rein. Wir haben auch ein Wohnzimmer.« Simon machte eine Geste in Richtung der Tür zu unserer Linken.

Ich ging voraus und war überrascht, auch hier kaum Weihnachtsdeko vorzufinden. Auf einem Sideboard stand lediglich ein kleiner, blinkender Plastikweihnachtsbaum, kaum größer als die Vase daneben.

»Bist du auch kein Weihnachtsfan?«, fragte ich Simon, während ich mich neben Matteo auf die Couch setzte.

Simon reichte mir ein Glas und deutete auf die unzähligen Flaschen auf dem Tisch. »Matteo meinte, ich soll nicht übertreiben, und du wirst sicher kein Bier trinken wollen. Aber wenn doch … greif zu.«

Sie mussten die Flaschen gerade erst aus dem Kühlschrank geholt haben, denn kleine Tropfen perlten vom Glas ab und rannen auf den Couchtisch hinunter. Die Auswahl war riesig. Daneben stand eine große Schüssel mit Schokoriegeln und kleinen Gummibärchentüten. Ich entspannte mich ein wenig. Simon war eindeutig ein toller Gastgeber, und ich musste mir keine Sorgen machen, hier nicht willkommen zu sein.

Er nahm sich ein Radler und ließ sich in den abgewetzten Ledersessel sinken. »Und Weihnachten … das geht mir ziemlich am Arsch vorbei.« Sofort wurde er mir noch sympathischer. »Ich bin froh, dass Matteo seinen Weihnachtswahn jetzt in der Klinik ausleben kann. So bleibt mir das erspart. Mein Beileid aber.« Er lachte und öffnete den Bügelverschluss der Flasche. Es ploppte, und eine kleine Dampffahne stieg heraus, bevor er einige große Schlucke nahm.

»Tzz. Die Kinder freuen sich wenigstens darüber. Ihr lernt das irgendwann schon noch zu schätzen. Ihr könntet auch froh sein, dass ich euch die kalte, dunkle Jahreszeit ein bisschen versüßen will«, erwiderte Matteo und legte mir den Arm um die Schulter. Sofort breitete sich ein aufgeregtes Kribbeln in meinem Bauch aus. Ich unterdrückte den Impuls, mich an ihn zu schmiegen, und beobachtete Simons Reaktion. War das in Ordnung? Oder wäre das komisch für ihn, wenn er alleine in seinem Sessel saß und uns beim Kuscheln auf seiner Couch zusah?

Doch er machte nicht den Eindruck, als wäre es ihm unangenehm, dass Matteos Arm um meine Schulter lag. Er zeigte eigentlich gar keine Regung. Also wagte ich es, mich etwas tiefer in Matteos Arm sinken zu lassen und mich vorsichtig an ihn zu schmiegen. Und zum Glück fühlte es sich kein bisschen seltsam an, sondern einfach nur natürlich – und wunderbar warm.

»Übrigens ist das, was ich bisher von der Wohnung gesehen habe, echt der Wahnsinn. Wohnt ihr hier tatsächlich nur zu zweit? Oder ist das eine größere WG?«

»Lass dich vom Wohnzimmer nicht täuschen. Der Rest ist ziemlich winzig. Und WG kann man es auch nicht wirklich nennen. Matteo hat nicht mal ein eigenes Zimmer. Ich will mich aber nicht beschweren. Ich habe riesiges

Glück, die Bude zu haben. Die meisten meiner Kommilitonen leben im Wohnheim oder in engen Ein-Zimmer-Apartments«, antwortete Simon.

Ich spähte skeptisch zu Matteo hinüber. »Soll das heißen, ihr schlaft gemeinsam in einem Bett? Oder pennst du seit Monaten auf der Couch?«

»Ich mag Simon zwar gerne, aber nicht so sehr, dass ich es gut fände, wenn er mir nachts seinen muffigen Atem ins Gesicht haucht«, sagte er und lachte.

Simon hob warnend den Zeigefinger. »Pass auf, was du sagst. Sonst mach ich Letti heute Nacht ein schönes Video, wie du auf dem Bauch liegst und beim Schnarchen dein Kissen vollsabberst.«

Matteo riss blitzschnell den Arm von meiner Schulter, schnappte sich ein Sofakissen und warf es nach Simon. Der duckte sich jedoch geschickt, als hätte er nichts anderes erwartet. Das Kissen klatschte hinter Simon an die Sessellehne, und er stopfte es sich grinsend hinter den Rücken.

Matteo schüttelte langsam den Kopf und grinste zurück. Dann lehnte er sich wieder entspannt nach hinten. »Jedenfalls verwandelt sich das hier nachts in mein Reich. Ist gar nicht so unbequem, das Sofa kann man ausziehen.«

Ich ließ den Blick auf der Suche nach Matteos Habseligkeiten noch einmal bewusster durchs Zimmer schweifen und entdeckte einen Rucksack, einen Koffer und zwei Plastiktüten, die hinter Simons Sessel deponiert waren. Auf dem Sideboard neben dem Weihnachtsbaum lagen einige dieser Kappen, die Matteo auf unsere Spraydosen gesteckt hatte. Und daneben …

Ich wollte es nicht zu auffällig anstarren, doch ich konnte nicht anders. In einem silbernen Rahmen stand dort ein Foto eines hübschen, blonden Mädchens in unserem Alter. Sie strahlte nicht nur mit einem umwerfenden Lächeln in die Kamera, sondern formte mit ihren Fingern auch ein Herz.

Schnell wandte ich den Blick ab, doch mein Herz pochte verräterisch laut. Warum stand das bei Matteos Sachen? War das etwa ...

»Oh, das ist Nicole.« Simon deutete auf das Foto. Anscheinend hatte er meinen Blick bemerkt.

»Nicole?«

»Simons Freundin. Sie starrt mich die ganze Nacht an, aber Simon hat mir verboten, sie umzudrehen. Langsam glaube ich, er hat dadrin eine Kamera versteckt, um mich nachts zu beobachten. Deswegen wahrscheinlich auch sein Angebot, mich beim Schnarchen zu filmen.«

»Quatsch. Aber Nicole wäre echt verletzt, wenn ich es wegstellen würde. Sorry, Mann.« Simon grinste in meine Richtung. »Wir können für Matteo ja noch eins von dir dazustellen. Dann darf er sich auch nicht mehr beschweren.«

Ich spürte Hitze in meine Wangen aufsteigen.

Matteo setzte zu einer Antwort an, doch der aufdringliche Gong der Türklingel verschluckte seine Worte.

Simon klatschte in die Hände und sprang auf. »Die Burger sind da!«

Als ich zu Hause ankam, war es schon nach zweiundzwanzig Uhr. Ich traute mich kaum, das Haus zu betreten. Kurz bereute ich es, Matteo und Simon nicht gefragt zu haben, ob ich über Nacht bei ihnen bleiben konnte. Ich hatte in der Hektik des Geschenkekaufs und der Aufregung, Matteos Zuhause besuchen zu dürfen, völlig vergessen, meinen Eltern Bescheid zu geben, dass ich heute Abend länger unterwegs sein würde. Wenn ich ihnen nur eine kurze SMS geschrieben hätte, dass ich heute gar nicht nach Hause kommen würde, hätten sie zwar wütende Nachrichten zurückgeschrieben, sich bis zum nächsten Tag aber vielleicht schon ein bisschen abgeregt.

Nun würde ich ihren Ärger ungefiltert abbekommen.

Ich hörte den Fernseher im Wohnzimmer. Sie waren also wenigstens abgelenkt. Doch als ich durch den Flur huschte, um schnell in mein Zimmer zu verschwinden, und die ersten Treppenstufen nach oben nahm, streckte Mama auch schon den Kopf aus der Wohnzimmertür.

»Wo willst du hin?«, fragte sie und musterte mich mit einem Blick, der meinen Blutdruck schon wieder in die Höhe schießen ließ. Noch dazu diese idiotische Frage …

»Ich mache eine Bergwanderung auf die Zugspitze, siehst du das nicht?«

»Sei doch nicht gleich wieder so genervt. Kommst du bitte zu uns ins Wohnzimmer, damit wir uns kurz unterhalten können?«

»Ist unterhalten ein neues Codewort für deine Schimpf- tiraden?«

»Letitia … bitte.« Sie wirkte erstaunlich ruhig.

Nachdem mir sowieso nichts anderes übrigblieb, gab ich mit einem Seufzen nach und folgte ihr ins Wohnzim- mer.

Papa schaltete den Fernseher stumm, sobald er mich

sah. Das konnte nichts Gutes bedeuten. Also ließ ich Sicherheitsabstand zwischen uns und setzte mich ans andere Ende der Couch. Mama schloss die Tür hinter sich und blieb hinter Papa stehen.

»Können wir das vielleicht schnell hinter uns bringen, ich muss noch lernen«, murmelte ich. Es war schon einige Wochen her, dass ich zum letzten Mal so richtig gelernt und mich um mehr als meine Hausaufgaben gekümmert hatte. Das würde ich ihnen aber nicht auf die Nase binden. Dass sie glaubten, ich würde in meinem Zimmer fleißig Schularbeiten erledigen und an irgendwelchen Projekten arbeiten, war der einzige Grund, warum sie mich mal einen Abend lang in Ruhe ließen.

Mama ergriff das Wort. »Wo warst du? Wir haben mit dem Essen auf dich gewartet, und du hast nicht mal auf unseren Anruf reagiert.«

»Wir haben uns Sorgen gemacht, Schatz«, ergänzte Papa, beugte sich nach vorne und stützte die Arme auf den Knien ab.

Mit einem Mal kam es mir im Wohnzimmer unerträglich warm vor. Sollte ich ihnen die Wahrheit sagen? Sie würden mir sicher nicht abkaufen, dass ich so lange in der Klinik gewesen war. Doch der Gedanke, ihnen von Matteo zu erzählen, ließ eine Stimme in meinem Hinterkopf panisch aufschreien. Es fühlte sich an, als würde ich ihn dadurch in ein Löwengehege schubsen. Und davor musste ich ihn schützen.

Ich traute Mama und Papa zu, mir auch diese Beziehung zu zerstören. Ihn so lange schlechtzureden und mir Zweifel einzupflanzen, bis ich ihn nicht mehr ohne Angst ansehen konnte und mich von ihm trennte. Denn ich war

267

mir sicher, dass sie ihn nicht akzeptieren würden. Vielleicht eine Version von ihm, die ich mir ausdachte. Die Version, in der er freiwillig in der Klinik arbeitete, weil er so ein fleißiger und anständiger Kerl war. Aber sicher nicht den echten Matteo.

»Ich war bei Nina. Wir haben an einem Referat gearbeitet und dabei die Zeit vergessen. Dann war es schon so spät, ihre Eltern hatten gekocht, und sie haben mich eingeladen, zum Essen zu bleiben. Es gab ein superleckeres Curry. Und danach noch ein Schokosoufflé.« Endlich schaffte ich es, die Klappe zu halten, bevor ich noch anfing, ausführlich über die Struktur ihrer Raufasertapete zu berichten. Mist. Warum fiel es mir so verdammt schwer, sie anzulügen?

Papa sah verwirrt zu Mama, die ebenfalls die Stirn runzelte und um die Sofalehne herumging, um sich zu uns zu setzen. Sie kannten mich. Natürlich hatten sie bemerkt, dass ich seit Wochen nicht mehr so viel mit ihnen geredet hatte wie gerade eben, geschweige denn etwas außer Schulthemen mit ihnen geteilt hatte.

»Wenn das Curry so lecker war, kann ich ihre Mutter ja mal nach dem Rezept fragen«, flötete Mama.

Was für ein hinterhältiger Zug. Ich spürte, wie mein Puls schneller wurde. Doch ich konnte jetzt nicht einknicken. Den Triumph gönnte ich ihr nicht. »Mach das«, antwortete ich deshalb nur und zog meinen Cardigan aus. Leider half es gegen die Hitze nicht viel. Meine Wangen glühten.

»Es geht nicht nur um heute Abend«, sagte Papa. »Du bist zurzeit fast nur noch unterwegs oder sperrst dich in deinem Zimmer ein. So kennen wir dich gar nicht.« Er klang wirklich besorgt.

Trotzdem wich ich seinem Blick aus. »Im Moment gibt es in der Klinik eben viel zu tun. Weihnachten steht vor der Tür.«

Mama rückte näher an mich heran und legte mir die Hand aufs Knie. »Ich weiß, dass du uns irgendwas verschweigst. Ich bin dir nicht böse. Aber du musst ehrlich mit uns sein. Wir machen uns Sorgen. Und solange du noch nicht achtzehn bist und hier wohnst, haben wir auch eine gewisse Aufsichtspflicht zu erfüllen. Du kannst nicht einfach unangekündigt so lange wegbleiben. Wenn du uns nicht verrätst, wo du dich herumtreibst, muss ich darauf bestehen, dass du hierbleibst.«

»In der Klinik, verdammt!«, rief ich ein wenig zu laut, und Mama zuckte zusammen. »Was erzählst du denn für einen Quatsch? Das ist nur dein Kontrollwahn. Du musst nicht gleich wieder die Juristin raushängen lassen. Aufsichtspflicht … ich bin doch kein Kleinkind mehr, das im Supermarkt Lollis in die Tasche steckt, wenn du nicht danebenstehst. Ich treibe mich rum, wo ich will. Das kannst du mir nicht verbieten.«

»Ich will es auch nicht. Wirklich nicht.«

Warum blieb sie so ruhig?

Ich wagte einen kurzen Blickkontakt. Die Fältchen um ihre Augen wirkten heute tiefer als sonst. Dunkle Schatten umgaben sie, als hätte sie die letzten Nächte nicht besonders gut geschlafen.

»Ich will dich doch nicht einsperren. Aber ich weiß langsam nicht mehr, was ich machen soll, um an dich ranzukommen. Zuerst wirfst du alles hin, was du dir dein Leben lang aufgebaut hast … und jetzt das.«

»Es ist also ein Problem, dass ich mich außerhalb des Wohnzimmers aufhalte, wenn ich nicht gerade in einem Klassenzimmer sitze?«

Papa seufzte und spielte mit der Fernbedienung herum. »Natürlich nicht. Aber wir wollen wissen, wo du bist. Stell dir vor, dir passiert etwas, und wir können nichts unternehmen, weil wir nicht mal wissen, wo du unterwegs warst …«

»Ich hänge weder am Bahnhof mit Drogenjunkies ab noch …« Ich stockte. Vielleicht hatten sie gar nicht so unrecht?

Der Gedanke frustrierte mich, sodass ich ihn schnell wieder verdrängte. »Jedenfalls stelle ich schon nichts an. Ich bin quasi erwachsen, und ich will nicht, dass ihr jeden meiner Schritte kontrolliert. Gewöhnt euch besser schon mal dran.«

Diese Diskussion würde zu nichts führen. Ich stand auf und war überrascht, dass Mama mich weder festhielt noch sonst irgendwie versuchte, mich aufzuhalten. Sie sah nur so traurig zu mir hoch, dass ich einen leisen Stich in meinem Herzen spürte.

Mit schnellen Schritten lief ich aus dem Wohnzimmer, stieg die Treppe hinauf und sperrte mich in meinem Zimmer ein. Doch als ich mich vom Türschloss umdrehte, erstarrte ich. Auf meinem Bett lagen meine Schlittschuhe.

Plötzlich wirbelten alle Emotionen in mir durcheinander wie ein Schneesturm. Ich wusste nicht, ob ich lachen, weinen oder schreien sollte. Mein Kopf begann zu pochen, und ich kämpfte gegen die Tränen, die langsam in meine Augen traten.

Ich ging zum Bett hinüber und starrte auf die glitzernden Initialen. Langsam strich ich mit dem Finger über die Strasssteine. Und mit einem Mal wurde der Schleier vor meinen Augen wieder klarer.

21. Matteo

14 Tage bis Weihnachten

Ich schlich mich an Letti heran, umarmte sie von hinten und knabberte sanft an ihrem Hals. Sie stieß einen kleinen Schrei aus, lachte dann aber und hielt sich die Hand vor den Mund.

»Jetzt kriegen wir bestimmt gleich Ärger«, sagte sie kichernd. Dann spähte sie zur Tür der Kaffeeküche. »Aber schön, dass du da bist.« Sie stellte sich auf die Zehenspitzen und legte mir die Arme um den Hals.

Ich kam ihrer stummen Aufforderung gerne nach. Unsere Begrüßungs- und Abschiedsküsse waren für mich zu den schönsten Momenten des Tages geworden. Am liebsten würde ich mich dreimal am Tag mit ihr verabreden, nur um sie ständig wiederholen zu können.

Heute schmeckten ihre Lippen nach einem fruchtigen Labello. Ganz schön unfair. Damit machte sie es mir noch schwerer, es bei einem kurzen Begrüßungskuss zu belassen und nicht an ihren Lippen hängen zu bleiben. Aber ich konnte mich zusammenreißen und ließ sie langsam wieder los.

»Ich hab gerade mit Frau Möller geredet. Das mit dem Gutschein für die Kartbahn geht klar. Sie hat es mit Kerims Mama abgesprochen. Wir hatten recht, die feiern Weihnachten zu Hause nicht. Aber sie hat sich sogar drüber gefreut, dass wir an ihn gedacht haben und er trotzdem ein Geschenk bekommt. Wir sollten vielleicht nur auf eine weihnachtliche Verpackung verzichten.«

Letti lehnte sich mit dem Rücken an die Küchenzeile. »Hat Frau Möller auch die Ärzte gefragt? Für mich klingt Kartfahren nach einer ziemlich schlechten Idee, nachdem man sich fast den Nacken gebrochen hat und seit Ewigkeiten eine Gehirnerschütterung auskuriert.«

»Den darf er eben nicht gleich einlösen, sondern erst in ein paar Wochen«, antwortete ich schulterzuckend. »Wollen wir nach der Schicht gleich los und ihn besorgen?«

Lettis Strahlen wurde noch breiter. »Meinst du, in der Nähe gibt es irgendwo Pizza?«

Ich unterdrückte ein Lachen. »Wir werden es rausfinden.«

Sie nickte zufrieden, stieß sich von der Küchenzeile ab und wollte nach draußen gehen, drehte sich dann jedoch nochmal um. Ihre Vorfreude war plötzlich einem beunruhigten Stirnrunzeln gewichen. »Hast du Frau Möller auch wegen Mila gefragt?«

»Ja. Sie meinte, sie hätte etwas erhöhte Temperatur, aber es ist wohl nicht weiter schlimm. Hier geht eine üble Erkältungswelle rum, da wird sie sich angesteckt haben.«

»Sehr gut.« Letti atmete tief aus, und die Sorgenfalte verschwand von ihrer Stirn. »Musst du noch eine Schneemaschine im Flur aufstellen, oder wollen wir mal nach ihr sehen?«

Ich rollte mit den Augen. »Jetzt hast du es ja schon fast erraten. So amateurhaft mit billigem Kunstschnee fang ich aber gar nicht erst an. Der LKW mit dem frischen Alpenschnee kommt erst morgen.« Fast hätte ich es geschafft, ernst zu bleiben, doch es war unmöglich, nicht zu lachen, wenn sie damit anfing. »Ich komm gerne mit zu Mila. Wir müssen ihr helfen, ihre Karte endlich fertig zu kriegen. Ich finde es echt süß, wie viele Gedanken sie sich macht, aber es wird langsam knapp, noch die ganzen Geschenke zu besorgen.«

»Wenn wir Glück haben, wird es ein Buch. Davon kann sie nie genug haben. Wie ich sie kenne, wird es aber eher etwas ganz Besonderes werden, das wir nicht an jeder Ecke auftreiben können.«

»Dann üb am besten schon mal, Einhorndrachen zu nähen«, erwiderte ich und folgte ihr aus der Küche.

»Gar keine so schlechte Idee. Wird als Notlösung notiert.«

Sie klopfte an Milas Tür. Keine Antwort.

Letti warf mir einen verunsicherten Blick zu.

Ich drückte so leise wie möglich die Klinke hinunter und spähte ins Zimmer. Mila lag im Bett, uns den Rücken zugewandt, und schlief. Bei ihrem Anblick fror ich sofort. Die Bettdecke schien sie von sich gestrampelt zu haben, denn sie bedeckte nur noch ihren Gips und lag zusammengeknüllt am Fußende.

Ich legte den Finger an die Lippen und bedeutete Letti, draußen zu warten. Dann schlich ich hinein und zog ihr vorsichtig die Bettdecke unter den Füßen hervor.

Wie in Zeitlupe deckte ich Mila wieder zu und strich die Decke über ihrer Schulter glatt. Sie gab ein leises Seufzen von sich, wachte jedoch nicht auf. Das musste eine ganz schön heftige Erkältung sein, wenn sie sie so ausknockte. Hoffentlich hatte Frau Möller recht, und das schadete ihrem Genesungsprozess nicht.

Beim Herausgehen fiel mein Blick auf den Beistelltisch. Unter einigen Buntstiften ragte die rote Wunschkarte hervor. Unschlüssig blieb ich stehen. Mila hatte Letti bisher nicht erlaubt, die Karte anzusehen. Aber sie hatte bestimmt nichts dagegen, wenn ich mal kurz einen Blick darauf warf, oder? Ich war schließlich der Weihnachtsmann. Selbst der ließ sich Listen mit Wünschen zuschicken und besaß keine geheime Superkraft, mit der er Gedanken lesen konnte.

Ich rollte die Stifte beiseite, hob die Karte vorsichtig an und drehte sie um. Sie hatte nicht viel dazugeschrieben. Die Zeichnung reichte jedoch schon aus, um mich schlucken zu lassen. Mein Herz wurde mit einem Mal so schwer und träge, als läge es unter einer dicken Schneeschicht begraben.

Schnell schob ich die Karte zurück und kehrte nach draußen zu Letti zurück. Sie würde den Schnee, der mein Herz plötzlich niederdrückte, hoffentlich schnell wieder zum Schmelzen bringen.

Als ich nichts sagte, sah sie mich erwartungsvoll an und machte eine Geste, um mich zum Erzählen aufzufordern. »Und? Was ist es?«

»Hoffen wir mal, dass es nicht das ist, was ich denke, und sie es sich nochmal anders überlegt.«

»So teuer?«

»Nein. Es ist unbezahlbar.«

Zum Glück verstand Letti sofort ... und bemerkte auch, dass es mir nicht gerade gutgetan hatte, die Karte anzusehen. »Du willst nicht drüber reden, hm? Dann kann ich mir schon denken, was es ist.«

»Hat sie dir was gesagt?«

»Das nicht ... aber ich sehe ja, wie du reagierst. Mila und du, ihr habt ein paar Sachen gemeinsam.«

Eine Pflegerin schob einen Tropf an uns vorbei und grüßte uns knapp. Ich wollte dieses Gespräch nicht auf dem Flur fortsetzen. Weder Milas Wunsch noch meine Gedanken dazu gingen irgendwen etwas an. Also führte ich Letti zum Aufenthaltsraum, der zum Glück leer war, und schloss die Tür hinter uns.

Ich ging am Wunschbaum vorbei und lehnte mich an den kleinen Tisch.

Letti zog den gepolsterten Stuhl darunter hervor, setzte sich und legte mir die Hand aufs Bein. Obwohl ich mir sicher war, dass ihr ebenfalls einiges durch den Kopf ging, sagte sie kein Wort. Ich war ihr so dankbar, dass sie mir Zeit ließ und mich nie zu etwas drängte, das ich nicht wollte. Denn ich brauchte erstmal einen Moment, um herauszufinden, was überhaupt mit mir los war. Es war schließlich nur eine Kinderkritzelei auf einer Karte gewesen.

»Ich schulde dir sowieso noch eine Erklärung wegen gestern, hm?«

»Du schuldest mir gar nichts. Es ist eigentlich auch egal, wo und mit wem du zusammenwohnst. Aber du weißt, ich bin neugierig. Und das Thema mit dem Vertrauen haben wir ja zur Genüge durchgekaut.«

Ohne es zu wissen, machte sie es dadurch noch ein bisschen schlimmer.

O Mann, das Vertrauen … mein schlechtes Gewissen war beinahe unerträglich. Nun fühlte ich mich verpflichtet, wenigstens über diese Sache offen mit ihr zu reden, obwohl ich es lieber noch ein paar Tage oder Wochen verschoben hätte.

»Der Plan war eigentlich nie, ganz bei Simon einzuziehen und länger bei ihm zu wohnen. Ich weiß auch immer noch nicht, ob ich es überhaupt so nennen kann. Simon behauptet das zwar immer, aber es fühlt sich nicht so an. Ich hab nicht mal meine ganzen Sachen bei ihm, nur das Nötigste. Das meiste ist sogar noch bei meiner Mutter in der Wohnung.«

»Klingt, als hättest du überraschend zu Hause rausgemusst. Bist du freiwillig gegangen … oder hat sie dich rausgeschmissen?«

»Mama hat mich sogar angebettelt, zu bleiben. Aber ihr Freund war da anderer Meinung, und ich hab es nicht mehr ausgehalten. Eigentlich wollte ich nur ein paar Tage zu Simon, doch dann ist alles noch weiter eskaliert, und ich konnte nicht mehr zurück.« Ich seufzte und legte meine Hand auf Lettis. »Bei Simon ist es super, und ich glaube, ich geh ihm nicht mal auf die Nerven. Aber irgendwie habe ich trotzdem das Gefühl, dadurch zu allen, die ich liebe, richtig arschig zu sein.«

»Es ist doch nicht arschig, auf sich selbst zu achten und sich aus einer Situation rauszunehmen, in der es einem nicht gut geht. Das sollte jeder, der dich liebt, auch verstehen.«

»Meine Mutter versteht es. Zumindest an guten Tagen.

Aber das ändert nichts daran, dass ich sie im Stich lasse. In den Momenten, in denen es ihr so richtig schlecht geht, bin ich nicht da. Keiner ist da, um sie zu motivieren, aus dem Bett zu steigen, sich zu duschen, wenigstens das Nötigste auf die Reihe zu kriegen. Sie ist alleine mit ihren verdammten Gedanken. Niemand macht sich die Mühe, ihrem Tag irgendwas mitzugeben, wofür es sich zu leben lohnt.«

Letti strich nachdenklich mit dem Daumen über meinen Handrücken und starrte auf die unsichtbaren Kreise, die sie auf meine Haut malte. »Was ist mit ihrem Freund? Geht es dem auch nicht gut, oder warum hilft er nicht?«

»Weil er ein narzisstisches Arschloch ist und es ihm wahrscheinlich sogar gefällt, wenn Mama in diesem Zustand ist. Dann kann sie ihm schon nicht weglaufen und er sie noch abhängiger machen.« Ich drängte die Wut zurück, die bei dem Gedanken an Mike sofort wieder in mir aufstieg. »Außerdem ist er den ganzen Tag arbeiten. Bis zum Abend hat sie schon den ganzen Tag damit verbracht, zu Hause zu sitzen und sich Vorwürfe zu machen, weil sie nichts auf die Reihe kriegt. Und dann kommt er nach Hause. Er tut so, als wäre er Jesus höchstpersönlich und seine Anwesenheit eine Erleuchtung. Sie glaubt den Mist und freut sich, dass er ihr ein bisschen Aufmerksamkeit schenkt, die sie in ihren Augen gar nicht verdient hat. Und am nächsten Morgen ist er wieder weg, und sie glaubt, ohne ihn nichts reißen zu können. Wenn ich versuche, ihr klarzumachen, wie er mit ihr spielt, blockt sie ab. Dann fangen wir an zu streiten und kommen da gar nicht mehr raus. Sie heult sich dann wieder bei ihm aus und er ...« Ich konnte mich gerade noch rechtzeitig davon abhalten, es auszusprechen. Ich drückte Lettis Hand und schüttelte den Kopf. »Sorry.« Es erstaunte mich jedes Mal wieder, wie aufmerksam sie zuhörte, auch wenn ich viel zu lange quasselte, und es dabei noch schaffte, ein aufmunterndes Lächeln auf den Lippen zu behalten.

»Wofür? Du hast ein echt großes Herz, und ich finde es toll, dass du dich so um sie kümmern willst. Aber du solltest dich nicht dafür verantwortlich machen, wenn es nicht klappt.« Allein ihre sanfte Stimme machte alles ein bisschen weniger schlimm. »Was sie braucht, wäre nochmal eine Therapie. Dazu muss sie sich aber selbst entscheiden. Da kannst du noch so viel für sie tun, sie muss erst aufwachen und sehen, was du ebenfalls siehst. Und wenn das nicht klappt, finde ich es in Ordnung, dass du auch mal auf Distanz gehst ...« Sie sah von unseren Händen zu mir auf und neigte den Kopf. »Aber es beschäftigt dich schon sehr, oder? Du vermisst sie auch.«

Ich nickte. »Und es ist ja nicht nur ihre Depression. Das würden wir zusammen schon irgendwie hinkriegen. Haben wir jahrelang. Manchmal würde ich einfach gerne heimgehen, mit ihr reden ... Ich würde ihr zum Beispiel so gerne von dir erzählen. Dich mit nach Hause nehmen und einfach zusammen etwas Stinknormales machen, wie Kuchen essen oder Monopoly spielen. Klingt das dämlich?«

»Nein, überhaupt nicht. Es klingt wunderbar.« Sie sprach so leise, dass ich Mühe hatte, sie zu verstehen. Ihr Lächeln war ebenfalls verschwunden, stattdessen kniff sie die Lippen zusammen und runzelte nachdenklich die Stirn.

Ich redete schon viel zu lange über mich und diese bedrückenden Themen. Dabei wusste ich mittlerweile ja, dass sie selbst nicht das beste Verhältnis zu ihrer Familie hatte und so eine Situation für sie wohl auch alles andere als selbstverständlich war.

Wie wunderbar wäre es, wenn ich eine Familie hätte, mit der ich ihr helfen könnte, ihre eigenen Wunden zu heilen? Wenn Papa noch hier wäre, Mama noch gesund und wir sie einfach in eine Familie mit aufnehmen könnten, die bedingungslos hinter ihr stand? Aber so war es nicht. Stattdessen packte ich ihr gerade meinen eigenen Haufen Probleme noch zusätzlich auf den Rücken.

»Jedenfalls würde Mama sich so freuen, wenn sie dich kennenlernen dürfte. Auch wenn ich immer nur über sie schimpfe … sie ist eigentlich ziemlich cool drauf. Ihr würdet euch sicher gut verstehen. Aber es geht nicht, weil …« Ich wollte es wirklich aussprechen. Ihr alles erzählen, damit sie verstand, warum ich so mit mir zu kämpfen hatte und es keine andere Möglichkeit für mich gab, als Mama aus dem Weg zu gehen. Die Gewissheit, wie Letti reagieren würde, hielt mich jedoch davon ab.

»Weil?«, hakte sie nach.

»Egal.« Ich hob ihre Hand an und drückte ihr einen Kuss auf die Finger. »Genug über meine Probleme gejammert. Lass uns lieber den Wunschbaum checken.«

Ich wollte aufstehen, doch sie hielt mich fest. »Das ist kein Jammern. Darüber zu reden, was einen bedrückt, tut doch immer gut. Aber weißt du, was noch besser hilft?«

»Weihnachtssongs, Lichterketten und Lebkuchen?«

Sie stöhnte auf, musste dann aber lachen und lehnte den Kopf gegen mich. »Für dich bestimmt. Aber ich meinte etwas, das das ganze Jahr über anhält. Nämlich die

Probleme anzugehen. Es reicht nicht, wenn du es mir sagst. Das ist ein erster Schritt. Doch du musst deiner Mama auch erzählen, wie es dir geht. Und ihr müsst versuchen, eure Streitpunkte zu klären. Sonst ist diese Situation nämlich ständig angespannt und bestimmt keine Dauerlösung für euch beide.«

Ich wusste es zu schätzen, dass sie versuchte, mir zu helfen, obwohl ich ihr nur ein paar Brocken hingeschmissen hatte. Plötzlich spürte ich jedoch den Druck auf meiner Brust wachsen. »Wenn du das sagst, klingt es so logisch und einfach. Das ist es aber nicht. Denkst du, das hätte ich noch nicht probiert?«

»Klar hast du das. Aber vielleicht bist du einfach zu nah an der Situation dran und zu emotional, um eure Probleme wirklich lösen zu können und Kompromisse zu finden.«

»Vielleicht.« Ich hatte fürs Erste genug.

»Ich will mich nicht aufdrängen … aber ich würde gerne irgendwie helfen. Ich könnte als neutrale Person versuchen, zwischen euch zu vermitteln. Mir geht es oft so, dass ich die falschen Worte verwende, wenn ich aufgewühlt bin, und das dann bei meinen Eltern total anders ankommt, als ich es gemeint habe.«

Ich merkte, wie in mir ein Widerstand wuchs, den ich nur zu gut kannte. Ich versuchte, ihn zu unterdrücken, solange er noch nicht so groß war. Doch es gelang mir nicht.

»Du kennst unsere Probleme doch gar nicht. Du weißt nicht, was schon alles passiert ist. Wie willst du dann vermitteln?«, sagte ich und bereute es schon im selben Moment, in dem ich es ausgesprochen hatte.

Sie atmete hörbar ein und rutschte ein Stück von mir weg. *Mist.*

»Tut mir leid, das meine ich nicht böse. Du wärst sicher eine tolle Hilfe. Aber ich bin im Moment einfach noch nicht so weit. Ich kann gerade nicht mehr dazu sagen. Erst recht nicht, wenn ich mir vorstelle, dass ihr beide neben mir sitzt. Frag mich nicht, warum. Ich weiß es selbst nicht. Es drückt hier drinnen und …« Ich klopfte mit der flachen Hand auf meinen Brustkorb. »… es hat nichts mit dir zu tun. Es geht einfach nicht. Nicht jetzt.«

Sie wich meinem Blick aus und schien ebenfalls mit sich zu kämpfen. Hatte ich schon wieder etwas falsch gemacht?

Drückende Stille füllte den Raum, und ich überlegte fieberhaft, wie ich sie durchbrechen konnte.

Schließlich war es aber Letti, die ihre Worte zuerst wiederfand. »Ist okay. Sag mir Bescheid, falls du irgendwann so weit bist. Ich werde da sein«, antwortete sie lächelnd und ließ mein Herz damit ein wenig leichter schlagen. »Und jetzt lass uns mit dem Wunschbaum weitermachen. Ich höre die Pizza schon nach uns rufen.«

22. Matteo

13 ½ Tage bis Weihnachten

Ich blieb am Straßenrand stehen und betrachtete den Lärmschutzwall aus sicherer Entfernung. Das Licht der Laternen reichte gerade so aus, um die Farben auf der grauen Wand zum Leuchten zu bringen. Sie war nicht länger trist, sondern voller Leben.

Ich hatte gar nicht bemerkt, wie groß mein Bild inzwischen geworden war. Eigentlich sollte ich mich nicht länger hier rumtreiben. Es war riskant. In den meisten Gegenden gab es selbsternannte Sheriffs, die jedes noch so kleine Graffiti der Polizei meldeten. Besonders solche Bilder, die mit jeder Woche wuchsen. Jörg hatte mir erzählt, dass die Polizei solche Sprayer-Spots ab und zu nachts überwachen ließ. Diesen Quatsch glaubte ich aber nicht. Das hatte er wahrscheinlich nur gesagt, um mich vor Ärger zu schützen und mir ein bisschen Angst zu machen, damit ich wirklich damit aufhörte.

Was ich aber für möglich hielt, war, dass sie hin und wieder vorbeifuhren, wenn sie sowieso gerade in der Nähe auf Streife waren und nichts Besseres zu tun hatten. Bei der Vorstellung schüttelte es mich. Also würde ich mir für nächstes Mal wohl oder übel einen neuen Spot suchen müssen.

Oder doch besser jetzt gleich? Ich sah mich um. Alles still, wie immer. Und es kribbelte mir in den Fingern. Noch ein letztes Mal. Ich wollte keine Stunden mit der Suche nach einem neuen Spot verschwenden. Heute musste ich einfach nur das rauslassen, was sich den ganzen Tag in mir angestaut hatte. Ich würde mich beeilen.

Ich lief geduckt zu einem freien Stück an der Mauer. Dunkles Lila, Schwarz, Blau. All die Farben, die das Gespräch mit Letti und die Gedanken an Mama und Mike heute aus mir hervorgeholt hatte. Mehr brauchte ich nicht.

Ein kalter Windstoß drückte in meinen Rücken und wehte mir ein paar Schneeflocken um die Ohren. Ich schloss den Reißverschluss meiner Jacke bis zum Anschlag und zog mir den Schal über den Mund. Doch meine Nase ließ ich frei. Auch wenn es verdammt ungesund war, wollte ich den Duft der Farben genießen, das Blau einatmen und das Lila schmecken. Raus aus dieser verfluchten Winternacht und eins werden mit der Welt, die ich auf der Wand geschaffen hatte.

Ich öffnete die Dose, platzierte mein Cap und legte los. Das Zischen wirkte beinahe hypnotisierend, und ich ließ mich in den Tunnel fallen, in dem ich nichts mehr wahrnahm außer den Linien und meiner Farbe.

Ich hatte keine Ahnung, was ich da gesprayt hatte. Kreise und Linien verbanden sich zu einem riesigen, klumpigen Körper. Hörner, nachtschwarze Augen. All meine Ängste und Sorgen steckten in diesem hässlichen Etwas. Doch ich fühlte mich nicht leer. Im Gegenteil. Darunter kamen so viele warme Gefühle und Farben zum Vorschein, dass mir mit einem Mal nicht mehr kalt war.

Zum Glück hatte ich auch andere Farben mitgenommen. Schnell tauschte ich die dunklen Dosen gegen leuchtendes Rot und einen zarten Goldton. Dann steckte ich mir den linken Kopfhörer ins Ohr und suchte auf meinem Handy nach einem Lied, das zu meiner Stimmung und dem weihnachtlichen Motiv passte, das ich nun im Sinn hatte. Ich entschied mich für *Wonderful Dream* und drückte auf Play. Obwohl ich den Song schon viel zu oft gehört hatte, verfehlte er seine Wirkung nicht, und ich fühlte mich sofort ein bisschen weniger einsam an diesem dunklen Fleckchen. Ich begann mit dem Gold und zog schwungvoll ein paar Bögen quer über die Mauer.

Plötzlich streifte ein Lichtkegel meine Hand. Ich zuckte so sehr zusammen, dass mir die Dose wegrutschte.

Alarmiert fuhr ich herum und blickte direkt in den Strahl einer Taschenlampe. Gelbe Punkte tanzten vor meinen Augen. Ich kniff sie zusammen. *Shit, Shit, Shit!*

In meinem Kopf war nichts mehr außer dem Schrillen sämtlicher Alarmglocken. Doch ich musste nicht nachdenken. Meine Beine reagierten, bevor ich überhaupt einen klaren Gedanken fassen konnte. Ich sprintete los.

Nebenbei riss ich mir den Kopfhörer aus dem Ohr. Hierfür würde ich all meine Sinne brauchen.

Hinter mir donnerten Schritte über die Erde, die ebenso schnell waren wie meine, aber noch ein bisschen weiter entfernt. Ich war versucht, einen Blick nach hinten zu werfen. Mit ein bisschen Glück war es nur ein Anwohner. Vielleicht sollte ich lieber stehenbleiben und versuchen, mich rauszureden.

»Stehenbleiben! Polizei!«, ertönte nun eine dunkle Stimme und brachte mich beinahe zum Stolpern.

Scheiße, scheiße, scheiße!

Das Blut schoss durch meinen Körper und beförderte einen extra Adrenalinschub in meine Beine. Ich beschleunigte nochmal. So schnell war ich noch nie gerannt. Doch auch mein Atem wurde so schnell knapper, dass ich dieses Tempo bestimmt nicht lange durchhalten würde. Aber das musste ich. Sonst würde alles vorbei sein.

Jörgs Stimme hallte in meinem Kopf wider.

Haftstrafe. Drei Jahre.

Ich bog auf die Autobahnbrücke ein. Auf der anderen Seite kam der Wald zum Vorschein, in dem sich bestimmt ein Platz zum Verstecken finden würde – wenn ich nur lange genug rannte, um meine Verfolger abzuhängen.

»Stopp! Stehenbleiben und auf den Boden!«, rief nun ein weiterer Mann hinter mir.

Keuchend erreichte ich das Ende der Brücke.

Nein. Bloß nicht stehen bleiben.

23. Letti

13 Tage bis Weihnachten

»Hey, Letti, was machst du denn hier? Du hast dich doch für heute gar nicht eingetragen.« Jessy winkte mir aus dem Stationszimmer zu und lehnte sich mit ihrem Kaffee in den Türrahmen.

»Hey, Jessy. Ja, ich hab heute eigentlich frei … aber ich hab gesehen, dass Matteo im Plan steht. Ich wollte ihn überraschen.« Ich hatte schon damit gerechnet, dass jemand nachfragen würde.

Zuerst war ich mir nicht sicher gewesen, ob ich die Wahrheit sagen sollte. Die meisten Mitarbeitenden auf der Station hatten mittlerweile allerdings sowieso schon mitbekommen, dass da mehr zwischen uns war als nur kollegiale Unterstützung. Sie hatten nicht den Eindruck gemacht, als hätten sie ein Problem damit – im Gegenteil.

»Das ist ja süß«, sagte Jessy und zwinkerte mir zu. »Aber ich befürchte, er ist noch gar nicht da.« Sie warf einen Blick auf ihre Smartwatch. »Hm. Vielleicht hab ich ihn auch nur verpasst. Du kannst dich ja mal umsehen.

Und wenn dir langweilig ist ... Lilly und Zaineb haben sich heute früh gezofft und wollten, dass ich ihre Betten so auseinanderschiebe, dass sie sich nicht mehr anschauen müssen. Es wäre super, wenn du da ein bisschen die Wogen glätten würdest.«

»Klar, aber ich garantiere für gar nichts. Lilly war gestern schon mies drauf, weil der Arzt ihrem Teddy nur ein Pflaster draufgeklebt und sich geweigert hat, ihm einen richtigen Zugang zu legen.«

Jessy lachte und checkte erneut die Uhrzeit. »Einen Versuch ist es trotzdem wert. Aber ich muss dann mal wieder ran, die Pause ist vorbei.« Sie stellte ihre Kaffeetasse ab und winkte mir nochmal zu, als sie sich in die andere Richtung des Flurs auf den Weg machte.

Ich hielt erneut Ausschau nach Matteo, konnte ihn aber nirgendwo finden. Langsam hatte ich das Gefühl, es wurde zu seinem neuen Hobby, sich vor mir zu verstecken. Vielleicht war er aber auch wirklich nur spät dran. Er hatte Frau Möller versprochen, einige DVDs mit Weihnachtsfilmen mitzubringen, die er noch aus Kindertagen aufgehoben hatte. Wie ich ihn kannte, hatte er bestimmt den letzten Videoverleih der Stadt ausfindig gemacht und war damit beschäftigt, alle weihnachtlichen Filme zusammenzusuchen, die es jemals gegeben hatte.

Bevor ich zu den Mädels ins Zimmer ging und sie davon überzeugte, sich nicht zu hassen, wollte ich Mila kurz Hallo sagen. Doch als ich über den Flur ging und den Blick über die weihnachtlich-dekorierten Türen wandern ließ, machte sich ein mulmiges Gefühl in meinem Bauch breit.

Ich lief den Korridor entlang bis zur Mitte. Dann

stoppte ich und drehte mich um. So weit hinten lag ihr Zimmer doch gar nicht. Und dann dämmerte es mir. Die Zeichnung. Milas Einhorndrache. Er war nicht da.

Skeptisch zählte ich die Zimmer im Vorbeilaufen ab, bis ich vor ihrem stand. Wie am Tag zuvor klopfte ich und hoffte, ihr fröhliches »Herein« zu hören. Doch ich bekam keine Antwort. Die fehlende Zeichnung und ihr Schweigen weckten plötzlich meine schlimmsten Fantasien und ließen mich befürchten, dass sie dieses Mal nicht einfach nur schlief.

Ich wartete nicht, ging sofort hinein – und wurde vom Geruch eines starken Desinfektionsmittels mit Chlornote empfangen.

Fassungslos starrte ich auf das Bett. Es war frisch gemacht und mit einem Plastiküberzug bedeckt. Perfekt vorbereitet für den nächsten kleinen Patienten. Was?

Ich sah mich um. Keine Bücher auf dem Beistelltisch. Kein Tee, keine Tasche, nichts. Unter dem Fenster schimmerte der Boden noch feucht, als wäre er gerade erst gewischt worden.

Keine Panik. Bestimmt hatte ich mich nur mit dem Zimmer vertan. Ja, das würde es sein.

Ich schüttelte über meine eigene Dummheit den Kopf, musste dabei aber grinsen. Ich hatte wirklich Talent darin, mir die Dinge stressig und kompliziert zu machen. In der Erwartung, gleich eine falsche Zimmernummer zu lesen, lief ich nach draußen und checkte das Türschild. Blinzelnd las ich die Zahlen. 309. 3...0...9. Ich hatte mich nicht verguckt. Das war Milas Zimmer.

War. Jetzt offensichtlich nicht mehr.

In meinem Hals bildete sich ein kleiner Kloß. Ich ignorierte ihn jedoch. Kein Grund zur Panik. Das konnte alles Mögliche bedeuten.

Dummerweise war ich noch nicht lange genug in der Klinik, um die Situation richtig einschätzen zu können. Sowas war mir in den Wochen hier noch nie passiert. Frau Möller brachte mich fast täglich auf den neusten Stand. Ich bekam zwar nicht immer mit, wenn neue Kinder kamen, aber immer, wenn welche gingen, mit denen ich Zeit verbracht hatte.

Dieses Szenario, dass ein Zimmer plötzlich leerstand, kannte ich nur aus Serien wie *Grey's Anatomy*. Und die waren medizinisch gesehen doch totaler Quatsch, oder? In solchen Szenen bedeutete es jedes Mal, dass jemand …

Ich ließ den Gedanken nicht zu. Sowas war hier nicht passiert. Mila hatte nur ein paar Brüche. Wir waren nicht die Onkologie oder die Intensivstation. Die Kinder, die hierherkamen, wurden alle wieder gesund.

Jessy war nirgendwo mehr zu sehen. Auch keine Frau Möller. Nur ein paar Eltern, die vor dem Aufenthaltsraum standen und sich unterhielten. Auch wenn ich wirklich nicht grundlos durchdrehen wollte, konnte ich unmöglich weitermachen, zu Lilly und Zaineb gehen und so tun, als wäre nichts. Erst musste ich herausfinden, was los war. Wahrscheinlich hatten sie Mila nur aus organisatorischen Gründen in ein anderes Zimmer gesteckt.

Im Schwesternzimmer steuerte ich direkt die Pinnwand an, die beinahe die ganze Wand hinter der Tür füllte. Ich brauchte nicht lange, um den aktuellen Belegungsplan von heute zu entdecken. 309. Nichts. Ich scannte die anderen Zimmer nach Milas Namen ab. Auch nichts.

Mein Herz begann zu flattern, und meine Hände wurden schlagartig feucht. Was passierte hier? Sie konnte doch nicht einfach verschwinden!

In einem Anflug von Panik lief ich wieder hinaus. Irgendwo musste ein Arzt oder Pfleger stecken! Eine Zimmertür stand offen. Ich hörte die Stimmen einiger Erwachsener. Also zögerte ich nicht lange.

Ein Arzt, dessen Name ich vergessen hatte, saß auf der Bettkante bei einem neuen Patienten. Eine junge Frau hielt dem Kleinen die Hand, während der Arzt ihm in die Augen leuchtete.

Paul, einer der Pfleger, stand mit einem Klemmbrett daneben und drehte den Kopf, als er mich reinkommen hörte.

»Gibt's ein Problem?«, fragte er alarmiert.

»Ich weiß nicht. Wo ist Mila?«

Er wechselte einen Blick mit dem Arzt, der mein Herz beinahe einfrieren ließ. O Gott. Das konnte nicht gut sein. Der Arzt machte eine Kopfbewegung in Richtung Tür.

Paul legte das Klemmbrett ab und schob mich nach draußen.

Er schloss so langsam die Tür, dass ich ihn beinahe angeschrien hätte, schneller zu machen.

»Mila ist heute Nacht operiert worden«, sagte er schließlich und sah mich an, als wolle er erst meine Reaktion prüfen, bevor er weitersprach.

»Operiert? Aber … das Bein war doch schon wieder zusammengeflickt.«

Er kratzte sich im Nacken und hielt immer noch den Türgriff fest. »Es war auch keine geplante OP. Die Wunde hat sich von innen heraus entzündet, und es haben sich Abszesse gebildet. Heute Nacht hat sich ihr Zustand so schnell verschlechtert, dass die Ärzte etwas unternehmen mussten. Ihre Werte waren alarmierend. Es war wohl eine Blutvergiftung.«

Mir wurde schlecht. Blutvergiftung ... das leere Zimmer ...

Sofort musste ich daran denken, wie sie neulich beim Vorlesen eingeschlafen war und ich es als Kleinigkeit abgetan hatte. Hätte ich mich bloß nicht so von diesem sinnlosen Gestreite mit Matteo ablenken lassen. Hätte ich Frau Möller nur Bescheid gesagt und darauf bestanden, dass sie sofort eine gründliche Untersuchung bekommt. Ich war schuld, wenn sie ...

»Wo ist sie jetzt?«, fragte ich mit belegter Stimme. Ich räusperte mich, doch der Klumpen in meinem Hals wurde nur noch größer und machte mir das Atmen schwer. Wollte ich die Antwort überhaupt hören?

»Auf der Intensivstation. Die Werte müssen ständig im Blick behalten werden. Das können wir hier nicht leisten.«

Eigentlich sollte ich erleichtert sein, weil sich meine schlimmsten Befürchtungen nicht bestätigt hatten. Doch was er erzählte, jagte mir ebenso große Angst ein.

»Aber sie wird wieder gesund, oder? Kann ich sie dort besuchen?«

Endlich ließ Paul die Klinke los. Doch stattdessen begann er, am Saum seines weißen Shirts zu spielen, was mich beinahe genauso verrückt machte. »Versprechen können wir nie etwas. Ihre Blutwerte müssen sich normalisieren, und sie wird einiges an Kraft brauchen. Die nächsten zwei Tage sind also wichtig. Aber ...« Er machte eine beschwichtigende Handbewegung. »... die Ärzte waren ganz ruhig. Also denke ich mal, dass sie alles im Griff haben.

Wenn jemand in richtig kritischem Zustand ist, sieht das anders aus. Also … glaube ich zumindest, wenn ich so darüber nachdenke. Kam hier schon länger nicht mehr vor.«

Ich hoffte, dass es nicht Paul gewesen war, der Milas Eltern diese Nachricht überbracht hatte. Er war sicher gut in seinem Job. Aber er war wirklich schlecht darin, Leute zu beruhigen.

»Also kann ich nicht nach ihr schauen?«, wiederholte ich meine Frage.

»Im Moment leider nicht, nein. Doch du kannst jederzeit bei den Kolleginnen nachfragen, wie es ihr geht, falls dir das hilft.«

Ich bedankte mich bei Paul, der mir daraufhin aufmunternd auf die Schulter klopfte und wieder ins Zimmer schlüpfte.

Ich fühlte mich, als hätte mir jemand sämtliche Energie aus dem Körper gesaugt. Es war nicht mehr genug übrig, um bei Lilly und Zaineb die fröhliche, spaßige Letti zu spielen. Stattdessen stand ich einfach nur da, starrte den Flur hinunter und wünschte mir, dass Matteo gleich auftauchte. Ich sehnte mich nach seiner Nähe, seinem Duft und diesem Moment, wenn er mich in die Arme schloss und nichts mehr zählte außer wir zwei.

Ich fixierte die Glasscheiben zum Treppenhaus, in der Hoffnung, ihn heraufzubeschwören, doch die Flügeltür rührte sich keinen Zentimeter. Also zog ich mein Handy aus der Hosentasche und öffnete unseren Chat.

> Bist du heute doch nicht in der Klinik?

Die Nachricht reihte sich unter die letzten beiden ein, die immer noch keine blauen Haken bekommen hatten. Selbst meine Guten-Morgen-Nachricht hatte er noch nicht gelesen. Das war ungewöhnlich für Matteo. Sonst war er eigentlich derjenige, der zuerst wach war und mir gleich schrieb, während er noch im Bett lag ... oder eher auf dem Sofa.

Hatte sich das Universum denn heute komplett gegen mich verschworen? Ich hielt es nicht aus, einfach nur zu warten. Also wählte ich seine Nummer. Es klingelte, aber er ging nicht ran.

Wo steckte er nur? Meine Sorge um ihn wuchs und drückte so schwer auf mir, dass sich langsam ein dumpfer, migräneartiger Schmerz in meinem Kopf ausbreitete. Matteo war der Einzige, der mich gerade verstehen würde. Hier in der Klinik würde ich die anderen mit meinen Ängsten um Mila nur nerven und von der Arbeit abhalten.

Ich beschloss, draußen zu warten. Ein bisschen frische Luft würde vielleicht gegen die Kopfschmerzen helfen. Und bestimmt würde Matteo gleich ankommen. Oder?

24. Letti

13 Tage bis Weihnachten

Verunsichert stand ich vor dem modernen Mehrfamilienhaus und schaute zu den Fenstern im zweiten Stock hinauf. Das Rot der untergehenden Sonne spiegelte sich in den Gläsern und machte es mir unmöglich, etwas in ihnen zu erkennen.

Ich war hin- und hergerissen. Sollte ich klingeln oder lieber wieder gehen? Ging das zu weit, bei ihm vorbeizuschauen? Das war eigentlich nicht meine Art. Ich wollte ihm auf keinen Fall das Gefühl geben, ihn zu kontrollieren.

Vielleicht hatte Matteo sich ja bewusst nicht gemeldet. Es wäre sein gutes Recht, sich auch mal einen Tag für sich selbst zu nehmen, ohne dass ich ihm ständig an den Fersen klebte. Wir hatten in den letzten Tagen so viele Wunschbaum-Geschenke zusammen besorgt, dass es mich nicht wundern würde, wenn er ein bisschen Ruhe brauchte.

Irgendwie passte das aber nicht zu dem Matteo, den ich

bisher kennengelernt hatte. Wenn wir uns nicht sahen, schrieben wir ständig miteinander. Er schickte mir minutenlange Sprachnachrichten, in denen er erzählte, was er gerade machte. Auch wenn es etwas völlig Unspektakuläres war, wie schnell zum Supermarkt zu laufen, um eine Packung Toast zu besorgen.

Und jetzt sollte er am gleichen Tag zufällig auch noch vergessen haben, den Kindern die Weihnachtsfilme vorbeizubringen? Nein, da stimmte etwas nicht. Und wenn ich mir schon wieder zu viele Sorgen machte und er doch einfach nur einen miesen Tag hatte, konnte er mir das ja sagen, und ich würde wieder abhauen.

Ich scheiterte allerdings bereits am Klingelschild. Matteos Name war nirgendwo angebracht, und erst jetzt fiel mir auf, dass ich keine Ahnung hatte, wie Simon mit Nachnamen hieß.

Also Augen zu und durch. Ich drückte wahllos einige Klingelknöpfe.

Eine Frauenstimme schepperte durch die Gegensprechanlage. »Ja, bitte?«

»Äh … Pizza!«, rief ich betont fröhlich und betete, dass sie nicht weiter nachfragen würde.

Es klappte. Der Summer erklang, und ich beeilte mich, ins Haus zu kommen. Eine ältere Dame steckte im ersten Stock den Kopf durch die Tür und beobachtete mich neugierig, doch ich hob nur die Hand zum Gruß und sprintete weiter in den zweiten Stock.

Offensichtlich hatte ich die richtige Klingel nicht erwischt – oder es war niemand zu Hause. Bei Simon und Matteo hatte niemand geöffnet.

Ich klopfte und trat einen Schritt zurück. Sofort drangen Geräusche aus der Wohnung, und ich atmete auf.

Simon öffnete die Tür. Er hielt ein nasses Glas in der Hand und hatte sich ein Spültuch über die Schulter geworfen. Als ich sein Gesicht sah, kehrte jedoch das flaue Gefühl, das mich den ganzen Tag begleitet hatte, mit voller Wucht zurück. Er sah verdammt fertig aus.

»Letti«, sagte er tonlos, als wäre er nicht mal überrascht, dass ich vor seiner Tür stand. »Komm rein.« Er trat zur Seite und fuhr sich mit der freien Hand durch die Haare, die auf der einen Hälfte wild vom Kopf abstanden und auf der anderen plattgedrückt waren.

»Ist Matteo da?«, fragte ich, während er hinter mir wieder zumachte.

Seufzend schüttelte er den Kopf. »Setz dich doch, ich bin gleich bei dir. Willst du was trinken? Ein Glas Wasser, oder besser gleich Tequila?« Er lachte. Obwohl ich es gerne für einen Scherz gehalten hätte, entging mir die Bitterkeit darin nicht.

Mir wurde zuerst heiß, dann lief mir plötzlich ein kalter Schauer bis zum Bauchnabel hinunter. Was würde er mir gleich erzählen?

»Ich … bleibe erstmal beim Wasser, danke.«

Während Simon sich in der Küche um die Getränke kümmerte, ging ich ins Wohnzimmer und setzte mich auf die Couch. Ich sank tief in den viel zu weichen Polstern ein und musste sofort daran denken, wie Matteo letztes Mal den Arm um mich gelegt und ich mich an ihn gekuschelt hatte. Ohne ihn fühlte ich mich seltsam verloren und rutschte näher an den Rand, um wenigstens die Armlehne neben mir zu haben. Vor mir auf dem Tisch türmte sich ein unordentlicher Stapel Ordner und Schnellhefter, die letztes Mal noch nicht da gewesen waren. Es sah aus, als hätte ihn gerade erst jemand durchwühlt.

Simon kam mit zwei Gläsern Wasser zurück und setzte sich mir gegenüber auf den Boden. Normalerweise hätte ich ihn gefragt, ob es an meinem furchtbaren Gestank lag, dass er sich nicht zu mir gesetzt hatte. Doch sein Ausdruck verriet mir, dass gerade nicht der richtige Moment war, um dumme Witze zu machen.

»Ist er okay?«, fragte ich geradeheraus. So viel Furchtbares konnte an einem Tag doch gar nicht passieren. Erst Mila, und dann auch noch Matteo? Wie groß war die Wahrscheinlichkeit? Simon würde sicher gleich nein sagen. Aber wenn es doch so war, musste ich es wissen.

»Ihm geht's gut, keine Sorge. Doch er ... Mann, ich weiß gar nicht, was ich sagen soll.« Er ließ sich nach hinten fallen, bis er auf dem Rücken lag und an die Decke starrte. »Oder ob ich überhaupt was sagen soll. Vielleicht will er es dir lieber selbst erzählen ... aber keine Ahnung, ob er das dann überhaupt noch kann.«

Ich verstand kein Wort. »Simon, du machst es damit nicht gerade besser. Spuck's schon aus. Was ist los?«

»Okay. Er hat Scheiße gebaut. Richtige Scheiße. Aber ... du musst mir erst versprechen, ihm nicht den Kopf abzureißen, okay? Er weiß selbst, dass es dumm war, und kann gerade jede Unterstützung gebrauchen.«

Langsam dämmerte es mir. »Sie haben ihn beim Sprayen erwischt.«

Simon stützte sich auf seinen Unterarmen ab und sah zu mir herüber. »Jap. Heute Nacht. Ich hab so oft versucht, ihm das auszureden. Es war nur eine Frage der Zeit, bis sie ihn drankriegen. Aber er wollte einfach nicht damit aufhören.«

»Heute Nacht schon? Und er ist immer noch bei der Polizei?« Ich kannte mich nicht besonders gut mit solchen Prozessen aus. Meine Kontakte mit der Polizei beschränkten sich auf einen einzigen Besuch auf der Wache, als mir vor zwei Jahren das Fahrrad gestohlen worden war und ich es gemeldet hatte. Allerdings klang es für mich ziemlich beunruhigend, wenn sie ihn so lange bei sich behielten.

Simon lachte auf. »Immer noch? Wir können froh sein, wenn er überhaupt wieder rauskommt und sie ihn nicht direkt in die JVA weiterschicken.«

»Ernsthaft? Die können ihn wegen ein bisschen Graffiti einbuchten?«

Simon nickte.

»Aber er ist doch noch nicht mal volljährig. Ich dachte, das Jugendstrafrecht ist ziemlich tolerant. Das kommt mir viel zu krass vor. Ein bisschen Sprayen tut doch niemandem weh. Die müssen ihn doch mit ein paar mehr Sozialstunden oder einer Geldstrafe gehen lassen.«

»Erstmal ist es nur U-Haft. Und damit hättest du wahrscheinlich auch recht ... wenn es bloß nur das Sprayen wäre ...« Er setzte sich auf und fuhr sich mit beiden Händen übers Gesicht.

Ich traute mich nicht mehr, weiterzuatmen. Nur das Sprayen? Was denn noch?

»Ich bin mir ziemlich sicher, dass es gar kein Stress gewesen wäre, wenn er nur dabei erwischt worden wäre. Aber er hat ja noch nicht mal seine Sozialstunden durch, und mit diesen Vorstrafen ... sein Register ist langsam schon ganz schön voll. Wie muss das für die aussehen?

Schwerer Hausfriedensbruch, Bedrohung, Körperverletzung und jetzt auch noch das Sprayen … die halten ihn bestimmt für einen Hochkriminellen.«

Ich blinzelte Simon perplex an und wartete darauf, dass er lachte. Irgendeine Regung, die mir verraten würde, dass er nur einen Witz gemacht hatte. Aber nichts passierte.

Plötzlich fielen mir die Unterlagen auf, die aus einem der Ordner hervorragten. Auf einem der Zettel prangte ein Stempel des Gerichts, ausgestellt auf ein Datum im letzten März. Und direkt darunter … *Ermittlungsverfahren gegen Matteo Miron wegen Körperverletzung.*

Simon schien zu bemerken, dass ich meinen Blick nicht von dem Papier lösen konnte. »Sorry für das Chaos. Ich hab vorhin schnell ein paar Unterlagen raussuchen und seinem Betreuer bringen müssen. Leider hab ich nicht alles gefunden, was er gebraucht hätte. Da muss wohl noch einiges bei seiner Mum liegen.«

Ich fühlte mich wie betäubt. Spürte weder meine Arme noch meine Beine, nicht mal meinen Atem oder meinen Herzschlag. Mein Kopf war wie in Watte gepackt.

Entweder kapierte Simon nicht, dass ich schon seit einer Ewigkeit nichts mehr gesagt hatte, oder er tat es als Sorge um Matteo ab. »In zwanzig Minuten wollte ich sowieso nochmal bei Jörg anrufen und fragen, wie der aktuelle Stand ist. Willst du so lange hier warten? Du kannst auch den ganzen Abend hierbleiben, wenn du nicht alleine sein willst. Du siehst ehrlich gesagt ziemlich mitgenommen aus.« Er schaute auf sein Handy. »Irgendwann müsste auch meine Freundin hier aufschlagen. Sie bringt was zu essen mit, sicher mehr als genug für drei.«

Es dauerte, bis die Bedeutung seiner Worte in mein

Bewusstsein sickerte. Denn alles, was meine Aufmerksamkeit fesselte, war die Erkenntnis, die immer und immer wieder durch meinen Kopf hallte.

Körperverletzung. Bedrohung. Hochkriminell. Er hat gelogen. Ohne ein Wimpernzucken. Einfach gelogen.

»Nein«, krächzte ich und musste beinahe husten, weil mein Hals plötzlich so trocken war. Ich schluckte und räusperte mich, bevor ich weitersprach. »Ich muss jetzt gehen.«

»Oh … okay.« Simon zog überrascht eine Augenbraue nach oben, und ich konnte es hinter seiner Stirn förmlich arbeiten sehen. »Sicher? Ist wirklich alles in Ordnung?«

»Ja.« Ich stand auf. Die Wohnung drehte sich einen Moment lang. *Reiß dich zusammen, Letti.*

Simon rappelte sich ebenfalls auf. »Willst du mir deine Nummer geben? Dann sag ich dir Bescheid, wenn ich mehr weiß.«

Ich sah ihm direkt in die Augen und versuchte, darin zu lesen. Doch alles, was ich wahrnahm, war ihre grüne Farbe mit den kleinen braunen Sprenkeln. Wenn ich es nicht besser wüsste, hätte ich sie für die Augen eines ehrlichen und besorgten jungen Mannes gehalten. Aber Matteos Augen hatten auch gelogen.

Simon wohnte mit diesem Schwerverbrecher unter einem Dach. Er versuchte sogar, ihn zu schützen und aus dem Knast zu holen. War er nur ein guter Freund oder vielleicht sogar selbst gefährlich?

Ich konnte kein Risiko eingehen. Ich durfte ihn nicht verärgern oder misstrauisch werden lassen. »Mhm«, quetschte ich deswegen hervor.

Er öffnete einen neuen Kontakt auf seinem Handy und

hielt es mir entgegen. Ich überlegte kurz, eine falsche Nummer einzutippen, entschied mich dann jedoch dagegen.

Zum Glück. Denn als ich zur Tür ging, klingelte es plötzlich in meiner Hosentasche.

»Das bin ich. Wollte nur kurz durchklingeln, damit du meine Nummer auch hast.«

Ich fühlte mich wie eine Wahnsinnige. Ich verlor langsam komplett den Verstand und wusste überhaupt nicht mehr, was ich glauben konnte und was nicht. Wollte er das wirklich? Oder hatte er nur kontrollieren wollen, ob ich ihm die richtige Nummer gegeben hatte?

Ohne noch etwas zu sagen, öffnete ich die Tür und machte zwei rettende Schritte ins Treppenhaus. Simon versuchte nicht, mich aufzuhalten.

»Pass auf dich auf. Bis bald«, sagte er, doch ich sah nicht mehr zurück. Meine Füße trugen mich die Treppe hinunter und schließlich nach draußen, weg von diesem Haus. Weg von allem, was mit Matteo zu tun hatte. Hoffentlich für immer.

25. Matteo

13 Tage bis Weihnachten

Jörg ließ den Motor an. Die Scheinwerfer leuchteten auf, doch der Schneeregen war so stark, dass der Parkplatz trotzdem kaum zu erkennen war. Er rangierte das Auto vorsichtig aus der Parklücke und bog dann auf die Hauptstraße ein.

Ich lehnte den Kopf gegen die Scheibe auf der Beifahrerseite und schloss die Augen. In der Schwärze tanzten die Schneeflocken und Regentropfen jedoch weiter. Trotz des Brummens des Motors kam es mir unerträglich still vor. Ich musste etwas sagen. Nur gab es keine Worte für das, was ich ausdrücken wollte.

»Danke.«

Ich wusste, dass das zu wenig war. Aber es war besser als gar nichts. Vielleicht würde ich irgendwann einen anderen Weg finden, ihm zu zeigen, wie viel Dankbarkeit wirklich in mir steckte. Gerade war ich zu erschöpft, um mir weiter den Kopf darüber zu zerbrechen.

»Wofür? Dachtest du, ich würde dich dort sitzen lassen?«, brummte Jörg.

Ich versuchte, die Augen zu öffnen. Meine Lider flatterten, und ich richtete mich auf und streckte mich, bis ich meinen Körper wieder unter Kontrolle hatte.

»Du hättest ihnen alles Mögliche erzählen können. Und soweit ich weiß, ist es auch nicht selbstverständlich, dass du gleich einen Spitzenanwalt mitbringst.«

»Zwischendurch hab ich mich selbst gefragt, warum ich mir das antue. Wir haben so oft darüber geredet, was passiert, wenn du nicht aufhörst. Es war absehbar, dass sie dich erwischen.« Am liebsten wäre ich auf die Größe eines Gartenzwergs zusammengeschrumpft, um unter den Sitz rutschen zu können. »Weißt du, was das Schlimme daran ist? Ich hab schon viele Jungs betreut, die es einfach nicht begriffen haben. Oft rede ich mit ihnen und habe das Gefühl, dass nichts von dem, was ich sage, in ihrem Kopf ankommt. Als würde ich gegen eine Wand reden. Aber du ...« Er seufzte. »Du bist weder dumm noch emotional blockiert. Du hast es genau verstanden und warst dir der Konsequenzen die ganze Zeit bewusst. Trotzdem bist du wieder sprayen gegangen.«

Die Enttäuschung schwang in jedem seiner Worte mit und schien den Sauerstoff im Auto zu verdrängen. Jeder Atemzug stach in meiner Lunge.

Ja, ich könnte jetzt nicht hier, sondern hinter Gittern sitzen. Aber das war es nicht, was mir gerade so verdammt wehtat. Sondern die Gewissheit, seine Unterstützung und sein Vertrauen missbraucht und ihn so sehr enttäuscht zu haben. Noch nie hatte mich jemand so behandelt wie Jörg. Und ich hatte das alles mit Füßen getreten.

»Ich weiß nicht, warum ich das gemacht habe. Wahrscheinlich hab ich mich einfach zu sicher gefühlt. Ich dachte, die erwischen mich nie. Aber das war die dümmste Aktion, die ich jemals gebracht hab. Sogar noch dümmer als die Erste. Vielleicht bin ich einfach zu kaputt.«

»Bist du nicht.« Woher nahm er nur diese Gewissheit? Er hatte keine Ahnung, was in meinem Kopf vorging. Er sah hauptsächlich die Fakten, die Worte auf dem Gerichtsurteil. Trotzdem schien er immer noch mehr in mir zu sehen als einen missratenen Verbrecher. »Du musst aber aufwachen, und zwar jetzt sofort, bevor es endgültig zu spät ist, Matteo. Wenn es das nicht jetzt schon ist. Ich kann und will dir nicht versprechen, dass es nach deinem Urteil noch genauso rosig aussieht wie gerade auf der Polizeiwache. Es wird sehr auf die Stimmung der Richterin oder des Richters ankommen. Du hast bewusst gegen deine Auflagen verstoßen. Nicht mal dein Anwalt wird es anders auslegen können. Es ist auch fraglich, wie es deine Schulleiterin aufnimmt. Ich hoffe nur, dass du jetzt nicht suspendiert oder zurückversetzt wirst. Wir werden abwarten müssen, wie es weitergeht. Aber bis dahin …«

»… werde ich mir absolut nichts mehr zu Schulden kommen lassen. Jeden Tag Schule. Nicht mal mehr bei Rot über die Ampel gehen. Ich werde alles tun, um es irgendwie wiedergutzumachen. Das schwöre ich dir.«

Ein kleines Lächeln erhellte Jörgs Züge. »Übertreib es nicht gleich. Es würde schon ausreichen, wenn du das Sprayen bleiben lässt und dich fürs Erste von deiner Familie fernhältst. Dann haben wir die größten Gefahrenquellen eliminiert.« Er schaltete den Scheibenwischer in eine höhere Stufe. Die Wischblätter quietschten bei jedem

Zug, kamen jedoch trotzdem kaum gegen die eisigen Tropfen an, die immer schneller auf die Frontscheibe prasselten.

Dass ich mich von Mike fernhalten sollte, musste er mir nicht zweimal sagen. Am liebsten wäre ich ihm nie wieder begegnet. Aber von Mama? Das konnte ich nicht. Trotz allem, was vorgefallen war, würde ich sie nicht einfach im Stich lassen und dadurch noch weiter in Mikes Arme treiben. Jörgs Worte brachten mich jedoch zum Nachdenken.

Die Situation war verdammt verzwickt. Denn wenn ich mich nicht an seine Anweisungen hielt, lief ich Gefahr, an einem Ort zu landen, von dem aus ich ihr überhaupt nicht mehr helfen konnte. Vielleicht würde ich sie dann sogar nie wiedersehen. Im Knast würde sie mich garantiert nicht besuchen kommen.

Mein Kopf begann zu pochen, und ich rieb mir mit sanftem Druck die Schläfen.

»Alles in Ordnung?«, fragte Jörg.

»Abgesehen davon, dass ich seit sechsunddreißig Stunden nicht geschlafen habe und ich um ein Haar mein ganzes Leben ruiniert hätte, klar.« Bei dem Gedanken daran, was ich alles aufs Spiel gesetzt hatte, überkam mich eine böse Vorahnung. »Scheiße … die Kids! Was passiert jetzt mit meinen Sozialstunden? Brummen sie mir einfach noch ein paar mehr auf? Oder können sie mir verbieten, in der Klinik weiterzumachen?«

Jörg zögerte. »Darüber wollte ich eigentlich erst morgen mit dir reden, wenn du dich beruhigt und ausgeschlafen hast.«

Das war Antwort genug. Der Gurt drückte mit einem

Mal unangenehm auf meine Brust. Ich zog ihn ein wenig zur Seite, doch das half nicht viel. »Ich muss dort weg, oder?«

»Leider kann ich darüber nicht alleine entscheiden. Sonst wäre das kein Problem. Aber wir werden sehen müssen, was passiert. Die Situation ist für uns alle neu. Ich werde morgen gleich bei meinen Vorgesetzten nachfragen. Und ich bin auch verpflichtet, ein Gespräch mit Frau Möller zu führen und sie über deine neue Straftat zu informieren.«

Ganz toll. Als hätte es nicht schon gereicht, Jörg damit zu enttäuschen. Ich stellte mir Frau Möllers Gesicht vor, wenn er ihr erzählte, dass ich schon wieder straffällig geworden war, obwohl ich ihnen allen geschworen hatte, mir nichts mehr zu Schulden kommen zu lassen. Obwohl sie mir alle eine Chance gegeben und an mich geglaubt hatten.

Die tanzenden Lichter kehrten in mein Sichtfeld zurück. Dieses Mal gelang es mir nicht, sie wegzublinzeln.

»Wie stehen die Chancen?«, fragte ich tonlos, war mir aber gar nicht so sicher, ob ich die Antwort hören wollte.

»Nicht besonders gut. Es war schon schwierig genug, dich in die Klinik reinzubekommen. Ich habe kaum etwas in der Hand, um das jetzt noch vor den Kollegen im Gericht zu verteidigen.«

»Also werde ich Müll vom Seitenstreifen aufsammeln müssen? Was wird dann aus den Wünschen der Kinder?«

»Lass uns doch einfach abwarten, was die Zeit bringt, in Ordnung?«

Die restliche Fahrt über schwiegen wir. Trotzdem war es nicht mehr schwer, wach zu bleiben. Ich starrte nach vorne auf die Straße und versuchte, meine Gedanken unter Kontrolle zu bekommen, die ebenso schnell durch meinen Kopf wirbelten wie die Schneeflocken, in die sich der eisige Regen mittlerweile verwandelt hatte.

Jörg warf mich direkt vor meiner Haustür raus. Ich sperrte auf und betrat das Treppenhaus. Als ich mich nochmal umdrehte, stand sein Auto immer noch am Straßenrand, und er beobachtete mich durch das Beifahrerfenster. Dachte er, ich würde sofort wieder rausrennen und irgendwo Mist anstellen, wenn er nicht aufpasste? Ich winkte ihm demonstrativ zu. Er hob langsam die Hand, wandte sich ab und fuhr endlich davon.

Ich beeilte mich, nach oben zu kommen. Ich steckte den Schlüssel in die Wohnungstür, kam jedoch nicht einmal dazu, ihn umzudrehen, bevor sie von innen aufgerissen wurde.

»Alter, du bist frei! Was für ein Glück!« Simon zog mich an sich und klopfte mir so fest auf den Rücken, dass es beinahe wehtat.

»Noch. Wer weiß, wie lange«, brummte ich.

Simon ließ mich wieder los, strahlte aber übers ganze Gesicht. »Wird schon, glaub mir. Komm erstmal rein. Du musst bestimmt Hunger haben.« Er zog sein Handy aus der Tasche und begann, eine Nachricht zu tippen. Ich kam nicht dazu, nachzufragen, denn eine Bewegung am anderen Ende des Flurs ließ mich aufblicken.

Im Durchgang zum Wohnzimmer stand Nicole. »Ich hab extra ein paar Burritos mehr gemacht. Simon meinte, du magst sie gerne mit viel Käse. Soll ich sie dir warm machen?«

Einen Moment lang war ich zu perplex, um zu antworten. Ich hatte mich zwar schon vor ein paar Tagen bei Nicole für mein Reinplatzen neulich entschuldigt, und sie hatte ziemlich cool reagiert, doch irgendwie hatte ich trotzdem erwartet, dass sie meine Festnahme als neuen Grund nutzen würde, um Simon einzureden, dass er mich lieber rauswerfen sollte. Das Letzte, womit ich gerechnet hatte, waren Burritos. Doch ihr mitfühlender Blick zeigte mir, dass sie es wirklich gut mit mir meinte und das nicht nur tat, weil Simon sie darum gebeten hatte.

»Ja, bitte. Das wäre lieb von dir.«

Nicole nickte nur und verschwand sofort in der Küche.

»Ich erzähl dir gleich alles. Ich muss nur erst dringend mein Handy laden. Komplett leer«, sagte ich zu Simon.

Ich zog eilig Schuhe und Jacke aus und lief ins Wohnzimmer, wo ich mein Ladekabel unter dem Sofa hervorzog und mein Handy anstöpselte. Ungeduldig starrte ich auf den Bildschirm, bis endlich die Ladeanzeige erschien. Dann schaltete ich es ein. Keine Ahnung, was ich Letti sagen sollte. Sie hatte sicher versucht, mich zu erreichen, und musste sich inzwischen schon riesige Sorgen machen. Die Erklärungen konnte ich vielleicht auf morgen verschieben, wenn ich meine eigenen Gedanken sortiert und ein bisschen Kraft getankt hatte. Aber ich musste ihr auf jeden Fall Bescheid geben, dass es mir gut ging.

»Willst du was klären, oder ist es wegen Letti?«, fragte Simon und deutete auf mein Handy.

»Letti natürlich. Alles andere kann warten.« Ich tippte meine PIN ein. Sofort vibrierte es, und unzählige Benachrichtigungen ploppten auf. Nachrichten von Letti, verpasste Anrufe, von der Klinik, von Mama …

»Mach dir deswegen keinen Kopf. Sie war hier, und ich hab ihr gerade geschrieben, dass du wieder zu Hause bist.«

Ich ließ das Handy sinken. »Sie ... sie war hier?«

»Ja, ich glaube, sie hatte echt Angst, dass dir was passiert ist.«

Ein Anflug von Panik stieg in mir auf. »Was hast du ihr gesagt?«

»Na, dass du beim Sprayen erwischt worden bist und bei der Polizei sitzt. Ich konnte mir ja schlecht eine Story ausdenken und sie anlügen.«

Einerseits wollte ich aufatmen. Er hatte ihr offensichtlich nur das erzählt, was ich ihr sowieso hätte beichten müssen. Andererseits schlug mein Herz bei dem Gedanken daran, wie sie die Nachricht wohl aufnehmen würde, sofort schneller.

»Das hätte ich auch nicht von dir verlangt. Ich hätte nur echt nicht damit gerechnet, dass sie hier aufkreuzt. Wie hat sie reagiert?«

Simon überlegte. »Hm. Also zuerst ganz gut. Sie hat weder geschrien noch angefangen zu heulen. Aber als sich alles ein bisschen gesetzt hatte, war sie plötzlich superblass und hat fast nichts mehr gesagt.«

»Verdammt.« Das klang gar nicht gut. »Aber ... wie seid ihr auseinandergegangen? Was für einen Eindruck hat sie gemacht? War sie sauer?«

Was war ihr wohl durch den Kopf gegangen, das ihr die Worte geraubt hat? War es die Sorge gewesen, ich könnte nicht mehr rauskommen? Oder doch eher die Erkenntnis, dass sie mit einem Straftäter zusammen war, der so gar nicht in ihre Welt passte? Ich erinnerte mich nicht mehr, was ich ihr alles über meine Graffitis erzählt hatte.

Vielleicht war sie davon ausgegangen, dass ich damit aufgehört hatte, an verbotenen Stellen zu sprayen. Hatte ich sie damit enttäuscht oder sogar verletzt?

»Sauer würde ich nicht sagen, nein. Sie hat mir sogar ihre Nummer dagelassen, damit ich ihr Bescheid geben kann, wenn du raus bist oder es andere Neuigkeiten gibt.«

»Das macht man nicht, wenn man jemanden hasst, oder?«

»Natürlich nicht. Warum sollte sie dich auch plötzlich hassen? Ihr habt das Thema doch erst vor ein paar Tagen durchgekaut, oder?«

»So ungefähr, ja.«

Auch wenn Simon das schon erledigt hatte, tippte ich selbst noch eine schnelle Nachricht an Letti, in der ich ihr versprach, morgen mit ihr darüber zu reden, und ihr versicherte, dass sie sich keine Sorgen machen musste.

In diesem Moment balancierte Nicole einen dampfenden Teller voller Burritos ins Wohnzimmer und stellte ihn vor mir auf dem Couchtisch ab. Die Portion war so riesig, dass ich sie sicher nicht schaffen würde. Mein Magen war nach all den Stunden bei der Polizei zwar leer, doch die Sorgen lagen wie Steine in meinem Bauch und raubten mir jegliche Lust, etwas zu mir zu nehmen. Obwohl die Füllung herrlich duftete, hatte ich kaum Appetit.

Trotzdem bedankte ich mich nochmal bei Nicole, die sich mit Simon zu mir setzte, und begann langsam zu essen.

26. Letti

11 Tage bis Weihnachten

Ich verriegelte die Kabine der Schultoilette und tippte auf Anrufen. Der Wählton erklang sofort, und mich überkam der Impuls, mir das Handy vom Ohr zu reißen und es in der Toilette zu versenken. Aber ich konnte mich nicht vor diesem Anruf drücken. Die Alternative wäre, Matteo heute Nachmittag über den Weg zu laufen. Dazu war ich einfach noch nicht bereit. Ich brauchte Zeit, um mir zu überlegen, wie ich mit ihm sprechen konnte, ohne in Tränen auszubrechen.

»Möller, Station Garten, wie kann ich Ihnen helfen?«

»Hallo, Frau Möller. Hier ist Letitia.«

Sie klang überrascht. »Letitia? Was gibt's denn?«

»Ich …« War das nicht ein bisschen lächerlich, was ich hier abzog? Eine starke Frau würde sich der Situation stellen. Oder war es eher ein Zeichen von Stärke, wenn ich auf mich selbst achtete und mir eingestand, dass ich es die nächsten Tage nicht schaffen würde, Matteo gegenüberzutreten und gleichzeitig die Kinder aufzumuntern? »Ich …

312

hab mich für heute und übermorgen eingetragen, aber ich kann leider nicht kommen. Ich bin ziemlich erkältet.«

»Das ist aber nett, dass du Bescheid gibst. Wir sollten auch nichts riskieren. Die Kinder sollten keinen zusätzlichen Viren ausgesetzt werden. Es reicht schon, wenn die Verwandten der kleinen Patienten ihre Erkältungen anschleppen. Dann wünsche ich dir gute Besserung. Und nimm dir die Zeit, und kurier dich gut aus, bevor du wiederkommst.«

»Danke. Ich mach mir nur ein bisschen Sorgen, weil in den letzten Tagen so viele Wünsche dazugekommen sind. Wenn ich die nicht bald notiere und besorge, verpasse ich vielleicht einen oder schaffe es bis Weihachten nicht mehr.«

»Viel Zeit ist nicht mehr, da hast du recht. Aber mach dir deswegen keine Sorgen. Ich werde es Matteo sagen und ihm noch ein bisschen Geld auslegen, damit er sich darum kümmern kann. Das macht er bestimmt gerne.«

»Bestimmt, ja.« Ich starrte auf die Kritzeleien, die jemand auf die Wand der Klokabine geschmiert hatte. »Und Mila? Wie geht's ihr heute? Kann ich sie bald besuchen?« Hoffentlich hatte ich mir durch meine Krankmeldung nicht die Chance verbaut, ihr bald wieder beizustehen.

»Ich habe nichts Neues gehört. Also gehe ich davon aus, dass es langsam bergauf geht. Aber keine Sorge, sie ist nicht alleine. Ihre Eltern wechseln sich ab, es ist den ganzen Tag jemand bei ihr.«

»Ich würde sie trotzdem gerne bald sehen.« Ein paar Kabinen weiter drückte jemand die Spülung. Schnell legte ich die Hand übers Mikrofon. »Ich muss jetzt Schluss machen. Ich melde mich, wenn ich wieder fit bin«, murmelte ich zwischen meinen Fingern hindurch und legte nach Frau Möllers Verabschiedung direkt auf, bevor noch weitere seltsame Geräusche bei ihr ankommen konnten.

Als ich an eines der vergilbten Waschbecken trat, leuchtete mein Handy erneut auf. Matteo. Schon wieder. Vielleicht hätte ich es doch im Klo versenken sollen. Die Nachricht, zu der ich mich heute früh durchgerungen hatte, war offensichtlich nicht genug gewesen. Merkte er denn nicht, dass ich gerade nicht in der Lage war, mit ihm zu reden? Sonst hätte ich sicher auch eine andere Variante gewählt, als mich mit einem Text von ihm zu trennen. Ich kam mir feige vor. Doch andererseits war er derjenige gewesen, der nie offen und ehrlich mit mir kommuniziert hatte. Warum sollte ich mich also dazu zwingen, mit ihm zu reden, und dabei vielleicht noch in Tränen auszubrechen? Nein, das war es nicht wert. Ich wollte auf keinen Fall, dass er sah, wie sehr er mich wirklich verletzt hatte. Wir konnten das persönliche Gespräch später nachholen, wenn es ihm wirklich so wichtig war.

Ich riss meinen Blick vom Display los und steckte das Handy wieder in die Tasche. Sollte er es ruhig noch zehn Mal probieren. Ich würde mir die Zeit nehmen, die ich brauchte. Vielleicht half es sogar, wenn er mich nervte. Vielleicht würde ich dann schneller die rosarote Brille absetzen und ihn von der Seite sehen, die ich bisher nicht erkannt hatte. Vielleicht wäre es dann einfacher, von ihm Abstand zu nehmen.

Ich wusch meine Hände und warf noch einen prüfenden Blick in den Spiegel, bevor ich nach draußen zurückkehrte.

Nina stand nicht weit von der Toilettentür entfernt bei

Isabelle und Aki und unterhielt sich mit ihnen. Als ich mich zu ihnen stellte, entschuldigte sie sich bei den beiden und zog mich am Arm mit sich.

»Hast du es so eilig, zu Mathe zu kommen? Wir haben doch noch zehn Minuten.«

»Ich muss dich was fragen«, antwortete Nina und spähte in unser Klassenzimmer. Ein paar der Jungs saßen in der letzten Reihe zusammen, tippten auf ihren Handys und drehten genervt die Köpfe in unsere Richtung, sobald sie uns bemerkten.

»Nee, hier nicht«, murmelte sie, und ich folgte ihr zum anderen Ende des Flurs.

Sie lehnte sich gegen das bodentiefe Fenster. »Wie geht's dir? Wird es schon besser?«

»Wie soll es mir schon gehen? Ich glaube, ich steh immer noch ein bisschen unter Schock«, antwortete ich. Statt mich anzusehen, betrachtete Nina jedoch nur ihre Schuhspitzen. Sie wirkte heute beinahe noch abwesender als ich. Und das lag sicher nicht daran, dass sie meine gescheiterte Beziehung so sehr mitnahm.

»Du hast mich aber bestimmt nicht quer durch die Schule gezogen, um mich das zu fragen, oder?«

»Hm. Also, mir tut es leid, dass ich mit meinem Ratschlag neulich so danebenlag. Von dem, was du so erzählt hast, hab ich ihn wirklich für einen ehrlichen und warmherzigen Kerl gehalten. Offensichtlich ist meine Menschenkenntnis nicht besonders gut«, druckste sie herum und wich meiner Frage damit gekonnt aus.

Doch so leicht würde ich sie nicht davonkommen lassen. »Das war kein Ja und kein Nein.«

»Also ... würde dir ein bisschen Ablenkung guttun?«
Sie sah von ihren Schuhspitzen auf und neigte den Kopf.

»Kommt auf die Art der Ablenkung an«, antwortete ich. Eigentlich fiel mir spontan nichts ein, das mich genug ablenken und meine Stimmung aufhellen würde, außer vielleicht ein riesiger Haufen flauschiger Katzenbabys. Ich wollte sie allerdings nicht vor den Kopf stoßen.

»Eine Party morgen Abend?«

Sie lachte nicht. Also musste ich mich verhört haben.

»Seit wann gehen wir denn auf Partys?«

»Ist doch mal was anderes, eine nette Abwechslung, findest du nicht?« Ihre Stimme klang höher als sonst.

»Nein, eigentlich nicht«, erwiderte ich. »Aber wenn du mir endlich verrätst, was du vorhast, anstatt nur rumzudrucksen, kann ich dir sagen, ob ich dabei bin oder ob es immer noch eine blöde Idee ist. Gibt's da was umsonst?«

Plötzlich war sie sehr damit beschäftigt, an ihrem Zeigefinger herumzuknibbeln. »Letzte Woche bin ich doch bei dieser Spendenaktion auf dem Christkindlesmarkt aufgetreten, erinnerst du dich?«

»Klar.« Ich runzelte die Stirn. »Und?«

»Ich hab da jemanden kennengelernt ...«

Bei ihren Worten wurde ich hellhörig und konnte mir nur mit Mühe ein Grinsen verkneifen. »Erzähl mir alles!«

»Sie heißt Paulina und spielt Bass. Nach dem Auftritt standen wir alle noch zusammen am Glühweinstand und haben ein bisschen gequatscht. Sie ist unglaublich nett ... und hübsch ... und ich glaube, sie hat auch mit mir geflirtet.« Ihre Wangen nahmen einen zarten Rotton an.

Ich konnte meine Freude nicht länger verbergen und drückte mir die Hand auf die Brust. »Hach, wie süß. Das klingt ja, als würden deine Chancen echt nicht schlecht stehen.«

»Doch, ziemlich schlecht«, sagte Nina und seufzte. »Ich hab sie nicht nach ihrer Nummer gefragt. Ich hab mich einfach nicht getraut.«

»Das macht doch nichts. Wie kam sie denn dazu, mit euch aufzutreten? Sie kennt doch bestimmt welche von den anderen, oder? Da hat irgendwer garantiert ihre Nummer und kann sie dir geben.«

»Ja, schon … aber …« Sie lehnte sich zur Seite und sah an mir vorbei, offensichtlich um zu checken, ob jemand in unserer Nähe war.

Ich drehte mich ebenfalls kurz um, konnte aber niemanden entdecken. »Aber?«, fragte ich, obwohl ich mir schon denken konnte, warum sie davor zurückscheute.

»Du weißt schon.«

Ich schüttelte energisch den Kopf. »Nix da. Lass dich doch davon nicht abhalten. Wir leben im 21. Jahrhundert. Da denkt sich niemand was dabei, wenn du nach der Nummer von einem anderen Mädchen fragst. Und selbst wenn … steh dazu. Vielleicht geht es ihr ja genauso, und sie bewundert deinen Mut, wenn du die Sache in die Hand nimmst.«

»Hm. Ich weiß nicht. Da gäbe es eben eine einfachere Variante.«

»Und die wäre?«

»Die Party.« Ihre Stimme klang langsam wieder fester, und sie ließ endlich von ihrem Finger ab. »Eliah hat morgen einen Haufen Leute zu sich nach Hause eingeladen. Und ich hab gehört, dass sie dort sein wird. Aber ich kenn da kaum jemanden.«

Endlich verstand ich. Ich konnte mich nicht erinnern, jemals auf einer richtigen Hausparty gewesen zu sein. Das Einzige, was dem auch nur ansatzweise nahekam, waren Geburtstagsfeiern mit Nina und den anderen Mädels gewesen, die trotz großer Pläne allerdings meistens eher in einem Serienmarathon geendet hatten.

Ich war wirklich nicht in Stimmung für eine Party. Der Gedanke an ein überfülltes, stickiges Haus mit lauter Musik voll fremder und angetrunkener Menschen ließ mich kurz erschaudern. Aber es ging hier um Ninas Liebesleben und um ihre Freunde aus dem Orchester. Das, was sie immer von ihnen erzählte, klang nicht so, als würde es eine Party wie aus amerikanischen Teeniefilmen werden, an deren Ende alles in Scherben lag und sich niemand mehr daran erinnerte, was eigentlich passiert war.

Außerdem lag in Ninas Blick ein Flehen, das es mir unmöglich machte, Nein zu sagen. Ich konnte ihr die Chance nicht verbauen.

»Okay, meinetwegen. Ich bin dabei.«

Als Nina mich zu dem Haus führte, dessen Vorgarten von einem gigantischen, aufblasbaren Weihnachtsmann ausgefüllt wurde, überkam mich direkt ein ungutes Gefühl. Ich riss mich aber zusammen und sagte nichts, während Nina klingelte. Sie drehte sich um und lächelte mir aufmunternd zu. Dabei hätte ich eigentlich diejenige sein müssen, die ihr Mut machte. Doch sie wusste genau, wie viel ich von diesem Kitsch, den blinkenden Lichterketten an der Hecke und dem Fensterbild am Türglas hielt.

Ein Kerl mit zurückgegelten Haaren und Brille öffnete die Tür. Mein Blick fiel sofort auf seinen Pullover. Zwischen den rot-weißen Streifen waren Rentiere eingestickt. Urgs. Ich überlegte einen kurzen Moment, einfach umzudrehen und zu fliehen. Doch dafür war es jetzt zu spät. Nina löste sich aus seiner herzlichen Umarmung, und er streckte mir die Hand entgegen. »Hi, ich bin Eliah. Ich hoffe, du hast ordentlich Hunger mitgebracht. Das Buffet ist so riesig, dass wir noch einen Extratisch besorgen mussten.«

Nachdem ich ihm schlecht erzählen konnte, dass mir beim Anblick seines Pullis und des Vorgartens der Appetit vergangen war, und er eigentlich ganz nett zu sein schien, ergriff ich seine Hand und beließ es bei einem freundlichen Nicken. »Letti. Freut mich.«

Er nahm uns die Jacken ab und führte uns ins Wohnzimmer.

Irgendwie musste Nina vergessen haben, zu erwähnen, dass es sich um keine normale Party handelte. Glitzernde Girlanden hingen von der Decke und vibrierten zum Bass der Musik, die aus den Lautsprechern dröhnte. Die Tische vom Buffet waren vor der großen Glasfront aufgebaut und mit einer dicken Schicht Kunstschnee bedeckt. Und als wäre das noch nicht genug, trugen die meisten Gäste rote Weihnachtsmützen.

»Was soll das? Ist das eine Weihnachtssekte?«, sagte ich gerade laut genug über die Musik hinweg, dass nur Nina mich verstehen konnte.

»Nur eine kleine Weihnachtsparty. Sorry. Ich hätte

dich doch nie hierherbekommen, wenn ich es dir gesagt hätte. Und alleine hätte ich mich nicht getraut. Ist es wirklich so furchtbar für dich?«

Ich atmete tief durch. Hätte sie mich vor einer Woche hierhergeschleppt, hätte ich vermutlich darüber lachen können. Doch heute fühlte es sich an, als hätte ich ganze Schneebälle verschluckt, sobald ich anfing, darüber nachzudenken. Das hatte nichts mit meiner üblichen Weihnachtsabneigung zu tun. Trotzdem wollte ich ihr den Abend nicht versauen. Was war schon dabei? Wir würden zwei, drei Stündchen hier sitzen, nette Leute kennenlernen und dann wieder nach Hause gehen. Weihnachtsdeko und kitschige Mützen hin oder her. Hauptsache, Nina konnte ihre Chance nutzen.

»Ich werde es überleben«, antwortete ich und versuchte mich an einem Lächeln. Bestimmt wusste Nina, dass es nicht echt war, doch sie tat so, als würde sie es mir abkaufen, und gemeinsam gingen wir zum Buffet.

Sie begrüßte auf dem Weg dorthin ein paar Leute und stellte sie mir als Freunde aus der Musikschule vor. Obwohl ich ihre Namen nicht zum ersten Mal hörte, hatte ich sie schon wieder vergessen, als wir wenig später am Buffet ankamen. Ich war heute wirklich nicht ich selbst.

Unauffällig platzierte ich mich so, dass ich die anderen Partygäste beim Beladen meines Tellers im Blick hatte.

»Welche ist Paulina? Ist sie nicht da, oder warum haben wir nicht Hallo gesagt?«, flüsterte ich in Ninas Richtung, während ich einige Löffel eines Nudelsalats neben Blätterteiggebäck in Tannenbaumform klatschte.

»Ich muss gleich mal Eliah fragen. Ich seh sie nicht.«

Die Enttäuschung in ihrer Stimme war nicht zu überhören.

Na toll. Also waren wir beide umsonst auf einer Party, auf die wir keinen Bock hatten.

Wir suchten uns einen freien Platz zum Essen, doch sowohl der Esstisch als auch das Sofa waren schon besetzt. Also setzten wir uns im Wohnzimmer auf den Boden.

Lustlos stocherte ich mit einer Holzgabel in meinem Nudelsalat herum. Immerhin hatte jemand die Weihnachtsmusik leiser gedreht, und die Stimmen übertönten die Melodie. Trotzdem wurde ich dieses drückende Gefühl nicht los, das mich schon begleitete, seit wir das Haus betreten hatten. Nina schwieg und kaute viel zu lange an einem Tomate-Mozzarella-Spieß herum.

Als ich mir gerade ein paar aufmunternde Worte zusammenreimte, beugte sich ein Mädchen mit blauen Strähnen in ihrem dunklen Haar zu uns herunter und lächelte zuerst mich, dann Nina an.

»Hey, was machst du denn hier? Du hast gar nicht gesagt, dass du auch kommst. Darf ich mich zu euch setzen?«

Ninas Augen weiteten sich, und ihr Strahlen ließ mich nicht daran zweifeln, dass das wohl Paulina war.

»Klar, sehr gerne«, antwortete Nina und rutschte demonstrativ ein Stück zur Seite, um ihr Platz zu machen.

Paulina machte es sich im Schneidersitz neben ihr bequem, und ich nutzte die Gelegenheit, um sie unauffällig zu begutachten.

Ihr Kleid war ebenso schwarz wie die Netzstrumpfhose, die sie gerade zurechtzupfte. Der Kontrast zu Ninas heller Wollstrumpfhose hätte nicht größer sein können, trotzdem verstand ich sofort, was sie an ihr fand. Sie war wirklich hübsch, und ihr Lächeln so einnehmend, dass ich nicht anders konnte, als es zu erwidern.

Sie strich sich eine Strähne hinters Ohr, und mein Blick blieb daran hängen. Ich hatte gar nicht gewusst, dass man so viele Piercings auf ein einzelnes Ohr verteilen konnte.

»Cool, oder? Ja, das hat wehgetan. Nein, ich nehm die nicht alle zum Schlafen raus. Und schwer fühlen sie sich auch nicht an. Ich bin übrigens Paulina. Sonst noch Fragen?«

Sie war wohl weder auf den Mund noch auf den Kopf gefallen. Das machte sie nur noch sympathischer. »Das fragen dich bestimmt auch alle, aber … wie hast du deine Eltern überredet, für so viele Piercings zu unterschreiben? Und ich bin Letti.«

»War nicht nötig.« Sie zuckte mit den Schultern. »Meine Mutter ist einfach ein paar Mal mitgekommen und hat sich gleich selbst welche stechen lassen.«

Was für eine coole Mutter … Mit einem Mal fühlte ich mich pappsatt und schaffte es kaum, den nächsten Bissen herunterzuschlucken, den ich mir gerade in den Mund geschoben hatte. Zum Glück ergriff Nina das Wort und machte ihr ein Kompliment, sodass ich Zeit hatte, mich zu sammeln. Wahrscheinlich war es sowieso besser, die zwei ungestört miteinander reden zu lassen und nicht jedes Wort als stummer Zuhörer zu belauschen. Ich wollte nicht diejenige sein, die das Knistern zwischen den beiden zerstörte.

Nina sah mit gerunzelter Stirn zu mir, als ich mich erhob. »Ich hol mal was zum Trinken«, rief ich über das Stimmengewirr hinweg und zwinkerte ihr unauffällig zu.

Sie nickte und reichte mir ihren leeren Teller, den ich auf meinen stapelte.

»Der Weihnachtspunsch ist echt super, den musst du unbedingt probieren!«, sagte Paulina und deutete in Richtung des Buffets.

Ich kämpfte mich durch die Menschenmenge und brachte die Teller zum Stapel mit dem restlichen dreckigen Geschirr. Der Weg zur Punschschüssel war ebenfalls versperrt, weil sich ein Grüppchen davor unterhielt. Unentschlossen blieb ich zwischen dem Buffet und dem Durchgang zum Wintergarten stehen. Kein Gesicht, das mir auch nur im Entferntesten bekannt vorkam. Überall Weihnachtsmützen.

Ohne es zu wollen, schweiften meine Gedanken zu Matteo, wie er im Nikolauskostüm über die Station lief und wie er in der Abstellkammer vor mir gestanden hatte. Wie er die Mütze heruntergezogen hatte, damit ich an seinen Bart kam ... das warme Prickeln, als ich seine Wange berührt und ihn beinahe geküsst hatte ...

Mein Herz wurde mit einem Mal so schwer, dass es wehtat. Vielleicht war es doch keine so gute Idee, Nina alleine zu lassen. Ich konnte unmöglich in dieser Weihnachtshölle herumstehen, wo mich jedes noch so kleine Detail an ihn erinnerte. Hatte es nicht gereicht, dass der endlose Eislaufstress mir schon jegliche Freude an der Weihnachtszeit genommen hatte? Würde ich jetzt jeden Dezember auch noch an ihn erinnert werden? Vielleicht sollte ich einfach in ein Land auswandern, in dem Weihnachten nicht gefeiert wurde. In die Türkei vielleicht. Oder Somalia, da war es sogar verboten – auch wenn die restlichen Umstände nicht gerade verlockend waren.

Weil es sich seltsam anfühlte, als Einzige alleine herumzustehen, schlenderte ich in den Wintergarten, wo die Weihnachtsmusik kaum noch zu hören war.

»Hey, da kommt noch jemand!«, rief ein Mädchen, sobald ich zur Tür hereinkam.

Ein anderes Mädchen, das an einer Tischplatte lehnte, winkte mich zu sich. »Willst du mitspielen? Wir brauchen unbedingt noch jemanden in unserem Team, sonst können wir die Jungs nicht fertigmachen!«

Ich war mir nicht sicher, ob ich mich darüber freuen sollte, abgelenkt zu warden, oder ich mich lieber entschuldigen und wieder alleine in einer Ecke verschwinden wollte. »Was spielt ihr denn?«

»Punsch-Pong«, antwortete einer der Jungs lachend und deutete auf den Tisch hinter sich, der zu einer provisorischen Tischtennisplatte umfunktioniert worden war.

Ich kam ein paar Schritte näher. Statt Bechern waren an beiden Enden des Tisches halb gefüllte Punschgläser aufgestellt, die aussahen wie Elche. Matteo hätten sie sicher gefallen …

»Mit dem Geweih an den Gläsern werde ich niemals treffen, sorry.«

»Ach, komm schon«, sagte die Blonde, die mich hergerufen hatte, und legte mir den Arm um die Schulter. »Du musst dir wegen dem Punsch auch keine Sorgen machen. Ist alkoholfrei.«

Sie ließ mich wieder los, aber dafür sahen mich jetzt fünf Augenpaare erwartungsvoll an.

Ich schaute durchs Glas ins Wohnzimmer hinüber. Nina saß noch dort, wo ich sie mit Paulina zurückgelassen hatte – nur, dass die beiden inzwischen näher zusammengerückt waren. Sie gestikulierte ausladend, und ich bildete mir ein, ihr fröhliches Lachen bis in den Wintergarten hören zu können. Sie so glücklich zu sehen, beruhigte mich. Allerdings bedeutete das auch, dass ich hier wohl noch einige Stunden ausharren musste.

Als ich mich wieder dem Mädchen zuwandte, setzte im Wohnzimmer gerade *Last Christmas* ein. Ich versuchte, wegzuhören und all die Erinnerungen zu verdrängen, die erneut mit voller Wucht auf mich einprasselten.

Plötzlich gefiel mir der Gedanke, ein wenig Punsch-Pong zu spielen deutlich besser, als im Wohnzimmer herumzustehen und zwischen diesem Song und der überbordenden Weihnachtsdeko mit meinen Gedanken an Matteo alleine zu sein.

»Na gut, dann mal los. Ich bin dabei.«

27. Matteo

8 Tage bis Weihnachten

Ben zog zum dritten Mal am Saum meines Pullis und sah flehend zu mir auf. »Bitteee.«

Ich trat einen Schritt vom Wunschbaum zurück und tätschelte Ben den Kopf. »Sorry, Kumpel. So funktioniert der Wunschbaum leider nicht. Ein Wunsch für jeden, nicht mehr. Sonst fließt die Magie nicht. Deine Wünsche können dann nicht an den Nordpol weitergeleitet werden, und am Ende bist du der Einzige ohne Geschenk. Das wäre doch auch blöd, oder?«

Er zog eine Schnute. »Wie geht diese Magie? Wie WLAN? Papa hat so ein Gerät in der Steckdose im Büro, das das Signal stärker macht. Vielleicht funktioniert das ja auch für Wunschbäume!«

Obwohl mir heute nicht nach Lachen zumute war, konnte ich nicht anders, als zu grinsen. »Ich befürchte nicht, nein. Aber du kannst es ja mal bei deinen Eltern versuchen. Vielleicht haben die noch Platz für den ein oder anderen Wunsch.«

»Hm«, brummte er, ließ endlich meinen Pulli los und ging zurück zum Tisch, wo er gerade gemeinsam mit Leon angefangen hatte, einen Papierflieger zu basteln.

Solange die beiden im Aufenthaltsraum waren, konnte ich die Wunschkarten jedoch nicht abhängen. Das wäre zu auffällig. Allerdings drehte ich eine nach der anderen unauffällig um und versuchte, mir die Wünsche einzuprägen, um sie anschließend auf einem Zettel zu notieren. In den letzten Tagen waren nochmal so viele neue Karten dazugekommen, dass ich beinahe den Überblick verloren hatte. Aber es war mir wichtig, Frau Möller bei unserem Gespräch, das gleich bevorstand, eine Liste mit all den unerfüllten Wünschen zu geben. Denn ich würde es nicht mehr schaffen, sie alle alleine zu erfüllen. Erst recht nicht ohne Letti.

Ich holte mein Handy aus der Tasche und checkte, wie so oft in den letzten beiden Tagen, unseren Chatverlauf. Obwohl ich mir sicher war, nichts Neues bekommen zu haben, stach es beim Anblick ihres ausgegrauten Profilbilds in meiner Brust. Zum hundertsten Mal las ich ihre letzte Nachricht.

Ihr Schmerz war selbst durch das Smartphone so deutlich zu spüren, dass ich schlucken musste. Die Gewissheit, alleine für diesen Schmerz verantwortlich zu sein, war unerträglich. Was hatte ich mir nur dabei gedacht? Mir hätte bewusst sein müssen, dass ich mich mit der Aktion nicht nur selbst in Schwierigkeiten brachte, sondern sie auch irgendwie mit reinzog. Trotzdem hätte ich nicht erwartet, dass sie so heftig darauf reagieren würde. Sie war doch beim Sprayen dabei gewesen. Sie hatte verstanden, warum ich es tat, warum ich es so liebte und brauchte, um mit allem klarzukommen. Ich hatte ihr sogar erzählt, dass ich ab und zu das Risiko einging, erwischt zu werden. Sie hatte nichts dazu gesagt. Kein Wort. Hatte sie ihre Ängste runtergeschluckt? Oder war ihr erst klargeworden, wie heftig die Konsequenzen für mich werden könnten, als es schon zu spät war?

In Gedanken versunken trottete ich zu Frau Möllers Büro und klopfte sofort an die Tür, damit mir keine Zeit mehr blieb, einen Rückzieher zu machen.

»Komm rein!«, rief sie aus dem Inneren. Ich nahm noch einen tiefen Atemzug, dann kam ich ihrer Aufforderung nach.

Frau Möller stand von ihrem Platz hinter dem Schreibtisch auf und griff nach ihrer Tasse.

»Setz dich doch. Tee? Plätzchen?«

»Nein, danke.« Meine Stimme klang ungewöhnlich rau.

Falls Frau Möller es bemerkte, ließ sie es sich zumindest nicht anmerken. Während ich mich setzte, holte sie sich vom kleinen Rollschrank am Fenster ihre Teekanne und stellte mir trotzdem eine Platte mit verschiedenen Plätzchen vor die Nase. Unter anderen Umständen hätte ich bestimmt zu den Vanillekipferl gegriffen, die von einer perfekten Puderzuckerschicht überzogen waren. Die Butterplätzchen dagegen waren am hinteren Rand verbrannt und sahen aus, als könnte man sich daran die Zähne ausbeißen.

Sie selbst nahm sich ein Stück Nougat vom Teller und lehnte sich in ihrem Stuhl zurück. »Wie läuft es mit den Wünschen? Wolltest du deswegen mit mir sprechen?«

»Es sind sehr viele geworden in den letzten Tagen.

Gestern musste ich während der Schicht schnell nochmal los, weil Jessy mir erzählt hat, dass Lara entlassen wird und ich ihr Geschenk noch nicht hatte. Deswegen bin ich dann nicht mehr dazu gekommen, gestern noch etwas anderes zu kaufen. Ich werde Ihnen später ein paar Sachen vorbeibringen. Langsam wird es echt knapp. Aber Letti wird das alles hinkriegen, da bin ich mir sicher.«

»Letti? Du traust dir das wohl nicht zu?«

Ich starrte auf die Plätzchen. Zu Hause hatte ich mir die Worte ganz genau zurechtgelegt. Doch nun fiel mir nicht mal ein gerader Satz ein. »Ich … Sie … Das ist es, worüber ich mit Ihnen reden wollte.«

Sie sagte nichts, wartete nur ab, nahm sich noch ein Plätzchen und biss genüsslich hinein. Das machte mich nur noch nervöser. Sie schien überhaupt nicht mit einer schlechten Nachricht zu rechnen. Wenn man es überhaupt so nennen konnte. Vielleicht war es für sie ja sogar eine gute Nachricht.

Die Worte kamen nur schwer über meine Lippen. »Ich kann mich leider nicht mehr weiter um die Geschenke kümmern. Ich bin heute zum letzten Mal hier.«

Frau Möller hielt beim Kauen inne. »Was soll das heißen? Du willst nicht mehr kommen? Macht es dir keinen Spaß mehr, wird es dir zu stressig?«

»Ich liebe jeden Moment hier … und ja, das Geschenkebesorgen ist stressig, aber das machen die strahlenden Kinderaugen zehnmal wieder wett. Es ist nur …« Ich holte tief Luft. »Ich hab Mist gebaut. Ich bin beim Graffitisprühen erwischt worden.« Frau Möller legte den Rest des Plätzchens vor sich auf den Schreibtisch, ließ mich dabei jedoch nicht aus den Augen. »Und jetzt … weiß ich nicht, wie es weitergeht. Jedenfalls werde ich vermutlich nicht hierbleiben können. Und bevor mein Betreuer sich damit rumärgern muss, nehme ich es lieber selbst in die Hand. Ich kann nicht mehr guten Gewissens hier arbeiten. Es tut mir leid.«

Sie zog sich die Brille von der Nase und legte sie neben dem Plätzchen am Schreibtisch ab. Dann rieb sie sich die Augen und schüttelte den Kopf. »Ich muss dir wahrscheinlich nicht sagen, dass du das nicht hättest machen dürfen.«

»Wenn ich es irgendwie rückgängig machen könnte, würde ich das. Egal zu welchem Preis.« Für die Kinder. Für Frau Möller. Für Jörg. Für mich selbst. Aber vor allem auch für Letti.

»Darüber müssen wir jetzt ja auch nicht diskutieren«, antwortete Frau Möller. »Trotz allem denke ich nicht, dass das etwas an deiner Position hier in der Klinik ändern sollte. Du hast etwas Illegales getan, ja. Aber ich bin überzeugt davon, dass du den Kindern nicht solche Werte vermittelst. Ich sehe doch jeden Tag, wie viel Freude du hast, wenn du neue Wunschkarten findest oder den Kindern eine Weihnachtsgeschichte vorliest.«

Ich lächelte, und bei ihren Worten breitete sich Wärme in mir aus. »Das ist wirklich lieb von Ihnen … aber ich *muss* gehen. Das Gericht wird das sicher nicht so entspannt sehen … und wenn sie mich überhaupt noch frei draußen rumlaufen lassen, sicher nicht im direkten Einflussbereich von Kindern.« Ich erschauderte kurz bei der Vorstellung, was noch alles auf mich zukommen könnte.

Frau Möller tippte auf dem Tisch herum und schien zu überlegen. »Da kann ich nicht widersprechen. Ich kann nur dir und deinem Betreuer versichern, dass ich dich gerne hier in der Klinik beschäftige und keinerlei Zweifel daran habe, dass du unseren Patienten guttust. Du schadest ihnen nicht. Allein, dass du hier sitzt und so reflektiert mit mir darüber sprichst, zeigt mir, dass ich mich nicht in dir getäuscht habe. Ich würde dir gerne noch eine Chance geben. Aber das klingt, als hättest du deine Entscheidung bereits getroffen.«

Sie neigte den Kopf und lächelte schwach.

Ich musste mit mir kämpfen, um ihr nicht sofort mein Herz auszuschütten und ihr die ganze Wahrheit zu erzählen. Dass ich mir zwar einerseits recht sicher war, sowieso aus der Klinik abgezogen zu werden ... dass es andererseits aber auch einen Grund gab, den weder Frau Möller noch der netteste Richter der Welt ändern konnten. Dass ich Letti ihren geliebten Job in der Klinik nicht wegnehmen wollte und mir deswegen gar nichts anderes übrig blieb, als zu gehen.

»Ja, meine Entscheidung steht fest. Es tut mir wirklich leid, erst recht so kurz vor Weihnachten. Ich kann das einfach nicht mehr, wenn ich weiß, dass ich demnächst sowieso rausgeworfen werde. Da bringe ich lieber meine Sachen heute und morgen ordentlich zu Ende und gehe, bevor es noch mehr Probleme und Ärger deswegen gibt.«

Frau Möller nickte langsam. »Dann werde ich deine Entscheidung natürlich respektieren. Aber falls du dich jemals dazu entscheidest, wieder hier auf der Station anfangen zu wollen, egal ob als Freiwilliger oder in einer bezahlten Position ... du bist jederzeit willkommen.«

Am liebsten wäre ich aufgestanden, um den Tisch herumgegangen und hätte sie fest in die Arme geschlossen.

Eine Chefin wie sie hatte ich überhaupt nicht verdient. Stattdessen presste ich nur die Lippen zusammen und erwiderte ihr Nicken. »Danke. Das bedeutet mir echt viel. Vielleicht werde ich das eines Tages auch wirklich.«

Ihr Lächeln wurde breiter, doch in ihren Augen las ich immer noch etwas, das ich nicht einordnen konnte. War es Sorge oder doch ein kleiner Vorwurf?

Ich zog die Liste hervor und schob sie über den Tisch zu ihr. »Hier stehen alle Kinder und Wünsche drauf, die noch offen sind. Und auf der Rückseite alles, was schon erledigt ist. Nur zur Sicherheit. Letti hat das sicher auch alles im Blick.«

»Sie wird nicht gerade begeistert sein«, erwiderte Frau Möller, setzte ihre Brille wieder auf und überflog den Zettel. »Sie hat zwar auch schon ein paar Geschenke besorgt, aber sie war so froh, dass du dich um alles Weihnachtliche gekümmert hast.«

Ich war kurz davor, zu antworten, dass Letti sich freuen würde, mich nie wiedersehen zu müssen. »Ich glaube, sie wird es weniger schlimm finden, als Sie denken«, sagte ich kälter als beabsichtigt und stand auf.

Frau Möller sah stirnrunzelnd zu mir auf und schien über meine Worte nachzudenken. Wahrscheinlich dachte sie, mir wäre es einfach egal, wie es Letti damit ging … und wie die Kinder an ihre Geschenke kamen. Aber was zählte das jetzt noch? Sollte sie ruhig denken, dass ich alle hier leichtfertig im Stich ließ. Denn genau das hatte ich unbewusst in dem Moment getan, als ich mich dazu entschieden hatte, wieder illegal an Wänden zu sprayen.

»Danke für alles. Ich werde die Zeit in der Klinik mit

den Kindern nie vergessen.« Ich streckte ihr die Hand entgegen.

Sie stand ebenfalls auf und schüttelte sie. »Alles Gute, Matteo. Von Herzen.«

Plötzlich brannte es hinter meinen Augen. Was sollte das denn jetzt? Eilig ließ ich ihre Hand los, wandte ich mich ab und räusperte mich. »Ihnen und den Kindern auch. Falls es noch etwas gibt … ich stelle die letzten Geschenke, die ich besorgt habe, hinter die Osterdeko ins Regal in der Abstellkammer.«

Ohne sie nochmal anzusehen, verließ ich das Büro.

Als ich wenig später zu Hause ankam, war mir danach, eine heiße Dusche zu nehmen und mich anschließend mit ein bisschen Weihnachtsmusik unter meiner Bettdecke zu verkriechen. Doch die fremde Stimme aus dem Wohnzimmer und der Duft orientalischer Gewürze aus der Küche ließen mich befürchten, dass daraus erstmal nichts werden würde. Sofort fühlte ich mich an die Situation von neulich erinnert, als ich Simon und Nicole auf dem Sofa erwischt hatte. Auch heute hatte er nicht erwähnt, dass er für den Abend Besuch eingeladen hatte. Er war aber hoffentlich schlau genug und hatte inzwischen daraus gelernt.

Ich überlegte, direkt ins Bad zu verschwinden und ihm seine Ruhe zu lassen. Doch das war eindeutig nicht Nicoles Stimme, und meine Neugier siegte.

Ich spähte ins Wohnzimmer. Simon saß, mir den Rücken zugewandt, neben Nicole an dem notdürftigen kleinen Esstisch. Sofort entspannte ich mich ein wenig. Ich platzte immerhin nicht schon wieder irgendwo rein.

Die Dunkelhaarige ihnen gegenüber hob sofort den Kopf, als sie mich erblickte, und hob die Hand, um mich zu grüßen. »Hey, du musst Matteo sein, richtig?«

Simon und Nicole drehten sich zu mir um. Irritiert sah ich zwischen Simon und dem Mädchen hin- und her. »Äh, ja, hi. Stör ich? Sorry, ich wollte sowieso gleich …«

Nicole unterbrach mich. »Nein, quatsch. Setz dich zu uns. Das Essen müsste bald so weit sein, oder, Schatz?« Simon nickte. Nicole tätschelte zufrieden seine Hand und deutete dann auf die Fremde. »Das ist meine Freundin Jasmin.«

Alle Blicke waren plötzlich auf mich gerichtet. Unruhe breitete sich in mir aus. Ich hätte doch lieber in die Dusche verschwinden sollen. Hatte ich was verpasst, oder warum glotzten sie alle so?

»O… Okay?«, antwortete ich und ging um den Tisch herum, um mich neben Jasmin zu setzen.

»Ich hab gehört, du arbeitest in der Kinderklinik? Das ist ja so cool! Ich arbeite auch mit Kindern. Ich hab dieses Jahr meine Ausbildung zur Erzieherin angefangen. Was man da jeden Tag erlebt! Aber das brauche ich dir ja wahrscheinlich nicht zu sagen. Letzten Freitag erst hat ein Kind einen Legostein verschluckt und dann …« Die Worte sprudelten unaufhaltsam aus Jasmin heraus. Ich schaffte es nicht, ihnen länger zu folgen. Ihre Augenbrauen, die bei jedem Satz auf und ab zu hüpfen schienen, und die drückenden Blicke von Simon und Nicole verunsicherten mich und fesselten meine Aufmerksamkeit. Wahrscheinlich trug mein Allgemeinzustand dazu bei, dass ich mich so unwohl fühlte. Doch je länger Jasmin pausenlos auf mich einredete, desto mehr beschlich mich das Gefühl, dass Nicole ihre Freundin nicht einfach nur zum Spaß mitgebracht hatte.

»Und wie ist das im Krankenhaus? Musst du dich viel mit den Kindern rumärgern? Simon hat mir schon erzählt, dass du das nicht ganz so freiwillig machst.«

Mir klappte der Mund auf. Entsetzt sah ich zu Simon hinüber, der plötzlich sehr damit beschäftigt war, sich die letzten Tropfen aus seinem Colaglas in den Mund laufen zu lassen. Nicole rutschte auf ihrem Stuhl herum und machte mich damit beinahe wahnsinnig. Was war das hier für ein Spielchen?

»Ich arbeite nicht mehr in der Klinik. Ich hab heute gekündigt«, antwortete ich knapp. Ich wollte Jasmin nicht vor den Kopf stoßen, doch es fiel mir mit jeder Sekunde schwerer, mein Unwohlsein zu verstecken.

»Wenn du was anderes mit Kindern machen willst, kannst du ja mal bei uns vorbeischauen. Wir haben auch richtig guten Kaffee.« Ihr offensives Grinsen war zu viel für mich. Doch offensichtlich war ich nicht der Einzige, dem die Situation unangenehm wurde.

Simon stellte sein Glas auf dem Tisch ab und klatschte unbeholfen in die Hände. »Ich geh mal kurz das Essen aus dem Ofen holen. Hilfst du mir, Schatz?«

Nicole sprang sofort auf. Simon schob ebenfalls seinen Stuhl zurück.

Ich nutzte die Gelegenheit und winkte Nicole zurück. »Kein Problem, ich mach das schon. Ist schließlich deine

Freundin, ihr wollt euch bestimmt ein bisschen in Ruhe unterhalten.«

Nicoles Blick sagte alles. Jasmin war definitiv nicht hier, um ein bisschen mit ihr und Simon abzuhängen.

Ich folgte Simon in die Küche und schloss die Tür hinter uns. Er steuerte direkt auf den Ofen zu, als wüsste er nicht, warum ich darauf bestanden hatte, selbst mitzukommen. »Was soll das?«, zischte ich.

Simon zog sich seelenruhig die Ofenhandschuhe über, ohne mich anzusehen. »Was meinst du?«

»Dieser miese Verkupplungsversuch, gerade mal fünf Tage, nachdem ich mich getrennt habe?«

Er öffnete die Ofentür und kniff die Augen zusammen, als eine heiße Dampfwolke herausschoss. »Das war nicht meine Absicht. Nicole hatte die Idee, Jasmin mitzubringen, und ich dachte, ein bisschen Ablenkung würde dir ganz guttun.«

»Ihr hättet mich auch fragen können. Dann hätte ich euch gesagt, was ich von der Idee halte. Das ist nicht nur mir gegenüber unfair, sondern auch Jasmin. Außerdem hättest du ihr nicht gleich meine ganze Vergangenheit auf die Nase binden müssen. Das geht niemanden etwas an. Erst recht nicht sie. Sie scheint ja ziemlich gerne zu quatschen ...«

»Hey, schalt mal 'nen Gang runter«, sagte Simon, während er die Auflaufform aus dem Ofen holte und auf der Herdplatte abstellte. »Sie ist nett, okay? Du kannst froh sein, dass sie überhaupt hier sitzt, obwohl sie über alles Bescheid weiß. So eine wie Letti, die trotzdem so gut über dich denkt, findest du so leicht nicht mehr.«

Ich starrte auf das Messer neben der Auflaufform. Mein

Herz fühlte sich an, als hätte er es mir gerade in die Brust gerammt. Denn er hatte recht. Letti war besonders. Unersetzbar. Allerdings nicht auf die Art und Weise, die er meinte. »Scheinbar hat es sie ja doch gestört, wenn sie sich wegen einer Verhaftung von mir trennt«, antwortete ich und lehnte mich gegen die Küchenzeile.

Ich zögerte, weiterzusprechen. Aber was würde es noch für einen Unterschied machen? Simon war jetzt sowieso genauso angepisst wie ich. Er hatte mit diesem arrangierten Date echt in die Scheiße gegriffen – und ich war mir sicher, dass ihm das inzwischen auch bewusst war.

Also war jetzt vielleicht der richtige Zeitpunkt, um ihm endlich meinen eigenen Fehltritt zu beichten.

»Ich hab gelogen. Oder, na ja ...« Mein Atem zitterte, als ich Luft holte. »Nicht direkt gelogen. Aber ... Letti hat keine Ahnung.«

Simon sah mich verständnislos an und verschränkte die Arme vor der Brust. »Was meinst du?«

»Sie hat keine Ahnung, was wirklich passiert ist. Ich hatte mir neulich nach unserem Streit echt vorgenommen, mich an deinen Tipp zu halten und ihr alles zu erzählen. Aber dann hat sie meine Spraydosen gefunden und war so glücklich, weil sie dachte, ich wäre nur deswegen verurteilt worden. Sie hat sowas durchsickern lassen, dass sie alles andere nicht in Ordnung fände. Da hab ich es nicht übers Herz gebracht, ihr die Illusion zu nehmen ... und sie gleich wieder zu verlieren. Und dir davon zu erzählen, wie feige ich war, erst recht nicht.«

Simons Gesicht passte sich farblich langsam der Raufasertapete an. Verdammt! Ich hatte befürchtet, dass er es sich zu Herzen nehmen würde, aber mit einer so heftigen Reaktion hatte ich nicht gerechnet.

Langsam streifte er sich die Topfhandschuhe von den Fingern. »Das heißt ... von der Körperverletzung und Bedrohung wusste sie gar nichts?«

»Nein. Weiß sie vermutlich immer noch nicht. Ist auch besser so. Wenn ihr die Festnahme beim Sprayen schon gereicht hat, ...«

Simon legte die Hand an die Stirn und schüttelte den Kopf. Hatte ich was Falsches gesagt? Er raufte sich die Haare, drehte sich und schlug plötzlich mit der Faust auf die Arbeitsplatte. »Fuck!«

»Hm?«

Er sah aus, als hätte er gerade jemanden überfahren, und hörte nicht auf, den Kopf zu schütteln. »Jetzt versteh ich es ... o Mann, Matteo, du Idiot ... das hättest du mir doch sagen müssen!« Er atmete tief durch. »Trotzdem ist es meine Schuld. Als sie hier war, während du auf der Wache warst, haben wir natürlich drüber geredet, warum du dort sitzt. Ich hab nebenbei die Anklagepunkte angesprochen. *Alle.* Ich dachte echt, sie weiß davon! Jetzt verstehe ich auch, warum sie es plötzlich so eilig hatte, nach Hause zu kommen ... Scheiße! Tut mir echt leid, Mann!«

Er hatte es ihr erzählt. Natürlich hatte er das. Das war eigentlich eine logische Konsequenz. Eine faire Strafe dafür, dass ich allen, die mir wichtig waren, nicht die ganze Wahrheit erzählt hatte. Damit hätte ich rechnen müssen.

Und hatte ich das nicht auch? Es wäre immerhin fast schon aufgeflogen, als Letti und Simon sich kennengelernt hatten und sie so überrascht gewesen war, dass ich nicht mehr bei Mama wohnte. Eigentlich hätte Simon da schon kapieren müssen, dass ich ihr nicht alles erzählt hatte.

Doch plötzlich ergab alles Sinn. Letti hatte nicht mit mir Schluss gemacht, weil sie sich vor meiner Verhaftung nicht im Klaren darüber gewesen war, was sie wollte. Sondern weil sie erfahren hatte, wer ich wirklich war.

Die Wucht, mit der mich die Erkenntnis traf, war kaum auszuhalten. Wie sehr musste ihr das wehgetan haben? In meinem Kopf bildete sich mit einem Mal ein schwarzes Loch, das all meine Gedanken einsaugte und nichts zurückließ als Leere und Dunkelheit.

28. Letti

7 Tage bis Weihnachten

Nina verknotete die weißen Bänder an ihren Schlittschuhen zu einer perfekten Schleife. Zufrieden betrachtete sie das Ergebnis und sah dann zu mir auf. »Bist du dir sicher, dass dir das guttut? Hättest du mir vor einem Monat erzählt, dass wir heute hier stehen und eislaufen gehen würden, hätte ich dir den Vogel gezeigt.«

»Ich hätte auch nicht gedacht, dass ich mich so schnell wieder aufs Eis traue. Aber bei dem ganzen Mist, den Matteo mir erzählt hat, war auch eine Sache dabei, mit der er recht hatte.« Ich deutete auf meine Schlittschuhe. »Das Eislaufen ist trotz allem noch ein Teil von mir. Und ich hab keine Lust, mir das von meinen Eltern, meiner Trainerin oder sonst wem kaputt machen zu lassen.« *Und erst recht nicht von der Erinnerung an meine Eislaufversuche mit Matteo auf dem Weihnachtsmarkt.* »Ich will lernen, es wieder zu genießen. Wie früher.«

»Wie früher? Dann sind wir hier ja genau richtig.« Sie

streckte ihre Hand aus. Ich ergriff sie und zog Nina nach oben.

»Oh, warte«, rief sie und bückte sich nochmal nach dem Helm, der neben ihrem Stoffbeutel im eingefrorenen Gras lag. »Safety first.« Schnell zog sie ihn über und schloss ihn mit einem Klicken.

Nebeneinander staksten wir näher ans Seeufer heran. Während sich meine Schritte trotz der längeren Pause immer noch sicher anfühlten, knickte Nina bei jedem Schritt beinahe um. »Wie lange haben wir das nicht mehr gemacht?«, fragte ich und bot ihr meinen Arm an.

Sie hakte sich unter und zuckte mit den Schultern. »Bestimmt neun Jahre. Oder zehn?«

»Wow … wie konnten wir so viel Zeit vergehen lassen? Dabei hat es immer so Spaß gemacht.«

Nina ließ mich los, setzte den ersten Fuß aufs Eis und zog den anderen nach. Ich beobachtete ihre unsicheren Gleitversuche nur. Obwohl der kleine See in der Mitte des Parks offiziell zum Eislaufen freigegeben war und sich unzählige Menschen auf der Fläche tummelten, traute ich dem Eis nicht so recht.

»An mir lag es nicht. Ich war immer mal wieder mit meinen Eltern hier.«

»… während meine mich quasi in der Eishalle eingesperrt haben. Aber wir können das ja nachholen. Lass uns nicht davon reden. Sonst muss ich mir doch die Schuhe von den Füßen reißen und ein Loch ins Eis hacken, um sie im See zu versenken.«

Ich gab mir einen Ruck und betrat die Eisfläche. Schon beim ersten Gleiten spürte ich überdeutlich jede Erhebung, jeden Hügel im Eis. Wie hatte ich vergessen können, wie sich echtes Eis anfühlte? Wenn Nina richtig gerechnet hatte, hatte ich mehr als die Hälfte meines Lebens nur auf glattgeschliffenem, poliertem Kunsteis verbracht. Trotzdem überkam mich plötzlich dasselbe Gefühl, das ich gehabt hatte, als ich nach einem dreiwöchigen USA-Trip und einer zehnstündigen Reise aus dem Flugzeug gestiegen war und zum ersten Mal wieder Heimatboden unter den Füßen gespürt hatte.

Trotz der eisigen Temperaturen wurde mir warm, während ich ein paar kleine Kreise über das Eis zog. Rückwärts fuhr ich weiter auf den See hinaus, um Nina dabei zu beobachten, wie sie abwechselnd ein Bein vor das andere schob und nach jeder Bewegung stoppte, statt sich gleiten zu lassen.

»Wenn du deine Fußspitzen ein bisschen mehr öffnest und die Fersen weiter nach innen stellst, geht es einfacher.«

»Klugscheißer kann keiner leiden«, grummelte sie. »Ich kann das schon. Gib mir eine Minute.«

Schmunzelnd drehte ich mich um und beschleunigte. Es war unmöglich, dasselbe Tempo aufzubauen wie in der Eishalle. Doch der kalte Wind, der die Haarsträhnen, die unter meiner Mütze hervorkamen, herumwirbelte, sodass sie in meinem Nacken kitzelten, machte das wieder wett.

Als ich zu Nina zurückkehrte, stand sie tatsächlich schon sicherer auf den Beinen und bedeutete mir, ihr zu folgen. Langsam glitten wir von den anderen Eisläufern weg in Richtung der kleinen Insel, die am hinteren Ende des Sees lag.

»Weißt du noch?«, fragte sie, als wir die dicht bewachsene Insel, in deren Mitte Bäume emporragten, langsam umrundeten.

»Klar«, antwortete ich grinsend. Sofort dachte ich an unsere kleinen Mutproben von früher. Irgendwer hatte angefangen, in der Schule Geschichten über die Insel zu erfinden. Dass sie verflucht war und der ein oder andere Mensch, der sie betreten hatte, nie wieder zurückgekehrt war. Also hatten wir uns dazu herausgefordert, ganz nah heranzufahren und mit beiden Füßen auf dem Inselboden zu stehen. »Ich bin aber froh, dass wir schlau genug waren, unser Vorhaben, im Sommer rüberzuschwimmen, nie in die Tat umzusetzen. Ich glaube, dann wären wir wirklich auf der Insel gestorben – vergiftet vom dreckigen Wasser.«

Ich sah zum tristen Gestrüpp hinüber und versuchte, die Gefühle von damals wieder aufleben zu lassen, als alles noch so einfach und unkompliziert gewesen war. Ohne Verantwortung. Ohne Zwang. Ohne Matteo. Doch genauso, wie die Insel heute fast nicht mehr furchteinflößend wirkte, war auch meine damalige Begeisterung für die Eisrunden auf dem See kaum noch mehr als der Hauch einer Erinnerung. Würde sich das jemals wieder ändern? Oder musste ich schon darüber froh sein, zu fahren und meine angestaute Energie loswerden zu können, ohne dabei in Tränen auszubrechen?

Nina zog ihr Handy aus der Jackentasche und sah auf die Uhr. »Oh, Paulina müsste gleich hier sein.« Mit einem Mal glitzerten ihre Augen wie die Sonne auf dem Eis, und sie beschleunigte ihre Züge.

Ich konnte es ihr nicht verübeln, als sie sofort das Ufer ansteuerte, um nach Paulina Ausschau zu halten. Immerhin hatte sie vorher gefragt, ob es in Ordnung war, sie auch einzuladen, und ich gönnte es ihr von Herzen, sie so glücklich zu sehen. Außerdem hatte ich vor wenigen Tagen noch genauso ausgesehen, wenn ich in die Klinik gekommen war. Nichts und niemand war wichtig gewesen, solange ich Matteo nicht Hallo gesagt hatte ... einmal kurz in seinen Armen gelegen und seinen Lebkuchenduft eingeatmet hatte ...

Sobald ich mich bei den Gedanken ertappte, schob ich sie sofort wieder beiseite. Stattdessen legte ich nochmal an Tempo zu und begann, die Hügel und Unebenheiten unter meinen Kufen zu genießen. Denn das hier war kein perfektes Eis. Also mussten es hier auch keine perfekten Figuren sein.

Vielleicht war das leichtsinnig. Ich hatte mich seit Wochen nicht richtig gedehnt. Aber meine Muskeln zuckten und schrien mich förmlich an, dem Drang nachzugeben.

Ich zog meine Kreise immer kleiner, bis ich mich schließlich auf der Stelle drehte. Dann hob ich das linke Bein nach und griff nach hinten zu meiner Ferse. Die Hügelchen unter meinen Kufen wurden immer ebener, und ich warf mich noch weiter in die Drehung hinein. Ich musste wirklich eingerostet sein. Ich schaffte es gerade einmal zur Hälfte, mein Bein durchzustrecken. Doch es war völlig egal, wie ich dabei gerade aussah und was die anderen Leute dachten. Obwohl ich einen Baum auf der Insel fixierte, verschwamm langsam die Umgebung um mich herum. Die schnelle Drehung wirbelte alle Sorgen aus meinem Kopf heraus und zauberte mir ein wohliges Kribbeln in den Bauch. Ein Kribbeln, das sich über meinen ganzen Körper ausbreitete und mehr war als nur Schwindelgefühl.

Ich war bereit, loszulassen.

Bis Nina und Paulina in mein Sichtfeld gerieten und meine Drehung langsamer wurde, bis ich schließlich zum Stehen kam.

Paulina lag auf dem Rücken. Die zwei lachten so sehr, dass Nina es kaum hinbekam, sie an beiden Händen wieder hochzuziehen. Und als sie es schließlich geschafft hatte, nutzte Paulina ihren Schwung, um wie zufällig in Ninas Armen zu landen. Hätten sie nicht beide Helme getragen, wäre sie sicher auch gleich zu einem Kuss übergegangen. Wie konnten zwei Menschen nur so verdammt glücklich miteinander aussehen?

Plötzlich tropfte etwas Nasses auf meine Wange. Ich blinzelte nach oben gegen die Sonne. Doch ich fand nach wie vor keine Wolke am Himmel.

29. Letti

5 Tage bis Weihnachten

Mila riss den Kopf herum, sobald sie mich in der Tür entdeckte. »Letti!«

Ihr Blick glitt zu dem Tropf, der an ihrer Hand angeschlossen war. Sie schien einen Moment lang abzuwägen, ob sie fit genug war, mir entgegenzustürmen und um den Hals zu fallen, was allerdings weder ihr Bruch noch ihr Allgemeinzustand zuließen. Ihre Mutter, die neben ihrem Bett saß, legte ihr beschwichtigend die Hand auf den Arm.

Milas Anblick brachte jedoch ein wenig Ruhe in meine aufgewühlten Gedanken. Wenn sie kurz davor war, aufzuspringen, musste es ihr schon viel besser gehen. Sonst hätte Frau Möller mir auch nicht erlaubt, sie zu besuchen.

»Hallo, Frau Novak!«, begrüßte ich ihre Mutter, die mich freundlich anlächelte.

Dann wandte ich mich Mila zu und trat auf der Fensterseite neben ihr Bett. »Was machst du denn für Sachen, hm? Wie geht's dir? Wir vermissen dich oben auf der Station.«

»Ich will auch wieder zu euch. Hier ist es so langweilig. Und es stinkt noch mehr als oben. Aber die Ärztin hat gesagt, an Weihnachten darf ich wieder zu euch.« Während sie mich wegen dieser Neuigkeiten anstrahlte, musste ich mich zwingen, ihr Lächeln zu erwidern. Ich hatte in den Wochen vor ihrer zweiten OP so sehr gehofft, dass sie Weihnachten schon entlassen werden würde und gesund zu Hause mit ihren Eltern feiern konnte. Doch auch, wenn mir der Anblick der fröhlichen Weihnachtsdeko in der Klinik ein Loch ins Herz riss, würde ich alles daransetzen, ihr hier ein tolles Fest zu bereiten.

»Ich lass euch dann mal ein wenig alleine und schnappe frische Luft«, sagte Milas Mama, stand auf und bot mir ihren Stuhl an.

Ich nahm ihn dankend an und setzte mich, während sie Mila einen Kuss auf die Stirn drückte und das Zimmer verließ.

Mila bedachte mich mit einem ernsten Blick. »Mama hat mir den Rest von Eddie Elch vorgelesen. Ich hoffe, du bist nicht traurig. Ich kann dir das Buch ausleihen zum Nachlesen.« Sie deutete auf die Stofftasche neben dem Bett.

Sofort musste ich schmunzeln. Ja, ihr ging es eindeutig besser. »Schon gut. Ich kann mir denken, wie es ausging.«

»Nein, es war ganz anders, als du denkst! Du musst es unbedingt lesen!«

Sie machte Anstalten, sich zur Tasche hinunterzubeugen. Dabei rutschte ihr Bein zur Seite, und ich hielt sie alarmiert fest. »Vorsichtig … ich nehme es mir schon.«

Ich zog das Buch hervor. Doch als ich es anhob, rutschte ein eisblauer Umschlag mit weißen Schneeflocken zwischen den Seiten hervor und fiel zu Boden.

Ich sammelte ihn auf und wollte ihn wieder zurückschieben. Milas Blick veränderte sich allerdings beim Anblick des Kuverts, und die freudige Aufregung wich aus ihrem Gesicht.

»Was ist los?«, fragte ich leise.

»Meinst du, der Wunschbaum funktioniert jetzt überhaupt noch?«

»Natürlich funktioniert der Baum. Ich hab ihn neulich erst überprüft. Die Weihnachtsmagie fließt so, wie sie soll, und die Wünsche werden in Erfüllung gehen, da bin ich mir ganz sicher. Wie kommst du denn darauf?«

Mila ließ sich nach hinten in die Kissen sinken und schaute so traurig, dass ich sie am liebsten sofort in den Arm genommen hätte. »Weil Matteo weg ist. Ohne den Weihnachtsmann gibt es bestimmt kein Weihnachten in der Klinik.«

Plötzlich wurde mir klar, warum Frau Möller mich am Telefon gefragt hatte, ob ich noch ein paar Extrastunden in die Geschenke investieren würde, und ein Gespräch mit mir vereinbart hatte. Ich würde Matteo also nicht mehr zufällig über den Weg laufen können und mich ihm erklären müssen. Ich konnte einfach mit der ganzen Sache abschließen. Doch irgendwie überkam mich keine Erleichterung. Stattdessen fühlte sich mein Inneres so leer an, dass es beinahe schmerzte.

»Matteo ist weg?«, wiederholte ich tonlos.

»Ja. Da steht alles drin.« Mila deutete auf das Kuvert in meiner Hand.

Natürlich. Die Schneeflocken. Wahrscheinlich war es besser, es wegzulegen und gar nicht länger darüber nachzudenken.

Über meine Lippen kam jedoch etwas anderes. »Darf ich?«

Mila nickte.

Warum tat ich mir das an?

Ich öffnete das Kuvert und zog ein doppelt gefaltetes Briefpapier in demselben Design heraus. Warum war ich so verdammt neugierig? Es war doch völlig egal, was dieser Lügner Mila geschrieben hatte. Er hatte sie ebenso verunsichert und im Stich gelassen wie mich.

Liebe Mila,

wenn du diesen Brief liest, bin ich wahrscheinlich schon auf dem Weg zurück zum Nordpol. Leider gibt es dieses Jahr so viel zu tun, dass ich nicht länger bei euch in der Klinik bleiben kann. Ich muss meine fleißigen Helfer unterstützen und bin mit dem Christkind verabredet, um die Pläne für Heiligabend durchzugehen und alles vorzubereiten.

Es tut mir leid, dass ich nicht länger warten konnte, um mich von dir zu verabschieden. Aber ich muss jetzt los und dafür sorgen, dass auch die anderen Kinder auf der Welt ihre Geschenke rechtzeitig bekommen.

Ich wünsche dir und deiner Familie ein besinnliches Fest und schicke dir ganz viel Weihnachtsmagie, damit du schnell wieder gesund wirst.

Dein Weihnachtsmann

Ich biss mir auf die Lippe, um meine eigenen Emotionen

unter Kontrolle zu halten. Langsam schob ich den Brief zurück und verstaute ihn wieder im Kuvert.

»Du musst dir keine Sorgen machen, Mila. Wirklich nicht.« Ich griff nach ihrer Hand und drückte sie sanft. »Da steht es doch schwarz auf weiß. Es wird ein tolles Weihnachtsfest mit vielen Geschenken werden. Weihnachten fällt nicht aus. Natürlich nicht.«

»Also wird er an Heiligabend wieder da sein?«

Wie sollte ich ihr das beantworten? Ich wollte sie nicht verunsichern, denn natürlich würde es für sie beinahe so schön werden wie zu Hause. Aber ich konnte sie auch nicht anlügen. Damit wäre ich kein bisschen besser als Matteo.

»Vielleicht«, flüsterte ich.

Eine Stunde später kehrte ich mit Milas Wunschkarte in der Hand auf meine Station zurück und steuerte direkt den Aufenthaltsraum an. Nach Matteos Reaktion neulich musste ich die Karte nicht einmal lesen, um zu wissen, was sie darauf geschrieben hatte. Jedenfalls hatte ich heute nicht die Nerven, mich damit zu befassen. Die Liste der fehlenden Geschenke war noch lange genug, um mich den restlichen Nachmittag abzuhetzen. Und das, was sie sich wünschte, würde ich sowieso für kein Geld der Welt kaufen können.

Der Wunschbaum leuchtete heute nicht. Unter anderen Umständen hätte ich mich vermutlich darüber gefreut.

Doch die Gewissheit, dass er deswegen so dunkel war, weil Matteo weg war und nie wiederkommen würde, machte den Anblick unerträglich. Ich betätigte den Trittschalter. Sofort funkelten die Lichter um die Wette und vertrieben die Tristesse, die über dem Aufenthaltsraum gelegen hatte.

Ich schnappte mir vom Mal- und Basteltisch ein Bändchen und fädelte es durch das Loch an der Karte. Schnell entdeckte ich einen freien Ast, an dem ich sie befestigen konnte. Doch als ich mich gerade nach oben streckte, blitzte etwas Blaues zwischen den Ästen auf.

Langsam ließ ich die Arme wieder sinken. War das ...

Ich schob die Zweige ein wenig beiseite, obwohl das eigentlich nicht nötig gewesen wäre. Ich hatte das eisblaue Briefpapier mit den Schneeflocken längst erkannt.

Mein Herz beschleunigte seinen Takt. Hatte Matteo einen eigenen Wunsch an den Baum gehängt? Unsicher griff ich nach dem Kuvert und löste das Bändchen vom Ast.

Letti stand in denselben geschwungenen Buchstaben auf dem Umschlag, die ich gerade in Milas Brief gesehen hatte.

Ungläubig starrte ich auf das Papier in meiner Hand und widerstand dem Impuls, es sofort in kleinste Fetzen zu zerreißen und in der Toilette hinunterzuspülen. Was war das? Ein Wunsch? Ein Brief? Sollte ich es mitnehmen oder einfach ignorieren und wieder zurückhängen?

Ich schaute zwischen Baum und Tür hin- und her. Außer ein paar Pflegern war gerade niemand unterwegs. Sah nicht so aus, als würde so schnell jemand vorbeikommen. Also konnte ich genauso gut gleich reinschauen. Ich kannte mich. Und Matteo vermutlich auch. Wahrscheinlich nutzte er meine Neugier mit Absicht aus. Denn vorher würde ich keine Ruhe finden und mich weder voll auf die Kinder einlassen noch mit Frau Möller sprechen und Geschenke besorgen können, ohne dabei die Hälfte zu vergessen. Vielleicht würde ich das danach auch nicht können. Vielleicht stand dort drin etwas, das die Splitter meines Herzens erneut bluten ließ.

Trotzdem öffnete ich mit zittrigen Fingern den Umschlag mit meinem Namen.

Vier Seiten. Und alle waren dicht beschrieben.

Ich schloss für einen Moment die Augen und atmete tief durch. Eigentlich fühlte ich mich nicht bereit dafür. Aber jetzt gab es kein Zurück mehr.

Liebe Letti,

ich weiß nicht, ob du diesen Brief überhaupt findest und wenn doch, wie viel Zeit vergangen sein wird, bis du diese Zeilen liest. Auch wenn es nichts mehr ändern wird, ist es mir unglaublich wichtig, dass du weißt, wie leid es mir tut, dass du auf diese Weise erfahren musstest, wofür ich wirklich verurteilt wurde. Ich bereue es, dir nicht gleich die ganze Wahrheit gesagt zu haben. Es war nicht fair von mir. Vielleicht kannst du meine Entschuldigung irgendwann annehmen.

Ich verstehe, dass du mich nicht mehr sehen willst. Aber ich konnte dir nicht erklären, was damals wirklich passiert ist. Vielleicht willst du es auch gar nicht wissen. Dann vergiss diesen Brief einfach, ich könnte es dir nicht verübeln. Wenn du es aber wissen willst, ist es mir wichtig, dass du die ganze Geschichte erfährst. Ich erwarte nicht, dass du verstehst, warum ich das getan habe. Aber es ist dein gutes Recht, es zu erfahren.

Von der Situation mit meiner Mama hab ich dir ja schon öfter erzählt. Dabei habe ich ein paar Details ausgespart. Ich glaube, dadurch ist nicht klargeworden, wie schlimm es zwischendurch wirklich war.

Als sie Mike kennenlernte, ging es ihr ziemlich gut. Sie ist mit ihm in Bars gegangen, ins Kino oder zum Essen. Ich hab mich für die beiden gefreut, weil sie so glücklich war. Allerdings ist es schnell wieder ins Gegenteil gekippt. Wenn Mike nicht da war, hat sie sich noch leerer gefühlt als vorher und ihr Glück viel zu sehr von ihm abhängig gemacht. Er hat die Situation von Anfang an ausgenutzt. Das habe ich aber zu spät gesehen.

Zeitgleich lief es bei mir in der Schule nicht so gut. Mama hat angefangen, sich deswegen Sorgen zu machen. Mike hat das als Grund genommen, mich zu hassen. Er hat behauptet, es ginge Mama nur deswegen so schlecht, weil ich ihr nichts außer Kummer bereiten würde. Ich weiß bis heute nicht, ob er das wirklich glaubt oder ob es nur ein Vorwand war, um mich loszuwerden und sie ganz für sich alleine zu haben.

Jedenfalls sind wir immer öfter aneinandergeraten. Mama war so blind vor Liebe, dass sie Mikes Worten immer geglaubt hat. Irgendwann waren sie fast nur noch bei ihm zu Hause. Sie haben mich aus ihrem Leben ausgeschlossen. Ich wusste die ganze Zeit, dass es Mama nicht guttut, dass es ihr bei Mike nicht gutgehen konnte und er sie in seinen eigenen schwachen Momenten wie Dreck behandelt hat.

Eines Abends habe ich eine SMS von ihr bekommen, die sich gelesen hat wie ein Abschiedsbrief. Heute weiß ich, dass sie es nie so gemeint hat, aber ich war richtig panisch und bin sofort zu Mike gefahren. Im Wohnzimmerfenster hat Licht gebrannt, sein Auto stand in der Straße. Aber niemand hat mir aufgemacht. Ich hab an die Tür gehämmert und gerufen. Nach ein paar Minuten hat Mike geschrien, ich soll mich verpissen. Ich war wütend, ängstlich, panisch. Ich dachte wirklich, sie könnte verletzt sein oder noch schlimmer ... Seine Wohnung lag im Erdgeschoss. Ich weiß nicht, was in mich gefahren ist, aber ich hab mir einen Stein genommen, das Fenster eingeworfen und bin reingestiegen.

Das hat Mike natürlich nur noch wütender gemacht. Er hat sich mir in den Weg gestellt. Und dann hab ich Mama gesehen. Sie hat den Kopf durch die Schlafzimmertür gesteckt. Den Blick werde ich nie vergessen. Er war gleichzeitig leer und doch so voller Angst ...

Ich wollte zu ihr, aber Mike hat mich festgehalten und gedroht, mich umzubringen, wenn ich nicht sofort verschwinde und mich jemals wieder in Mamas Nähe wage. Als ich nicht nachgegeben habe, hat er mir den Ellbogen in den Bauch gerammt. Da ist mir wohl eine Sicherung durchgebrannt. Ich hab mich gewehrt, und ihm meine Faust ins Gesicht geschlagen. Und ich war so wütend, Letti. Obwohl er schon von mir abgelassen hatte, war das irgendwie nicht genug.

Ich habe mich auf ihn geschmissen und ihm nochmal mit der anderen Hand ins Gesicht geboxt. Und nochmal ... und nochmal. Keine Ahnung, wie oft. Als ich irgendwann Mamas Schreie wahrgenommen habe, hat sich Mike keinen Zentimeter mehr gerührt. Ich dachte, ich hätte ihn umgebracht. Aber wie sich im Nachhinein rausgestellt hat, passiert das zum Glück nicht so schnell, und es hätte scheinbar noch einiges gefehlt, damit es so weit gekommen wäre.

Aber ich war komplett überfordert mit der Situation, und bis ich mich wieder ein bisschen gefangen hatte, stand dann auch schon die Polizei in der Wohnung, die die Nachbarn gerufen haben. Sie haben Mike auf dem Boden gesehen, das Blut an meinen Händen und mich sofort an die Wand gedrückt und mir Handschellen angelegt. Ich habe versucht, ihnen die Situation zu erklären. Ich

*habe ihnen gesagt, dass Mike angefangen hat und ich nur meine
Mama rausholen wollte. Weil er gefährlich für sie ist.
Also haben sie Mama gefragt, ob das stimmt.
Sie hat mich angeschaut, dann Mike auf dem Boden und die Poli-
zisten. Aber sie hat nichts gesagt. Kein. Verdammtes. Wort.
Deswegen haben sie mich mitgenommen. Ich saß ein paar Tage in
U-Haft, zum Glück hat mich ein Anwalt schnell da rausgeholt,
und man hat mir Jörg zugeteilt.
Doch Mike hat Anzeige erstattet, nicht nur wegen des Ein-
bruchs, sondern auch, weil ich ihm angeblich monatelang ange-
droht hätte, ihn umzubringen. Dabei war es genau andersrum.
Mama hat eine Aussage verweigert, und ich glaube, sie weiß bis
heute nicht, was sie damit angerichtet hat. Also gab es auch
keine mildernden Umstände, und ich wurde verurteilt. Ich bin
froh, dass ich nicht im Knast sitze.
Das ist keine Heldengeschichte, das weiß ich. Keine Ahnung, was
du erwartet hast. Aber jetzt kennst du die ganze Wahrheit. Das
ist es, was ich dir die ganze Zeit verschwiegen habe.
Ich hoffe, du kommst eines Tages damit klar. Es tut mir so leid,
Letti. Ich wollte dir nie wehtun.*

Matteo

Erst jetzt fiel mir auf, dass meine Finger aufgehört hatten,
zu zittern. Langsam faltete ich den Brief wieder zusammen. Doch was ich da gerade gelesen hatte, war so unglaublich und gleichzeitig so logisch, dass ich ihn nur Momente später nochmal auseinanderfaltete und ein zweites
Mal überflog. Die Zeilen wirkten aufrichtig und ehrlich.
Ich hoffte wirklich, dass ich ihm all das glauben konnte

und er mir nicht noch mehr verschwieg. Aber warum hatte er das nicht gleich erzählt?

Mein Herz drohte, aus meinem Brustkorb auszubrechen. Ich hatte die ganze Zeit über recht gehabt. Aber nicht nur damit, dass er regelmäßig illegale Dinge tat und handgreiflich geworden war. Sondern auch damit, dass er für mich nie gefährlich gewesen war. Er war für mich weder eine Bedrohung noch ein schlechter Einfluss. Er trug genau das große, gute Herz in der Brust, das er hier in der Klinik allen gezeigt hatte. Das war keine Fassade. Und ich hatte ihn in die gleiche Schublade gesteckt wie seelenlose Schwerverbrecher, die ohne Kopf und Verstand auf unschuldige Fremde einprügelten.

Meine Emotionen entglitten mir immer mehr. Ich begann, im Aufenthaltsraum auf- und abzulaufen, um mich irgendwie wieder zu sammeln.

Machte das alles überhaupt einen Unterschied? Es änderte nichts an der Tatsache, dass er nicht ehrlich mit mir gewesen war. Aber hätte ich das an seiner Stelle nicht genauso gemacht? Hätte ich ihn in die dunkelsten Stellen meiner Seele und meiner Vergangenheit blicken lassen? Nicht einmal in meiner eigenen Situation hatte ich es geschafft. Ich hatte so lange gezögert, ihm den Grund zu offenbaren, warum Weihnachten mich nicht glücklich, sondern traurig machte. Hätte er sich sicherer bei mir gefühlt, wenn ich selbst von Anfang an mit offenen Karten gespielt hätte?

Ich wusste nicht mehr, was richtig war und was nicht. Nur bei einem war ich mir sicher: Ich hatte einen riesigen Fehler gemacht. Ich musste mit Matteo reden. Am besten sofort.

30. Matteo

5 Tage bis Weihnachten

Ratlos stand ich vor der Wand, die bereits so oft besprüht worden war, dass die Farbe in hunderten Schichten abblätterte. Die beiden Tags, die ich gerade darüber-gesprayt hatte, wirkten simpel und einfallslos, und ich bereute es beinahe, das Graffiti darunter zerstört zu haben. So machte es keinen Spaß. Ich wollte das Grau aus der Stadt vertreiben und etwas schaffen, das den Leuten ein Lächeln auf die Lippen zauberte, wenn sie daran vorbeiliefen. Nicht etwas kopflos an eine quietschbunte Wand sprühen, die eher einen Abriss nötig hatte als eine weitere Farbschicht.

Frustriert warf ich die Dose zurück in meinen Rucksack. Im selben Moment vibrierte es in meiner Jackentasche. Bestimmt wieder Mama. Zum fünften Mal heute. Ich tastete nach meinem Handy und wollte den Anruf schon wegdrücken, als ich Jörgs Namen auf dem Display sah.

Ich atmete einmal tief durch und schluckte, bevor ich mich meldete. Das konnte nichts Gutes bedeuten. »Ja?«

»Störe ich?«, fragte Jörg. Als würde das eine Rolle spielen. Seine Neuigkeiten waren im Moment das Wichtigste, und er würde mir sowieso gleich verraten, was er wollte, egal, wie beschäftigt ich war.

»Nein. Schule ging heute nur bis eins. Also schieß los.«

»Das ging jetzt ziemlich schnell, und ich weiß, dass es dir nicht gefallen wird … aber dir wurde eine neue Stelle zugeteilt.«

Wenn Jörg das schon sagte, konnte es nur furchtbar sein. »Bitte nicht Hundehaufen aufsammeln.«

»Ich habe wirklich versucht, es abzuwenden. Der Richter ist allerdings der Meinung, dass es eine gute disziplinarische Maßnahme wäre, dich für den Rest deiner Stunden Graffitis von öffentlichen Gebäuden entfernen zu lassen.«

»Nicht dein Ernst?«

»Doch, leider schon.«

Mir fehlten die Worte. Um viele der hässlichen Schmierereien an schönen Gebäuden wäre es nicht schade. Aber wenn es ihnen um disziplinarische Maßnahmen ging, war das vielleicht gar nicht der Kern der Strafe. Am Ende würden sie mich noch dazu verdonnern, meine eigenen Kunstwerke zu zerstören. Durften sie das?

»Wann?«, fragte ich nur und bemühte mich, Jörg gegenüber ruhig zu bleiben. Ich war mir sicher, dass er sein Bestes gegeben hatte, um diese Strafe abzuwenden. Er konnte nichts dafür. Er machte einfach seinen Job.

»Anfang Januar wird es losgehen. So lange hast du noch Schonfrist.«

»Aber Anfang Januar ist es noch arschkalt draußen.«

Jörg seufzte. »Ich will dich nicht ärgern, aber das hättest du dir überlegen müssen, bevor du nochmal straffällig geworden bist. Beim Sprayen hast du die Temperaturen auch überlebt, also ist das jetzt leider kein besonders gutes Argument.«

Ich massierte mir mit der freien Hand die Schläfen, in denen sich ein leichtes Pochen ausbreitete. »Dann bleibt mir nichts anderes übrig, oder?«

»Nein. Da musst du jetzt durch. Aber ich habe auch eine gute Nachricht für dich.« Er machte eine Pause. Als er merkte, dass ich weder nachfragte noch sonst wie antwortete, fuhr er einfach fort. »Ich habe mit deiner Schulleiterin gesprochen. Du darfst bleiben und bekommst noch eine Chance. Sie wird in den nächsten Monaten allerdings ganz besonders ein Auge auf dich haben. Es liegt jetzt also an dir, ob du mit dem Abitur in der Tasche aus der Schule gehen willst oder nicht.«

»Das sind ja sogar mal wirklich gute Nachrichten.« Ich bückte mich zu meinem Rucksack und wollte den Reißverschluss zuziehen. Doch plötzlich stand jemand in dunkelblauen Boots neben mir.

Mein Blick glitt von den Schuhen über die Schneehose nach oben, bis ich in die wärmsten braunen Augen sah, die ich mir vorstellen konnte.

Letti? Hatte ich zu viel Sprayfarbe eingeatmet? Ich sollte in Zukunft wirklich einen Atemschutz tragen. Aber sie sah verdammt echt aus. Was machte sie hier?

Jörg sagte etwas. Seine Worte drangen nicht bis zu mir durch.

Ich richtete mich langsam auf. »Jörg? Kann ich dich später zurückrufen?«

»Klar, warum? Hast du …« Ich nahm das Handy vom Ohr und drückte ihn weg.

Wahrscheinlich wäre das der Moment, in dem ich einfach cool bleiben und Hallo sagen sollte. Aber das erschien mir viel zu bedeutungslos bei all den Dingen, die ich ihr eigentlich mitteilen wollte.

»Was starrst du denn so? Hab ich meine Mütze falschrum auf?«, fragte Letti und tastete ihren Kopf ab.

»Was … was machst du hier?« Wow. Eine intelligentere Antwort hätte mir auch nicht mehr einfallen können.

»Das muss ich doch nicht wirklich beantworten, oder? Ich werde ja wohl kaum hier sein, um ein paar Graffitis zu sprühen.« Ich bildete mir ein, ein kurzes Lächeln über ihr Gesicht huschen zu sehen, das jedoch sofort wieder verschwand, als sie zu Boden blickte. »Ich hab deinen Brief gelesen. Und ich muss mit dir reden.«

»Aber wie hast du mich gefunden?« Als würde das gerade auch nur die geringste Rolle spielen. Ich sollte lieber die Klappe halten, wenn nur so ein Quatsch dabei herauskam. Allerdings war es die einzige Frage, die ich aussprechen konnte, ohne mich vor der Antwort fürchten zu müssen.

»Zuerst war ich bei dir zu Hause. Aber du warst nicht da. Simon meinte, dass ich dich wahrscheinlich hier finde.«

Sie sah plötzlich so verunsichert aus, dass ich am liebsten die Distanz zwischen uns überwunden und sie in den Arm genommen hätte. Mein Gott, wie ich ihre Wärme vermisste … ihr Lachen und ihren Humor …

»Als Simon mir neulich erzählt hat, wofür du wirklich verurteilt worden bist, bin ich aus allen Wolken gefallen.

Es war falsch von mir, nicht mit dir darüber zu sprechen und dir die Chance zu geben, alles zu erklären. Aber ich hatte plötzlich richtig Angst. In meinem Kopf mussten es ganz furchtbare Dinge gewesen sein, die du getan hast. Weil es nur so für mich logisch erklärbar war, warum du mir nichts davon erzählt hast.« Sie sah zu mir auf. »Verstehst du?«

»Ja, natürlich. Ich weiß, wie das für dich ausgesehen haben muss. Aber der Brief war nicht dazu da, alles kleinzureden, was ich getan habe. Auch wenn ich vielleicht bessere Gründe für meine Taten hatte als manch anderer, ist es immer noch furchtbar. Brutal. Es überschreitet jegliche Grenze.« Scham durchfuhr mich, und ich trat von einem Bein auf das andere, um dieses ekelhafte Gefühl abzuschütteln. »Ich wollte nur das nachholen, wozu ich in den letzten Wochen zu feige war. Dir die ganze Wahrheit erzählen, weil du sie verdient hast. Damit du dich nicht für immer fragen musst, was ich getan habe.«

»Du hättest es mir jederzeit erzählen können. Erzählen müssen.«

»Wärst du geblieben, wenn ich es getan hätte? Wäre überhaupt jemals mehr aus uns geworden als Kollegen? Wenn du von Anfang an gewusst hättest, dass ich schon mal so ausgerastet bin und jemanden so zugerichtet habe?«

Ihr Zögern fühlte sich an, als würde sie mir einen Eiszapfen in die Brust rammen. Egal, was sie sagte. Sie hatte mir die Wahrheit schon verraten.

»Ich weiß nicht, was passiert wäre, wenn ich es von Anfang an gewusst hätte«, sagte sie leise, schüttelte dann allerdings den Kopf. »Aber das spielt doch keine Rolle. Ich habe immerhin auch nicht von Anfang an mit offenen

Karten gespielt. Außerdem hab ich dich als den Matteo kennengelernt, der ein riesiges Herz hat und der das Wohl anderer über sein eigenes stellt. Du hast mir gezeigt, dass du nicht einfach nur aggressiv und kaputt bist. Wahrscheinlich hätte ich das auch erkannt, wenn ich deine Geschichte vorher gehört hätte.« Sie schob mit der Schuhspitze einen Zigarettenstummel von links nach rechts. »Und auch wenn du es mir erst ein paar Tage später erzählt hättest, hätte es nichts geändert. Natürlich wäre ich geschockt gewesen. Und ich hätte auch nicht von dir erwartet, dass du dir das auf die Stirn tätowieren lässt oder es jedem gleich beim Kennenlernen an den Kopf knallst.«

»Schade. Ich hatte mir jetzt eigentlich vorgenommen, mich in Zukunft so vorzustellen. Hi, ich bin Matteo. Ich bin wegen Hausfriedensbruch, Körperverletzung und Bedrohung verurteilt, weil ich meinen Stiefvater krankenhausreif geprügelt habe. Aber sonst bin ich eigentlich ganz nett. Und du?«

Zum Glück überhörte Letti die Selbstironie nicht und fasste es richtig auf. »Genau *so* hatte ich mir das vorgestellt.« Sie lachte sogar leise. »Doch jetzt mal im Ernst. Es ist klar, dass du das nicht jedem sofort erzählen kannst. Aber du musst doch auch irgendwann gemerkt haben, dass wir uns näherkommen als geplant. Dass du mir vertrauen kannst.«

»Ich weiß. Und da wäre der Zeitpunkt gewesen, damit rauszurücken. Aber ich hab ihn verpasst. Auch als du dann dachtest, es läge nur am Sprayen … ich hatte plötzlich solche Zweifel. Du wohnst in einem teuren Haus in einer superbehüteten Gegend, du gehst auf eine Privatschule, deine Eltern sind Anwälte. Die sitzen in Prozessen wie meinem auf der Gegenseite und machen Leute wie mich fertig. In meinem Kopf gab es kein einziges Szenario, wie das mit uns funktionieren sollte. Kein Szenario, bei dem du mich nicht sofort verurteilst und mit ganz anderen Augen siehst.«

»Du hast es selbst gesagt, als wir über den Christkindlesmarkt geschlendert sind, weißt du noch?« Sie sah mir in die Augen und machte es mir damit unmöglich, mich an etwas anderes zu erinnern als an das Gefühl, ihr Gesicht mit beiden Händen zu umschließen und sie zu küssen. »Ich bin kein Klischee eines verwöhnten Eiskunstlaufmädchens mit weißem Tutu, das noch nie einen Blick aus der perfekten Eislaufwelt hinausgewagt hat. Ich hab es mir nicht ausgesucht, so aufzuwachsen. Schon als kleines Mädchen hätte ich mein Zuhause manchmal gerne gegen ein anderes getauscht, auch wenn das bedeutet hätte, weniger im Luxus zu leben. Das war nie, worauf es mir ankam. Diese Grenzen, die andere ziehen, spielen für mich keine Rolle. Hast du das nicht gemerkt? Das wäre für mich nie ein Grund gewesen, dich mit anderen Augen zu sehen.«

Es tat beinahe weh, wie viel Verständnis sie mir entgegenbrachte. Sie verdiente jemanden, der sie genauso behandelte. Jemanden, der es nie über das Herz brachte, ihr etwas so Wichtiges zu verschweigen. Außerdem gaben mir ihre Worte das Gefühl, dass sie immer noch nicht ganz verstand, worauf sie sich da eingelassen hatte. »Es tut mir leid. Ich habe alles kaputt gemacht, das ist mir bewusst. Und ich kann es nicht rückgängig machen.«

»Das musst du gar nicht. Eine Entschuldigung ist schon mal ein guter Anfang. Und mir tut es genauso leid.« Ihr Blick huschte zur Wand hinter mir, dann wieder zu mir. Schließlich lächelte sie schüchtern. »Alles, was ich mir wünschen würde, ist, dass wir nochmal von vorne anfangen. Was meinst du?«

Ich kam mir vor, als wäre ich in einem der Tagträume gefangen, die mich in den letzten Tagen ununterbrochen verfolgt hatten. Wie oft hatte ich mir gewünscht, diese Worte aus ihrem Mund zu hören?

Doch anders als in meinen Träumen befreiten ihre Worte nicht die Schmetterlinge in meinem Bauch. Stattdessen kämpften sie gegen den Felsbrocken in meinem Inneren an, der ihnen den Weg versperrte.

»Hast du den Brief richtig gelesen?«

Das war nicht die Antwort, die sie erwartet hatte. Sie vergrub die Hände in den Jackentaschen und zog die Schultern ein Stück nach oben. Shit, warum war ich so ein Arsch? Aber es fühlte sich plötzlich alles zu überstürzt an. Wir konnten die letzten Tage doch nicht einfach vergessen. Alles, was vorgefallen war. Das würde uns nur ins nächste Unglück stürzen.

»Darüber haben wir doch die ganze Zeit geredet«, sagte sie und runzelte die Stirn.

Sie verstand es nicht. Wie auch? Wahrscheinlich würde sie es nie können. Sie hatte nicht gesehen, was ich gesehen hatte, und sah nicht die Muster, die ich sah. Dass ich aus einer Familie stammte, in der es üblich war, die, die man am meisten liebte, zu verletzen und im Stich zu lassen. Sie hatte keine Ahnung, worauf sie sich da einließ.

»Mein Kopf ist so voll mit dem ganzen Mist, der um mich herum passiert. Ich habe im Moment überhaupt nicht den Platz in meinem Kopf … Und erst recht nicht in meinem abgefuckten, kaputten Herzen. Auch wenn ich es noch so sehr will.« Ich trat einen Schritt zurück. »Du hast jemanden verdient, der dir alles geben kann, seinen ganzen Kopf, sein ganzes Herz. Ich weiß nicht, ob ich das jemals könnte. Dazu müsste so viel passieren.«

Entsetzen stand Letti ins Gesicht geschrieben. »Du hast mir doch schon längst gezeigt, was du geben kannst … und es ist mehr als genug für mich. So viel hat mir noch nie jemand gegeben. Rede doch nicht so schlecht über dich. Wir können das alles hinkriegen. Vorausgesetzt, du willst das überhaupt.«

Wenn sie nur wüsste, wie sehr ich das wollte. Doch mein Kopf schwirrte von all den widersprüchlichen Gefühlen und Gedanken, die mich zu Boden ringen wollten.

»Ich … muss drüber nachdenken. Sorry. Das ist gerade alles etwas viel.«

Ich griff nach meinem Rucksack und zog die Träger über die Schultern.

Letti öffnete den Mund, sagte aber nichts, sondern schüttelte nur ungläubig den Kopf. »Wenn … wenn es daran liegt, dass ich dir so wenig vertraut und dich dann einfach geblockt habe … das verstehe ich. Ich hab genauso viel Mist gebaut wie du. Ich kann dir versprechen, dass ich daraus gelernt habe. Aber wenn das der Grund ist, warum du uns keine zweite Chance geben willst, sag mir das doch bitte einfach.«

»Das ist es nicht … bitte … ich brauch einfach ein bisschen Zeit, okay?«

Ich sah ihr an, dass sie Nein sagen wollte und innerlich mit sich kämpfte. Einige Sekunden verstrichen, in denen ich versuchte, mich nur auf das Pfeifen des Windes zu konzentrieren, nicht auf meine viel zu lauten Gedanken.

Und erst recht nicht darauf, wie sehr ich mir wünschte, sie sanft an mich zu drücken und ihr zu versprechen, dass alles gut werden würde.

»Okay«, flüsterte sie schließlich, und ich spürte mein Herz noch ein wenig weiter bröckeln.

31. Letti

3 Tage bis Weihnachten

Ich saß auf dem Bett zwischen einigen Lernunterlagen und meinem Kalender, in den ich gerade das nächste Kreuzchen in Richtung Freiheit gemalt hatte. Konzentrieren konnte ich mich jedoch auf nichts außer Matteos Brief, der vor mir auf dem aufgeschlagenen Physikbuch lag. Ich überflog zum hundertsten Mal die Zeilen. Es ließ mir einfach keine Ruhe. Was war es, das ich übersehen hatte? Oder hatte er nur eine Ausrede gesucht, um mich abzuwimmeln?

Je öfter ich den Brief las, desto mehr fiel mir daran auf. So viele Dinge, die er nicht aufgeschrieben hatte, aber gemeint haben könnte. Erst jetzt wurde mir endgültig bewusst, wie viel Last und Trauer wirklich hinter diesen Zeilen schlummerten.

Doch ein Satz stach mir immer wieder ins Auge. Matteo hatte den ganzen Brief über versucht, sich klar auszudrücken, und offenbar über jedes Detail nachgedacht. Nur nicht bei diesem Satz.

Kein. Verdammtes. Wort.

Ich konnte förmlich durch das Papier hindurch spüren, wie viele Emotionen in diesen drei Wörtern verborgen lagen. Beim Lesen breitete sich in mir eine tiefe Beklommenheit aus, die ich nicht mehr loswurde. Es war furchtbar, dass er versucht hatte, seine Mutter zu schützen und sie dann nicht hinter ihm gestanden hatte. Sie hätte ihm sicher einiges an Leid ersparen können, wenn sie eine Aussage gemacht hätte. Ihr Schweigen kam einem Verrat gleich. Ich bekam beinahe Bauchschmerzen, wenn ich nur darüber nachdachte. Wie schrecklich musste es sich dann erst für Matteo anfühlen?

Plötzlich verstand ich, was er gemeint hatte. Sein Herz und sein Kopf konnten unmöglich leicht und frei genug sein, um alles mit mir auszudiskutieren, mir zu vertrauen und sich erneut in eine Situation zu begeben, in der er verletzt werden könnte. Ich erinnerte mich an den Abend, als er zu spät gekommen war und mir dann erzählt hatte, er hätte mit seiner Mutter gestritten und dass das häufiger vorkommen würde. Ob das einer der Punkte war, den er damit gemeint hatte? So oder so, die beiden steckten offensichtlich fest. Ich hatte gesehen, wie viel Schmerz ihm alles bereitete. Dabei war die Lösung gar nicht so weit weg, wie Matteo wahrscheinlich dachte.

Ich schob den Brief beiseite und versuchte, mich in meine Physikhausaufgaben einzulesen. Als ich den ersten Satz auf der Seite zum fünften Mal gelesen hatte, musste ich jedoch einsehen, dass es so keinen Sinn hatte. Ich konnte nicht einfach untätig hier rumsitzen. Der Drang, Matteo und seiner Mutter zu helfen, aus der belastenden Situation herauszukommen, in der sie schon seit Monaten stecken mussten, wurde beinahe übermächtig. Aber das konnte ich nicht. Es ging mich nichts an. Matteo hatte mich nicht um Hilfe gebeten, und wir waren nicht mal mehr zusammen. Vielleicht würden wir das auch nie wieder sein. Erst recht nicht, wenn ich mich in sowas Persönliches einmischte. Aber was hatte ich überhaupt noch zu verlieren?

Ich stand auf und ging zum Schreibtisch, wo mein Handy lag. Ich öffnete WhatsApp und tippte auf Matteos und meinen Chat. Seit meiner Trennungs-Nachricht und seiner Antwort darauf hatten wir nicht mehr geschrieben – auch wenn ich ihn schon längst entblockt hatte. Der Cursor blinkte auffordernd im weißen Kästchen und machte mich mit jeder Sekunde noch unsicherer. Was sollte ich ihm schon schreiben? Dass er mit seiner Mutter zu mir kommen sollte, damit ich vermitteln konnte, wie bei einer Familientherapeutin? Das wirkte total überheblich. Damit würde ich mich nur lächerlich machen.

Stattdessen kam mir jedoch eine andere Idee. Kurzentschlossen wählte ich Simons Nummer.

Zum Glück nahm er nach nur zwei Mal Klingeln ab.

»Letti?«, fragte er skeptisch.

»Hey, Simon. Ist Matteo bei dir?«

»Der ist gerade unter der Dusche. Wenn du mit ihm sprechen willst, musst du ihn schon selbst anrufen. Keine Ahnung, ob er gerade Lust hat, mit dir zu reden …«

»Nein, im Gegenteil. Sag ihm bitte nicht, dass ich dran bin. Ich wollte nämlich mit dir reden.«

»Mit mir?« Er klang verwirrt.

»Ja. Es geht um seine Mutter.«

Schweigen. »Hä?«

»Es ist ein bisschen komplizierter. In Kurzform: Ich glaube, es wird Zeit, dass Matteo sich endlich richtig mit ihr ausspricht und sie sich wieder versöhnen. Und ich bin mir ziemlich sicher, dass ich weiß, woran es liegt, dass das bisher nicht geklappt hat.«

»Warte kurz.«

Es raschelte am anderen Ende der Leitung. Dann Schritte.

»Okay, jetzt können wir reden. Ich bin im Schlafzimmer. Das ist ein ziemlich empfindliches Thema für ihn. Und ehrlich gesagt weiß ich nicht, was das mit mir zu tun hat.«

»Du kennst Matteo schon ewig. Du kennst bestimmt auch seine Mama, oder?«

»Schon. Aber …« Ich wusste, was ihn zögern ließ, noch bevor er es aussprach. »Als ich letztes Mal mit dir über Matteos Vergangenheit gesprochen habe, hat das ziemlich beschissen geendet. Er ist, glaube ich, immer noch ein bisschen angepisst deswegen. Also denke ich nicht, dass das eine gute Idee ist. Ich kann dir nicht helfen. Sorry.«

Mit einer solchen Antwort hatte ich allerdings schon gerechnet. »Verstehe ich. Du musst auch gar nichts sagen oder erklären. Es reicht mir schon, wenn du mir zuhörst.«

»Das krieg ich hin.«

»Okay. Hier meine Theorie: Matteo braucht ganz dringend ein klärendes Gespräch mit seiner Mutter, um wieder Vertrauen zu ihr aufbauen zu können. Ich habe gemerkt, wie sehr er sich danach sehnt. Vorher wird er sein Leben nicht in den Griff kriegen können. Er liebt sie so sehr, das spürt man. Sie versteht entweder nicht, was er von ihr erwartet, oder sie ist nicht bereit, sich ihren Fehler einzugestehen.«

»Wir reden gerade davon, dass sie nicht für ihn ausgesagt hat, oder?«

Er wusste, worum es ging? Nach so wenigen, vagen Worten? »Du wolltest doch nichts sagen.«

»Mist, das muss ich echt nochmal üben. Aber das liegt doch auf der Hand.«

»Tut es das?«

»Logisch. Das ist mir seit Monaten klar. Du hast recht, das belastet ihn wirklich sehr. Gefühlt jeden Tag mehr.« Na toll. Gerade noch hatte ich meine Erkenntnis für unglaublich schlau kombiniert gehalten. Jetzt kam ich mir dämlich vor, es nicht früher gesehen und Simon als ultimative Lösung verkauft zu haben. »Aber ich kann so viel mit ihm reden, wie ich will. Er ist der Meinung, sie hat ihn nicht verteidigt, weil sie Mike mehr liebt als ihn. Und er lässt sich nicht davon überzeugen, sie einfach mal direkt drauf anzusprechen und ihr zu sagen, wie sehr ihm das wehgetan hat. Stattdessen wartet er seit Monaten darauf, dass sie das Thema von selbst anbringt und sich entschuldigt.«

»Wie lang soll das noch so gehen?«, fragte ich.

»Keine Ahnung. Es geht schon viel zu lang. Und es tut ihm echt nicht gut.«

»Hast du schon mal drüber nachgedacht, den beiden ein bisschen auf die Sprünge zu helfen?«

Simon schien nachzudenken. »Das versuch ich doch, wenn ich mit Matteo drüber rede.«

»Und wenn du nicht nur mit Matteo drüber reden würdest?«

»Oh … meinst du …?«

»Ja. Keine Ahnung, wie gut du seine Mama kennst. Deswegen frage ich ja. Aber wenn ihr einen gewissen Draht zueinander habt, könnte ich mir schon vorstellen, dass das helfen würde.«

»Das ist ein echt guter Gedanke, Letti.«

Zum Glück konnte er nicht sehen, wie meine Wangen aufglühten. »Danke.«

»Ist schon ein bisschen her, dass ich sie zum letzten Mal gesehen hab. Aber früher sind wir meistens bei Matteo abgehangen. Ich mochte sie immer. Manchmal hat sie sogar mit uns Mario Kart gezockt.«

Innerlich jubelte ich. Das klang nach den perfekten Voraussetzungen. »Gut. Ich möchte Matteo einfach nur helfen. Aber ich kann nicht. Deswegen wollte ich mit dir sprechen. Was du draus machst, kannst du ja selbst entscheiden.«

»Ich will ihm auch helfen. Das ist das Mindeste, was ich nach der Aktion neulich tun kann. Vielleicht kann ich es damit ein bisschen wiedergutmachen. Da gibt es nur ein Problem.«

»Du hast keine Handynummer?«

»Die krieg ich schon irgendwie raus. Aber ich bin richtig schlecht drin, solche Gespräche zu führen.«

»Ich würde es ja machen … aber ich kenn Matteos Mutter nicht«, antwortete ich und spürte Enttäuschung in mir aufsteigen. Ich hatte wirklich gehofft, dass Simon das regeln konnte.

»Hm«, machte er. »Und wenn wir einfach zusammen mit ihr reden?«

»Ist das nicht ein bisschen komisch? Ich bin eine Fremde für sie.«

»Mich kennt sie gut. Und wir haben alle eins gemeinsam: Matteo ist uns superwichtig. Sie ist wirklich lieb, ich glaube nicht, dass sie damit ein Problem hat. Wir haben doch nichts zu verlieren. Ich habe das Gefühl, ich bin es ihm schuldig, es zumindest zu versuchen.«

Würde ich damit eine Grenze von Matteo überschreiten? Oder heiligte der Zweck die Mittel? Aber wenn Simon es auch für eine gute Idee hielt, würde ich es durchziehen. »Du kontaktierst sie. Wir müssen nur sichergehen, dass sie alleine aufkreuzt. Dann gehen wir zusammen hin, du stellst mich vor, ich rede. Wenn wir merken, dass es seltsam wird, lassen wir es bleiben.«

»Klingt nach 'nem Plan. Abgemacht. Ich melde mich.«

Ich verabschiedete mich von Simon und legte auf. Das konnte ja was werden.

Schon zehn Minuten später schickte Simon mir eine Nachricht.

Sie hat Zeit und Lust. Hab ihr mal noch nichts von dir gesagt. Treffen wir uns beim Kanal am Fernsehturm?

Ich las die Nachricht zweimal, weil ich dachte, Datum und Uhrzeit überlesen zu haben. Doch Simon bestätigte mir, dass wir uns tatsächlich schon in einer Stunde treffen würden.

O Gott. Ich hatte mir doch Argumente und nette Formulierungen überlegen und alles notieren wollen. Dazu blieb so keine Zeit mehr. Dem nach zu urteilen, was mir

Matteo so über sie erzählt hatte, mussten wir jedoch froh sein, wenn wir sie überhaupt dazu bekamen, sich mit uns zu treffen. Und was erledigt war, war erledigt. Also schrieb ich Simon eine kurze Nachricht und sagte zu.

Der Gedanke, gleich zum ersten Mal Matteos Mutter gegenüberzustehen, war aufregend und beängstigend zugleich. Wie würde Simon mich vorstellen? Er konnte schlecht die Wahrheit sagen und ihr erzählen, dass ich Matteos Ex-Freundin war. So würde sie mir nicht vertrauen. Es war also umso wichtiger, dass ich einen guten Eindruck hinterließ.

Ich stürmte ins Bad und versuchte vergeblich, meine Haare mit einem Zopf zu bändigen. Dafür mussten sie wohl noch etwas wachsen. Stattdessen bürstete ich sie nur gründlich durch und steckte sie auf der linken Seite mit einer Haarspange zurück, was sie gleich viel besser aussehen ließ. Außerdem entschied ich mich gegen eine Schneehose und beließ es bei der Jeans.

Ich war schon dabei, mir die Schuhe überzustreifen, als Mama in den Flur kam und sich zwischen mich und die Haustür stellte.

»Wo willst du denn jetzt schon wieder hin? Du hast gesagt, du wirst heute hierbleiben und lernen.«

»Mir kam noch was dazwischen«, antwortete ich knapp, zog meine Jacke an und nickte ihr zu. Das Drama konnte ich jetzt überhaupt nicht gebrauchen. »Lässt du mich bitte durch?«

»Wir hatten das Thema doch erst. Ich muss wissen, wo du hingehst. Oder wenigstens, mit wem du unterwegs bist.«

Nicht aufregen, Letti. Sie hat ja recht. »Spazieren. Am Kanal.«

»Kanal? Welcher Kanal?«

Bei dieser dummen Frage konnte ich mich nicht mehr beherrschen. »Draußen vor der Tür, den Gulli runter. Macht man jetzt so.«

Mamas strenge Miene wurde plötzlich erstaunlich weich. Aber nicht, weil die Antwort sie zufriedengestellt hatte. Mit einem Mal sah sie aus, als müsste sie sich beherrschen, nicht in Tränen auszubrechen. »Ich finde das langsam nicht mehr witzig. Was soll ich noch machen, um dich zur Vernunft zu bringen, Letitia? Kein Wort habe ich neulich gesagt, als du erst um eins von dieser Party nach Hause gekommen bist. Ich lag hellwach im Bett und habe kein Auge zubekommen. Um zweiundzwanzig Uhr solltest du hier sein. Das habe ich mir nicht ausgedacht, um dich zu schikanieren. So sieht es sogar das Gesetz vor.« *Natürlich, das heilige Gesetz schon wieder.* Mein Blick huschte zum Wohnzimmer und zu der Terrassentür. Ob ich einfach durch den Garten abhauen sollte? »Neulich habe ich erst in der Zeitung gelesen, dass die Fälle von K.o.-Tropfen in der Stadt wieder zunehmen. Ich habe überlegt, die Polizei anzurufen, aber ich habe es nicht getan. Als du die Treppe hochgeschlichen bist, wollte ich nach dir sehen und dir sagen, wie sehr ich mir Sorgen gemacht habe. Auch das habe ich mir verkniffen.« Ihre Augen wurden mit jedem Wort glasiger. »Die Hoffnung, dass du wieder ins Training zurückkehrst, habe ich inzwischen schon fast aufgegeben. Du bist nicht mehr die Letti, die du mal warst. Es ist auch in Ordnung, wenn es nur daran liegt, dass du langsam erwachsen wirst. Ich verstehe aber nicht, warum du dich so veränderst. Ich habe Angst, dass du dich mit den falschen Leuten triffst. Nichts hilft. Schweigen hilft nicht, fragen hilft nicht, Verbote helfen nicht. Was soll ich noch tun? Ich will nichts weiter als wissen, was in deinem Leben passiert und dass es dir gut geht. Aber ich kenne dich kaum noch.«

Warum stach es in meiner Brust plötzlich so schmerzhaft? Es konnte mir doch egal sein, wie es ihr dabei ging. Das war es ihr die letzten zehn Jahre auch gewesen, wenn ich ihr gesagt hatte, dass ich das Eislaufen hasste und aufhören wollte.

»Es ist das erste Mal, dass ich überhaupt ein Leben habe. Das will ich mir nicht von dir kaputt machen lassen«, zischte ich und machte auf dem Absatz kehrt.

Ich wollte zur Terrassentür laufen. Ich hatte einen weiten Weg quer durch die Stadt vor mir und wollte auf keinen Fall zu spät kommen. Irgendetwas hielt mich jedoch auf der Stelle. Vielleicht war es Mamas Seufzen, das bis in mein Herz vordrang. Meine Wut war mit einem Mal verpufft.

»Wir können ein anderes Mal drüber reden. Ich will nicht, dass du dir so viele Sorgen machst. Aber ich muss erst ein paar Sachen klären. Dann kann ich dir alles erzählen. Du musst dir keine Sorgen machen, Mama. Alles ist gut. Ich kann auf mich aufpassen. Heute bin ich wirklich bis zum Abendessen wieder zurück. Versprochen.«

»In Ordnung.«

Ich drehte mich wieder um und lächelte ihr zu.

Sie kniff die Lippen zusammen und trat beiseite, um mich durchzulassen.

32. Letti

3 Tage bis Weihnachten

Als ich in den Spazierweg einbog, der am Kanal entlangführte, sah ich Simon schon von Weitem unter einer Brücke stehen. Ich winkte ihm zu, woraufhin er sich in Bewegung setzte und mir entgegenkam.

»Voll gut, dass es gleich geklappt hat, oder?«, begrüßte
er mich und zog mich in eine kurze Umarmung.

»Na ja, geht so. Mir hätte es gutgetan, eine Nacht drüber zu schlafen und mir alles nochmal durch den Kopf gehen zu lassen.«

»Spontane Ideen sind meistens die besten«, antwortete
Simon und winkte ab. »Ich nehme das gerne auf meine
Kappe, wenn es schiefgeht. Aber ich muss es probieren.
Ich hab so ein schlechtes Gewissen, weil ich euch ...« Er
beendete seinen Satz nicht.

»Denk dir nichts dabei. Dir hat er ja offensichtlich auch
nicht erzählt, wie viel er mir wirklich verschwiegen hat.«

Simon sah sich um, schien aber niemanden zu entdecken. Hatte er Angst, Matteo könnte uns hier über den

Weg laufen? Oder hielt er nur nach seiner Mutter Ausschau? »Ich finde es auf jeden Fall echt cool, dass du trotz allem noch siehst, dass er ein netter Typ ist, und dir so viele Gedanken um ihn machst.«

»Ich war auch nicht die ganze Zeit ein Engel.« Ich deutete auf eine Bank am Wegrand. Simon nickte, und wir ließen uns darauf nieder. Das Holz war selbst durch Jeans und Jacke hindurch kalt.

»Denkst du, er wird es uns übelnehmen, dass wir ihn nicht gefragt haben, ob wir mit seiner Mama über ihn reden dürfen?«, fragte ich.

»Ich kann dir genau sagen, was er geantwortet hätte. Es wäre ein klares Nein geworden. Aber nur deswegen, weil er nicht gecheckt hätte, was wir anders machen können als er. Oder weil er es nicht ertragen hätte, wenn wir es auch nicht hinbekommen.«

»Das macht mir zum Glück gar keinen Druck.«

Ein Ruck ging durch Simons Körper. Er beugte sich nach vorne und schaute an mir vorbei.

Ich folgte seinem Blick. Aus derselben Richtung, aus der ich gekommen war, schlenderte eine schlanke, dunkelblonde Frau mittleren Alters auf uns zu. Sie sah aus, als hätte sie in den letzten Nächten nicht gut geschlafen. Trotzdem war nicht zu übersehen, wie hübsch sie war.

Ihr Anblick überraschte mich. Ich hatte mir eine etwas ältere Frau mit Brille und von Erschöpfung eingefallenen Wangen und rot unterlaufenen Augen ausgemalt. Ich ärgerte mich selbst darüber, wie naiv ich war. Warum sollte sie auch nicht gut aussehen und gepflegt auftreten? Depression hatte so viele Gesichter.

War es schon zu spät, es mir doch anders zu überlegen?

Vielleicht sollte ich mich einfach als Simons Freundin vorstellen. Dann könnten die beiden sich ein halbes Stündchen locker über Matteo unterhalten, und ich wäre den Druck los, die richtigen Worte finden zu müssen.

Sie lächelte, als Simon aufstand, um sie zu begrüßen. Nichts an ihr war furchteinflößend. Ganz im Gegenteil. An meiner Nervosität änderte das jedoch nichts. Jetzt hatte ich doppelt Angst. Ich wollte diese sympathische Frau, die offensichtlich mehr Dunkelheit als Licht in ihrem Leben hatte, genauso wenig enttäuschen oder verletzen wie Matteo.

»Schön, dich mal wieder zu sehen, Simon. Gut siehst du aus.« Ihre Stimme war so sanft und zart, dass ich mir sofort vorstellte, wie sie Matteo früher Gute-Nacht-Geschichten vorgelesen oder für ihn gesungen hatte. Er war bestimmt immer ohne Probleme eingeschlafen. Bei ihrem Klang beruhigte sich sogar mein nervöser Herzschlag ein wenig.

»Das kann ich nur zurückgeben, Moni. Wie geht's dir?« Simon drückte ihr links und rechts ein angedeutetes Küsschen auf die Wange. Irgendwie hatte ich nicht damit gerechnet, dass er sie duzen würde. Das war ein gutes Zeichen, oder? Je näher sie sich standen, desto besser war das für unser Gespräch.

»Wie immer. Es geht schon«, antwortete sie und wich seinem Blick aus. Stattdessen wandte sie sich mir zu und schenkte mir ein neugieriges, aber freundliches Lächeln. »Du hast jemanden mitgebracht?« Sie streckte mir die Hand entgegen. »Hallo, ich bin Monika.«

Ich schüttelte ihre Hand und sah dabei hilfesuchend zu Simon. Der machte jedoch keine Anstalten, mich vorzustellen. Das ging ja gut los. »Ich bin Letitia. Oder einfach nur Letti. Ich bin eine Freundin von Simon … und von Matteo. Wir arbeiten zusammen in der Kinderklinik.«

Ihre Augen weiteten sich. Ich erkannte darin das gleiche Blau, das auch in Matteos Augen funkelte. »Ach … das ist ja interessant. Freut mich, dich kennenzulernen.«

Was meinte sie damit? Wusste sie nicht, dass er dort arbeitete? Hatte ich mich jetzt schon verplappert?

Ich war froh, als Simon erstmal das Wort ergriff. »Wollen wir ein Stück gehen?«

Wir liefen eine Weile, und Simon wechselte ein paar Worte mit ihr über das Wetter, seine Schwester und das anstehende Weihnachtsfest. Ich lief neben ihnen her und warf nur gelegentlich einen Kommentar ein oder lachte über Simons Witze.

Nach kurzer Zeit hakte sie sich bei ihm unter, und hätte ich es nicht besser gewusst, hätte ich gedacht, dass Simon ihr Sohn war und nicht Matteo. Ich konnte mir gut vorstellen, dass das einfach ihre Art war. Jemand, der einen so netten, fürsorglichen Menschen wie Matteo hervorgebracht hatte, konnte selbst nur ein großes Herz haben, in dem Platz für viele Menschen war. Vielleicht war es auch genau das, was ihr bei ihrem Freund zum Verhängnis geworden war …

Nachdem wir einige Minuten gegangen waren, sprach sie jedoch die Frage aus, mit der ich die ganze Zeit schon gerechnet hatte. »Schön, dass ich jetzt auch mal wieder auf dem aktuellen Stand bin. Du hast mir aber noch nicht verraten, warum du dich mit mir treffen wolltest. Geht es um Matteo? Ist bei ihm alles in Ordnung?«

Simon und ich wechselten einen kurzen Blick. Ich

nickte knapp in seine Richtung und gab ihm zu verstehen, dass er anfangen sollte. Er zuckte kaum merklich mit den Schultern und formte *keine Ahnung* mit den Lippen. *Na toll.*

Monika entging nicht, dass wir etwas zu lange schwiegen. Ihre Stimme klang noch leiser als zuvor. »Ist ihm etwas passiert?«

»Nein, nein, keine Sorge. Ihm geht's gut. So körperlich zumindest«, stammelte Simon. Vor ein paar Sekunden hatte er sich noch so souverän mit ihr unterhalten, dass ich gehofft hatte, er könnte das alles vielleicht sogar alleine regeln. Jetzt wirkte er dagegen so unsicher, dass ich befürchtete, er würde einen Rückzieher machen oder alles versauen.

Es lag also an mir.

»Und wegen allem anderen wollten wir mit Ihnen reden«, ergänzte ich und traute mich kaum, zu ihr hinüberzusehen.

»Du, bitte. Sonst fühle ich mich so alt.« Sie lachte leise.

»In Ordnung.«

In meinem Kopf sammelten sich so viele Worte. Ich blickte auf das dunkle Wasser des Kanals, an dessen Oberfläche sich sanfte Linien unter dem Wind kräuselten. Die richtigen Worte zu finden fühlte sich an, als würde ich versuchen, mit einem Netz das Wasser aus dem gewaltigen Fluss herauszufischen.

»Er redet viel über dich«, begann ich und spürte Monikas neugierigen Blick auf mir.

»Über mich? Das kann ich ja kaum glauben. Hoffentlich nicht nur Schlechtes.«

»Nein, alles Mögliche. Du bist ihm sehr wichtig.«

Ich betete, dass ich die richtigen Knöpfe drückte. Ich konnte Monika nicht einschätzen. Die Frau, die neben mir lief, wirkte ganz anders, als ich sie mir durch Matteos Beschreibungen vorgestellt hatte. Trotzdem musste ich mich auf das verlassen, was er mir erzählt hatte. Vielleicht war sie nur gut darin, ihren Schmerz und ihre Unsicherheiten vor Fremden wie mir zu verstecken.

»Es ist bloß so, dass wir das Gefühl haben, ihr redet oft aneinander vorbei und habt dadurch viel mehr Stress als nötig«, sagte Simon. »Damit geht's ihm echt nicht gut.«

»Mir auch nicht«, antwortete Monika. »Immer, wenn wir uns treffen, fängt er einen Streit an. Ich gebe mir so viel Mühe, alles richtig zu machen. Aber ihm scheint es nie gut genug zu sein, egal was ich mache.«

Ihre Worte erschreckten mich. Das klang nicht nach Matteo. Das war sicher nicht das, was er über seine Mama dachte. Ich wusste nicht, was ich darauf antworten sollte.

»Ich entschuldige mich jedes Mal. Für mein Zuspätkommen, die Unordnung, dass ich nicht immer für ihn da sein kann ... Das bedeutet ihm alles gar nichts. Er sagt immer nur, ich soll mich nicht lächerlich machen und damit aufhören. Dabei kommt es wirklich von Herzen.«

Ihre Worte waren wie das fehlende Puzzleteil, mit dessen Hilfe sich in meinem Kopf plötzlich alles zu einem lückenlosen Bild zusammensetzte. Alles ergab auf einmal Sinn. *Natürlich!* Er brauchte keine Entschuldigungen für diese Dinge. Denn das waren einfach Teile von ihr, die er längst akzeptiert hatte und mit denen er umzugehen wusste. Kein Wunder, dass es ihn wütend machte, wenn ihr Entschuldigungen für solche Belanglosigkeiten so einfach über die Lippen gingen, sie sich aber noch nie dafür entschuldigt hatte, womit sie Matteo wirklich verletzt hatte.

Die Erkenntnis verlieh mir Ruhe. Mit einem Mal wusste ich, wie ich die Sache angehen konnte.

»Was Matteo beschäftigt, hat aber nichts mit Zuspätkommen oder Unordnung zu tun. Sondern ...«

»... mit Mike. Ich weiß.«

Mit dieser Antwort hätte ich nicht gerechnet. Genauso wenig wie damit, dass sie gleich so offen mit uns über Matteo und ihre Probleme sprechen würde. Sie wirkte beinahe erleichtert, jemanden gefunden zu haben, dem sie sich anvertrauen konnte.

Ich war sehr dankbar dafür. Die Situation hätte auch richtig seltsam werden können. Ich war auf einen krampfhaften Monolog eingestellt gewesen. Gerade fühlte sich aber alles ganz natürlich an.

»Seine Probleme mit Mike sind etwas, das ich überhaupt nicht beurteilen kann. Ich weiß nur das, was Matteo uns erzählt hat. Deswegen sind wir auch nicht hier. Es hat schon etwas mit Mike zu tun ... aber letztendlich liegt das größte Problem zwischen euch beiden. Wir sind hier, um das auszusprechen, was Matteo nicht über die Lippen bringt. Vielleicht könnt ihr danach leichter darüber reden. Es würde Matteo so guttun, ein bisschen Frieden in die Sache zu bringen. Und dir bestimmt auch, oder?«

Ihre Schritte wurden langsamer. »Ich würde mir so sehr wünschen, dass er wieder nach Hause kommt. Ich vermisse ihn.« In ihren Worten lag so viel Trauer, dass sich mein Herz schmerzhaft zusammenzog. *Autsch.* Warum schafften sie es nicht, vernünftig miteinander zu reden, wenn sie beide so unter der Situation litten?

Simon schüttelte den Kopf. »Er kann nicht. Er fühlt sich nicht mehr sicher dort.«

»Ich habe ihm schon gesagt, dass Mike nicht mehr vorbeikommen wird. Er muss sich doch gar keine Sorgen deswegen machen.«

»Es liegt nicht daran, dass Mike vorbeikommen könnte. Sondern …« Die nächsten Worte waren so unglaublich wichtig, dass ich mir einen Moment Zeit nahm, um sie zu überdenken. Wenn ich sie falsch formulierte, könnte sie es als Angriff oder Kränkung auffassen. »Er fühlt sich bei dir nicht willkommen, nicht geschützt.«

Das hatte sicher erstmal gesessen. Monika blieb beinahe stehen. Doch die Maske auf ihrem Gesicht saß perfekt. Ich konnte keine Gefühlsregung ausmachen.

Simon ergänzte meine Worte perfekt. »Er hätte sich so sehr gewünscht, dass du in der Nacht, in der … diese furchtbaren Dinge vorgefallen sind, auf seiner Seite gestanden hättest. Für ihn ausgesagt und ihn in Schutz genommen hättest.«

»Ihr habt nie darüber gesprochen, oder?«, fragte ich.

Monika sah sich hilfesuchend um. »Können … wir uns kurz auf die nächste Bank setzen?«

Mist. Hatten wir es übertrieben? »Klar, kein Problem. Soll ich lieber aufhören, darüber zu reden? Ich weiß, es ist ein sehr schwieriges Thema.«

»Und gleichzeitig das Wichtigste überhaupt«, sagte sie mehr zu sich selbst als zu mir.

Wir liefen noch ein Stück schweigend nebeneinander, bis wir die Bank erreichten und sie sich kraftlos zwischen Simon und mir auf die abgewetzten Holzplanken fallen ließ.

Ich traute mich nicht, noch etwas zu sagen. Simon sah stirnrunzelnd zu Monika und wirkte ebenfalls verunsichert.

Also schwiegen wir. Ich beobachtete den riesigen Husky, der mit seinem Besitzer an uns vorbeispazierte und interessiert jeden Grashalm am Wegesrand beschnupperte. Simon begann, an einem losen Faden seines Handschuhs herumzuspielen.

Irgendwann seufzte Monika leise. »Ich dachte, er weiß, wie sehr ich das bereue. Ich dachte, ich muss es nicht aussprechen, damit er es versteht.« Ihre Oberlippe zuckte. Die Maske begann zu bröckeln. Am liebsten hätte ich sie in den Arm genommen, aber das ging eindeutig einen Schritt zu weit.

»Vielleicht ist er zu enttäuscht, zu verletzt, um es zu sehen. Die ganze Sache hat ihn jedenfalls sehr verunsichert.«

Eine Träne stahl sich aus ihrem Augenwinkel, rann ihre Wange hinab und tropfte auf ihren Mantel. Es brach mir fast das Herz. Hoffentlich war es richtig, was wir hier taten. Aber dass sie es bereute, war doch eine gute Voraussetzung, oder?

»Ich war in diesem Moment so überfordert. Er hat Mike so übel zugerichtet. Ich habe Matteo nicht wiedererkannt.« Sie schniefte. »Natürlich weiß ich, warum er das getan hat. Dafür liebe ich ihn nur noch mehr. Schon als er noch ein ganz kleiner Zwerg war, hat er versucht, mich vor allem zu verteidigen. Aber in dieser Situation konnte ich es nicht sehen. Es war alles zu viel. Und ehrlich gesagt ...« Sie zog ein Taschentuch aus ihrer Manteltasche hervor und schüttelte es auseinander. »... ich hatte auch Angst davor, wie Mike reagieren würde, wenn ich mich gegen ihn gewandt hätte. Wahrscheinlich wäre er wütend geworden und dann gegangen, für immer. Das hätte ich damals nicht ausgehalten. Es war alles zu viel. Matteo dagegen ist so stark. Ich dachte, dass er das auch ohne mich hinbekommt.«

»Das hat er auch ... nach außen hin. Aber es lässt ihm keine Ruhe. Es arbeitet in ihm. Jeden Tag«, sagte Simon.

»Gott, es tut mir so leid. Das wusste ich nicht«, flüsterte sie, und weitere Tränen rannen ihr übers Gesicht, die sie eilig mit dem Taschentuch wegtupfte. »Das war wahrscheinlich der größte Fehler meines Lebens.« Sie hatte es gesagt. Sie sah ihren Fehler ein. Es tat ihr leid.

Trotz ihrer Trauer keimte Hoffnung in mir auf. Daraus konnte etwas entstehen, wenn sich beide Mühe gaben. Sicher würde es ein langer Weg werden. Aber das war der erste Schritt.

»Wenn du das jetzt auch noch Matteo sagst, würde es ihm sehr helfen.«

Sie starrte aufs Wasser. Dann nickte sie langsam. »Ja, das muss ich wohl tun. Ich hoffe, ich kriege das hin.«

Simon legte ihr den Arm um die Schulter. »Natürlich kriegst du das hin. Was denkst du denn, von wem Matteo diese innere Stärke hat?«

Monika lächelte schwach. Ich war mir nicht sicher, ob sie seine Worte ernst nehmen konnte oder nur als leeres Kompliment abtat. Ihre Tränen versiegten jedoch langsam wieder. Auch mein nervöser Herzschlag beruhigte sich. Besser hätte es kaum laufen können.

Als sie das Taschentuch zurück in ihre Tasche schob, holte sie ihr Handy heraus, tippte zweimal darauf herum und hielt es sich ans Ohr. Rief sie Matteo an? Jetzt sofort, hier?

Simon machte hinter ihrem Rücken ein Handzeichen in meine Richtung, das mir zu verstehen gab, dass ich sie besser davon abhalten sollte.

»Äh …«, begann ich. »Matteo geht doch nie ans Telefon, oder? Du erreichst ihn bestimmt besser, wenn du ihm schreibst und dich mit ihm persönlich verabredest, wenn du wieder zu Hause bist.«

»Ein Versuch kann nicht schaden.«

Ich hörte den Wählton und stellte mir vor, wie Matteo ihren Namen auf dem Display las und den Anruf genervt wegdrückte, sich dann aber doch fragte, ob er nicht lieber hätte rangehen sollen.

Monika nahm das Handy vom Ohr und legte auf. »Hm. Er geht wirklich nicht ran.«

Aus dem Augenwinkel sah ich, wie sie WhatsApp öffnete. Ich wollte nicht neugierig sein und schaute nicht hin, bemerkte aber, dass sie nicht tippte. Wahrscheinlich überlegte sie, wie sie Matteo zu einem Treffen überreden konnte, ohne ihn gleich abzuschrecken.

»Ich weiß nicht, was ich schreiben soll«, gab sie schließlich zu. »Könnt ihr mir helfen? Wenn ich Matteo schreibe, liest er es vielleicht nicht. Er kommt mich zwar jede Woche besuchen, aber meistens immer nur dann, wenn er gerade will oder wenn wirklich etwas los ist …«

»Du meinst, wir sollen ihn herbitten?« Simons Blick war panisch.

»Das wäre nett, ja.«

Mir behagte die Vorstellung auch nicht. Wir konnten Matteo nicht in eine Falle locken, nachdem wir schon hinter seinem Rücken mit seiner Mama über ihn gesprochen hatten. Unsere Absichten waren gut, aber das wäre nicht mehr fair.

»Wir können ja mal sehen, ob er sich darauf einlässt.«

Wenn ich etwas aus den letzten Wochen mit Matteo gelernt hatte, dann war es eines: Die Wahrheit sollte man weder leugnen noch verstecken. Das brachte nur weitere Missverständnisse und Streit mit sich.

Also schrieb ich eine kurze Nachricht an Matteo und reichte Simon mein Handy, bevor ich sie abschickte.

> Es gefällt dir vielleicht nicht, aber Simon und ich sitzen gerade mit deiner Mama beim Kanal am Fernsehturm. Es gibt etwas zu bereden. Es ist wichtig. Könntest du bitte vorbeikommen?

Simon verzog das Gesicht. »Klingt echt ein bisschen hinterhältig.«

»Ist es ja auch«, erwiderte ich.

»Weiß er denn nicht, dass ihr hier seid?«, fragte Monika.

Simon und ich schüttelten synchron den Kopf.

»Ich bin euch dankbar dafür. Ich habe wirklich nicht gewusst, dass ihn das so sehr belastet. Ich dachte, er hat nur ein Problem mit Mike und damit, dass er mir so oft helfen muss.«

»Na ja, dann schick es ab. Was Besseres fällt mir auch nicht ein«, sagte Simon, und ich drückte auf Senden.

Kurze Zeit später machten wir uns auf den Rückweg zu unserem Treffpunkt. Simon versuchte, die Stimmung etwas aufzulockern. Ich konnte jedoch an nichts anderes denken als daran, wie Matteo reagieren würde, wenn er uns gleich zusammen sah. Ich hatte definitiv eine persönliche Grenze überschritten. Würde er mich dafür hassen? Aber wenn er dafür endlich mit seiner Mutter Frieden schließen konnte, war es das für mich wert gewesen.

Während ich Simon und Monikas Gespräch zu folgen versuchte, schossen mir plötzlich all die Momente durch den Kopf, in denen ich Mama genauso behandelt hatte, wie Matteo es offenbar auch mit seiner Mutter getan hatte. Es gab wohl niemanden auf der Welt, der mich so wütend machen konnte wie meine Eltern. Das war allerdings kein Grund, es auch so an ihnen auszulassen.

Ich versuchte, es mir andersherum vorzustellen. Matteo, wie er mit meiner Mama über mich sprach, statt ich mit Monika über ihn. Was würde er sagen? Wie würde sie reagieren? Ich dachte an ihre Reaktion von vorhin. Mamas traurige Augen. Und plötzlich war ich selbst den Tränen nahe. Warum fiel es mir so leicht, Matteos Probleme mit seiner Mutter zu sehen und zu lösen, wenn ich es zu Hause selbst nicht hinbekam? Wann hatte ich Mama und Papa zum letzten Mal so zugehört wie Monika eben?

Die Gestalt, die mit tief ins Gesicht gezogener Kapuze auf uns zusteuerte, brachte meine Gedanken zum Stillstand. Auch Simon verstummte, als Matteo näher kam und schließlich vor uns stehen blieb.

Er schob seine Kapuze ein Stück zurück, sodass sein Gesicht zum Vorschein kam, behielt sie aber auf. Er vergrub die Hände in den Jackentaschen und schaute unsicher zwischen uns hin und her. »Was ist hier los?« Immerhin wirkte er nicht, als wäre er sauer.

»Deine Freunde waren so nett, mir beim Gedankensortieren zu helfen. Ich würde gerne mit dir reden. Gehst du ein Stück mit mir?«

Matteo schien mit sich zu hadern.

»Na los.« Simon und klopfte ihm auf die Schulter.

»Wir lassen euch dann mal ein bisschen allein«, sagte ich, schnappte mir Simon und führte ihn ein Stück weg.

»Sollen wir gehen?«, flüsterte er, als wir außer Hörweite der beiden waren.

Ich warf einen Blick über die Schulter. Matteo hielt Abstand zu seiner Mutter, doch sie waren nebeneinander losgelaufen.

»Ich weiß nicht. Denkst du nicht, er hat danach mit uns auch noch ein Hühnchen zu rupfen?«

»Deswegen ja.« Simon lachte. »Wir können ja hier warten und sehen, ob er danach noch Bock hat, mit uns zu reden, oder ob er uns lieber im Fluss ertränken will.«

Wir hingen beide unseren eigenen Gedanken nach. Das Schweigen zwischen uns war jedoch nicht unangenehm. Die Kälte fraß sich allerdings langsam durch den dünnen Stoff meiner Jeans, kroch in meine Sneaker und ließ mich frösteln. Als ich auf die Uhr sah, war schon über eine halbe Stunde vergangen. Lange würde ich es nicht mehr aushalten, herumzustehen und zu warten.

Gerade als ich Simon fragen wollte, ob er sicher war, dass sie überhaupt wiederkommen würden, sah ich die beiden ein Stück entfernt unter der Brücke.

33. Matteo

Letti und Simon drehten sich zu uns um. Sie hatten tatsächlich auf uns gewartet. Automatisch wurde ich langsamer. Meine Kraft war für heute eigentlich aufgebraucht. Das Gespräch mit Mama hatte zwar gutgetan, aber es hatte mich so viel Überwindung und Energie gekostet, mich ihr zu öffnen und mich so auf sie einzulassen, wie sie es verdient hatte. Allerdings gab es da auch noch etwas anderes, das dringend geklärt werden musste.

Letti steckte bis zur Nase im Kragen ihrer Jacke und sah aus, als könnte sie jede Sekunde zu einem Eiszapfen gefrieren. Simon pustete in seine Hände und rieb sie aneinander. Niemand sagte etwas. Wahrscheinlich erwarteten sie, dass wir ihnen ein kurzes Fazit gaben.

Nachdem wir zusammen zurückgekommen waren, konnten sie sich aber vermutlich schon denken, dass es nicht in einer Katastrophe geendet hatte.

Verunsichert sah Simon zu Letti.

Schließlich seufzte sie und gab nach. »Wir haben auch noch ein paar Sachen zu besprechen, oder?«

»Mehr als nur ein paar«, antwortete ich, wusste jedoch nicht, wo ich anfangen sollte. War es unhöflich, Mama und Simon wegzuschicken? Was ich Letti zu sagen hatte, war nur für ihre Ohren bestimmt.

Plötzlich spürte ich Mamas Hand in meinem Rücken. Sie schob mich nachdrücklich in Lettis Richtung, sodass ich beinahe einen Schritt nach vorne stolperte.

»Na los, mach schon«, zischte sie. Ich schaute über die Schulter zu ihr. Sie lächelte und machte noch eine auffordernde Geste in Lettis Richtung.

»Mama, lass das, das ist peinlich«, zischte ich zurück.

Als Letti und Simon zu lachen begannen, musste ich auch grinsen. Es fühlte sich so wunderbar normal an, mit den drei wichtigsten Menschen in meinem Leben hier zu stehen und gemeinsam über die Situation zu lachen. Wie dumm war ich gewesen, nicht zu sehen, dass es das war, was ich am dringendsten brauchte?

Jetzt musste ich nur noch dafür sorgen, dass es nicht das letzte Mal war. Hoffentlich war es noch nicht zu spät.

Ich wandte mich an Simon. »Können wir heute Abend zu Hause reden?«

»Geht klar.« Er trat neben Mama. »Gehst du nach Hause? Ich kann dich begleiten, ich muss sowieso in die Richtung.«

»Das musst du nicht. Aber wenn du Lust hast, mir noch ein bisschen Gesellschaft zu leisten, habe ich natürlich nichts dagegen.«

Simon und Mama verabschiedeten sich von Letti und machten sich auf den Weg.

Sie blickte den beiden hinterher. »Soll ich auch gehen?«
So kleinlaut kannte ich sie gar nicht.

»Du bist der Grund, warum ich die beiden wegge-
schickt hab. Das hast du doch gemerkt.«

»Ja. Aber keine Ahnung, was das bedeuten soll.« Sie
zog ihre Mütze zurecht und überkreuzte die Beine. »Darf
ich anfangen?«

Anfangen. Wie das klang. »Ich will mit dir reden und
kein Verhör führen«, antwortete ich schmunzelnd. »Aber
klar, fang ruhig an.«

»Ich bin ein bisschen zu weit gegangen. Das weiß ich.
Simon und ich haben überlegt, dich vorher zu fragen. Eigentlich geht uns das ja gar nichts an, wenn du Probleme
mit deiner Mutter hast. Aber ich hab die ganze Zeit über
schon gespürt, dass du nur richtig frei im Kopf bist, wenn
du dich gerade um Weihnachtsstimmung auf der Station
kümmerst oder sprayst … sonst war da immer noch eine
so traurige Seite an dir, die gar nicht zu dem anderen,
fröhlichen Matteo gepasst hat. Als du letztes Mal dann
noch gesagt hast, dass dein Kopf und dein Herz nicht frei
genug sind, hat es klick gemacht. Ich hab endlich verstanden, was es ist. Und es hätte mich wahnsinnig gemacht,
einfach nur dabei zuzusehen und nichts zu unternehmen.«
Aus jedem ihrer Worte sprach die Sorge, dass ich sie
gleich zur Schnecke machen könnte. »Vielleicht hab ich da
meinen Einfluss auch ein bisschen überschätzt. Ist euer
Gespräch wenigstens gut gelaufen?«

»Es war nicht einfach, aber ja. Wir konnten zum ersten
Mal über Themen reden, um die wir sonst nur herumge-
tanzt sind. Ohne deine Vorarbeit hätte ich mich diesem
Gespräch so schnell auch nicht gestellt.« Ich lächelte.

»Nächstes Mal wäre es cool, wenn du vorher fragen würdest. Das hätte auch ordentlich schiefgehen können. Wir werden sehen, wie es sich weiterentwickelt, und ob Mama sich an ihr Versprechen hält. Sie will sich tatsächlich einen Therapeuten suchen. Ich hoffe so sehr, dass es ihr hilft. Aber ja, es geht mir echt besser. Von daher war es das Beste, was mir heute passieren konnte.« Ich stockte. »Na ja, fast zumindest.«

»Nur fast?«

Ich nickte. »Das Beste ist, dass du gerade trotz der ganzen Scheiße noch vor mir stehst und mir zeigst, dass ich ein absoluter Dummkopf war, deine Entschuldigung neulich nicht anzunehmen.«

Die Jacke rutschte ihr vom Kinn. Doch sie zitterte nicht mehr. »Ich verstehe, dass es vorgestern nicht ging. Aber du kannst sie jetzt immer noch annehmen, wenn du willst.«

Ich konnte kaum glauben, was sie sagte. Womit hatte ich es verdient, dass sie hier vor mir stand und sich mehr Gedanken um meine Probleme machte als um ihre eigenen? Hoffentlich würde ich ihr das eines Tages zurückgeben können.

»Das würde ich sehr gerne.«

Ich trat einen Schritt näher an sie heran. Sie sagte nichts. Sollte das wirklich bedeuten, dass sie mir noch eine Chance gab?

Mein Blick wanderte zu ihrer Hand. Stumm bat ich sie um Erlaubnis, dann verschränkte ich meine Finger mit ihren.

Lettis zuckersüßes Lächeln wandelte sich in das verschmitzte Grinsen, das ich beinahe noch mehr an ihr liebte. »Mein Gott, warum machen wir es uns immer so kompliziert? Das ist der Moment, in dem du mich küssen musst, du Idiot.«

Ehe ich noch etwas erwidern konnte, zog sie mich zu sich. Ich wehrte mich nicht, legte ihr die Arme um die Taille und kam ihr so nahe, dass ich ihren warmen Atem auf meinem Gesicht spürte. Ihren Duft einatmete, den der Wind nicht länger wegtragen konnte, weil kein Zentimeter mehr zwischen uns passte. Mein Herz drohte vor Glück zu zerspringen.

Endlich schloss sie die Augen. Ich tat es ihr gleich, als ich ihre weichen Lippen fand. Sie erwiderte meinen Kuss, voller Zärtlichkeit, aber dennoch mit einer Sicherheit, die sich wie ein Versprechen anfühlte. Mit einem Mal schlug mein Herz wieder leicht und frei und war zugleich so voller Wärme, dass ich sie nie wieder loslassen wollte.

34. Letti

Heiligabend

Ich klopfte nicht an, sondern riss die Tür zu Frau Möllers Büro einfach auf. »Die Geschenke sind weg!

Frau Möller schaute vom Computer auf. »Hm?«

»Die Geschenke sind weg! Ich hab sie alle fertig verpackt in der Kammer gesammelt. Gestern hab ich sie noch durchgezählt. Aber jetzt sind sie weg! Alle!« Ich bekam beim Reden vor Aufregung gar nicht richtig Luft.

Das war ein absoluter Albtraum. Ich konnte doch nicht mit leeren Händen vor den Kindern auftauchen. Sie warteten schon ungeduldig darauf, dass ihre Wünsche heute in Erfüllung gingen. Was wäre das für ein Weihnachtsfest, krank in der Klinik, bei einer trostlosen Feier ohne Geschenke?

Frau Möller schaltete ihren Bildschirm aus und stand auf. »Dafür gibt es sicher eine Erklärung. Lass mich mal nachschauen.«

»Da gibt es nichts nachzuschauen. Das waren ja nicht nur kleine Sachen, die übersieht man nicht einfach. Sie sind weg, ganz sicher. Wissen Sie denn nicht, wo sie sind?«

Frau Möller kam zu mir und legte mir die Hand auf die Schulter. »Ganz ruhig.«

Mehr hatte sie dazu nicht zu sagen?

Sie bedeutete mir, das Büro zu verlassen, ging mit mir nach draußen und sperrte hinter sich ab. Gut so, bei den Dieben, die hier offensichtlich rumliefen.

Statt im Materialraum nach den Geschenken zu suchen, ging sie aber voraus in Richtung des Aufenthaltsraums.

»Jessy und Paul haben die Kinder schon geholt. Es ist alles vorbereitet. Das ist ja das Schlimme.« Mila, die gestern pünktlich auf unsere Station zurückgekehrt war, hatte ich vorhin sogar persönlich mit einem kleinen Rollstuhl aus ihrem Zimmer abgeholt und sie an den schönsten Platz zwischen Fenster und Baum geschoben. Dort saß sie immer noch, als ich Frau Möller in den Aufenthaltsraum folgte. Mittlerweile hielt sie eine Teetasse in der Hand, genauso wie die anderen Kinder, denen wir vor dem Baum ein gemütliches Lager aus Matratzen, Decken und Kissen gebaut hatten. Noch dazu trugen sie alle rote Zipfelmützen, und aus dem Bluetooth-Lautsprecher schallte *All I want for Christmas is You*.

»Bleib ruhig bei den Kindern. Ich kümmere mich darum«, sagte Frau Möller und ging zurück in den Flur. Hoffentlich hatte die Geschenke nur jemand umgelagert, und sie konnte wirklich etwas ausrichten.

Ein wenig traurig zog ich mein Handy hervor und öffnete die Kamera. Matteo fehlte eindeutig. Ich hatte es ihm gegenüber nie zugegeben, aber irgendwie hatte ich mich darauf gefreut, mit ihm und den Kindern zu feiern und ihnen gemeinsam die Geschenke zu überreichen. Er würde es lieben, wie viel Mühe sich heute alle gegeben hatten. Wenn er schon nicht dabei sein konnte, musste ich ihm wenigstens ein Foto von den Kids schicken. Solange sie so glücklich waren und noch nicht ahnten, dass ich es fertiggebracht hatte, ihre Geschenke zu verlieren …

Ich nahm mir einen Stuhl vom Basteltisch, den Jenny und Paul an den Rand geschoben hatten, und setzte mich zwischen Mila und Luisa. Sie war erst seit ein paar Tagen wegen ihres komplizierten Oberarmbruchs bei uns und gerade so fit genug, um im Aufenthaltsraum mitfeiern zu können.

Während Luisa mit ihrem Sitznachbarn den Gips verglich, zog Mila mich sofort am Arm näher zu sich.

»Kommst du später mit zu mir und feierst mit uns Weihnachten?«, fragte sie. »Wir haben einen Kamin. Hier gibt es ja keinen.«

Ich wusste genau, was sie meinte. Als die Ärzte ihr erlaubt hatten, den Abend später zu Hause zu verbringen, war das für mich eine solche Erleichterung gewesen, dass ich beinahe angefangen hätte zu weinen. Mila hatte sich vor allem deswegen gefreut, weil sie nach wie vor der Überzeugung war, Weihnachten in der Klinik würde ohne Matteo ausfallen. Sie hoffte, dass er sie zu Hause über den Kamin besuchen und ihre Wünsche erfüllen konnte.

Hoffentlich würde sie nicht allzu enttäuscht von ihrem Geschenk sein, wenn Frau Möller es auftrieb. Denn das, was sie sich gewünscht hatte, konnte man nicht in buntes Papier wickeln und verschenken.

»Meine Familie wäre bestimmt sehr traurig, wenn ich

Heiligabend nicht mit ihnen feiern würde. Aber sieh es positiv, dann bleiben mehr Geschenke für dich übrig.« Ich zwinkerte ihr zu.

Sie lächelte aber nicht mal. »Und was, wenn es gar keine Geschenke gibt? Matteo hat mir keinen Brief vom Nordpol geschickt. Nicht mal dafür hatte er Zeit. Dann kommt er bestimmt erst recht nicht her.«

Ich wollte gerade etwas Beruhigendes erwidern, als Frau Möller wieder in der Tür auftauchte. Sie hatte sich ebenfalls eine Weihnachtsmütze übergezogen und strahlte. Gott sei Dank. Dann waren die Geschenke bestimmt aufgetaucht.

Sie gab Paul ein Zeichen, der daraufhin die Musik leiser drehte.

»Ihr glaubt nicht, was gerade passiert ist«, rief sie in ihrer lieblichen Stimme, mit der sie immer zu den Kindern sprach. »Ich habe draußen etwas rumpeln gehört. Als ich nachgesehen habe, lagen da ein paar rote Säcke vor der Klinik. Sie waren so schwer, dass sie sie gar nicht alleine tragen konnte. Aber zum Glück habe ich jemanden getroffen, der mir geholfen hat, sie hochzuschleppen.«

Alle Kinder waren verstummt und sahen sie mit großen Augen an. Sie trat einen Schritt zur Seite und gab den Blick auf die Tür frei.

Ich blinzelte. Einmal. Zweimal. Doch auch nach dem fünften Blinzeln stand dort in der Tür zweifelsfrei Matteo mit einer blinkenden Weihnachtsmütze und einem vollgestopften roten Sack über der Schulter.

Die Kinder riefen wild durcheinander. Zwei der Jungs sprangen auf und rannten auf Matteo zu. Er nahm den

Sack von der Schulter, ging in die Hocke und schloss sie in die Arme.

Auch Mila neben mir quietschte. »Letti! Er ist wirklich gekommen, siehst du? Er ist da und hat unsere Geschenke dabei!«

»Ich hab dir doch versprochen, dass es ein tolles Weihnachtsfest wird«, antwortete ich und streichelte ihr über die Mütze.

Ich genoss die freudige Aufregung der Kinder, die alle Matteo begrüßen wollten oder versuchten, einen Blick in den Sack zu erhaschen.

Frau Möller stand lachend hinter ihm und sorgte dafür, dass keiner ihm die Geschenke entriss. Unsere Blicke trafen sich, und Frau Möller grinste wissend. Da hatte sie mich ganz schön an der Nase herumgeführt. Aber die Überraschung war es wert gewesen.

Obwohl mir ebenfalls danach war, Matteo um den Hals zu fallen, hielt ich mich zurück und ließ den Kindern den Vortritt. Als alle sich ein wenig beruhigt hatten, schlug er sich samt Sack zu Mila und mir durch und stellte sich hinter uns.

Er streichelte mir sanft über die Schulter. Das reichte schon aus, um ein Kribbeln durch meinen ganzen Körper zu schicken.

»Frohe Weihnachten, Mila«, sagte er.

»Frohe Weihnachten, Weihna... äh, Matteo.« Mila kicherte und war kurz davor, aus ihrem Rollstuhl zu springen. »Hast du für mich auch ein Geschenk dabei?«

»Lass mich mal überlegen ...« Er sah hilfesuchend zu mir. Woher sollte er es auch wissen? Die fertige Version von Milas Wunschkarte hatte er nie gesehen. Ich vermutete aber, dass auf der alten, die er gelesen hatte, der gleiche Wunsch gestanden hatte. Kein Wunder, dass er sich nicht sicher war, ob wir etwas besorgt hatten.

Ich nickte kaum merklich. Mila bemerkte es nicht, weil sie viel zu sehr damit beschäftigt war, Matteo anzuhimmeln. Ich konnte es ihr nicht verübeln und musste mich beherrschen, nicht mitzumachen.

»Hm … ja, doch. Ich habe da beim Schlittenbeladen etwas gesehen, auf dem dein Name stand.«

»Ist es da-drin?« Sie deutete auf den Sack. »Stehen deine Rentiere unten? Kann ich sie streicheln? Und kommst du heute Abend dann nochmal durch den Kamin? Mama hat mir so einen Film mitgebracht, da sagen sie, der Weihnachtsmann lässt nur was da, wenn man Plätzchen und Milch für ihn hat. Welche sollen wir nehmen? Magst du lieber die mit Schoko oder die mit Marmelade in der Mitte?«

»Alles zu seiner Zeit. Aber die Plätzchen isst du am besten selbst. Schau dir mal meinen Bauch an.« Er klopfte dagegen. »Dieses Jahr hab ich richtig viel Diät und Sport gemacht. Das will ich nicht gleich wieder kaputt machen, indem ich mir heute Nacht ein paar Millionen Plätzchen reinhaue. Wenn man so fit ist wie ich, kommt man nämlich viel besser und schneller voran.«

Das schien Mila einzuleuchten. Sie nickte.

»Und was den Rest angeht … alles zu seiner Zeit.«

Frau Möller bat um die Aufmerksamkeit der Kinder. Sie hatte sich in die Mitte gesetzt und hielt ein bunt illustriertes Buch in der Hand. Als alle sich beruhigt hatten, schlug sie es auf und begann, daraus vorzulesen.

Matteo zog sich einen Stuhl heran, sodass er schräg hinter mir sitzen konnte.

Plötzlich streifte sein Atem mein Ohr. Alle Härchen an meinem Körper stellten sich auf. »Na, ist die Überraschung gelungen?«, flüsterte er so leise, dass nur ich es hören konnte.

»Und wie. Ich war so traurig, dass du nicht dabei sein kannst. Wie hast du das eingefädelt? Sie haben dich doch wirklich zum Graffitireinigen versetzt, oder?«

»Klar, aber das war nicht schwer. Ich musste nicht mal fragen. Frau Möller hat mich darum gebeten, heute nochmal dabei zu sein. Und ich wollte mir die Chance nicht entgehen lassen, dich noch ein letztes Mal mit Weihnachtskram zu nerven.«

»Keine Sorge, wir finden danach bestimmt noch andere Themen, über die wir uns streiten können. Was hältst du zum Beispiel von Fasching … oder Ananas auf Pizza?«

»Pssscht!«, machte Luisa neben uns und legte den Finger an die Lippen.

Ich hielt mir die Hand vor den Mund. Matteo legte den Kopf auf meiner Schulter ab und schwieg ebenfalls.

Es dauerte nicht mehr lange, bis Frau Möller die Bescherung offiziell für eröffnet erklärte. Doch Matteo wäre nicht Matteo, wenn er die Geschenke einfach in den Raum werfen und die Kinder alles gleichzeitig öffnen ließe. Nein, er wollte jede Sekunde zelebrieren. Zuerst hatte er von draußen einen zweiten Sack geholt, für den ich zuständig war, und mich beauftragt, im Wechsel mit ihm ein Geschenk herauszugeben. Jetzt öffnete er wie in Zeitlupe die Schleife an seinem. Er steckte den ganzen Arm hinein und tastete nach dem ersten Geschenk. Langsam holte er es hervor und las den Namen laut vor. Gut, dass ich jedes Geschenk beschriftet hatte.

»Hannah!«

Weil Hannah erst vier und nicht fit genug war, um aufzustehen und das große Geschenk bis zu ihrem Platz zurückzutragen, stapfte Matteo zu ihr hinüber und überreichte es. Aufgeregt beobachtete ich, wie sie das Papier mit der Hilfe von Frau Möller herunterriss, bis die Puppe zum Vorschein kam, die sie sich gewünscht hatte. Sie war zu schüchtern, um etwas zu sagen oder sich zu bedanken, doch sie strahlte Matteo mit einer solchen Begeisterung an, dass das auch gar nicht nötig war.

Nun war ich an der Reihe. »Ben!«, rief ich.

»Das bin ich!«, antwortete Ben, obwohl er einer unserer Dauergäste war und deshalb genau wusste, dass ich seinen Namen kannte. Er riss mir das Geschenk aus den Händen und hielt innerhalb von wenigen Sekunden sein Zwetschgenmännchen in der Hand. »Ja!«

Ich musste Matteo recht geben. Jedem Kind beim Auspacken zuzusehen war schöner, als alles in die Mitte zu werfen und sie gleichzeitig machen zu lassen. Ein wenig Geduld würde die Kids auch nicht umbringen.

Mit jedem Geschenk wurde es lauter im Aufenthaltsraum. Malik und Lisa spielten mit ihren Modellautos Unfälle nach, während Darja ihr unglaublich nervtötendes Saxofon ausprobierte.

Eines der letzten Geschenke in Matteos Sack war das von Mila. Er überreichte es ihr feierlich und blieb bei ihr, um ihr beim Auspacken zu helfen. Wahrscheinlich war er selbst gespannt, was sich darin versteckte.

Ich drehte mich um und sah zu Jessy. Sie kam ein paar

Schritte näher und blickte Mila und Matteo über die Schulter.

Sobald das meiste Papier zu Boden gefallen war, griff Mila ins Innere des Päckchens und zog etwas Quietschbuntes hervor.

»Boah!« Sie sah beinahe schockiert aus. »Den habe ich mir gar nicht gewünscht. Aber ich hab trotzdem das coolste Geschenk von allen! Letti, schau!«

Sie streckte mir den plüschigen Einhorndrachen entgegen, den ich natürlich längst kannte. Ich begutachtete ihn trotzdem und gab ihr recht.

Ich zeigte Jessy, die mittlerweile ebenfalls strahlte, hinter meinem Rücken einen Daumen nach oben. Ich war ihr so dankbar, dass sie es in letzter Minute noch geschafft hatte, ihn zu häkeln. Das war bestimmt nicht leicht gewesen. Eine Anleitung für Einhorndrachen fand man nicht einfach so im Internet.

Über eine Stunde lang mischten wir uns unter die Kinder und spielten mit ihnen. Die sonst so geduldige und gutmütige Frau Möller wurde nervlich ganz schön strapaziert.

Ich saß gerade mit einer Gruppe Mädels zwischen Decken und Matratzen, als sie plötzlich aufschrie. »Nicht doch! Ben! Nimm das sofort aus dem Mund!«

Ich sah, wie sie auf Ben zustürmte, der sich hinter dem Weihnachtsbaum versteckt hatte, und ihm etwas aus der Hand riss. Bei genauerem Hinsehen konnte ich die Reste des Zwetschgenmännchens erkennen, das nun keinen Kopf und keine Arme mehr hatte. Eigentlich war das nicht lustig. Trotzdem musste ich laut losprusten. Jetzt verstand ich endlich, warum er sich ein Zwetschgenmännchen gewünscht hatte. Ich hatte schnell gemerkt, dass er ein kluges Köpfchen hatte. Nur das mit dem Verstecken sollte er nochmal üben.

»Mein Gott, Ben! Was soll das denn? Das ist doch nichts zum Essen! Und diese getrockneten Zwetschgen … die bestehen quasi aus purem Zucker! Du weißt doch inzwischen, dass das nicht gut für dich ist.«

Frau Möller schimpfte noch ein wenig mit ihm, bevor sie die Reste des Zwetschgenmännchens zur Sicherheitsverwahrung in ihrem Büro einschloss.

Nach und nach erschienen die ersten Eltern, die ihre Kinder, wie in Bens Fall, unter Einhaltung einiger Regeln für ein paar Stunden mit nach Hause nehmen durften. Andere wurden von Jessy und Paul zurück aufs Zimmer gebracht.

Als Milas Mutter ankam, waren nicht mehr viele Kinder übrig. Ich begrüßte sie und wünschte ihr frohe Weihnachten, während Matteo die Bremsen am Rollstuhl löste und Mila ein Stück entgegenschob.

Irgendwie freute Mila sich gar nicht, ihre Mama zu sehen. Ich versuchte, ihre Begeisterung zu wecken. »Ist das nicht toll, dass du heute mal wieder nach Hause darfst? Ich habe gehört, es gibt dein Lieblingsessen.«

»Und ich weiß zufällig, dass bei euch unter dem Baum auch noch ein paar Geschenke für dich liegen«, sagte Matteo.

Mila reichte ihrer Mama den Einhorndrachen. Die betrachtete ihn schmunzelnd und verstaute ihn dann in ihrer riesigen Handtasche.

»Der doofe Wunschbaum funktioniert gar nicht«, murmelte Mila und sah mich so tieftraurig an, dass ich sofort ein schlechtes Gewissen bekam.

Dabei hätte ich nichts weiter tun können. Ich hatte ihr mehrmals gesagt, dass der Wunschbaum nur ganz kleine Wünsche erfüllen würde. Solche Dinge, die man auch im Spielwarenladen fand. Ich überlegte, was ich sagen konnte, um sie aufzumuntern, doch im Vergleich zu ihrem echten Wunsch kam es mir plötzlich dämlich vor, dass ich überhaupt versucht hatte, sie mit einem Einhorndrachen abzuspeisen.

»Wollen wir, Mäuschen?«, fragte ihre Mutter und nahm Matteo den Rollstuhl ab. Sie wollte gar nicht darauf eingehen? Sah sie nicht, wie sehr es Mila bedrückte?

»Der Wunschbaum funktioniert sehr gut. Er kann Wünsche erfüllen, die man anfassen kann. Aber um Weihnachtsmagie auf Menschen zu wirken, dafür reicht seine Kraft eben nicht aus.«

Das schien Mila kein bisschen zu helfen. »Dann ist es erst recht ein blöder Baum.«

Milas Mutter machte eine beschwichtigende Geste in meine Richtung. Ich verstand nicht, was sie damit meinte. Ich sollte aufhören, Mila zu beruhigen? Das konnte ich nicht. Sie musste sich schrecklich fühlen.

Matteo klinkte sich ein und ging vor Mila in die Hocke. »Leider erfüllen sich im Leben nicht immer alle Wünsche. Das ist manchmal aber auch gut so. Das hilft einem, mit dem, was man hat, glücklich zu sein.«

»Das stimmt natürlich. Man bekommt nicht immer alle Geschenke, die man sich wünscht«, antwortete ihre Mutter. »Aber der Tag ist doch noch lang. Du kannst doch noch gar nicht wissen, ob sich dein Wunsch nicht noch erfüllt.«

Ich wurde hellhörig. Vor zwei Tagen hatte ich nach meinem Besuch bei Mila mit ihr geredet und ihr erzählt, was das Mädchen auf die Wunschkarte geschrieben hatte. Sollte das etwa heißen …

»Wir müssen jetzt aber wirklich los. Willst du sehen, warum?«

Mila zuckte gleichgültig mit den Schultern.

Ihre Mutter schob sie trotzdem zum Fenster. »Hilfst du uns kurz?«, fragte sie an Matteo gewandt, der sofort dazukam und Mila stützte, damit sie trotz Gips mit einem Bein aufstehen konnte, um aus dem Fenster zu schauen.

»Ich seh nichts. Nur grauen Himmel«, sagte Mila trotzig und wollte sich schon wieder zurück in den Rollstuhl plumpsen lassen. Matteo griff ihr jedoch unter die Arme und hob sie vorsichtig ein Stück hoch.

Mila schaute nach unten in den Innenhof und stieß dann einen spitzen Schrei aus. »Da ist ja Papa! Und Carolin!«

Mit einem Mal war ich so gerührt und gleichzeitig so glücklich, dass ich mich zusammenreißen musste, nicht zu schluchzen. Mila so strahlen zu sehen war das schönste Geschenk, das ich mir hätte wünschen können.

Matteo setzte sie wieder zurück. Dann kam er zu mir und legte mir den Arm um die Schulter.

Das war wirklich ein Weihnachtswunder. Vielleicht steckte in dem Baum ja doch ein wenig Magie.

Ich grinste ihre Mama an und hoffte, sie würde verstehen, wie dankbar auch Matteo und ich ihr waren. Bei unserem Gespräch hatte sie mir noch bedrückt erzählt, dass es unmöglich wäre, alle an einem Tisch zusammenzubringen, weil Milas Papa schon die letzten beiden Jahre nicht mehr mit ihnen gefeiert hatte und wohl schon andere Pläne für Heiligabend hätte. Umso mehr freute ich mich nun, dass sie sich alle Mila zuliebe zusammengetan hatten. Nach diesen harten Wochen hatte sie es sich wirklich verdient, dass alle ihre Wünsche in Erfüllung gingen.

»Genau. Sie warten unten schon auf uns.«

»Bleiben sie den ganzen Tag? Bis zur Bescherung?«, fragte Mila.

»Ja. Wir feiern alle zusammen. Oma und Opa kommen nach der Kirche auch vorbei. Das wird das beste Weihnachtsfest aller Zeiten.« Ich war mir sicher, dass sie damit nicht zu viel versprach.

Hoffentlich war die ganze Aufregung nicht zu anstrengend für Mila. Ihre Blutwerte würden noch ein wenig brauchen, um sich wieder vollständig einzupendeln. Im Moment wirkte sie allerdings fitter als an allen Tagen in den letzten Wochen zusammen.

Wir begleiteten sie zur Tür.

»Frohe Weihnachten, Mila«, sagte Matteo, beugte sich zu ihr und umarmte sie.

»Frohe Weihnachten, Matteo. Bis nächstes Jahr.«

Ihre Mutter runzelte irritiert die Stirn.

Matteo ignorierte es und zwinkerte Mila ein letztes Mal zu. »Bis nächstes Jahr.«

Einige Zeit später blieben wir schließlich alleine im Aufenthaltsraum zurück. Die plötzliche Stille hatte etwas Gespenstisches und Besinnliches zugleich.

»Geschafft«, murmelte ich und wurde von einer Welle der Erschöpfung überrollt. Ich ließ mich auf eine der Matratzen sinken und betrachtete den Baum. An diesen Anblick mit den warmen Lichtern, bunten Kugeln und roten Karten hatte ich mich inzwischen so sehr gewöhnt, dass ich mich fragte, ob ich ihn im Januar nicht sogar vermissen würde. Ich, Letitia Achenbach. *Einen Weihnachtsbaum.* Was für ein verrücktes Jahr.

Matteo setzte sich neben mich. Ich legte den Kopf an seiner Schulter ab. Sofort füllten sich meine Energiereserven wieder auf.

»Das mit dem Wunschbaum hat perfekt geklappt. Aber wie steht es um den Wunschring am Brunnen? Hat der den Test bestanden? Oder muss ich da auch einschreiten und dir deinen Wunsch persönlich erfüllen?«

»Ich dachte, du bist so überzeugt davon, dass er funktioniert?«

»Ob du es glaubst oder nicht ... das hat er bei mir auch.« Meine Neugier stieg ins Unermessliche. Durfte ich ihn nun, da bei seinem Wunsch nichts mehr schiefgehen konnte, danach fragen?

Er griff nach meiner Hand und zeichnete mit dem Daumen sanfte Kreise auf die Außenseite. »Bei dir wohl nicht?«

Ich hatte lange nicht mehr daran gedacht. Was hatte ich mir nochmal gewünscht? Ich versuchte, unseren Abend auf dem Christkindlesmarkt Revue passieren zu lassen.

Plötzlich fiel es mir wieder ein.

Unglaublich.

Mein Herz wechselte in denselben schnellen Takt wie die blinkenden Lichterketten am Fenster.

Ich hob den Kopf von Matteos Schulter. »Ich kann es wirklich kaum glauben, aber doch. Er ist absolut wahr geworden.«

Matteo schien ebenso zu hadern, ob er die Frage stellen sollte oder nicht.

»Du zuerst«, sagte ich, um mich notfalls noch entscheiden zu können, den Wunsch für mich zu behalten, wenn meiner im Vergleich zu seinem zu peinlich war.

Er sah mir in die Augen und machte es mir damit schwer, ihm überhaupt zuzuhören, ohne darin zu versinken. »Ich habe mir gewünscht, Weihnachten mit dir an meiner Seite feiern zu können.«

Mein Herz schlug Purzelbäume in meiner Brust. »Wirklich?«

Er nickte.

Ich wusste nicht, was ich sagen sollte. Meine Gefühle spielten vollkommen verrückt. Ich konnte mich nicht erinnern, jemals so erfüllt von tiefster Zuneigung, Euphorie und Liebe gewesen zu sein. Nur wegen ihm. Aber vielleicht verstand er es, wenn ich ihm meinen Wunsch ebenfalls anvertraute.

»Und ich habe mir gewünscht, meinen ersten Kuss mit dir erleben zu dürfen.« Ich hielt die Luft an und wartete gebannt auf seine Reaktion.

Seine Züge wurden weich, und er hob die Hand, um mir eine Strähne hinters Ohr zu streichen. »Dann hoffe ich, dass der Wunschzauber noch lange anhält – für viele weitere Weihnachten und noch viel mehr Küsse.«

Wie um seine Worte zu besiegeln, zog er mich langsam näher und küsste mich so sanft, dass ich beinahe befürchtete, vor Glück zu zerspringen.

Einige Zeit später räumten wir gemeinsam die Decken, Kissen und Matratzen auf und brachten die Tassen zurück in die Küche. Dann beeilte ich mich, mich in meine vielen Jackenschichten zu quetschen. Ich musste dringend los. Für das, was ich noch zu erledigen hatte, war ich eigentlich schon viel zu spät dran.

»Wir sehen uns morgen«, sagte Matteo, als wir vor der Klinik standen.

»Ich kann es kaum abwarten.« Das war nicht übertrieben. Ich fand die Idee wundervoll, dass wir uns bei Matteos Mama trafen und zusammen kochten. Oder es zumindest versuchten. »Richte Simon frohe Weihnachten von mir aus. Ich hoffe, du hast einen tollen Abend und kannst *Last Christmas* in Dauerschleife hören. Vielleicht hast du dann bis morgen genug davon und verschonst mich damit.« Ich streckte ihm die Zunge raus.

»Genug von *Last Christmas?* Niemals. Genauso wenig wie von dir.«

Er lachte und zog mich an sich. In seinem Kuss steckte so viel Zuneigung, dass ich mir sicher war, den ganzen Heimweg über von seiner Wärme zehren zu können.

35. Letti

Heiligabend

Papa griff zur kleinen Fernbedienung und schaltete die LED-Kerzen an unserem Baum ein. Er sah so anders aus als der in der Klinik. Für meinen Geschmack ein wenig besinnlicher, aber eindeutig auch trister. Strohsterne und Holzfiguren hingen statt bunter Kugeln an den Zweigen.

Papa beugte sich hinunter, um die winzige Jesus-Figur in die Krippe zu legen. Dann setzte er sich wieder mir gegenüber auf die Couch und nahm sich ein Plätzchen aus der Dose.

Fiel es ihm auf, dass ich die ganze Zeit noch nichts gesagt hatte? Dachte er, ich hätte nur keine Lust, mit ihm zu reden? Keine Lust, bei ihnen zu sein? Das wollte ich nicht.

Es gab so vieles, das ich heute noch aussprechen musste. Nur hatte ich Angst, mein erstes Weihnachten ohne Shows und Trainings zu zerstören, wenn ich die falschen Worte wählte und alles in einem riesigen Streit endete. Dabei wünschte ich mir, dass dieses Jahr wirklich alles an-

412

ders werden würde als in den letzten. Entspannter. Vertrauter.

So, wie es bei Matteo heute sicher werden würde. Ich beneidete ihn zwar nicht um die Sorgen, die er jeden Tag wegen seiner Mama hatte, und war mir sicher, dass die beiden auch noch einiges zu klären hatten.

Trotz allem war ihre Verbindung neulich aber so greifbar, so unerschütterlich, so *echt* gewesen, dass mein Herz bei dem Gedanken daran kurz krampfte. Sie liebten sich bedingungslos. Sie hatten zusammen lachen können, obwohl sie erst Minuten zuvor ein Gespräch miteinander geführt hatten, das für beide schwer gewesen war.

Deshalb war ich mir sicher, dass sie es auch schaffen konnten, ihre Konflikte für einen Abend ruhen zu lassen. Sie würden einen wunderschönen Abend zusammen verbringen, an dem nicht zählte, wer was getan hatte, sondern nur, dass sie einander liebten. Ganz ohne Druck und Erwartungen. Sosehr ich mich für die beiden freute – plötzlich verschwammen die Lichter des Tannenbaums vor meinen Augen.

Würde es sich jemals wieder so anfühlen, mit Mama und Papa Weihnachten zu feiern?

»War das Fest in der Klinik schön? Konntest du alle Wünsche erfüllen?«

Ich richtete mich auf und versuchte, den Schleier vor meinen Augen wegzuwischen. »Oh ja. So viele leuchtende Kinderaugen habe ich noch nie auf einmal gesehen. Und das in einem Krankenhaus. Dafür hat es sich gelohnt, in den letzten Wochen so oft durch die Stadt zu hetzen.«

Papa räusperte sich. »Ich bin wirklich stolz auf dich.«

Was? War das sein Ernst? Ich musterte ihn skeptisch. »Weswegen?«

»Es ist keine leichte Aufgabe, sich jeden Tag mit dem Leid von Kindern auseinanderzusetzen und dann noch die Energie zu haben, ihnen etwas Positives auf diesem Weg mitzugeben. Ich könnte das nicht. Du hast dir ausgesucht, in deiner Freizeit etwas so Bedeutendes zu leisten. Darauf kann ich doch stolz sein, oder?«

Ich war völlig überrumpelt. Das war einer der Punkte gewesen, die ich mit ihm und Mama hatte klären wollen. Mir war es so wichtig, dass sie meine Arbeit in der Klinik nicht als Konkurrenz zu meiner Eislaufkarriere sahen und sie akzeptierten. Aber dazu mussten sie erst einsehen, dass ich wirklich keine Eiskunstläuferin bei Olympia werden würde.

»Danke. Ich wusste nicht, dass du das so siehst.«

Papa kehrte sich die Plätzchenkrümel vom Bauch und lehnte sich zurück. Er wollte gerade zu einer Antwort ansetzen, als das Licht im Flur ausging.

Mama kam ins Wohnzimmer und brachte einen herrlich deftigen Duft mit. Sofort knurrte mein Magen.

»So. Die Gans braucht noch eine halbe Stunde, aber ich kann euch jetzt schon versprechen, dass sie vorzüglich wird.« Sie goss sich etwas Tee in ihre halbleere Tasse nach und setzte sich zu uns. Als wäre alles in Ordnung. Als hätte sie in den letzten Wochen nicht bemerkt, dass wir nicht mehr länger als eine halbe Stunde zusammensitzen konnten, ohne dass einer von uns die Spannung zu viel wurde.

Ich konnte nicht länger warten. Das war der perfekte Moment, um mit ihnen zu reden.

Los, Letti. Du schaffst das.

»Ich wollte dir noch Danke sagen. Schon seit ein paar Tagen, aber irgendwie hab ich nie den richtigen Zeitpunkt dafür gefunden«, begann ich an Mama gewandt. »Danke, dass du mich überzeugt hast, meine Schlittschuhe nicht wegzuschmeißen.« Sie wurde sofort hellhörig, und auch Papa lehnte sich sofort wieder vor und sah mich stirnrunzelnd an. Ich beeilte mich, weiterzusprechen, bevor sie mich noch falsch verstanden. »Das soll jetzt nicht heißen, dass ich wieder ins Training gehe. Aber ich benutze sie wieder. Nur für mich, zum Spaß. Und ich wäre traurig, wenn sie wirklich weg wären. Sie sind zwar mit richtig schlimmen Erinnerungen verbunden, aber auch mit ein paar schönen. Die will ich nicht vergessen.«

»Schlimme Erinnerungen?«, fragte Mama. »Du hast doch kaum schlechte Erfahrungen gemacht. Bei jedem Wettkampf, zu dem du angetreten bist, hast du es mindestens auf die unterste Stufe des Treppchens geschafft. Über die beiden Verletzungen lässt sich diskutieren, aber da bist du im Vergleich zu den anderen Mädchen noch gut weggekommen. Das gehört ja auch dazu, wenn man die Beste sein will.«

Letzte Woche noch wäre das der Punkt gewesen, an dem ich ausgerastet wäre. Heute jedoch nahm ich mir Zeit, um in ihrem Blick zu lesen. Darin war nicht der Hass, den ich erwartete. Vielleicht hatte es ihn auch nie gegeben. Stattdessen sah ich Verunsicherung. Vielleicht war sie gar nicht so ignorant, wie ich dachte, und hatte mir die ganze Zeit schon zugehört. Vielleicht war dieses ständige Leugnen nur ihre Strategie, sich selbst zu schützen. Weil ihr die Wahrheit ebenso wehtat wie mir.

»Ich wollte nie die Beste sein, Mama. Das war euer

Traum. Nicht meiner. Ich habe so oft geweint und gedacht, ich würde bald zusammenbrechen. Es gab Phasen, da war die Eishalle für mich wie ein vereistes Gefängnis. Dieser Druck war nicht auszuhalten. Ich habe alles verpasst, was normale Kinder so erlebt haben, nur um zu trainieren«, wiederholte ich ein letztes Mal. Doch ich merkte, wie müde mich diese Worte machten.

Es war an der Zeit, das Thema zu begraben. Ich hatte es oft genug gesagt, und sie hatten es oft genug gehört. »Ich glaube, wir sollten uns alle langsam mal eingestehen, dass diese ganze Eiskunstlaufsache uns nicht gutgetan hat. Keinem von uns.«

Mama umklammerte ihre Tasse und schwieg. Von Papa kam ebenfalls keine Reaktion.

Ich wollte keinen Monolog halten. Das hatte noch nie geholfen. Also wartete ich einfach ab.

»Es war nie meine Absicht, dich zu etwas zu zwingen, das dir offensichtlich so viel Kummer bereitet hat.« Sie atmete tief durch und stellte ihre Tasse ab. »Ein Kind zu haben ist die größte Herausforderung überhaupt. Vor allem, wenn man es nicht nur am Leben erhalten will, sondern es so sehr liebt wie wir dich. Als du auf die Welt kamst, habe ich mir geschworen, dass ich alles dafür tun würde, dass du später ein gutes Leben hast. Ich wollte, dass all deine Träume in Erfüllung gehen. Aber auf diesem Weg bin ich irgendwann wohl falsch abgebogen.«

Das hatte sie noch nie gesagt. So viel Einsicht hatte ich ihr schon gar nicht mehr zugetraut.

Ich versuchte, mir nicht anmerken zu lassen, welcher Gefühlssturm gerade in mir tobte.

»Frau Pfahler hat vom ersten Training an betont, wie

wichtig Disziplin ist. Sie hat immer wieder erzählt, dass die meisten Kinder ihre Hobbys wechseln wie Klamotten und dass nur diejenigen wirklich erfolgreich werden könnten, die dranbleiben. Ich wollte nicht, dass du eines dieser Kinder wirst, die nichts zu Ende bringen können. Die Vorstellung fand ich so furchtbar. Dann hat Frau Pfahler angefangen, von deinem Talent zu schwärmen, und hat Meisterschaften ins Spiel gebracht. Das klang so verlockend, nach einem tollen Start ins Leben. Scheinbar habe ich aber den Punkt verpasst, an dem ich hätte nachgeben und dich gehen lassen müssen.«

»Ja, den haben wir eindeutig verpasst«, sagte Papa und streichelte Mama beruhigend über den Rücken. »Und du hast recht, mein Schatz. Es ist an der Zeit, das Thema ruhen zu lassen. Es ist vorbei. Keiner kann mehr ändern, wie es gelaufen ist. So gerne ich das auch tun würde.«

Ich sehnte mich nach einer Entschuldigung.

Ich sah Mama an, dass sie ihr auf den Lippen lag. Doch sie schien noch nicht bereit dafür, sie auszusprechen und sich endgültig einzugestehen, wie nötig sie war. Aber irgendwie war das auch in Ordnung. Denn sie hatte mir den Teil von sich gezeigt, den sie immer hinter der Fassade der beherrschten, unfehlbaren Erwachsenen versteckt gehalten hatte. Endlich konnte ich sehen, was wirklich in ihr vorging. Das Gleiche galt andersherum hoffentlich genauso.

Vielleicht war das etwas, worauf wir aufbauen konnten. Vielleicht konnte ich ihnen bald sogar Matteo vorstellen, ohne befürchten zu müssen, dass sie ihn sofort in eine Schublade steckten.

»Eines würde ich mir aber von euch wünschen«, sagte ich deshalb, und Mama nickte sofort.

»Was auch immer dir hilft.«

»Ich will, dass wir endlich anfangen, uns wie Erwachsene miteinander zu unterhalten. Ihr steckt mich immer wieder in die Rolle eines trotzigen Kleinkinds. Das bin ich nicht mehr. Ihr könnt mir ein bisschen Vernunft zutrauen.«

»Das merkt man ja gerade«, antwortete Papa. Sein aufmunterndes Lächeln war erleichternd und berührte mich gleichzeitig so sehr, dass ich beinahe vergaß, was ich noch sagen wollte.

»Es war absolut nicht fair, wie ich euch in den letzten Monaten behandelt habe. Manchmal richtig respektlos. Ich war immerzu so wütend und hatte mich nicht richtig im Griff. Und zugehört habe ich euch auch nicht richtig. Das tut mir echt leid.« Ich schluckte schwer. »Ich will dich nicht mehr anschreien, Mama. Ich will nicht schweigend neben dir sitzen, Papa, sondern abends wieder stundenlang mit dir über Gott und die Welt quatschen, so wie früher.«

Mama lächelte ebenfalls. »Ist schon gut. Das könnten wir dir doch nie übelnehmen.«

Mit einem Mal brach die Erleichterung so intensiv über mich herein, dass ich keine Chance mehr hatte. Heiße Tränen rollten über meine Wangen. Doch sie taten so gut. Denn sie lösten den Kloß in meinem Hals und den Knoten in meinem Herzen, den ich schon viel zu lange mit mir herumgetragen hatte.

»Komm her.« Papa rutschte zur Seite und klopfte auf den Platz neben sich. Ohne zu zögern, stand ich auf, ging zu ihnen hinüber und ließ mich zwischen sie fallen.

Mama und Papa nahmen mich von beiden Seiten in den Arm. Ich konnte mich nicht erinnern, wann sie das

zuletzt getan hatten. Oder wann ich mich jemals so gebor-
gen gefühlt hatte. Ihr vertrauter Duft und ihre Wärme
hüllten mich ein, während meine Tränen langsam versiegten.

Alles war gut.

Epilog – Letti

7 Tage nach Weihnachten

»Noch jemand Kinderpunsch?«, rief Nicole und hielt die Thermoskanne in die Höhe.

Matteo tastete umständlich nach seinem Handy und zog mir dabei fast die Decke von den Beinen. Ich klammerte mich an ihr fest. Trotz der Decke war mir bereits so kalt, dass meine Zehen kribbelten. Auch der Schlitten, auf dem ich mit Matteo saß, war weder besonders warm noch bequem. Matteo hatte das mit dem guten Rutsch wohl etwas zu wörtlich genommen. Aber der Ausblick vom Parkhügel aus würde das hoffentlich gleich wettmachen.

Endlich hatte Matteo sein Handy gefunden. »Stell den Punsch weg. Nur noch neun Minuten. Höchste Zeit, was zum Anstoßen vorzubereiten.«

Es hatte mich nicht einmal überrascht, als Matteo mir vor zwei Tagen stolz seine Ausstattung für den Silvesterabend präsentiert hatte. Dabei waren die unzerstörbaren Sektgläser und Rezepte für verschiedene *Shrub-Mocktails* –

was auch immer das sein sollte – noch das Harmloseste gewesen.

Matteo packte die Gläser aus. Ich gab sie Nina, die mit Paulina neben mir saß und sie an Simon und Nicole weiterreichte. Dann stand Matteo auf, ließ den Verschluss von den Glasflaschen ploppen und goss jedem etwas daraus ein.

»Was ist das?«, fragte Paulina. Skeptisch begutachtete sie die pinke Flüssigkeit und hielt sie sich unter die Nase. »Riecht wie Omelett. Soll das so?«

»Das sind nur der Pfeffer und das Paprikapulver«, antwortete Matteo.

Paulina lachte, und ich stimmte ebenso wie die anderen mit ein.

Ich verstummte jedoch schnell wieder, als Matteo sich irritiert zwischen uns im Kreis drehte. »Hey, das war kein Witz.«

»Oh. Na dann.« Simon tat so, als würde er das Zeug hinter seinem Rücken in den Schnee kippen.

»Wartet doch erstmal ab. Das ist viel leckerer, als es klingt.«

»Wann kommen wir denn in den Genuss?«, fragte Nicole.

Matteo sah erneut auf sein Handy. »In sechs Minuten und achtundfünfzig Sekunden.«

Er stellte die Flasche beiseite und setzte sich wieder zu mir auf den Schlitten.

»Bevor ich es vergesse«, begann Nina und beugte sich nach vorne, um an mir vorbeischauen zu können. »Ich hätte da noch eine Frage an dich.«

Matteo rieb die Hände aneinander und kuschelte sich unter die Decke. »Schieß los.«

»Unsere Garage muss demnächst neu gestrichen werden. Da blättert überall schon die Farbe ab. Aber meine Eltern finden einfaches Weiß sehr langweilig. Da habe ich an dich gedacht.«

Matteo stützte die Ellbogen auf die Knie und lehnte sich vor zu Nina. Plötzlich wirkte er noch aufgeregter als wegen des Silvestercountdowns.

»Ich hab ihnen die Bilder von deinen Graffitis gezeigt, die Letti mir geschickt hat. Sie waren begeistert. Sie würden sich echt freuen, wenn du etwas Schönes auf unsere Garage zaubern könntest. Gegen Bezahlung, natürlich. Hast du Lust?«

Matteo wuchs um einige Zentimeter, und seine Wangen begannen zu glühen.

Ich schmunzelte. Noch nie hatte ich jemanden kennengelernt, der sich so intensiv für das begeistern konnte, was er liebte. Und langsam wurde mir bewusst, dass das nicht nur für seine Hobbys galt. Ich hatte das unverschämte Glück, ebenfalls dazuzuzählen. Das bewies er mir jeden Tag wieder, egal ob in kleinen Gesten oder den süßen Überraschungen, die er sich für mich überlegte. Und ich tat nichts lieber, als ihm das alles zurückzugeben.

»Das klingt richtig gut. Aber ich weiß nicht, ob ich es hinkriege, etwas nach Auftrag zu sprayen. Das hab ich noch nie gemacht.«

»Oh, so war das nicht gemeint. Wir haben da keine genaue Vorstellung. Wir vertrauen dir. Du könntest einfach das sprayen, was dir gefällt. Hauptsache, es wird schön bunt und nicht so trist und langweilig wie die anderen Garagen in der Straße.«

»Dann bin ich genau der Richtige dafür. Bunt ist mein Markenzeichen.« Matteo strahlte in Ninas Richtung, und mein Herz stolperte ein wenig vor Freude. Dass wir heute zusammen hier waren und sich alle auf Anhieb so gut verstanden, hatte mich schon wunschlos glücklich gemacht. Aber Nina setzte dem Abend mit ihrem Vorschlag noch die Krone auf.

Matteos Blick wanderte zu mir. Er sah mich aus zusammengekniffenen Augen an. »Hast du davon gewusst?«

»Klar. Aber keine Sorge, das ist nicht auf meinem Mist gewachsen. Das war ihre Idee. Und weil ich weiß, dass du auf Spray-Entzug bist, hab ich ihr schon prophezeit, dass du es lieben und ja sagen wirst.«

»Bin ich so leicht durchschaubar?«

Ich legte den Kopf schief. »Für mich schon.«

Er drückte mir einen Kuss auf die Wange. »Danke, ihr zwei. Das bedeutet mir echt viel. Vielleicht kann ich dadurch anfangen, ein paar Referenzen zu sammeln.«

»Wenn die Nachbarn das sehen, werden sie bestimmt neidisch, und du hast zehn Aufträge auf einmal«, antwortete ich und kuschelte mich noch ein wenig näher an ihn.

»Wir werden sehen. Aber für so viele Aufträge hätte ich gar keine Zeit.«

»Keine Ausreden. Ab Februar sieht das schon wieder anders aus, wenn deine Sozialstunden vorbei sind.«

Seine Mundwinkel zuckten verdächtig, wie immer, wenn er mich mit etwas aufziehen wollte und versuchte, dabei ernst zu bleiben. »Aber danach fängt mein neuer Nebenjob an.«

Ich wartete auf die Pointe. Doch plötzlich wandelte sich sein Ausdruck in ein so glückliches Lächeln, dass ich mir nicht mehr sicher war, ob er wirklich einen Witz machte.

»Was für ein Nebenjob?«

»Der beste der Welt.«

»Das geht nicht. Den hab ich schon.« Noch während ich es aussprach, dämmerte mir, was er meinen könnte. Aufgeregt riss ich den Kopf hoch und versuchte, in seinem Gesicht zu lesen. »Nein … nicht wirklich, oder?« In meinem Bauch stoben ein paar Schmetterlinge auf, und ich war mir nicht sicher, ob es wegen seines unverschämt gutaussehenden Grinsens oder wegen der Aussicht auf seine Antwort war.

»Doch. Ich fange ab Februar als Freiwilliger in der Kinderklinik an.«

»Wenn das ein Witz ist … mach sowas bitte nicht mit mir. Mein armes Herz!« Ich legte mir theatralisch die Hand auf die Brust. »Wie hast du das angestellt?«

»Das war nicht schwer. Ich hab einfach Frau Möller gefragt, und sie hat sofort ja gesagt. Wenn Jörg und das Gericht nicht mehr dranhängen, ist das echt unkompliziert.«

»Frau Möller ist die Beste«, antwortete ich. Ich war ihr unendlich dankbar für alles, was sie für uns getan hatte. Wenn sie nicht über die Fassade hinausgeblickt und Matteos großes Herz erkannt hätte, würden wir heute nicht gemeinsam hier sitzen. Und die Aussicht, wieder gemeinsam mit Matteo Pläne für die Kinder schmieden zu können, verlieh mir so viel Vorfreude und neue Energie, dass ich kurz davor war, im Schnee herumzuhüpfen.

»Noch eine Minute!«, rief Simon plötzlich.

Matteo sprang auf und zog eine Handvoll Wunderkerzen aus dem Rucksack. Schnell verteilte er sie und zückte ein Feuerzeug.

»Noch zwanzig Sekunden!«

Matteos Aufregung sprang auf mich über. Ich tat es den anderen gleich, stand auf und hielt Matteo meine Wunderkerze entgegen. Er entzündete sie. Schnell gab ich mein funkensprühendes Feuer an die anderen weiter.

Nina begann, herunterzuzählen. Alle stimmten mit ein. Außer Matteo und mir. Er trat vor mich, bis uns nur noch ein paar Zentimeter und die Wunderkerzen trennten. Ich versank in Matteos Augen, in denen die Funken aufleuchteten wie tausende Goldsprenkel.

»Knistert ganz schön zwischen uns, was?«, sagte er in den Countdown hinein und deutete auf die Wunderkerzen.

Ich prustete los und schlug ihn mit meiner Hand gegen den Arm. »Idiot! Zerstör den Moment doch nicht!«

»Zwei … eins …«

Simon, Nicole, Nina und Paulina jubelten. Ihre Gläser klirrten. Aus allen Richtungen knallte und zischte es plötzlich, bunte Lichtblitze erleuchteten den Nachthimmel. Doch ich konnte meinen Blick immer noch nicht von Matteo lösen.

»Frohes Neues Jahr«, flüsterte ich.

»Das wird es mit dir ganz sicher«, antwortete er, nahm mir die Wunderkerze ab und legte mir zwei Finger unters Kinn.

Ich schloss die Augen und genoss den Moment, als seine warmen Lippen auf meine trafen. In meinem Herzen sprühten die Funken ebenso wie aus den Wunderkerzen. *Funken puren Glücks.*

Ich kostete jede Sekunde unseres Kusses aus, als wäre es der erste. Und irgendwie war er das auch. Der Erste in diesem neuen Jahr. Der Erste in unserer hoffentlich langen, gemeinsamen Zukunft.

Langsam löste er sich von mir.

Die Wunderkerzen waren verglüht. Doch die Funken in meinem Herzen blieben.

Ende

Weihnachtliches Nürnberg
Meine Tipps für euch!

❄ ❅ ❄ *Nürnberger Christkindlesmarkt*

Als einer der ältesten und berühmtesten Weihnachtsmärkte der Welt ist der Christkindlesmarkt bei einem Nürnberg-Besuch im Dezember ein Muss. In den gemütlichen Holzbuden auf dem Hauptmarkt findet man alles, was das Weihnachtsherz höherschlagen lässt: Nürnberger Lebkuchen, Nürnberger Rostbratwürstchen oder aber auch liebevoll handgefertigte Zwetschgenmännchen.

❄ ❅ ❄ *Handwerkerhof*

Der Handwerkerhof in Nürnberg verbreitet zu jeder Jahreszeit besonderes Mittelalter-Flair, ganz besonders romantisch wird es dort allerdings zu Weihnachten, wenn alles stimmungsvoll geschmückt und beleuchtet ist.

❄ ❅ ❄ *Kinderweihnacht*

Dieser Weihnachtsmarkt ist nicht nur etwas für die Kleinsten, sondern auch ein besonderer Geheimtipp für alle größeren Besucherinnen und Besucher. Mit dem großen, historischen Holzkarussell im Herzen des Marktes und der kleinen Eisenbahn herrscht dort eine ganz besondere Stimmung, die man sich nicht entgehen lassen sollte!

❄ ❄ ❄ Nürnberger Kaiserburg

Nicht nur die Burganlage selbst ist sehenswert, sondern vor allem auch der Ausblick. Von hier aus kann man die ganze Stadt überblicken, die zu dieser Jahreszeit im weihnachtlichen Glanz erstrahlt. Kommt noch etwas Schnee hinzu, der die Dächer der Altstadt bedeckt, ist der Anblick kaum an Romantik zu übertreffen.

❄ ❄ ❄ Weihnachtsmarkt Schloss Stein

Eine magische Atmosphäre herrscht auch am Rande von Nürnberg am Weihnachtsmarkt auf dem Graf von Faber-Castell'schen Schloss in Stein. Bereits kurz vor der Adventszeit kann man hier allerhand besondere Geschenke erwerben – oder auch einfach nur mit Schlosskulisse bummeln. Und wenn man die Umgebung genauer erkundet, stößt man vielleicht sogar auf eine Mauer mit gesprayten Kunstwerken, von denen auch eines von Matteo stammen könnte …

Liebe Leser:innen,

diese Geschichte handelt von Liebe, Farben, Licht und Hoffnung, die immer wiederkehren, auch nach Zeiten, in denen alles trist und grau erschien. Und vom Zauber der Weihnacht, der diese Hoffnung jedes Jahr aufs Neue in die dunkelste Jahreszeit bringt. Ich wünsche euch, liebe Leserinnen und Leser, dass euch in diesem Jahr besonders viel von diesem Zauber begleiten wird.

Ich kann euch eines versprechen: Wenn ihr anderen im Geist der Weihnachtszeit mit Liebe und Respekt begegnet, wird umso mehr davon zu euch zurückkommen.

Deshalb möchte ich hier ein paar ganz besonderen Menschen ebendiese Liebe zukommen lassen.

Zunächst einmal bedanke ich mich bei Michael Bublé für sein Weihnachtsalbum, das ich beim Schreiben dieses Buches bestimmt fünfzig Mal gehört habe, und bei meinen Nachbarn, die das auch im August still ertragen haben.

Außerdem geht ein großes Dankeschön an Chevy Chase für seine grandiose Darstellung des Clark Griswold, der mich schon als Kind zum Lachen gebracht und mich vielleicht ein bisschen inspiriert hat, eine Figur wie Matteo zum Leben zu erwecken.

Nachdem Chevy Chase meine Dankeswünsche vermutlich nie erreichen werden, bedanke ich mich lieber noch bei seinem realen Pendant: Meinem Papa. Danke, dass du mir den Zauber der Weihnachtszeit gezeigt hast, das Haus immer zum Funkeln und Leuchten gebracht und jeden Weihnachtsfilm auf diesem Planeten mit mir geschaut hast. Und natürlich genauso danke an Mama, die das alles überhaupt erst ermöglicht, weil sie ganz unauffällig, aber mit unglaublich viel Kraft, Einsatz und Liebe im Hintergrund alles zusammenhält. Ohne euch wäre Weihnachten nicht einmal halb so schön!

Danke an meinen Mann, der es nicht nur erträgt, dass ich nun auch unser Zuhause in eine Weihnachtshöhle (oder Hölle? ☺) verwandle, sondern sich auch noch davon anstecken lässt.

Ganz besonderer Dank gilt meinem Agenten Klaus Gröner (und natürlich auch Micha), der sofort an die Geschichte geglaubt hat und überhaupt erst ermöglicht hat, dass mehr daraus wird als nur eine vage Idee.

Ohne den ONE-Verlag, insbesondere meine liebe Lektorin Annika Grave, könnte heute niemand dieses Buch in den Händen halten. Danke, liebes ONE-Team, für das Vertrauen und die unglaubliche Möglichkeit, die Geschichte in die Welt hinauszutragen. Danke Anni für deine Geduld mit mir, danke für den sensiblen Blick auf mein Manuskript und dafür, dass du immer auf meine Wünsche und Ideen eingehst.

Natürlich auch vielen Dank an die liebe Annie Waye, meine persönliche Karriere- und Strategieberaterin, ohne die ich schon ziemlich oft aufgeschmissen gewesen wäre.

Danke an meine Verschwörer vom Korallenriff, insbesondere unsere beiden Oberkorallen.

Ebenso danke an Teresa Junek und alle aus dem F-Kurs, die die Geschichte von Anfang an begleitet und mir immer Mut gemacht haben.

Wie immer bedanke ich mich auch bei allen Freunden, auch wenn ihr nicht maßgeblich zum Buch beigetragen habt: Ohne euch hätte ich weder Kraft noch Motivation, überhaupt kreativ zu werden.

In diesem Sinne wünsche ich allen, die bis hierhin durchgehalten haben, eine frohe und besinnliche Weihnachtszeit und einen guten Rutsch ins neue Jahr.

Merry Christmas!

Eure Larissa